外国文学名著丛书

〔英〕高尔斯华绥 / 著

福尔赛世家

第一部

周煦良 / 译

"外国文学名著丛书"编委会

人民文学出版社

John Galsworthy
THE FORSYTE SAGA
根据 Charles Scribner's Sons, New York, 1925 年版本译出

图书在版编目(CIP)数据

福尔赛世家：一—三部/(英)高尔斯华绥著；周煦良译. —北京：人民文学出版社，2022
（外国文学名著丛书）
ISBN 978-7-02-016451-6

Ⅰ.①福… Ⅱ.①高…②周… Ⅲ.①长篇小说—英国—近代 Ⅳ.①I561.44

中国版本图书馆 CIP 数据核字（2020）第 127163 号

责任编辑	张海香
装帧设计	刘　静
责任印制	王重艺

出版发行		人民文学出版社
社	址	北京市朝内大街 166 号
邮政编码		100705
印	刷	北京盛通印刷股份有限公司
经	销	全国新华书店等
字	数	820 千字
开	本	850 毫米×1168 毫米　1/32
印	张	38.375　插页 6
印	数	1—4000
版	次	2022 年 1 月北京第 1 版
印	次	2022 年 1 月第 1 次印刷
书	号	978-7-02-016451-6
定	价	248.00 元（全三册）

如有印装质量问题，请与本社图书销售中心调换。电话：010-65233595

高尔斯华绥

出版说明

　　人民文学出版社自一九五一年成立起，就承担起向中国读者介绍优秀外国文学作品的重任。一九五八年，中宣部指示中国科学院文学研究所筹组编委会，组织朱光潜、冯至、戈宝权、叶水夫等三十余位外国文学权威专家，编选三套丛书——"马克思主义文艺理论丛书""外国古典文艺理论丛书""外国古典文学名著丛书"。

　　人民文学出版社与中国科学院文学研究所，根据"一流的原著、一流的译本、一流的译者"的原则进行翻译和出版工作。一九六四年，中国社会科学院外国文学研究所成立，是中国外国文学的最高研究机构。一九七八年，"外国古典文学名著丛书"更名为"外国文学名著丛书"，至二〇〇〇年完成。这是新中国第一套系统介绍外国文学作品的大型丛书，是外国文学名著翻译的奠基性工程，其作品之多、质量之精、跨度之大，至今仍是中国外国文学出版史上之最，体现了中国外国文学研究界、翻译界和出版界的最高水平。

　　历经半个多世纪，"外国文学名著丛书"在中国读者中依然以系统性、权威性与普及性著称，但由于时代久远，许多图书在市场上已难见踪影，甚至成为收藏对象，稀缺品种更是一书难求。在中国读者阅读力持续增强的二十一世纪，在世界文明交流互鉴空前频繁的新时代，为满足人民日益增长的美好生活的需要,人民文学出版社决定再度与中国社会科学院外国文学研究所合作,以"网罗经典,格高意远,本色传承"为出发点,优中选优,推陈出新,出版新版"外国文学名著丛书"。

值此新版"外国文学名著丛书"面世之际,人民文学出版社与中国社会科学院外国文学研究所谨向为本丛书做出卓越贡献的翻译家们和热爱外国文学名著的广大读者致以崇高敬意!

"外国文学名著丛书"编委会
二〇一九年三月

编委会名单
(以姓氏笔画为序)

1958—1966

卞之琳	戈宝权	叶水夫	包文棣	冯　至	田德望
朱光潜	孙家晋	孙绳武	陈占元	杨季康	杨周翰
杨宪益	李健吾	罗大冈	金克木	郑效洵	季羡林
闻家驷	钱学熙	钱锺书	楼适夷	蒯斯曛	蔡　仪

1978—2001

卞之琳	巴　金	戈宝权	叶水夫	包文棣	卢永福
冯　至	田德望	叶麟鎏	朱光潜	朱　虹	孙家晋
孙绳武	陈占元	张　羽	陈冰夷	杨季康	杨周翰
杨宪益	李健吾	陈　燊	罗大冈	金克木	郑效洵
季羡林	姚　见	骆兆添	闻家驷	赵家璧	秦顺新
钱锺书	绿　原	蒋　路	董衡巽	楼适夷	蒯斯曛
蔡　仪

2019—

王焕生	刘文飞	任吉生	刘　建	许金龙	李永平
陈众议	肖丽媛	吴岳添	陆建德	赵白生	高　兴
秦顺新	聂震宁	臧永清

目　次

译本序 ·· *1*
原序 ·· *1*

第 一 卷

第一章　老乔里恩家的茶会 ································ *5*
第二章　老乔里恩上歌剧院 ································ *28*
第三章　斯悦辛家的晚宴 ··································· *47*
第四章　房子的筹建 ··· *65*
第五章　一个福尔赛家庭 ··································· *77*
第六章　詹姆士细描 ··· *86*
第七章　老乔里恩做冒失事 ······························· *97*
第八章　房子的图样 ··· *107*
第九章　安姑太逝世 ··· *118*

第 二 卷

第一章　房子动工以后 ····································· *131*
第二章　如此良宵 ·· *140*

第 三 章	跟斯悦辛出游	149
第 四 章	詹姆士亲自下乡去看	162
第 五 章	索米斯和波辛尼之间的通信	175
第 六 章	老乔里恩逛动物园	193
第 七 章	悌摩西家里一个下午	201
第 八 章	罗杰家中的舞会	217
第 九 章	里士满之夜	228
第 十 章	一个福尔赛的征候	242
第十一章	索米斯欲擒故纵	253
第十二章	琼出来拜客	260
第十三章	房子装修完成	271
第十四章	索米斯坐在楼梯上	281

第 三 卷

第 一 章	马坎德太太的见证	289
第 二 章	公园之夜	303
第 三 章	植物园中的幽会	309
第 四 章	赴地狱之行	327
第 五 章	审判	340
第 六 章	索米斯说出来	350
第 七 章	琼的胜利	363
第 八 章	波辛尼之死	373
第 九 章	伊琳返家	385

插　曲

残夏 …………………………………………… *391*

译 本 序

约翰·高尔斯华绥(1867—1933)是英国二十世纪继承批判现实主义的代表作家。父亲是伦敦的著名律师。一八九九年高尔斯华绥在牛津大学法律系毕业,但对律师业务不感兴趣,而专心从事文学写作。他早期以约翰·辛约翰的笔名写了几部小说,但没有引起人们注意。《岛国的法利赛人》是他用真名发表的一部比较成熟的长篇小说。小说的主人公理查·谢尔顿的经历有点和作者相似,大学毕业后不愿当律师,到处游历。他结识了一个外籍青年费朗德;费朗德促使他以新的眼光来观察自己久已熟悉的生活环境,后来他又见识了伦敦贫民窟穷人的生活情景,从而认识到法利赛人的后裔——资产阶级的虚伪、欺诈、腐朽本质。在故事末尾,谢尔顿发现和自己订婚的姑娘也属于法利赛人之类的家庭,并在生活的基本问题上与自己的重大分歧,于是毅然和她解约。

《有产业的人》(1906)描写以福尔赛家族为代表的英国中上层阶级。他们既不是工业家,又不是开店的,而是随着英国工业发展和帝国主义日益强大而崛起的那些拥有房地产和有价证券的所谓有产业的人。福尔赛家族成员的主要特征是财产意识;他们占有的对象不仅包括金钱、房地产、公债、股票、艺术品等,也包括自己的妻子。这部书出版后不但风行一时,并且奠定了高尔斯华绥在英国文学界的地位。《庄园》(1907)描写地主阶级的狭隘趣味。《友爱》(1909)抒写资产阶级知识分子的极端个人主义,曾经被高尔基誉为以巨匠的手腕写成的作品。

高尔斯华绥不仅是位杰出的小说家,也是著名的戏剧家。他的剧本如《银匣》(1909)、《斗争》(1909)、《正义》(1910),在我国都早已有了译本。

在高尔斯华绥的许多小说中,篇幅最为巨大,也最为世人瞩目的,当以《有产业的人》为开端的许多独立而又有连续性的长篇小说。这些以《有产业的人》(1906)、《骑虎》(1920)和《出租》(1921)以及两个插曲《残夏》和《觉醒》合为第一个三部曲《福尔赛世家》;以《白猿》(1924)、《银匙》(1926)和《天鹅之歌》(1928)合为第二个三部曲《现代喜剧》;以《女侍》(1931)、《开花的荒野》(1932)和《过河》(1933,死后由其夫人整理出版)合为第三个三部曲《尾声》。除了这九大部外,还出版了两部有关福尔赛家族的短篇小说集。这些是高尔斯华绥一生创作精力之所萃,也是我们评价他的文学造诣应当着重考虑的作品。从《有产业的人》起到《过河》为止,中间相隔二十六七年的时间。在这段漫长的岁月里,不论英国国内形势,或者世界形势,都发生了巨大变化:英波战争,第一次世界大战,十月革命,英国工党的逐渐壮大和行将执政等等,这一切不能不对高尔斯华绥的作品产生程度不同的影响。从总的趋向看,他在《现代喜剧》和《尾声》中所表现的讽刺力量要比《福尔赛世家》来得差,而就《福尔赛世家》三部曲来说,《骑虎》和《出租》在这方面又稍逊于《有产业的人》。但在完成这个三部曲的总序里,作者却承认这个中上层阶级连同其他剥削阶级全将进入无声息状态,而人们只能在文学的历史博物馆中见到他们,这却是他在《有产业的人》中所没有明白表示过的。

《福尔赛世家》三部曲着重叙述福尔赛家族中大房老乔里恩父子和二房詹姆士与索米斯父子的交恶。《有产业的人》一开头写老乔里恩在自己家里为庆祝孙女琼和建筑师菲力普·波辛尼订婚举行茶会。福尔赛各房的人都来了。作者借此机会把这个家族的男男女女详略不等地描写了一番。着重的当然是族长老乔里恩,二房詹姆士和他的儿子索米斯,而落拓不羁的建筑师波辛尼则成了姑太太们窃窃私议的对象。还有索米斯的妻子伊琳,作者以寥寥数笔勾画出一个美人形象,并从詹姆士的思想活动中透露出她和索米斯不大融洽。

序幕拉开,小说接着写老乔里恩因琼订婚后经常不在家而感到日子过得寂寞,并以回忆的方式零零落落补叙他同自己独生子小乔里恩决裂的经过。父子的感情本来非常亲密,只是在十四年前小乔里恩因有了外遇,抛下妻子和女儿琼出走,使老乔里恩既舍不得钟爱的小孙女,又迫于族中人的舆论,不得不和儿子断绝关系。在后来的漫长岁月中,老乔里恩只知道儿子当了一名没有多大出息的保险员和卖画为生,生了个儿子,并在自己合法妻子亡故后和那个女子结婚。老乔里恩只在儿子通知他得孙时寄去五百镑,但被退了回来,要他存在孙子名下。他照办了。父子之间只通了这一次信。现在,由于自己成了一个孤老头儿,他对自己家族多年来奉行的道德准则越来越反感了。他急切想看看儿子。在故事发展的过程中,他主动和儿子妥协,而对自己家族,尤其是二房詹姆士和索米斯的反感则愈来愈深。与此同时,索米斯却因为自己妻子伊琳和琼过从太密,想在靠近伦敦的乡下盖一所房子,从而把伊琳迁出伦敦,不让她有交际的机会,免得那些人向她脑子里灌输思想。房子的式样要造得好,将来不要时才会卖上好价钱。二流建筑师不顶事,头等建筑师他开销不起。他探听到人们对琼的未婚夫波辛尼的评价还不坏,并认为这个人在金钱上面容易对付,就约波辛尼到罗宾山去看地。波辛尼替他挑上一块远眺风景绝佳的地基,价钱虽然比他原来预计的高,但因抵御不了那片风景的诱惑,他终于买下了。房子的设计和兴建就由波辛尼担任。

　　琼与伊琳原是好友,现在由于房子的兴建,使波辛尼也成了索米斯家的常客,因而也与伊琳接近起来。伊琳是已故海隆教授的孤女,随继母居住,索米斯第一次见到她时还穿着孝服。由于不满意自己的处境,又经不起索米斯坚持不懈的求婚,终于在一时冲动下答应了婚事。结婚后就发现自己铸成大错,居常郁郁寡欢。自从和波辛尼接触之后,两人渐渐发生爱情。风声在福尔赛家族中传开,也传进索米斯的耳朵,传进琼的耳朵,传进老乔里恩的耳朵。琼堕入一种又像是订婚又像是没有订婚的尴尬处境,终日茶饭无心。老乔里恩带她去外地休养也不见好,只得写信给小乔里恩探听一下波辛尼的意图。小乔里恩和波辛尼同属一个俱乐部,也认识,但自己是过来人,从心里不愿意揽这件差事,只是转弯抹角地向波辛尼点出要提防索米斯的毒手。波辛尼根本没有放在心上。房子竣工了,全部建筑和装修费用是一万二千四百镑,超出索米斯预先和波辛尼讲定的最高额三百五十镑。从全部建筑费看来,这点超出原是微乎其微的,但是房子已经到手,现在为了保护他的另一财产——妻子,他要使波辛尼赔出这三百五十镑来并提出诉讼,明知道波辛尼赔不出。这使伊琳更加鄙视索米斯而和波辛尼愈益亲密起来。老乔里恩本来厌恶索米斯,知道这事后也不愿插手,只是把自己的遗嘱从詹姆士父子的律师事务所里取出来,以示抗议。秋天到来,索米斯告波辛尼的起诉就要开审了。开审前,索米斯在一天夜里对伊琳行使了"丈夫的权利",波辛尼在伊琳告知他后,气炸了;当他一个人失魂落魄地在伦敦大雾中乱闯时,一部疾驰的马车将他撞倒。次日法庭开审,三传被告不到,索米斯胜诉,但他回家后发现伊琳已经不见,在首饰盒里留下一张纸条,"你和你家里人给我的东西我都没有拿。"这时老乔里恩已经由警察署长通知他去认领一具无名男尸,发现果然是波辛尼;他派小乔里恩去通知伊琳。伊琳已从报上获悉波辛尼死讯,因无路可走又回到家里。小乔里恩来看她时,只瞥见她像只受伤的小鸟缩在长沙发的一角,就被索米斯恶狠狠地挥诸门外。故事就这样结束。

　　我叙述得比较详细,不但为了分析的便利,而且因为第一部里发生的事情也是第二部、第三部情节发展的背景。单就《有产业的人》而论,作者主要是抓着财产意识使我们理解这个中上层阶级的代表福尔赛家族。他们虽则各有不同,但又毫无例外同受财产法则的支配。作者以这个为中心揭露出资本主义社会对基本人性的摧残。伊琳要挣脱和索米斯的不幸结合,而索米斯则把妻子当财产一样千方百计不肯放手。以伊琳对金钱的鄙视和波辛尼那样忽视金钱的价值,这两个浪漫气息的人物决不可能是索米斯的对手,因为在私有制的社会里,那些头脑冷静的福尔赛总比感情用事的人物实际得多,厉害得多,而且什么样的卑鄙手腕都会耍出来。一个人可以鄙视他们,像波辛尼那样把他们看得猪狗不如,或者像伊琳那样临行前不取索米斯的一财一物,但是单单鄙视对付不了他们,至多将他们的世界骚扰一下,而且只能得到书中所述的悲剧下场。可是我们不能不承认在他们身上闪耀着反抗的光芒和对私有世界的强烈控诉。

不但如此,高尔斯华绥还在书中进一步抨击资产阶级的虚伪婚姻观。他通过小乔里恩的默想写道:"像索米斯和伊琳这样一对夫妇,在许多人看来都会认为相当美满;男的有钱,女的有貌,这不就扯平了吗?就算两个人感情恶劣,也不能成为混不下去的理由。各人稍稍放纵自己一点也没有关系,只要面子顾得下去就行——只要尊重婚姻的神圣和双方共有的家庭就行。上层阶级的婚姻大半都是按照这些原则办事的:不要去惹上社会,不要去惹上教会。要避免惹上这些,牺牲自己的私人情感是值得的。一个稳定的家庭有许多好处,就像许多财产一样,是看得见、摸得到的;保持现状最没有危险。破坏一个家庭至少是危险的试验,而且也是自私自利。""一切问题都系在财产上面,可是有许多人不肯这样说。在他们看来,这是因为婚姻神圣不可侵犯;可是婚姻所以神圣不可侵犯是由于家庭神圣不可侵犯,而家庭所以神圣不可侵犯是由于财产神圣不可侵犯。想来这许多人都是基督徒,而基督却是从来没有财产的。怪啊!"

有这样的批评,认为《有产业的人》中写的反对派,像老乔里恩父子,像伊琳和波辛尼,都是软弱无力的。这样说并不恰当,因为在批判现实主义的笔下,十足的正面人物是不可能出现的。伊琳,正如作者在总序中指出的,只是从别人的眼睛中写她,寥寥的几句话也都是当着别人讲的,从不写她的内心活动;波辛尼也是一样。他们是反抗者,受害者,是同情的对象,谈不上是战士,所以只点一点为止,不多费笔墨。小乔里恩也是叛逆,为了爱情和自己的父亲、家族决裂,但是如他自己说的,他也是个福尔赛,应当属于中间派。老乔里恩是因为懊恨愤于族中和社会上的舆论而和儿子决裂,所以只是在和儿子言归于好上与家族和社会站在对立地位。此外,除掉他的文化修养较高,能识别近代雕塑和自然主义雕像的区别,能欣赏一出好歌剧,使他看不起詹姆士和索米斯及其他族中人外,他的财产意识仍是一样强烈的。

　　插曲《残夏》①是在《有产业的人》发表后十二年单独出版的。所以要写这个插曲是为了过渡到第二部和第三部做准备。书中补叙了伊琳在返家的当天夜里仍旧离开了家。她想自杀未果,从此便依靠父亲遗留给她的年金五十镑和替人家补习,离开索米斯单独生活。索米斯因伊琳出走,把罗宾山房子卖给老乔里恩,老乔里恩辞去城中职务,带着儿子媳妇孙儿

---

① 《残夏》的原题是"Indian Summer of a Forsyte",我在译本第一版后记中曾有过说明,今照录如下:

　　残夏原文 Indian Summer 是指北美洲秋尽冬初一段晴暖多雾时节,相当于我国农历的十月天气。在这里作者表现了"人间爱晚晴"的喜悦,也表现了"夕阳无限好,只是近黄昏"的惋惜情绪。我开头曾考虑用"小阳春"或者"春去"来译;但最后仍决定用了"残夏",因为故事的发生不在十月里,而是在英国夏季的六七月。对于我们,夏天是并不可爱的,但是在西欧,尤其英国,夏天却是个风光明媚的季节,像作者引用莎士比亚的诗句:

　　　　夏天的淹留总未免太短太短

就是咏叹诗人对夏天的依恋,就像我国诗人凭吊春归一样。这个"残夏"译名,中国读者读来可能少掉许多诗意联想,但是欧洲大学里歌颂夏天是屡见不鲜的,也许了解这一点对于我们欣赏欧洲文学不无好处,所以我也就坦然了。

7

孙女一起下乡生活。故事开场时,小乔里恩正带着妻子和儿子去意大利游历,琼则移居城内,留下老乔里恩和小孙女好丽厮守着。在一个阳光明媚的五月天下午,老乔里恩撞见伊琳坐在园中林内一棵卧地断株上,显然在凭吊往事。老乔里恩已经有三年多没听见她的音信;由于本来同情她的身世,就邀她上大房子去看看,并共进晚餐。这下面便是一个短时期的过从,使老乔里恩过得很愉快,终于在一天晚上决定在自己遗嘱上留给伊琳一笔钱,使她的生活能有保障些;至于族中人对他这一举动如何议论,他早已置之度外。插曲以老乔里恩的心脏病猝发逝世结束。

《有产业的人》的主题思想是美色始终跳不出财产的掌握。现在为了进一步暴露索米斯的丑恶面目,作者决定把伊琳从索米斯的魔掌中解脱出来。《骑虎》以英国在南非进行布尔战争和维多利亚时代的终结为背景;《有产业的人》展示的是一个稳定的世界,《骑虎》展示的则是一个动荡的,充满预兆和来日大难的世界。这时老一辈的福尔赛弟兄已逐渐凋零,使詹姆士父子不得不考虑自己财产的继承人问题,索米斯变得比以前更有钱了;他在泰晤士河上游靠近牛津的买波杜伦买了一幢房子,可以时常招待客人,但是中馈乏人。他看中了索霍区开饭店的法国老板娘的漂亮女儿安耐特,想娶她,但考虑到自己和伊琳还没有离婚,就亲自上罗宾山找乔里恩,请他把自己的要求转告伊琳。乔里恩虽则曾在把老乔里恩遗赠之事通知伊琳时有过接触,但平时并无过从。索米斯向伊琳提出离婚却使乔里恩和伊琳接近起来。这时乔里恩的第二个妻子已经去世,伊琳则是离开索米斯的十二年中从没有一个情人,因而无法为索米斯提供离婚的借口。两人成了索米斯怀疑的对象,他还雇用私家侦探侦查他们的行动。最后索米斯咬定乔里恩是伊琳的情人而提出离婚诉讼。由于被告放弃辩护,索米斯达到目的,而乔里恩和伊琳,一个是曾经沧海,一个是心如古井,但经过索米斯这一折腾却被撮合在一起了。故事的结尾写安耐特难产,但是索米斯不顾医生的母子也许不能两全的警告,狠心做出保全胎儿的决定,而让产妇冒生命的危险,从而再一次暴露这个"有产业的人"的狰狞面目。结果虽然大小平安,但是安耐特只生了一个女儿,并且不能再生育了。所以到头来,索米斯仍然没有完全称心。

由于作者早年攻读法律,小说中对英国司法界的讽刺特别多;从皇家法律顾问德里麦到私家侦探包尔第得,这些人的丑态都写得非常生动。资产阶级的爱国主义在这里也受到深刻的讥讽——这也是第一次大战的反响。作者先从琼的口中说出英国在南非进行的布尔战争的非正义性,然后又拿乔里和琼的参军点明他们的正义感不过是些飘忽的感情:"黑色星期"①的乌云一罩,不但那些正义感销声匿迹,连乔里恩那样的玩世不恭者,也举棋不定了。

在《骑虎》里,乔里恩的性格也仍旧是个可争论的问题,但在我看来却是写得真实的。他的许多自我分析往往暴露自己的阶级根源,从而使他认识到支配自己实际行动的仍旧是他的第二天性里的自私。他对一切道德价值都怀疑,连教导儿子也拿不准说些什么。他以怀疑和否定的眼光看社会上的一切,也以这种眼光看自己。瞧不起自己的阶级,然而又背叛不了自己的阶级,至多只能抱一种讽刺态度看事,看人,看物,

---

① 1899年12月10至15日,英国军队在布尔战争中连次败绩。

看眼前的一切不合理的存在。这样一种人物,在资本主义逐渐走向没落时期是有其代表性的。

《福尔赛世家》第三部《出租》开场时已比《骑虎》推迟了十九年,到了一九二〇年。这时索米斯的女儿芙蕾和乔里恩与伊琳生的儿子乔恩(乔里恩前妻所生的儿子乔里已在布尔战争中牺牲)都快要成年;他们在画店中一度邂逅之后,就相爱起来。但双方家长的宿怨并未冲淡,这就形成了福尔赛年轻一代和年长一代的矛盾。最后索米斯拗不过女儿的纠缠,终于在乔里恩逝世后,亲自上罗宾山来向伊琳提亲。但是乔恩已从父亲死前给他的一封长信获悉母亲全部悲剧的真相,当着母亲面毅然拒绝了索米斯。索米斯因提亲而重又引起的对伊琳的占有欲又碰上一次破灭。芙蕾失望之余,嫁给了马吉尔·孟特,乔恩则和母亲远赴美洲,终身不返英国。那座象征财产意识的罗宾山房子"出租"了。

《出租》的最后一章写老一辈福尔赛最后一个人悌摩西之死。他活到一百零一岁,留下一份遗嘱,据执行律师估计,这笔遗产要由在他父母所生的全部在世直系亲属死后最后达到二十一岁的男子辈亲属继承,也就是说要等到一百年后。这并不是高尔斯华绥的杜撰。一八七三年巴西有个富豪多明戈·福斯蒂诺·科雷亚也是没有后裔。他在八十二岁逝世时立下一个遗嘱,同意兄弟姊妹的后代可以分享他的遗产,但必须在他死后一百年才执行。这就是财产意识在作怪。人死了,进了棺材,还要一只手抓着财产不放。所以高尔斯华绥说,"人的第二天性强过他的第一天性!"

但是时代不同了。十月革命的成功威慑到整个资本主义世界。经济危机开始笼罩着英国。工人运动日益高涨。以改良社会主义为标榜的工党眼看就要执政。这些都使索米斯不能不对自己财产的前途感到忧心忡忡。全书的结尾写他一个人驱车上海格特墓地,在十月里金黄的桦树叶中间回忆着往事,一面估量着他的财产的未来,他的潜意识也就是他的阶级本性使他得出的结论是,"这些潮水在完成其取消和毁灭财产的定时狂热之后,就会平静下来……就会平息退落,而新的事物、新的财产就会从一种比变革的狂热更古老的本能中——家庭的本能中——升了起来。"这是一个行将没落的阶级很自然的安慰,所以索米斯仍旧对未来抱乐观态度。遗憾的是有一件事使他始终不能平静——内心里那种凄凉的渴望,那种使他渴想来,渴想去,使他心劳日拙然而永远得不到手的人间的美和爱!

高尔斯华绥一直写到他的三部曲的最后才透露出他续写第二部和第三部的主题思想。它和第一部的主题思想恰恰相反,然而我倒赞成这样的结尾,因为金钱终究不是万能的,从古如斯!

高尔斯华绥是写景能手,像第一卷里写小乔里恩在植物园中作画的开头一段的秋色,《残夏》开头关于罗宾山大段的五月旖旎风光的描写,都使人心醉。至于《骑虎》最后一章在索米斯回到买波杜伦别墅时夹写的一段破晓景色,所采用的已经不是现实主义手法,而是兼用象征主义了。他总是不单纯写景,而是景中有情,其成功的秘诀在此。

一九三二年高尔斯华绥以其在《福尔赛世家》中达到高峰的、卓越的描述艺术而获得诺贝尔文学奖。

国际笔会成立时,高尔斯华绥荣任第一届会长。

一九六七年英国广播公司将《福尔赛世家》拍成电视连

续剧,获得巨大成功。

　　本书中译本第一卷出版时,巫宁坤同志曾提出不少修改意见;今年的《外语教学与研究》第二期上,庄雪鸥同志又根据中译本第二版对照原文对全书中若干错译、可商酌处和漏译之处提出他的意见,现在都做了改正或处理。对于他们的热心帮助,谨在这里表示感谢。

　　在翻译本书时,亡友姚永励曾对小说中法律名词的翻译给了我许多帮助,特别是詹姆士为老乔里恩写的那份作者故意弄得又臭又长的遗嘱,几乎全部出自他的手笔。仅借这次重版的机会对他表示我的怀念。

周 煦 良
一九八一年十二月

原　序

　　《福尔赛世家》原是给本书的第一部分《有产业的人》取的名称；现在用来作为福尔赛家族全部历史的总称，实在由于自己没法制止我们每个人都有的那种福尔赛的韧性。也许有人会对"世家"这两个字提出异议，认为世家、史乘之类记载的都是英雄事迹，而这些篇章里却很少看到有什么英雄气概的。可是这两个字用在这里原带有一定的讽刺意味；而且，归根结底，这个长故事虽则写的是些穿大礼服、宽裙子，金边股票①时代的人，里面并不缺乏龙争虎斗的主要气氛。那些旧史乘上面的人物，固然是一个个都身躯伟岸、杀人成性，像童话和传奇里流传下来的那样，但是单拿占有欲来说，肯定也是福尔赛之流，以及斯悦辛、索米斯，甚至于小乔里恩一样抵御不了美色和情欲的侵袭。而且，虽则英雄人物，在那些漫无稽考的年月里，表面上好像是行动突兀，不随世俗转移，和维多利亚时代的福尔赛行径全然不同，但是我们敢说，部落的本能便在当时也是主要的动力，而且"家族"和家庭观念以及财产意识，尽管近来有人企图"否定"这些，在当时也和今天一样——从古到今——起作用的。

---

①　英国公债票都印有金边，后来就以金边形容一切可靠的投资。

许多人都来信声称自己的家族是福尔赛的蓝本,经这一鼓励,一个人不禁要觉得这的确是一种典型的动物。然而风俗迁移、习尚演变,湾水路悌摩西家的一窝人除掉一些主要的轮廓而外,已经使人没法相信是真实的了;我们将不再看见那样的人,也同样不可能看见詹姆士或者老乔里恩那样的人。然而保险公司的数字和法官的判决天天都在向我们指出,我们的尘世乐园还是一个富有的禁猎区,美色和情欲照旧要潜进来,在众目睽睽之下,威胁到我们的安全。就像一只狗听见军乐队准要狂吠一样,我们人性里面的典型索米斯,当他看见徘徊在私有制樊篱外面的溃灭威胁时,也一准要不安地跳了起来。

诚然,如果历史真会死去,那么"让死去的历史埋葬它的死者"应是一个较好的办法。但是历史是顽强的,这是每一个时代所否认的悲喜剧之一;每一个时代都要大模大样走到舞台上来,宣称它是一个崭新的时代。没有一个时代有那样新的!人性,蕴藏在它的变幻的服装和伪装下面,大体上仍旧是,而且仍将是,一个福尔赛,而且到头来很可能沦为比这个还要糟的动物。

回顾一下我们的维多利亚时代——这个时代的成熟、衰微和"没落",多少在《福尔赛世家》里描绘到——我们看出,现在我们不过是从锅里跳到火里罢了。我们很难肯定说,一九一三年英国的现状比福尔赛一家人在老乔里恩家集会庆祝琼和波辛尼订婚时的一八八六年好。而在一九二〇年,当这家人又集合在一起庆祝芙蕾和马吉尔·孟特结婚时,肯定说,英国的现状比八十年代还要糟;那时是市面萧条,是利息下降,这时是瘫痪,是破产。如果这部历史是一本真正研究时代变迁的科学著作,一个人很可能要提到下列的事实——自行车、汽车、飞机的发明；廉价书籍的印行；乡村生活的消歇和城市人口的增长；电影的问世，等等。事实上，人类没法控制自己的发明；至多只能针对这些发明所引起的新情况做一种适应而已。

可是这个长故事并不是对于一个时代的科学叙述；而是实地描写美色在人类生活上所引起的骚扰。

像伊琳这样的人物——读者很可能已经看出，在书中从不正面出场，而只是从别人的眼睛里写她——正是美色扰乱私有世界的一个具体事例。

我也看出，当读者在这部《福尔赛世家》的海水中一路泅泳过来时，他们会愈来愈觉得索米斯可怜，而且会觉得这样是和作者的原意抵触的。远不是这样！他也可怜索米斯；索米斯一生的悲剧是一个简简单单的、无法控制的悲剧，仅仅是由于不可爱，而且又不够麻木不仁，不能整个地不感觉到这件事实。连芙蕾爱他都达不到他认为应有的程度。可是，在怜悯索米斯的同时，读者也许会对伊琳产生一种反感；他们会觉得，归根结底，他并不是一个坏蛋，这并不是他的过失；她应当原谅他；等等！这样一有所偏袒，他们就会看不见那件贯串全书的简单真理，就是在男女的结合上，只要有一方整个地而且肯定地缺乏性的吸引，不管多少怜悯，或者理智，或者责任心，都没法克服那种天然的厌恶。这里谈不上什么应当或者不应当；因为根本就克服不了。所以，如果伊琳有时候显得过于残忍——像她在波隆森林，或者在古班诺画廊显得那样——她也不过是洞达世情，知道些许的让步就会使对方得寸进尺，而这是不可容忍的一尺，极端可憎的一尺。

在论及《福尔赛世家》最后一个阶段时，也许有人会不满

3

意伊琳和乔里恩,觉得两人既是那样的财产叛逆者,为什么要在精神上占有自己的儿子乔恩。可是事实上,这是对故事的吹毛求疵;因为做父母的决不能让自己的孩子一点不知道真情就娶芙蕾,而决定乔恩拒婚的正是这些真情,并不是他父母的劝阻。不但如此,乔里恩劝阻儿子并不因为自私,而是为了伊琳,而伊琳再三劝儿子的话却是:"不要为我,为你自己着想好了!"至于乔恩,获悉真情以后,体贴到母亲的心情,决不能说这就证明他终究还是个福尔赛。

可是虽则这部《福尔赛世家》的原旨是描写美色对私有世界的扰乱和自由对私有世界的控诉,它却把书中的中上层阶级给后世保存下来,这是要向读者告罪的。正如古埃及人在他们的木乃伊四周放了许多来生应用的物件一样,我也竭力在安姑太、裘丽姑太和海丝特姑太的四周,在悌摩西和斯悦辛的四周,在老乔里恩和詹姆士的四周,以及他们儿子的四周,放上一点可以保证来世的东西——一点香膏①,使他们在解体"历程"②的扰攘中获得宁静。

如果中上层阶级,连同其他的阶级,全都注定要"进入"一个无声无臭的状态,这儿,浸渍在这些篇幅里,那些到这广大而零乱的文学博物馆来的游人当会隔着玻璃看到它。它在这里安息着,而保存着它的正是它自己的汁液:财产意识。

约翰·高尔斯华绥
一九二二年

---

① 香膏,古代人用以保存尸体不腐。
② 暗用班扬《天路历程》的典故,实指进化。

第一部　有产业的人

……你可以回答

这些奴隶是我们的。

——《威尼斯商人》

第一章　老乔里恩家的茶会

　　碰到福尔赛家有喜庆的事情,那些有资格去参加的人都曾看见过那种中上层人家的华妆盛服,不但看了开心,也增长见识。可是,在这些荣幸的人里面,如果哪一个具有心理分析能力的话(这种能力毫无金钱价值,因而照理不受到福尔赛家人的重视),就会看出这些场面不但只是好看,也说明一个没有被人注意到的社会问题。再说清楚一点,他可以从这家人家的集会里找到那使家族成为社会的有力组成部分的证据;很显然这就是社会的一个缩影;这一家人这一房和那一房之间都没有好感,没有三个人中间存在着什么同情,然而在这里他却可以找到那种神秘然而极其牢固的韧性。从这里开始,他可以隐约看出社会进化的来龙去脉,从而对宗法社会,野蛮部队的蜂集,国家的兴亡是怎么一回事,稍稍有所了解。他就像一个人亲眼看见一棵树从栽种到生长的过程——卓绝地表现了那种坚韧不拔、孤军作战的成功过程,这里面也包括无数其他不够顽强和根系虚弱的植物的死亡——将会有一天看见它变得欣欣向荣,长着芳香而肥大的叶子,开着繁花,旺盛得简直引人反感。

　　一八八六年六月十五日那一天,约在下午四时左右,在老乔里恩·福尔赛住的斯坦厄普广场家里,一个旁观者如果碰巧在场的话,就会看到福尔赛家的全盛时代。

今天这个茶会是为了庆祝老乔里恩的孙女琼·福尔赛和菲力普·波辛尼先生订婚而举行的。各房的人都来了,满眼都是白手套、黄背心、羽饰和长裙,说不尽的豪华。连安姑太也来了。她住在兄弟悌摩西家里,平日绝少出门;成天坐在那间绿客厅的角落里看书做针线;屋角上面放的一只淡青花瓶,插着染色的蒲苇草,就像是她的盾牌,客厅四壁挂着福尔赛三代的画像。可是今天安姑太也来了;腰杆笔挺,一张安详衰老的脸非常尊严——十足地代表了家族观念中的牢固占有意识。

当一个福尔赛家的人订婚,或者结婚,或者诞生的时候,福尔赛各房的人都要到场;当一个福尔赛家的人死掉——可是到现在为止,福尔赛家的人还没有一个死掉;他们是不死的,死是和他们的主张抵触的,因此他们都小心提防着死;在这些精力高度充沛的人,这可以说是天性,因为不论什么事情,只要侵犯到他们的财产,都使他们深恶痛绝。

这一天,在那些和外客周旋的福尔赛家人的身上,都有一种比平时特别整洁的派头,神色自若然而带有警惕和好奇,兴高采烈然而保持着身份,就像许多收拾停当、严阵以待的战士一样。索米斯·福尔赛脸上那种习见的傲慢神气今天已经遍及全军;他们全在戒备着。

他们这种不自觉的敌对态度使老乔里恩家这次茶会在福尔赛家的历史上成为一个重要的转折点,也就是他们这出戏的开场。

有种事情是福尔赛家人全都痛恨的,不仅他们各个人痛恨,而是作为一个福尔赛家人,就必然要痛恨;他们今天穿得那样格外整洁,对待客人特别显出大户人家那种亲热派头,故意强调自己的家世,以及那股傲慢的神气,都可以说是源自这种痛恨。你要一个社会或者集团或者个人露出原形,非有大敌当前不可,而今天福尔赛家人警觉到的也就是这个;警觉使他们全把盔甲拭亮了。作为一个家族,他们仿佛第一次直接意识到和什么陌生而危险的事情碰上了。

一个身材魁梧的人斜倚在钢琴上面,这人是斯悦辛·福尔赛。他的阔胸脯上平时穿一件缎背心,插一根钻石别针,今天却穿了两件背心,插上一根红宝石别针;缎衣领上面一张剃过胡子的苍老的方脸,颜色像淡黄牛皮,眼睛的颜色也是淡黄,神气俨然。他和詹姆士是一对孪生子,两弟兄一肥一瘦,所以老乔里恩总是称他们胖子和瘦子。詹姆士这时正靠近窗口站着,借此多呼吸一点新鲜空气;他跟魁梧的斯悦辛一样,有六英尺来高,可是非常之瘦,好像出生以来就注定要和他兄弟对照,而且维持一个平均数字似的。他的身体永远有点伛,这时正在冷眼观看这个场面;一双灰色的眼睛好像有什么心事似的带着沉思,有时候又停止思索,把周围的实况迅速地打量一下;瘦成两条平行皱纹的两颊,和胡子剃得很干净的长长的上嘴唇,被两簇白色邓德里雷式①的长连鬓髯包着。他手里拿着一件瓷器翻来覆去地看。离他不远是他的独生子索米斯,正在倾听一位穿褐黄衣服的太太谈话;索米斯脸色苍白,胡子剃得光光,深棕色的头发,有点秃顶;他把下巴偏着抬起来,鼻子显出上面说过的那种傲慢的神气,像在厌恶一只明知

---

① 邓德里雷是汤姆·泰勒《我们的美国表弟》一剧中的人物(1858年在纽约上演)。

7

道自己消化不了的鸡蛋似的。索米斯身后是他的堂弟,那个高个子乔治,五房罗杰·福尔赛的儿子;乔治一张胖脸带着奎尔普式①的狡狯神气,肚子里正在盘算自己的一句刻薄话。

他们全都受到这次集会的特殊气氛的影响。

紧挨在一起坐着的是三位老太太——安姑太、海丝特姑太(福尔赛家的两位老姑娘)和裘丽(裘丽雅的简称)姑太。这位裘丽姑太在自己年事已高的时候凭空忘掉自己的身份去嫁了一个体质素弱的席普第末斯·史木尔。她守寡已有多年,现在跟她的姊妹都住在最小的六房悌摩西·福尔赛家里,就在湾水路。三位姑太太各人手里拿一把扇子,脸上各抹了一点脂粉,各自插一点引人注目的羽饰或者别针,这都说明今天集会的隆重。

族长老乔里恩本人因为今天做主人,站在房子中间的灯架下面。他年已八旬,一头漂亮的白发,丰满的额头,深灰色的小眼睛,大白上须一直拖过自己强有力的下巴;他有一种族长的派头,虽则两颊瘦削,太阳穴深陷进去,仍旧像永远保持着青春似的。他身体站得笔直,一双犀利而坚定的眼睛仍旧是目光炯炯。就因为这样,他给人家的印象是没有小家子气,不会像那些人疑心这个,讨厌那个的。好多年来,他都是一意孤行惯了,所以这已经成为他应得的权利。在老乔里恩的脑子里决计不会想到对外人要摆出一副疑惑或者敌对的神气。

他和今天到场的四个兄弟,詹姆士、斯悦辛、尼古拉和罗杰之间,有许多不同,也有许多相似之处。四个兄弟相互之间也很不同,然而又是一样。

---

① 奎尔普是狄更斯《老古玩店》小说中一个狡猾小人。

这五张脸上虽则眉目两样,神情两样,却可以找出一些相似之处;各人的下巴,除掉表面上有些区别而外,都表现出一种坚强的毅力。这恰恰就是氏族的标记;由于年深月久、根深蒂固的缘故,难得追溯它的来历,更没法去研究它;而福尔赛家的家业也恰恰可以由这种下巴来代表,来保证呢。

小一辈的弟兄也同样带上这个标记;乔治身材高大,壮得像一头牛,亚其保尔德面色苍白、精力旺盛,年轻的尼古拉,试行摆出一副执拗的可爱神气;欧斯代司严肃而纨绔气地坚决,全都一样;也许不大讲得出来,但是错不了;在这一家人的灵魂里面,这是个磨灭不掉的印记。

今天下午,所有这些极不相同而又极端相似的脸色,或是在这个时候,或是在那个时候,都流露出一种猜忌神情,而那位被猜忌的对象显然就是他们今天大伙儿上这里来会见的那个人。

据说,菲力普·波辛尼是个没有财产的小伙子,可是福尔赛家的姑娘过去也跟这样的人订过婚,而且的确还嫁过这种人。因此,福尔赛家的人对这种人的猜忌倒也不全然为了这个。事实是关于这个小伙子,在各房之间早有了风闻,无怪猜忌的起源连他们自己也说不清楚了。不错,关于波辛尼是有过这样传说的,说他曾经戴了一顶灰色软呢帽去拜访过安姑太、裘丽姑太和海丝特姑太;这是一种应酬式的拜访,哪里可以戴了一顶灰色软呢帽?而且是一顶稀脏的旧呢帽,连个式样都没有。"真特别,亲爱的——真古怪——"就是她们的话。海丝特姑太经过那间又小又暗的穿堂时(她本来有点近视),看见椅子上的帽子,还当作是一只下流的野猫,心里想汤米怎么会找来这么一个丢脸的朋友;她想把它嘘开,及至看见帽子一动不动,心里很不好受。

一个艺术家要抓住一幕戏,或者一个城市,或者一个人的全部特点时,总是竭力去发现那些意义深长的细节;这些福尔赛家人,在潜意识里也是像艺术家一样,不期而然地都着眼在这顶帽子上;在他们看来,这就是意义深长的细节;从这上面,可以懂得这件事情的整个意义。他们每一个人都这样问过自己,"我会不会戴这样一顶帽子去做这样的拜访呢?"每一个人都回答"不会!"而且有些比较有想象力的人还会接上一句:"我想也不会想到!"

乔治听了这事大笑。明摆着,这顶帽子是为了恶作剧而戴的!他自己在这方面就是能手。

"很无礼!"他说,"这个莽撞的海盗!"

这句"海盗"的俏皮话就此传开了去,终于成为这家人提起波辛尼时最喜欢用的称号。

那次拜访之后,三位老姑太都拿这顶帽子的事情来责备琼。

她们都说,"亲爱的,我们觉得你不该容他戴这种帽子!"

琼回答得又轻松又蛮不讲理,仍旧是她平时的倔强派头:

"哦!有什么关系?菲力从来就不知道自己戴的是什么!"

没想到她的回答这样荒唐。一个人会不知道自己戴的是什么吗?什么话!

谁都知道老乔里恩的全部财产要由琼继承;这个年轻人能够跟琼订上婚,不能不佩服他的本领;可是他究竟是怎样一等人呢?不错,他是个建筑师,但是这不能成为他戴这种帽子的理由。福尔赛家人里面碰巧没有一个做建筑师的,可是有一个福尔赛却认识两位建筑师;这两位在伦敦交际季节①做礼貌上的拜访时,决计不会戴这样一顶帽子。不妙呵!不妙!

琼当然见不到这一点,可是琼虽则年纪还不满十九岁,在服饰上,也总是叫人看不惯。索米斯的妻子平日总是穿得那么漂亮,可是琼不是跟她说过羽饰太俗气吗?索米斯太太果然从此不戴羽饰,她认为亲爱的琼这句话说得非常恰当!

不过各房的人虽则对这婚事猜忌,这样不赞成,而且老老实实绝对不放心,但是老乔里恩家请客,却照样赶来。斯坦厄普广场发请帖是件极其稀罕的事情;十二年来还是第一次;自从老乔里恩太太去世以后,老实说就没有请过客。

各房从来没有到得这样整齐过;他们相互之间虽则有意见,可是仍旧神秘地团结一致,因此,当面临着共同灾难时,都能攘臂而起,就像田里的牛看见一只狗跑来,都挨肩立着准备一冲而上把侵略者踏死一样。当然,他们此来还想弄弄清楚将来应该送什么样的礼:"你送什么?""尼古拉送一套银匙!"婚礼的问题往往就以这种方式得到解决。可是送礼大体上也要看看新郎是怎样一等人。如果新郎是个头发锃亮、皮肤光润、衣服整洁、派头十足的人,那就尤其应当送他一点像样的东西;他也指望收到这些礼品。最后,就像证券交易所的股票价钱一样,通过家人中相互的调整,就会达到一种规格,结果每人送的礼都非常适当;原来最细微的调整是在悌摩西的家里,在他湾水路那所高临海德公园的宽大红砖房子里进行的,因为安姑太、裘丽姑太、海丝特姑太都住在那边。

所以单单提一下这顶帽子的故事,就有十足的理由使福

---

① 伦敦交际季节是5月到7月。

尔赛家人感觉不安。这样的大户人家,只要稍微顾全这个广大的中上层阶级的体面,又怎能不感觉到不安呢;如果不感觉到,那才是荒乎其唐呢!

那位造成这种不安的老兄正远远站在门口,和琼谈着心;他的鬈发看上去有点乱,好像觉察到自己周围的情形有点特别似的。他还有种肚子里暗笑的神情。

乔治和自己的兄弟欧斯代司正在私下谈着:

"看上去他好像要逃走似的——这个亡命的海盗!"

"这个相貌特别的人"——史木尔太太后来总是这样称呼他——是中等个子,身体非常结实;一张淡黄脸,灰黄的上须,高颧骨,深陷的双颊;前额差不多高到头顶,而且在眼睛上面隆起一大块,就像你在动物园狮栏里看见的那种额头一样;眼睛的褐色像雪利酒①那样淡,不时有一种心不在焉的神气,使人看了很不是滋味。有一次,老乔里恩的马夫驾车子送琼和波辛尼上戏园去,回来跟管家说:

"我弄不懂他是怎么回事。看上去简直像半驯服的野豹似的。"

每隔这么一会儿,就有个福尔赛家的人挨过来,瞧他一眼。

琼站在他前面,在抵御着大伙儿这种无聊的好奇心。她看上去只有那么一点儿大;正像过去有人说的,"只剩头发和神气;"一双毫不畏惧的蓝眼睛,坚定的下巴,肤色皙白;脸和身体被那一大堆金红色的头发一衬,都显得过于瘦弱了。

一个高身材女子站在那里望着这一对情人,带着隐约的

---

① 一种南西班牙产的白葡萄酒。

微笑；这位女子曾经被一个福尔赛家的人比作希腊女神，他指的就是她的苗条身材。

她戴着淡紫灰色手套的双手交叉着，庄重而迷人的面庞偏向一边，把所有近处男子的眼睛都吸引住了。她的身体有点摆动，然而又是那样凝重，就像在随风荡漾。两颊虽然温润，可是很少血色；深褐色的大眼睛望上去非常温柔。可是男人望着的却是她那嘴唇，不论在问话或者回答的时候，唇边总带着那一点隐约的微笑；这是性感的嘴唇，妩媚而且甜蜜；从她的唇间发出来的气息好像和春花一样温暖而芳香。

订婚的一对男女，始终没有觉察到这样一个柔顺的女神在打量着他们。还是波辛尼首先注意到她，就问起她的名字。

琼把自己的爱人领到那个身材苗条的女子面前。

"伊琳是我顶要好的朋友，"她说，"我要你们两个也成为好朋友！"

琼这句命令式的话引得三个人全笑了；当他们笑着时，索米斯·福尔赛不声不响从那个身材苗条的女子后面出现了；他就是这女子的丈夫。

"啊！也给我介绍介绍！"他说。

的确，凡是在交际场合，他很少离开伊琳的左右；便是在应酬上暂时不得不离开她的时候，你还可以看见他的眼睛盯着她转；而且眼睛里的神情总是那样古怪，就像是监视和渴望。

索米斯的父亲詹姆士仍旧靠窗口在端详那件瓷器上的印记。

"我不懂得乔里恩为什么答应这件婚事，"他跟安姑太说，"人家告诉我，说他们还要等好多年才结得了婚。这个小波辛尼(他把重音读在第一个字上,把字母也拉长了)一个铜子儿也没有。当初维妮佛梨德和达尔第结婚的时候,我叫他把所有的财产都转为年资——也幸亏如此——否则他们到现在早就一文不名了!"

安姑太坐在丝绒椅子上,抬头观望。她前额上的白鬈发盘成一圈一圈的,几十年来从没有改变过,因此也使福尔赛家的人全然忘掉时光的飞逝。她为了保养自己上了年纪的喉咙,现在很少说话,所以并不答话;不过在心里有鬼的詹姆士看来,那个脸色也就等于回答了。

"当然,"他说,"伊琳没有钱我有什么办法?索米斯太急;他趋奉她把人都趋奉瘦了。"

他悻悻然把瓷碗放在钢琴上面,眼睛又溜到门口那两对男女身上去。

"我看,"他出其不意地说,"眼前这样已经很好了。"

安姑太并没有要他解释这句怪话是什么意思。她知道他心里在想的什么。伊琳没有钱,就不至于做出什么丑事来,不至于蠢到那样地步;因为人家说——是人家说的——伊琳曾经要求和索米斯分房;可是索米斯当然没有——

詹姆士打断了她的沉思:

"可是悌摩西呢?"他问,"他没有跟她们一起来吗?"

安姑太紧闭的嘴唇勉强现出一丝慈祥的微笑来!

"没有来,眼前白喉这样流行,他觉得不便出来;太容易染上了。"

詹姆士回答:

"哼,他真会保养自己,我就没有法子学他那样保养。"

他这句话的主要意思是羡慕,还是忌妒,还是鄙视,很不容易肯定。

　　悌摩西确是不大容易见到。他是老弟兄里面最小的一个，一向从事于出版事业。多年前，当市面上行情看俏的时候，他便感觉到不久就要走下坡路；其实那时候衰滞并没有到来，不过大家都承认衰滞迟早是一定要来的；他在一家以宗教书籍为主的出版社里原拥有大宗股票，当时就把股票卖了一笔可观的数目，全部拿来买了年息三厘的公债。这一举动立刻使他在福尔赛家人中间陷于孤立，因为其他福尔赛家人的投资决不肯少于四厘；他这个人比起一个普通的谨慎的人来也许还要强些，可是这种孤立状态却使他的精神逐渐地但是真正变得颓唐起来。他差不多成为一种神话人物——一个经常出没在福尔赛宇宙的安全化身。他从不结婚，也不要孩子；结婚在他看来简直荒唐，孩子对他完全是累赘。

　　詹姆士又开口了；他敲敲那件瓷器：

　　"这不是真的伍斯特古瓷。我想这个小伙子的事情，乔里恩总跟你谈过一点了。就我所知，他既没有职业，也没有钱，也没有什么值得一提的亲友；不过话又说回来，我知道的太少了——他们什么事情都不告诉我。"

　　安姑太摇摇头；那张方腮鹰鼻的老脸颤动了一下；两只手上蜘蛛一样的手指交叉在一起而且紧紧扣着，好像隐隐在加强自己的意志。

　　在福尔赛老一辈的人里面，安姑太的年齿最长，比谁都要大好几岁，所以在他们中间享有一种特殊地位。他们都是些机会主义者和自私自利的人，谁也没有例外——不过并不比他们的邻居更糟；然而就因为这个缘故，他们看见她那保持完美的体形，不由得都有点畏怯，而且有机会能躲开她时，总是尽量避开！

詹姆士把两条瘦长的大腿搭起来，又继续说：

"乔里恩，他总是一意孤行。他没有孩子——"说到这里，他又顿住，想起老乔里恩的儿子小乔里恩来。小乔里恩，琼的父亲，自己弄得一团糟，遗弃了老婆和孩子跟那个外国女教师私奔，就这样断送了自己。"哼，"他连忙又接下去，"如果他喜欢这样做，我想在他也不算什么。你说，他要陪多少妆奁。恐怕每年要给她一千镑；他的钱除了留给她而外，便没有别人了。"

他伸手和迎面来的人握手，那人穿得衣服整洁，胡子剃得光光的，几乎一根头发都没有，长而塌的鼻子，厚实的嘴唇，长方的眉毛下面一对冰冷的灰色眼睛。

"怎么样，尼克，"他说，"好吗？"

尼古拉·福尔赛把自己更加冰冷的指尖放在詹姆士冰冷的手心里握一下，赶快缩回来，动作像小鸟一样敏捷，而且脸上的神情仿佛是个早熟的小学生（他过去在自己当董事的那些公司里面，发了一笔大财，当然是完全合法的）。

"很不好，"他嘟着嘴说——"整个星期都不好；晚上睡不着。医生也说不出个所以然来。这医生是个聪明家伙，否则我也不会请他，可是除掉账单之外，我什么都得不到。"

"医生！"詹姆士狠狠地说了一声，"我把伦敦所有的医生都请教过来了，不是为家里这个病，就是为那个病。这些人全不济事；他们什么鬼话都会说。你看斯悦辛。他们治好他什么？比从前更胖了；简直是大块头；他们就没法减轻他的体重。你看看他的样子！"

斯悦辛·福尔赛又方又阔的高个子摇摇摆摆向他们走

来;胸部穿着两件颜色鲜艳的背心,就像一只斑鸠。

"哎!你们好?"他说话总是那样的做作,把"好"字说得特别重——"你们好?"

三弟兄里面,每一个人望着其他两人时都显出恼怒的神情,因为根据经验,其他两个准会把自己的病痛说成没有什么了不起。

"我们刚谈起,"詹姆士说,"你一点没有瘦下来。"

这话把斯悦辛听得两只淡黄的圆眼睛鼓了出来。

"瘦下来?我倒很好,"他说,身子稍向前倾,"不像你们这样的竹竿儿!"

可是他赶快又把身子缩回去,站着一动不动,怕把胸口撑得太过头了;对斯悦辛说,再没有比一个神气的外表更加可贵了。

安姑太的老眼把三个人挨次看了一下;脸上的神情又是钟爱又是严厉。三弟兄也把安姑太看看,她已经有点老态龙钟了。真是个了不起的女人!实实足足八十六岁了;可能还要活上十年,虽然身体从来就不太好。斯悦辛和詹姆士这两个孪生兄弟不过七十五岁;尼古拉不过是七十开外一点的小弟弟。他们全都很顽健,这样一推想很令人快慰。在各式各样财产之中,他们每个人的健康当然是各人最最关心的。

"我也不坏,"詹姆士接着说,"不过用脑过度。一点儿事情往往烦得要死。我得上巴斯走一趟!"

"巴斯!"尼古拉说,"我上过一次哈罗盖特,去了毫无用处。我需要的是海空气。哪儿也比不上雅茅斯。到了那边之后,我睡得——"

"我的肝脏很不好。"斯悦辛缓缓地插进来,"这儿痛得厉

17

害。"说时把手在右胁下按着。

"没有运动的缘故,"詹姆士说,眼睛盯着那件瓷器;赶快又加上一句,"我这儿也痛。"

斯悦辛气得脸都红了,一张上了年纪的脸怒得就像火鸡。

"运动!"他说,"我运动真不少,在俱乐部里从来不坐电梯。"

"我不知道,"詹姆士赶快说,"我什么人的事情都不知道;他们什么事都不告诉我。"

斯悦辛瞪眼望他一下,就问:"你这儿痛怎么办呢?"

詹姆士脸上高兴起来。

"我,"他开始说,"配了一种药粉吃——"

"爷爷你好?"

是琼站在他面前,一个小个子仰起坚定的小脸望着他的大个子,手伸了出来。

詹姆士脸上的高兴消失了。

"你好?"他说,若有所思地望着她。"说是你明天要上威尔士去拜望你未婚夫的几位婶娘去,是吗?那边的雨特别多。这不是真正的伍斯特古瓷。"他敲敲那只碗,"你母亲结婚时我送的那一套瓷器才是真的。"

琼挨次和她三位叔祖握了手,就转身朝着安姑太这边。老姑太的脸上显出很亲热的神气;她带着颤动的热情,在琼的颊上亲了个吻。

"乖乖,"她说,"你要整整去一个月吗?"

琼又走开了;安姑太从后面望着她瘦削的小身材。这位老姑太一双铁灰色的圆眼睛开始像鸟儿一样涌出泪水,焦虑地望着琼在骚动的人群中走动,原来客人已开始告辞;她两只手的指尖相抵着,想到自己迟早必然要离开尘世,心里又在加强意志了。

"是的,"她想,"大家都待她很好;不少人来给她道喜。她应当很快乐呢。"

这时门口已经挤了一大堆人,都是衣冠楚楚的人士,有当律师的,有当医生的,有做证券交易的,种种数不清的中上层职业的人;在这些人里面,只有五分之一左右是福尔赛家的人,可是在安姑太眼中看来,他们好像全都是福尔赛家人——这里的确没有多大分别——她眼睛里只看见自己的亲人。这个家就是她的世界,除此以外,她就不知道有其他人家,而且从来不知道有其他人家。他们所有的心事、疾病、订婚、结婚,他们怎样混的,他们是否在赚钱,这一切她都知道——这是她的财产,她的寄托,她的生命;此外的一切都只是些模模糊糊的事实和一些无关重要的人。哪一天轮到她要死时,她要放下的就是这个家;也就是这个家使她成为这样了不起的人,而且暗暗觉得自己了不起;否则的话,我们谁也活不了;她焦渴地抓住这个家,而且日益变得贪婪了。不管她的生命是在消逝,这个家她将永远保留到底。

她想到琼的父亲小乔里恩,就是跟那个外国女孩子私奔的。唉,这对于老乔里恩和他们一家人是多么痛苦的打击。这样一个有出息的青年做出这种事情来! 真是个痛苦的打击;不过总算没有公开见报,小乔里恩的妻子也没有提出离婚,真是万幸! 这已是多年前的事情了。六年前,琼的母亲去世,小乔就跟那个女子结了婚,现在有两个孩子,这都是听人说的。虽说如此,他已经放弃了做一个福尔赛家人的资格,没法参加今天的盛会;安姑太那种自矜家世的心情,经他这一捣乱,未免美中不足;这样一个有出息的青年,她一向引以为自豪的,现在连看看他、吻他的那种正当的乐趣也被剥夺了!想到这里,她一颗坚韧、衰老的心不由得痛苦起来,就像是老伤发作;眼睛有点湿濡濡的。她用一块细麻纱手绢偷偷把眼睛擦一下。

"安姑?"她身后一个声音说。

原来是索米斯·福尔赛。索米斯,塌肩膀,瘦削的两颊,瘦削的身材,脸剃得光光的,可是整个外貌看上去却有种地方很圆,很深沉;他正低头望着安姑,微偏着头,就好像从自己鼻子这一边看她似的。

"你对这两个人的订婚怎么看法?"他问。

安姑太的眼睛骄傲地望着他;自从小乔里恩离开这个老窝之后,索米斯是她侄辈中最年长的一个;他现在是她的宠儿,她认为索米斯能够保持福尔赛家的传统精神,而这个传统是不久就要脱离她的掌握了。

"对于这个年轻人是件好事,"她说,"而且他长得年轻漂亮;不过很难说他做琼的爱人是否合适。"

索米斯拿手碰一下一架金漆烛台的边子。

"她会驯服他的,"他说,一面偷偷舐湿指头,擦擦烛台上垒垒块块的玻璃坠子,"这是真正的古漆;现在买不到了。在乔布生拍卖行里可以拍上很大的价钱。"他讲得津津有味,好像觉得自己在讨老姑母的欢心。他这种私心话很少跟人讲。"我自己也愿意买。"他又说,"旧漆器总是卖得上价。"

"你对这些事情真是精明,"安姑太说,"伊琳好吗?"

索米斯的笑容消失了。

"很好,"他说,"总叽咕自己睡不着;她睡得比我好得多。"说时望望自己的妻子；伊琳这时正在门口和波辛尼谈话。

安姑太叹口气。

"也许，"她说，"她还是跟琼少来往一点好。琼就是那样一个直性子。"

索米斯脸红了；那块红晕很快就在瘦削的两颊上消失掉，但是夹在眉心中间的一块红斑却经久不退，这是一个人内心激荡时的标志。

"我不懂她看中那个碎嘴的小雏儿什么地方。"他愤愤然说，可是看见有人来了，就转身又去研究那只烛台。

"他们告诉我，乔里恩又买了一所房子，"索米斯的父亲的声音在他身边说，"他的钱一定不少，一定多得自己没法办了！在蒙彼利埃广场，他们说的；靠近索米斯那里；他们从来不告诉我——伊琳什么事都不告诉我！"

"一流地段，上我那里不到两分钟，"斯悦辛的声音说，"从我的公寓坐马车上俱乐部八分钟就到了。"

对于福尔赛家人，他们住宅的地段或者地位是件极端重要的事；这也不足为奇，因为福尔赛家起家的全部秘诀就在房子上面。

他们的父亲原是种田出身，约在本世纪初从多塞特郡来到伦敦。

"多塞特·福尔赛大老板"——那些接近他的人都这样称呼他——过去是石工，后来逐渐升到建筑工头地位。他在晚年迁到伦敦来，继续搞建筑工程，一直到去世为止；死后葬在海格特墓地。他遗有三万镑财产给十个儿女。老乔里恩有时提到他，说他是"一个严厉粗鲁的人；没有什么文雅气息"。

21

这些福尔赛第二代的确觉得这个父亲配不上他们。他们在他的性格里所能发现的唯一贵族气息就是经常饮马德拉酒。

海丝特姑太是家族史的权威,她这样形容他:

"我记不起他做过什么大事业;至少在我生下来以后是如此。他是个——嗯——置房产的人,亲爱的。头发跟斯悦辛叔叔的差不多颜色;体格相当结实,高吗?并不太高(他五英尺五英寸高,脸上有许多斑点);气色非常之好。我记得他经常饮马德拉酒;可是你们去问安姑去。他的父亲吗?他的父亲——嗯——他得照应多塞特郡那边的田地,就在海边。"

詹姆士有一次亲自下去,看看他们各房发源的老家究竟是怎样一个地方。他看见两处老农场,一条土车走的土路深深陷在淡红土里,从这条路可以通往海边的一座碾子;一座灰色小教堂,外面一道拱柱的围墙,和一座更小更灰色的小礼拜堂。用以推动碾子的那股水流分作十来道潺湲的流水流下去,水口上有许多猪在那里觅食。这一切远远望去都笼罩着一层薄雾。看上去,那些福尔赛的祖先当初就是这样两足陷在污泥里,脸朝着大海,每逢星期日怡然自得地向谷中走去,几百年来犹如一日。

詹姆士是否指望获得一笔遗产,还是指望在那边找点可以夸耀的东西,我们无从得知;总之,他垂头丧气回到城里来,而且到处竭力掩饰他的这次失败。

"没有什么可看的,"他说,"十足的乡下小地方,跟山岳一样古老。"

可是大家觉得古老总算是一点安慰。老乔里恩有时候很老实,老实得过头,他每逢提起自己祖先时常说:"自耕农,我觉得毫不足道。"可是他却要把自耕农三个字重复一下,好像给他安慰似的。

他们都混得非常之好,这些福尔赛家的子孙;可以说,都有"相当的地位"。他们全都持有各种股票,不过除掉悌摩西外,都没有买公债,因为他们认为三厘钱的利息太没有意思了。他们也收藏画;有些慈善机构,对于他们生病的用人不无好处,所以他们也肯捐助。他们从自己造房子的父亲身上遗传了一种才能,对于房产特别内行。这一家人原来也许信奉什么原始宗教的,可是现在随着境况转移,都成为英格兰教会的教友,并且指使自己的老婆和孩子不时上伦敦比较时髦的教堂去做礼拜。哪个怀疑他们是否是真正的基督教徒,总会引起他们的烦恼和诧异。有些在教堂里还包下座位,这在他们就算是以最最实际的行动来表示他们对基督教义的敬意了。

他们的住宅都环绕着海德公园,隔开一定距离,就像许多哨兵在那里巡逻;公园是这个伦敦美人的心脏,也是他们心灵的寄托;如果不这样巡逻,这颗心就会溜脱他们的掌握,使得他们看不起自己。

这里有老乔里恩住在斯坦厄普广场,詹姆士住在公园巷;斯悦辛住在海德公园大厦的那些橙黄和青色的公寓里,一个人享受豪华——他从来不结婚,决不!索米斯的小家离骑士桥不远;罗杰一家在王子园。(罗杰在福尔赛一家人中是个了不起的人物,他主张训练自己的四个儿子从事一个新的职业,而且付诸实施。"置房产——什么也比不上这个!"他总是说,"我别的什么都不来!")

再就是海曼的一家——海曼太太是福尔赛姑太太里面唯一出嫁的——高高住在坎普顿山一所房子里,房子的式样就像只麒麟,那么高,人要仰头看房子连脖子都要扭一下;尼古拉的家在拉德布罗克路,房屋宽敞,而且是天大的便宜货;最后,但也不是数不上的,还有悌摩西住在湾水路,这里在他的保护下住着安姑太、裘丽姑太和海丝特姑太。

可是这半天詹姆士一直都在盘算着,这时他便向做主人的老哥谈起蒙彼利埃广场的那所房子,问他花了多少。他自己这两年来都看中这所房子,可是卖方要的价钱实在太大。

老乔里恩把买房子的详细经过重说一遍。

"还有二十二年吗?"詹姆士重复一句,"就是我一直想买的呀——你出的价钱太大了!"

老乔里恩眉头皱起来。

"并不是我要买,"詹姆士赶快说,"这样的价钱是不合我口味的。索米斯知道这所房子,嗯——他会告诉你价钱太大了——他的意见很值得听听。"

"他的意见我一点不要听。"老乔里恩说。

"哦,"詹姆士嗫嚅着,"你总是要照自己意思做——意见是不错的。再见!我们预备坐车子上英国马球总会去遛遛。他们说琼要上威尔士去,明天你就要冷清了。你打算怎样消遣呢?还是上我们家来吃晚饭吧!"

老乔里恩谢绝了。他走到大门口送他们坐进四轮马车,向他们眯着眼睛笑,早已忘记适才的肝火了——詹姆士太太正面坐,栗黄的头发,人又高又神气;她的左首坐着伊琳——詹姆士父子坐着倒座,身子向前倾出,好像期待着什么似的。老乔里恩眼望着他们,坐在弹簧垫子上连颠带跳,一声不响,随着车身的每一个动作摇晃着,就这样在日光下面走了。

半路上,是詹姆士太太先开口。

"从来没见过这么一大堆怪里怪气的人!"

索米斯垂着眼皮望她一眼,点点头,这时他看见伊琳瞄了他一眼,眼睛里的就是她平日那种深不可测的神情。很可能,福尔赛每一房赴过老乔里恩家的茶会之后,临走时都会说这样的话。

老弟兄里面的老四和老五,尼古拉和罗杰,是最后离开的一批;两人一同步行着,沿着海德公园向普莱德街地铁站走去。他们跟福尔赛家所有上了年纪的人一样,都有自备马车,而且只要有法子避免,决不坐街上的出租马车。

天气很晴朗,时节正是六月中旬,公园里的树木全长得青枝绿叶;这片景色,两弟兄虽则眼睛好像看不见,可是却很给他们的散步和谈话助兴。

"对的,"罗杰说,"是个漂亮女子,那个索米斯的妻子。有人告诉我,他们并不融洽。"

这位老五长了一个高额头,而且在福尔赛弟兄中间算是脸色最最红润的一个;一双浅灰的眼睛一路上打量着沿街的房屋,不时把手中雨伞平举起来,照他自己的说法,来测量这些房屋的高矮。

"她没有钱。"尼古拉回答。

尼古拉自己就是娶了一个非常有钱的老婆;那时还是已婚女子的财产法没有颁布前的黄金时代,他总算老天保佑,能够好好利用这笔钱。

"她父亲是什么样人?"

"叫作海隆,一个大学教授,他们告诉我的。"

罗杰摇摇头。

"做教授的有什么钱!"他说。

25

"他们说她的外祖父是开水泥厂的。"

罗杰的脸上露出喜色。

"可是破产了。"尼古拉接口说。

"唉!"罗杰叫出来,"索米斯跟她可有得气淘呢;你记着我的话,有气淘——她有种外国女人的派头。"

尼古拉舐了一下嘴唇。

"她是个漂亮女子呢。"他挥开一个清道夫。

"他怎样追上她的?"罗杰过了一会又问,"她穿衣服准开销他不少钱!"

"安姐告诉我,"尼古拉回答,"他追求她追得人简直要发疯了。她拒绝了他五次。詹姆士对这件事情很担心,我看得出来。"

"唉!"罗杰又说,"詹姆士真是倒霉,达尔第也使他怄气。"舒散一下,使他脸上的气色更加好了;他甩动手中的伞柄高到自己的眼睛,而且愈来次数愈多了。尼古拉的脸上也显出高兴的样子。

"脸上太没有血色,不合我的口味,"他说,"不过身材是一流的!"

罗杰没有答话。

"我认为她的确神气。"他终于说——这在福尔赛一家的用语里算是最高的恭维,"那个小波辛尼决不会有出息。伯基特建筑公司的人说他是个搞艺术的——想要改革英国建筑;这哪里能弄到钱! 我很想听听悌摩西对这件事怎样看法。"

两人进了地铁站。

"你坐几等? 我坐二等。"

"二等我决不坐,"尼古拉说,"保不定传染上什么怪病。"

他买了一张头等车票上诺丁山门;罗杰买一张二等车票上南肯辛顿。一分钟后车子开来,弟兄俩分头走进各人的车厢。各人心里都感到不痛快,觉得对方应该改变一下平日的习惯,多陪伴自己一会儿。可是罗杰只是在心里想:

"永远是个固执的混蛋!尼克。"

尼古拉也在跟自己说:

"永远是个跟人合不来的家伙,罗杰!"

这些福尔赛家的人极少感情用事。在这被他们征服了而且融合进去的大城市里,他们又哪有工夫来感情用事呢?

第二章　老乔里恩上歌剧院

第二天下午五点钟的时候,老乔里恩一个人枯坐着,嘴里衔一支雪茄,旁边桌子上放了一杯茶。他倦了,雪茄没有抽完,人已经睡去。一只苍蝇歇在他头发上;在一片困人的沉寂中,他的呼吸听上去很沉重;白胡子遮掩着的上嘴唇呼出呼进。一只夹着雪茄的手上满是青筋和皱纹,雪茄从他的手指间落在空壁炉上,自己烧光了。

这是一间阴暗的小书房,书房窗子镶的全是染色玻璃,挡着窗外的景色,房内全是桃花心木的家具,上面满是雕花,靠垫和坐垫都是一色深绿的丝绒。老乔里恩时常提起这套家具:"哪一天不卖上大价钱才怪。"

想到一个人死后还能够在自己买的东西上赚一点钱,也是开心的事情。

福尔赛家房屋的后房都有一种很特别的深褐色情调,这间书房也是如此。老乔里恩的大头和白发倒在高背椅的靠垫上颇有点伦勃朗[①]画的人物的风度,可是那撮上须却破坏了这里的效果,使他的一张脸看上去有点军人气概。一架老钟嘀嗒个不停;这架钟在五十年前老乔里恩还没有结婚时就一

---

① 伦勃朗(1601—1669),荷兰画家。

直跟着他,这时正带着妒意替它的老主人记录着那一去不返的分秒。

老乔里恩一直不喜欢这间书房,一年到头很少进来,只是进来在屋角那口日本橱里面取雪茄烟;现在这间书房向他报复了。

他的太阳穴就像茅屋顶一样斜盖着下面两个窟窿,颧骨和下巴在他睡着的时间全都突出来;这些在他的脸上就如一张供状,承认自己老了。

他醒了。琼早已走了!詹姆士说过,琼走后他会冷清。詹姆士总是这样一个无聊的家伙。想起自己从詹姆士手里抢购到那幢房子,他甚为得意。活该,谁叫他不敢出价钱;这家伙脑子里只想到钱。可是,他自己的价钱是不是出得太高呢?他要好好张罗一下才能——。把琼这件婚事办完,敢说要用到他的全部现款。他绝对不应当答应这件婚事。琼是在拜因斯家里认识这个波辛尼的——就是拜因斯—毕尔地保建筑公司。拜因斯他也认识,为人有点唠叨,他就是这个小伙子的姑父。自从那次会面之后,琼就一直在追他;这孩子只要迷上什么,谁也拦阻不了。她一直就是看中那些"可怜虫",不是这,就是那。这小子并没有钱,可是她执意要和他订婚——那人是个横冲直撞、毫不懂事的家伙,苦头有得吃呢。

琼有一天就是像往常那样莽里莽撞地跑来找他,告诉他要订婚了;后来,好像给自己解嘲似的,又加上一句:

"他真有趣;时常一个星期都靠吃可可过日子!"

"那么他也要你靠吃可可过日子吗?"

"哦,不会的;他现在慢慢出头了。"

老乔里恩把白胡须下面的雪茄拿开,胡须梢上还沾了一点咖啡;他望望她,这样的一个小东西却这样抓着他的欢心。什么叫"出头",他比自己的孙女懂得多。可是她两只手紧紧抱着他的膝盖,拿脸偎他,就像一只快乐的猫儿,发出一种呜呜的声音。老乔里恩丝毫没有她的办法;他弹掉雪茄烟灰,不由得发作起来:

"你们全都是一样的;你们想要什么都非弄到手不可,否则决不甘心。要倒霉你活该倒霉;我可不管你的闲事。"

他就是这样不管琼的闲事,只和琼讲好条件,定要波辛尼每年至少有四百镑收入时,才许结婚。

"我没有法子给你很多的钱。"他对她说;这是一句老话,琼也听惯了,"也许这位叫什么的仁兄会供给你可可吧?"

自从有了这事以后,他简直和琼见不到面。真是糟糕!给她一大笔钱,让她和一个他毫不知道底细的人过着游手好闲的日子,他决计不干。这类事情他从前也看见过;绝没有好结果。顶顶糟糕的是,要动摇她的决心,简直是没有指望。她就像一头骡子那样固执,从小就是如此。他看不出这件事是怎样一个了局。这两个人用钱非得有计划不可。他非要亲眼看见小波辛尼自己有了收入以后,决不让步。琼跟这家伙准会闹不好,这是洞若观火的;这家伙根本就不懂得什么叫钱,跟畜生一样。至于急急忙忙赶到威尔士去拜访这年轻人的那些婶娘,他有十足把握都是些老厌物。

老乔里恩一动不动,望着墙壁;除掉一双眼睛还睁着外,他简直可以说还在睡觉……詹姆士亏他想得起来,说那个小畜生索米斯能提供他什么意见!索米斯一直是个畜生,老是眼睛里没有人!他不久就会摆出一副有产业的人的派头,在乡下置一所房子!有产业的人,哼!索米斯就跟他老子一样,总想占便宜,一个冷酷无情的坏蛋!

他起身走到那口橱面前,动手把一束新买的雪茄一支一支装进烟匣。照这样的价钱,这些烟不能算坏,可是今天你休想买到一支好雪茄;什么也比不上汉生—布里几尔烟行出的那些老牌苏宾菲诺。那才是雪茄呢!

这串思绪,就像香水的幽香一样,使他回忆起当年在里士满①过的那些快意的夜晚;那时候晚饭一过,他就和尼古拉·特里夫莱、特拉奎尔、杰克·海林、安东尼·桑渥西那班人坐在皇家酒店的走廊上,自己抽着烟。那时候他的雪茄多美啊!可怜的老尼古拉——死了;杰克·海林呢——也死了;特拉奎尔呢——被他那个老婆折磨死了;剩下个桑渥西——简直龙钟得不像样子(以他那样的大吃大喝,难怪要如此)。

在那些日子的所有交游里面,他好像是硕果仅存的一个;当然,还有斯悦辛,不过这人胖得太不像话了,跟他什么都谈不上。

很难信得过这是多年以前的事情;他觉得自己还很年轻!他站在那里一面数雪茄,一面沉吟,觉得这一点最为痛切,最为难堪。虽则是一头白发,一个孤鬼,他仍旧有一颗童心。还有每逢星期六在汉普斯特德区②过的那些下午,他和小乔里恩一同出去溜达,沿着西班牙人路走一段路到了海格特山,再上齐耳山,再回到汉普斯特德,仍旧在杰克·史特劳的宫堡饭店吃晚饭——那时候他的雪茄多美啊!而且那样好的天气!现在连好天气都谈不上。

---

① 伦敦近郊一个幽美的住宅区和游览区。
② 伦敦西北部的一个住宅区和风景区。

还有琼五岁时开始学步的光景,平时她总是和她的母亲和祖母,两个善良的女人在一起,但是每隔一个星期的星期天,就由他带她上动物园去;两个人站在熊栏上面,用他的伞尖插上糕饼去喂她最心爱的熊;那时候他的雪茄多美啊!

雪茄!这多年来,他连这点品鉴的能力也没有失去;在五十年代时,他在香味方面的辨别力是出了名的,谁都佩服他;人家谈起他来时,都说:"福尔赛嘛——伦敦最好的品茶手!"要说,他靠以起家的也就是这种品茶的本领——当时两个著名的茶商,福尔赛和特里夫莱,都是在这上面发了财的;他们的茶和任何一家的茶都不同,香味俱绝,非是货真价实,决不能有这样香味。当时伦敦城里①的福尔赛—特里夫莱茶行,只要一提到,就使人联想到雄图和神秘,想到专船专运,专泊港口,专和东方人交易的一种专门生意。

这生意他也真肯干!在那些年代里,人人都真肯干!这个字,眼前的这些毛头小伙子连懂也不懂得。他什么事都要详详细细研究过,什么过程他都明了,有时候为了一件事情可以熬个通宵。而且他一定要亲手来甄拔那些代办商,在这上面他一向引以为自豪。他时常自命能够识人,他成功的秘密就在这里,而且在这行生意上,他唯一真正喜欢的也就是能发挥他这种甄拔人才的领袖才能。便是到现在——这家茶行已经改组为有限股份公司而且营业一天不如一天(他已经老早把股票卖掉了)——他想起那时期来还深深感到屈辱。他很可以混得好得多!他当律师准会青云直上!他当初甚至于想到竞选国会议员。尼古拉·特里夫莱不是屡次跟他谈起吗:

---

① 指伦敦中心的商业区,下同。

"老乔,你如果不是自己过分小心,什么事都做得了!"老尼古拉真叫人想!这样一个好人,可是个浪荡子。这个声名狼藉的特里夫莱!他自己从来就不小心。所以他现在死了。老乔里恩用一只稳定的手数数雪茄,脑子里触起一个念头,是不是他自己过分地小心了呢。

他把雪茄匣子放在上衣贴胸的口袋里,把衣服扣上,就沿着那串长楼梯上自己的卧室去,伛着身子一步一步向上爬,还扶着楼梯栏杆撑着自己。这房子太大了。等琼结了婚——如果她,如他设想的,有一天会结婚的话——他就把房子赁出去,自己去租几间公寓。养这样半打的用人成天好吃懒做的,算什么?

管家听见他按铃走进来——这个管家是个大个子,留了一撮下须,走路轻手轻脚的,而且有种保持缄默的特别本领。老乔里恩叫他把自己的晚礼服取出来;他要上俱乐部去吃晚饭。

"马车送琼小姐上车站回来有多久了?两点钟就回来了吗?那么让马夫六点半来好了。"

七点正,老乔里恩就上了俱乐部;这个俱乐部是中上层人士那些政治结社之一,今天说来是早已过时了。但尽管有许多人谈论它,也许就因为有人谈论它,所以看上去有一种令人沮丧的生气。人人都说散漫俱乐部快要撑不下去了,说得人都厌烦。老乔里恩嘴里也这样说,可是毫不动心,那种神气真叫一个好体质的会员看了动火。

"你为什么还不退出呢?"斯悦辛时常带着一肚子闷气问他。"你为什么不加入多嘴俱乐部呢?我们的海德席克酒只卖二十先令一瓶,伦敦哪个地方吃得到,"他声音小下来,又

33

接上一句,"现在剩下只有五千打了。我每晚都喝它,一次也不放过。"

"我考虑考虑。"老乔里恩总是这样回答他;可是到了真正考虑时,总为着五十基尼的入会费在迟疑不决,而且批准入会要等上四五年之久。因此他总是考虑得没有个完。

按说,他作为一个自由党员年纪已经太大了,而且他早已不相信自己俱乐部的那些政治主张了,人家还知道他曾经骂过那些政治主张都是"垃圾";他和俱乐部的政治主张这样相反,然而照旧做一个会员,使他反而很开心。这个地方他一直就瞧不起;多年前,他们拒绝他加入什锦俱乐部,说他是个生意人,他一气就加入了这儿。真气人,他有什么地方不及那班人的!因此他对这个接受他加入做会员的散漫俱乐部天生就瞧不起。这里的会员都是些平平常常的人,多数是住在商业区的——证券经纪人,律师,拍卖商,什么都有,跟许多心性强硬可是见解不高的人一样,老乔里恩也是对于自己所属的阶级不大看得起。在社交方面或是非社交方面,他都忠实地奉行着他们的生活习惯,可是暗地里却觉得他们是"庸碌的一群"。

后来上了年纪,世情也看透了些,他请求加入什锦俱乐部时受到的挫折在自己回忆中已经淡了许多;现在什锦俱乐部在他心目中简直被尊为俱乐部中的翘楚。这多年来,他早就该做了会员了,可是由于他的介绍人杰克·海林办事马虎,连俱乐部的人都弄不清楚为什么原因没有通过他加入。他们不是立刻就接受他的儿子小乔加入了吗?敢说这个孩子现在还是会员呢;八年前他收到小乔的一封信就是从那里发出的。

他已经有几个月不上散漫俱乐部来了;房屋粉刷得花花

绿绿，就像过了时的房屋和船只急于脱手时涂的那样。

"这个吸烟间的颜色真蠢，"他心里想，"饭厅不错。"

饭厅是暗巧克力色的底子，加上一点淡绿，总算投合他的心意。

他叫了晚饭；二十五年前他在暑假期中，带儿子小乔上特鲁里街剧院看戏时，常上这儿来用饭；现在他也在当年坐的同一角落坐下——也许就是同一只台子；这个俱乐部的政治主张虽则激烈，可是各方面都没有什么进步。

小乔真爱看戏，老乔里恩记得他总是和自己对面坐着，表面竭力装得若无其事，可是看得出心花怒放。

老乔里恩今天叫的晚饭也是自己儿子一向喜欢叫的——汤、炸小鱼、烩肉片和果排。唉！他现在要是能坐在对面多好啊！

父子两个已经有十四年没有见面了。在这十四年中，老乔里恩不时想到在处理儿子的事情上是否自己也有点不对。小乔先是爱上那个迷人精丹娜伊·桑渥西，就是安东尼·桑渥西的女儿，现在叫丹娜伊·毕罗了；一场失意使小乔愤然投入琼的母亲的怀抱。也许他当初应当阻止他们不要那样急急忙忙结婚，两个年纪都太轻；可是这次失恋使他看出小乔这人感情太容易冲动，正巴不得他能够结婚。不到四年工夫，事情闹开了！要他赞成儿子的荒唐行为当然不可能；他这人平时立身处世主要是靠两方面——理智和教养；现在无论从理智方面或者从教养方面讲，这件事他都决计不能赞同，但是他的内心感到非常痛苦。事情本身是那样残酷无情，毫不顾惜人的情感。那时的琼是个红头发的小家伙，已经会在他身上乱爬，缠他，缠着他的心；他的心天生就是给这种照顾不了自己的小家伙玩耍的,投靠的。就同他一向看事情那样地清楚,他看出在琼和儿子之间,他必得放弃一个;这是实逼处此,没有任何调和的余地。叫人伤心的也就在此。终于那个照顾不了自己的小家伙战胜了。他不能又要孙女,又要儿子,结果只好跟儿子分开。

这一分开,一直到今天都没有见面。

他曾经提出每年给小乔里恩一点津贴,可是小乔里恩拒绝了;这比任何事情都更加伤他的心,因为这一来他连那一点点蕴藏的慈爱都没有发泄的余地;没有比财产的转手,不论是赠与或者拒绝赠与,更能实实足足证明父子间的感情决裂了。

这顿晚饭吃得一点滋味没有。那瓶香槟酒又涩又苦,哪里及得上当年的维乌克里果酒。

他一面喝咖啡,一面沉吟,顿然想起看歌剧去,就在《泰晤士报》上——他对别家报纸全不大信得过——找到今晚的戏目,是《菲岱里奥》①。

谢天谢地,幸而不是那个瓦格纳家伙的那种新奇的德国哑剧。

他戴上自己的老式大礼帽;帽檐已经旧得塌下来,再加上帽身很大,望上去就像过去伟大岁月的标志一样;从大衣口袋里,他掏出一副淡紫色的羊皮手套来;由于惯常和他的雪茄烟盒放在一起,有一股强烈的俄国皮革味道;这样装束停当,他就踏上一部街头马车。

马车闹哄哄地沿着街道驶着,老乔里恩没有想到街上这样异乎寻常的热闹。

---

① 德国大音乐家贝多芬作曲。

"旅馆的生意一定非常之好。"他想。几年前,这些大旅馆都还没有呢。他想想自己在这一带附近也有几处产业,感到甚为满意。这些房产的市价一定大跳特跳!交通真挤啊!

可是从这上面他又陷入自己那种古怪的超然物外的冥想中去;这在一个福尔赛家的人说来,是最最稀罕的事;而他所以比其余的福尔赛家的人都要高出一筹,这也是一个潜在的因素。人是多么渺小啊,而且多么无穷无尽;他们往后将是怎样呢?

他从马车里出来时绊了一下,如数付了马夫车钱,就走上售票处去买正厅的座位;他站在那里,手里拿着皮夹子;眼前许许多多年轻人都不用这劳什子了,而是散放口袋里,可是老乔里恩一直不以为然,总是把钱放在皮夹子里。售票员探头出来,就像一只老狗从狗窝里把头伸出来那样。

"怎么,"那人用诧异的声音说,"乔里恩·福尔赛先生!真是的!简直看不见你,先生,好多年了。唉!现在的时世不同了。可不是!您和您的兄弟,还有那位拍卖行的——特拉奎尔先生,还有尼古拉·特里夫莱先生——你们往往每季都经常定六七个座位的。您好吗?我们都老了!"

老乔里恩的眼睛显出黯然的神色;他付掉一基尼的票价。这些人还没有忘掉他。在幕前乐声中他昂然入场,就像一匹老战马上阵一样。

他把大礼帽叠好坐下,照老样子脱下淡紫色手套,拿起眼镜把全场巡视了好一会;最后把眼镜搁在叠好的帽子上,两只眼睛就盯着戏幕望起来。这一巡视以后,他越发觉得自己不中用了。往日剧场里常看见的那些女人,那些漂亮的女人哪里去了?他当初期待看见那些伟大的歌星时的心情哪里去了?那种人生的陶醉和自己在尽量享受的感觉哪里去了?

他这个当年最伟大的歌剧迷!现在歌剧是完了!那个瓦格纳家伙把什么都给毁了;没有音调可言,也没有喉咙来唱它!唉!那些绝代的歌手!全死了!他坐着看一幕幕的老戏重演,心里木然毫无感觉。

从他覆在两耳上的银丝发到他穿着松紧鞋帮漆皮靴的两足的姿势,老乔里恩身上都看不出一点龙钟或者衰老的地方。他和当年每晚跑来看戏的时候一样顽健,或者几乎一样顽健;他的视力也一样好——几乎一样好。可是在心情上却是多么厌倦,多么空虚啊!

他一生就是会行乐,甚至于不完美的东西——不完美的东西过去多着呢——他也能够欣赏;他不论欣赏什么都有个节制,为的是保持自己的朝气。可是现在他的欣赏力,他的人生哲学全不济事了,只剩下这种可怕的万事全休的感觉。连剧中囚徒的合唱和弗洛里安唱的歌都无力为他驱除这种落寞之感。

要是有小乔和他坐在一起多好!这孩子现在总该有四十岁了。在他唯一的儿子的一生中,竟有十四年被他虚掷掉。小乔而且已经不再是为社会所不齿的人。他结了婚。老乔里恩很赞成这一举动,所以忍不住寄给儿子一张五百镑的支票,借此表明自己的态度。支票退了回来,用的是什锦俱乐部的信封信纸,还附了这样几句话:

最亲爱的父亲:

谢谢你的厚赐,这说明你对我的看法还不太坏。我寄了回来,可是如果你认为适当的话,把这笔钱存在我的儿子(我们称他乔里①)名下,我也很愿意;这孩子和我们同名,姑且也算同姓。

　　我挚诚祝你健康如恒。

爱子小乔上

　　这封信写得就像这孩子的为人。他措辞总是那样温和。老乔里恩回了一封信如下:

亲爱的小乔:

　　五百镑已经拨在你儿子的名下,户名是乔里恩·福尔赛,年息五厘。我希望你过得很好。我的身体目前仍旧很好。

父字

　　每年一月一号,老乔里恩都要在这笔账上添上一百镑和一年的利息。这笔款子已经愈来愈大——下一次元旦就要达到一千五百多镑了!他每年这样转一下账究竟有多大满足很难说,可是父子之间的通信就只此一次。

　　他虽则深爱自己的儿子,私下里仍不免有一种不舒适之感;他有一种本能,使他不从原则上而是从成败上去判断行动的是非;这种本能一半是天生,一半也是多年来处理事情、观察事物的结果,正如他这一阶级千千万万的人一样;虽说如此,他仍旧觉得按照当时的处境,他儿子应当弄得一败涂地。在他读过的所有小说里面,在他听过的所有布道里面,在他看过的所有戏剧里面,都规定了有这一条法律。

　　可是自从那张支票退回以后,事情好像有点不大对头了。

---

①　在第一卷中,小乔里恩后妻所生的一子一女简称乔儿和好儿。

为什么他儿子没有弄得一败涂地呢？可是话又说回来了，谁又能拿得准呢？

当然，他过去也听到——事实上，他是蓄意打听出来的——小乔住在圣约翰林那边，在威斯达里亚大街有座小房子，还有个小花园；也带着自己妻子出来交际——当然和些怪里怪气的人；他们有两个孩子——那个小家伙乔里（这名字在当时情况下听上去颇带点讽刺意味①，而老乔里恩是又害怕又不喜欢讽刺的），和一个女孩子好丽，那是结婚后生的。所以他儿子过的究竟是什么日子，谁也说不了！他把自己外公留给他的遗产收入用来投资，进了劳埃德保险社当个保险员；他还作画——水彩画。这一点老乔里恩是知道的，因为他有一次在一家画铺橱窗里看见一张泰晤士河风景，下面签的就是他儿子的名字。这事以后，他不时就悄悄买些回来。他觉得这些画画得很不好，而且因为上面有签名的缘故，也不拿来悬挂，都被他锁在一个抽屉里。

坐在大歌剧院里，他忽然感到一种非常急切的心情，想看看自己儿子。他记得儿子小时候穿一身棕色麻纱衣服，专喜欢在他裤裆里钻来钻去；他还记得有一个时候自己随着儿子的小马跑，教他怎样骑马；也记得第一天带他上学的情景。过去这孩子真是个黏人的可爱的小东西！自从进了伊顿公学之后，他在言谈举止上也许变得太文雅了一点，不过老乔里恩知道这也是好事，而且只有在这种学校里花了大价钱才能学得到；不过这孩子一直就跟自己合得来。便在进剑桥大学之后，也一直和自己合得来——神情也许落寞一点，可是这正是剑

~~~~~~~~~~~~~~~

① 乔里原文为 Jolly,可解释为"快活"。

桥教育的优点。老乔里恩对于我们的公立学校和大学的好感从来没有动摇过；这种教育制度几乎是国内最高等的教育制度，他自己过去没有这种福气享受到，所以他一方面景仰，一方面又疑虑，倒也很使人感动……现在琼既然走了，离开了，或者说事实上等于离开他了，如果可以和儿子重新见面，这对他将是多么快慰的事。老乔里恩就是一面怀着这种背叛自己家庭、自己立身之道、自己阶级的鬼胎，一面两只眼睛盯着台上的歌手望，糟糕得很——糟糕到透顶！还有那个演弗洛里安的简直瘟透了！

戏完了，时下这班看戏的人真容易满足！

在人群拥挤的街上，他抢上一部被一位身材魁梧、年纪轻得多的绅士已经叫好的马车。他回家要穿过蓓尔美尔大街，可是到了街角上时，车子并不穿过绿公园，赶车的转了一个弯反而上了圣詹姆士街。老乔里恩把手伸出车外打算改正他（他不能容忍人家把他带错路）；可是车子才一转弯，老乔里恩发现自己的对面就是什锦俱乐部，这一来，他这一晚上暗藏的急切的心情战胜了，他叫马夫停下车子。他要进去问问小乔是不是还是会员。

他走进俱乐部。穿堂的外表和他当年同杰克·海林常来吃饭的时候一点没有变，全伦敦要算这里的厨师第一；他以一种神气而大方的派头向四面看看；在他一生中这种派头常使他额外受到人家的趋奉。

"乔里恩·福尔赛先生还是会员吗？"

"是的，先生；现在就在里面，先生。您贵姓呀？"

这话使老乔里恩有点措手不及。

"我是他父亲。"他说。

说完之后,他就回到壁炉那边,找一个地方站着。

小乔里恩正要离开俱乐部;他已经戴上帽子预备从穿堂出去,和看门的人迎个正着。他已经不是当年年少,头发有点花白了;一张脸跟他父亲的完全是一个模子出来,只是稍微窄一点,同样的一撮下垂的大上须——脸色看去十分憔悴。当时他的脸上变了色。经过这么多年,父子两个再见面真有点不是滋味,世界上最最令人受不了的就是这种尴尬场面。两人见面拉了手,一句话没有,后来还是父亲带着颤抖的声音说:

"你好吗,孩子?"

儿子也回答说:

"你好吗,爹?"

老乔里恩戴着淡紫色手套的手抖了起来。

"你要是跟我同路的话,"他说,"我可以带你一段。"

父子两个就像天天晚上携带对方回家一样,出门就上了马车。

在老乔里恩看来,儿子是大了。"完完全全是大人了。"这是他的评语。在儿子的脸上,除掉那种天生的和蔼之外,还添上一层近似玩世不恭的表情,好像处在自己的生活环境中需要这种防御一样。眉眼当然是福尔赛家的,可是比较具有一个学者或者哲学家的沉思神情。显然,在这十五年中,他是逼得要时常反省自己呢!

在小乔里恩的眼中,他父亲初见面时无疑地使他吓了一跳——那样子非常衰老了。可是在马车里面,他好像简直没有什么改变,仍旧是自己清楚记得的那样神态安详,仍旧是腰肢笔挺,目光炯炯。

"爹爹,你的气色很好。"

"马马虎虎。"老乔里恩回答。

他心里非常焦急,逼得他非说出来不可。既然这样把儿子找了回来,他觉得自己非得问清楚他的经济情况不可。

"小乔,"他说,"我想听听你的日子过得怎样。我想你差债吧?"

他把话这样说,觉得儿子也许比较肯讲出老实话来。

小乔里恩用他的讥刺的口吻回答:

"不!我并不差债!"

老乔里恩看出儿子生气了,就碰一碰他的手。这一着很险;可是,很值得,而且小乔是从来不跟他赌气的。车子一直赶到斯坦厄普广场,两个人都没有再说什么。老头儿邀儿子进去,可是小乔里恩摇摇头。

"琼不在家,"他父亲赶忙说,"今天动身去看望亲戚去了。我想你该知道她订婚了吧?"

"已经订婚了吗?"小乔里恩咕哝了一句。

老乔里恩下了马车;在付车钱时,生平第一次把一镑钱当作一先令给了马夫。

马夫把钱放在嘴里,偷偷在马肚子下打上一鞭子,就匆匆赶走了。

老乔里恩把钥匙在锁孔里轻轻一转,推开大门,向儿子招招手。儿子看见他严肃地挂上自己的大衣,脸上的表情就像个男孩子打算偷人家的樱桃一样。

餐室的门开着,煤气灯捻得很小,桌上茶盘里一架烧着酒精的水壶发出咝咝声,紧靠着水壶旁边一只促狭相的猫儿熟睡着。老乔里恩立刻把猫嘘走。这一点小事倒使他的紧张心情松了下来;他把大礼帽拍得多响地赶着猫。

"它身上有跳蚤。"他说,随着猫出了餐室。他在穿堂通往底层的门口嘘了好几声,就像帮助那只猫走开一样,正巧管家在楼梯下面出现了。

"你可以去睡了,巴费特,"老乔里恩说,"锁门和熄灯由我来。"

他重新走进餐室的时候,那只猫不幸已经在他前面进来,尾巴翘得高高的,那意思好像是宣布这件对管家的退兵之计从一开头就被它看穿了。

老乔里恩一生中的家庭策略总是这样不吉利。

小乔里恩不禁笑了。他本来很懂得讽刺,而今天晚上的事情,像这只猫和他自己女儿的订婚消息,都含有讽刺意味。原来不论在他女儿的事情上面或者在这只猫的事情上都同样没有他的事!这里的天理循环他觉得很有意思。

"琼现在长成什么样子了?"他问。

"小个儿,"老乔里恩说,"人家说她像我,可是这是瞎说。她还是像你的母亲——同样的眼睛和头发。"

"哦!那么好看吗?"

老乔里恩是个十足的福尔赛性格,决不信口恭维;尤其是那些他真正心爱的人。

"长得不算丑——十足的福尔赛家的下巴。她出嫁后,这里要冷清了,小乔。"

他脸上的神情又使小乔里恩吃了一惊,就和他们初见面时一样。

"你自己打算怎么办呢,爹?我想她的心全放在未婚夫身上了。"

"我自己怎么办?"老乔里恩重复了一句,声音里含有怒意,"一个人住在这里真使人受不了。我真不知道怎样一个了结。我真想……"他止住自己不说下去,接着说,"问题是,这所房子把它怎么办才对?"

小乔里恩把屋内环视一下。屋子特别大,也特别乏味,挂了许多他从小就记得的大幅静物画——许多熟睡的狗,鼻子抵着一束束胡萝卜,和这些挂在一起的那些洋葱和葡萄,很不调和。这所房子是个累赘,可是他没法想象自己的父亲能够住得了更小一点的房子;正因为如此,使他更加感觉到这里的讽刺。

在那张附有放书板的大椅子上坐着老乔里恩,他这一家族、阶级和信念的领袖人物,白头发,大额头;在生活有节制,做事按部就班,热爱财产方面都算得上一个典型;然而却是全伦敦最最寂寞的一个老人。

这就是他,舒适地然而忧郁地坐在这间屋子里,然而却是那些伟大动力所玩弄的一个傀儡;这些伟大动力完全不理会什么叫家族或者阶级或者信念,只是像机器一样推动着,通过可怕的过程推往那无从推测的结局。小乔里恩感到的就是这些,因为他也有那种超然物外的看法。

可怜的老爹!原来这就是他的结局,他一生的生活这样有节制,落得就是如此!一个人孤零零的,一天天老下去,渴望着有个人来陪他谈话!

老乔里恩也朝儿子看看。他有许多事情要谈,这些事情是他多年来没法谈的。过去他就没法好好和琼商议,说他深信索霍区的产业一定会涨价,说他对于新煤业公司的矿长毕平那样闷声不响非常感到不安,而他一直就是这家公司的董事长;说美国高尔高达公司股票一直下跌真是可恨;甚至于商量怎样用赠予的方式,来逃避他死后的遗产税。可是现在,一杯茶在手,他的劲头来了;他把手边的茶杯不停地搅下去,开始讲起来。一个新的人生远景就这样展开;在这一片天赐的谈话乐土上,他找到一处海港来抵御那些焦虑懊丧的巨浪;他可以想出种种方法救出自己的财产,使他生命里唯一的不死部分永远活下去,用自己设计的鸦片来安慰自己的灵魂。

小乔里恩很耐心地听;这是他的最大长处。他两眼盯着父亲的脸望,不时问他一下。

老乔里恩话还没有说完,已经敲一点钟;听见钟声,他的立身之道又回来了。他掏出怀表一看,脸上带着诧异的神情。

"我得睡了,小乔。"他说。

小乔里恩站起来,伸手扶父亲起身。那张老脸又显得衰朽枯槁了;两只眼睛始终避开他。

"再见,孩子,自己保重。"

停了一会儿,小乔里恩就转身向门口走去。他眼睛简直看不清楚,微笑的嘴唇有点抖。在这十五年中,自从他第一次发现人生不是一件简单的事情以后,从来没有想到它可以复杂到这样程度。

第三章　斯悦辛家的晚宴

斯悦辛那间用橙黄和淡青装饰的餐室正面临着海德公园；餐室内的圆桌上摆了十二个人的餐具。

屋子中间悬了一架雕花玻璃的枝形吊灯，点满了蜡烛，就像一座庞大的石钟乳垂下来；屋内的大金边穿衣镜，茶几上的大理石面和沉重的织花垫子的金椅子全被照得通亮。凡是这样的人家，能够有办法从乡下的冷僻角落混进上流社会，没有不深深爱好美术的；因此这里的一切也都表现了这种爱好。斯悦辛就是吃不消简单朴素，就是喜欢金碧辉煌，这使他在一班交游中被公认为大鉴赏家，只是太豪华了一点。哪一个走进他的屋子，都会立刻看出他是个阔人；他自己也蛮知道这一点，因此更加踌躇满志；在他一生中，恐怕从没有像眼前的境遇更加使他心满意足了。

他本来是替人家经管房产的；这个职业他一向瞧不起，尤其是房产拍卖部；自从退休之后，他就一心一意搞起这些贵族玩意儿来，在他这也是很自然的事。

他晚年过的十足阔绰的生活，使他就像个苍蝇掉在糖罐子里一样；他的脑子里从早到晚不转什么念头，因此刚好成为两种极端相反感觉的接壤地带：一种是踌躇满志的感觉，觉得自己创立了家业，这是一种持久而且顽强的感觉；另一种是觉得自己这样出类拔萃的人物根本就不应让工作来玷污自己的心灵。

今天他穿一件白背心站在餐具橱旁边,看男仆把三瓶香槟酒的瓶颈硬塞进冰桶里去;白背心上面是金镶白玛瑙的大纽扣。硬领的尖角使他动一动就觉得刺痛,可是他决不换掉;在领子下面,下巴的白肉鼓了出来,一动不动。他的眼睛把酒瓶一只只望过去;自己心里在辩论着;下面一套话就是他跟自己说的:乔里恩喝个一杯,或者两杯吧,他很会保养自己。詹姆士,他近来喝不成酒了。尼古拉呢——凡妮跟他准会抱着水喝!索米斯算不上;这些年轻的子侄辈——索米斯三十八岁了——还不能喝酒!可是波辛尼呢?这个陌生人有点不属于他的哲学范畴,所以碰上这个名字,斯悦辛就踌躇了。他不放心起来!真难说!琼不过是个女孩子,而且正在恋爱!爱米丽(詹姆士太太)喜欢喝一杯好香槟。可怜的老裘丽会嫌这酒淡而无味,她是不懂酒的。至于海蒂·却斯曼!一想到这个老朋友就引起他一串思绪,使他原来清澈的眼睛变得有点迷惘了:她准会喝上半瓶!

想到余下的一位客人时,斯悦辛上了年纪的脸不禁露出了猫儿扑鼠前的神情。索米斯太太!她也许喝得不多,可是她会赏识这酒;给她好酒喝也算一乐!一个美人——而且对他有感情!

想到她就像想到香槟酒一样!请她喝好酒真是快事,这样一个年轻女子,长得漂亮,又懂得怎样穿衣服,仪态举止又那样动人,真是出色——招待她真是快事。他的头在硬领子尖角之间微微痛苦地扭动一下,今天晚上还是第一次。

"阿道尔夫!"他说,"再放一瓶进去。"

他自己也许会喝得很多;这要感谢布列特医生那张药方,他觉得身体非常之好;他而且很当心自己,从来不吃午饭。好多星期来他都没有觉得这样好过。他把下嘴唇嘟了出来,发出最后的指示。

"阿道尔夫,上火腿时只能少加一点西印度果汁。"

他走进外间,在一把椅子边上坐下,两膝分开;那个高大肥硕的身材立刻变得木然不动,带着企盼的神气,又古怪,又天真。只要有人来通知一声,他立刻就会站起来。他有好几个月没有请人吃饭了。这次庆贺琼订婚的晚宴开头好像很头痛(在福尔赛家,请订婚酒的成规是像宗教一样奉行的),可是发请帖和吩咐酒菜的苦差事一完,他的豪兴倒又引起来了。

他就这样坐着,手里拿着一只又厚又光的金表,就像一块压扁了的牛油球,脑子里什么都不想。

一个蓄了腮须的高个子走进来;这人原是斯悦辛的男仆,可是现在开蔬果店了;他高声说:

"却斯曼太太,席普第末斯·史木尔太太!"

两位太太走进来。前面的一个一身红衣,两颊上也是同样红红的两大块,一双严厉而且尖利的眼睛。她向斯悦辛走来,伸出一只戴淡黄长手套的手。

"啊,斯悦辛,"她说,"好久好久不见了。你好吗?怎么啦,我的好老弟,你长得多胖啊!"

斯悦辛的眼睛狠狠盯了她一下,只有这一眼暴露了他的感受。他心里涌起一阵无名怒火。长得胖俗气,谈胖也是俗气;他不过是胸脯阔一点罢了。他转身望着自己的老妹,握着她的手,带着命令的口吻说:"怎么样,裘丽。"

席普第末斯·史木尔太太在四姊妹中是最高的一个;一

张善良而衰老的圆脸已经变得有点阴沉沉的;脸上无数凸出的肉球,满脸都是,好像一直戴着铁丝的面具,当天晚上忽然除下来,弄得脸上到处是一小撅一小撅抗拒的肉球似的。连她的眼睛都好像嘟了出来。她就是以这样的方式来纪念席普第末斯·史木尔逝世的长恨。

她说话算是有名地会出乱子;跟她这家人一样地坚韧,她说话出了乱子之后还要坚持下去,并且再说话再出乱子,就这样出下去。她丈夫去世之后,这种血统上的韧性和实际主义,逐渐变得荒芜了。她是个健谈的人,只要有机会让她谈话,她可以几个钟点毫不激动地谈下去,就像史诗那样单调,叙说着命运虐待她的种种事例;她也看不出那些听她谈话的人的同情是在命运那一边,因为她的心原是善良的啊!

这个可怜的灵魂曾经长时期坐在史木尔(一个体质羸弱的人)的病榻旁边,因此养成了一种习惯;她丈夫逝世之后,她有多次长期陪伴病人、儿童和其他无依无靠的人,因此她永远不能摆脱那种感觉,好像这个世界的确是一个最最忘恩负义的地方,实在过不下去。那位极端风趣的牧师汤姆·施考尔对她的影响最大,每逢星期日她都要坐在他的经坛下面听他布道,终年如此;可是她跟人家谈起时,连这也说成一种不幸,并且人家都相信她。她在福尔赛家人中已经成为话柄,任何人只要显得特别叫人头痛的时候,就被认为是"道地的裘丽"。像她这样心情的人,要不是姓福尔赛,在四十岁的时候早就会一命呜呼了;可是她却活到七十二,而且气色从没有这样好过。人家对她的印象是,她有一种自得其乐的本领,而且这种本领还没有充分得到发挥。她养了三只金丝雀,一只叫汤咪的猫和半只鹦鹉——因为跟她妹妹海丝特合养的;这些可怜的动物(悌摩西最害怕这些东西,所以她很当心总不让悌摩西撞见)跟人不同,认为她倒霉并不能怪她,所以都和她打得火热。

今天晚上她穿了一条黑条纹毛葛连衣裙,青莲色的前胸开成浅浅的三角领子,上面再在细喉管下面系了一根黑丝绒带子,这身装束虽则颜色深了一点,却很华贵。晚上穿黑色和青莲色在每一个福尔赛家人都会认为是沉静的颜色。

她向斯悦辛嘟着嘴说:

"安姐问起你。你好久没有来看我们了!"

斯悦辛两只大拇指插着背心两边,回答道:

"安姐太龙钟了;她应当请医生看看!"

"尼古拉·福尔赛先生和太太!"

尼古拉·福尔赛竖着两道长方眉毛,脸上带着笑。他原打算从印度高山地带雇用一个部落去开锡兰的金矿,今天白天总算把事情办妥了。这是他一个很得意的计划,终于克服了许多当前的严重困难而获得解决——他当然很高兴。这样将使产量增加一倍。他自己时常和人家争论,根据一切经验都证明人是一定要死的;至于在本国穷老而死,或者在一个外国矿穴下面受到潮湿夭折,肯定都没有什么关系,只要这样改变一下自己的生活方式有利于大英帝国就行了。

他的才干是无可怀疑的。他抬起自己的塌鼻子向着对方,接下去说道:

"由于缺少几百个这种家伙,我们有多年没有分红了;你看看股票的价钱;我一股脑儿可以卖上十个先令。"

他还上雅茅斯去休养过,回来觉得自己至少年轻了十年。他抓着斯悦辛的手,兴孜孜地嚷着:

"啊,我们又碰头了!"

尼古拉太太,一个憔悴的妇人,也在他身后跟着苦笑,那样子又像是高兴,又像是害怕。

"詹姆士·福尔赛先生,太太!索米斯·福尔赛先生,太太!"

斯悦辛把脚跟一并,那种举止看上去更加神气。

"啊,詹姆士,啊,爱米丽!你好吗,索米斯?你好?"

他握着伊琳的手,眼睛睁得多大。她是个美丽的女子——稍为苍白一点,可是身材、眼睛、牙齿多美!索米斯这个家伙真不配!

老天给了伊琳一双深褐的眼睛和金黄的头发;这种奇异的配合最吸引男子的目光,据说也是意志薄弱的一种标志。她穿一条金色的连衣裙,露出丰满的颈子和双肩,肤色柔和而苍白,使她的风度特别迷人。

索米斯站在后面,眼睛紧盯自己妻子的颈子。斯悦辛仍旧把表拿在手里,表上指针过了八点;晚饭时间已迟了半小时——他还没有吃午饭——心里不由涌起一阵无名的原始的焦灼。

"乔里恩不大会迟到的!"他对伊琳说,已经按捺不下自己的气愤,"我想都是琼把他耽搁了。"

"恋爱的人总是迟到的。"她答。

斯悦辛瞠目望着她,两颊泛出暗橙黄的颜色。

"他们没有理由迟到。无聊的时髦玩意!"

在这阵发作后面,那些原始祖先不能用言语表达的愤怒好像都在咕哝着。

"你说我新买的这颗星好不好,斯悦辛叔叔?"伊琳温柔地说。

在她衣服胸口花边中间果然闪耀着一颗五角形的星,是用十一粒钻石镶成的。

斯悦辛望望那颗星。他对宝石本来就爱好。要分他的神,再没有比问他对于宝石的意见更加想得周到了。

"谁给你的?"他问。

"索米斯。"

她的面色一点不改,可是斯悦辛的淡黄眼睛瞪了起来,仿佛若有所悟似的。

"我敢说你在家里很无聊,"他说,"随便哪一天你愿意来吃晚饭,我都请你喝伦敦最好的酒。"

"琼·福尔赛小姐——乔里恩,福尔赛先生!……波斯威尼先生①!……"

斯悦辛摆一下胳膊,喉咙里咕了一句:

"吃晚饭了——晚饭!"

他带着伊琳,理由是自从她过门之后,还没有请过她。琼当然和波辛尼坐在一起,波辛尼坐在伊琳和自己未婚妻中间。琼的另一边是詹姆士和尼古拉太太,再过去是老乔里恩和詹姆士太太,尼古拉和海蒂·却斯曼,索米斯和史木尔太太,这样就接上斯悦辛形成一个圆圈。

福尔赛的家族宴会都遵守某些传统。例如,冷盆是没有的。为什么不备冷盆,始终没有人知道。小一辈的人猜想大约是由于当初生蚝的价钱贵得太不像话的缘故;更可能由于这样直截了当,冷盆大都没有什么好吃的,为了肚子的实惠就

---

① 这是表示男仆不熟悉波辛尼的名字。

索性不要了。只有詹姆士一房有时候不忠于这一传统,因为冷盆在公园巷一带差不多成为普遍的风尚,因此他们也就很难抵制得了。

入座之后,接着是一种相互间无言的冷淡,几乎含有不快;中间也杂些这类的话:"汤姆又闹病了;我真弄不懂他是什么缘故!"——"我想安姐早晨是不下楼的吧?"——"凡妮,你的医生叫什么名字?斯特伯吗?一个江湖医生!"——"维妮佛梨德?她养的孩子太多了。四个,可不是?她瘦得像根木条!"——"斯悦辛,你这雪利酒什么价钱?我觉得淡而无味①!"一直到上第一道菜,都是这样的沉闷。

斟上第二杯香槟之后,席间听到一片嗡嗡声;把这片嗡嗡声里面附带的杂声去掉,就发现它的主要成分是詹姆士在讲故事;故事讲了很久很久,连上了羊胛肉之后的时间也被他占用了一部分——这道菜在福尔赛家宴会上是公认的头菜。

福尔赛家不论哪一房请客都没有不备羊胛肉的。羊胛肉又有滋味,又耐咬嚼,对于"有相当地位"的人士特别相宜。它有营养而且——好吃;恰恰是那种叫人吃了不能忘怀的东西。它就像放在银行里的存款一样,有它的过去和未来;这是一样可以引起争论的菜。

关于哪儿出产的羊肉最好,福尔赛各房都会各执一词,——老乔里恩矢口说达特穆尔的好,詹姆士说威尔士的好,斯悦辛说南丘羊好,尼古拉说别人也许会不屑一顾,可是的确哪儿都赶不上新西兰。罗杰呢,在弟兄中原是一个"独出心裁"的人,因此逼得不得不杜撰出一个自己的地区来;他

~~~~~~~~~~

① 这是史木尔太太把香槟酒当作雪利酒,认为不够香甜。

真不愧为一个能替自己儿子想出一种新职业的人,居然被他异想天开发现了一家卖德国羊肉的铺子;人家说他胡说,他就拿出一张肉店的账单来,账单上开的价钱比哪一家都大,这就证实了他的说法。老乔里恩,就在这类争辩的场合,有一次向琼发挥了他的哲学:

"的的确确,福尔赛家的人都是些神经病——你年纪大一点就会懂得!"

只有悌摩西没有卷入争辩,原因是,虽则他吃羊胛肉吃得津津有味,可是吃了,据他自己说,却很不放心。

哪一个对福尔赛家人的心理感到有兴趣的,这种伟大的羊肉嗜好对于他将具有头等的重要性;这种嗜好不但说明这家人的韧性,包括集体的和个人的韧性,而且标志出他们在性格上和本能上都是属于那个伟大的现实阶级,他们只相信营养和口味,决不感情冲动地去羡慕什么美丽的外表。

固然,大块吃肉在族中年轻一辈里,有些是不肯干的;他们比较喜欢来一只珠鸡,或者龙虾色拉——一些看上去漂亮但是营养较少的菜——可是这些都是女子;或者,即使不是女子,也是被他们的妻子或者母亲带坏了的;那些妻子或者母亲结婚之后都被逼得一直要吃羊胛肉,因此对羊胛肉都暗暗仇视,于是在儿子的性格上也传染上这种仇视了。

羊胛肉的伟大论争结束之后,就开始上土克斯布莱火腿,外加少许的西印度果汁——这道菜斯悦辛吃了好久好久,连晚餐都受到了阻碍。为了拿出全副精神来对付这道菜,他连谈话都中止了。

索米斯从他靠着史木尔太太的座位上留心观看。他有他的私心要观察波辛尼,这件事和他心爱的一个建筑计划有关系。这个建筑师也许对他有用处;你看他靠在椅背上,闷闷地把面包屑摆成壁垒,很有点聪明样子。索米斯看出他的礼服式样不错,可是太小了,好像是多年前做的。

他看见波辛尼对伊琳讲了几句话,伊琳的脸色高兴起来;这种脸色他过去看见她对待许多人都用过,就是不对他用。他想听听两个人讲些什么,可是裘丽姑太正和他谈着话。

这件事在索米斯看来是不是很特别?不过是上星期天,那位亲爱的施考尔先生在他布道时曾经那样冷隽,那样讽刺地说过:"'一个人如果拯救了自己的灵魂,'他当时说,'可是丧失了自己所有的财产,这对他有什么好处呢?'"施考尔说,这就是中产阶级的格言;你说,他这句话究竟是什么意思?当然,这也许就是指的中产阶级的信仰——她也不知道;索米斯怎么看呢?

索米斯心不在焉地回答她:"我怎么会知道呢?不过施考尔是个骗子,可不是吗?"原来波辛尼这时正在把席间的人望了一遍,好像在指出这些客人里面的特别地方,索米斯弄不懂他在说些什么。从伊琳的微笑可以看出她显然同意他的话。她好像总是同意别人的意见似的。

她的眼光这时转到自己身上,索米斯立刻垂下眼睛。她嘴边的微笑消失了。

一个骗子?索米斯这话是什么意思?如果施考尔先生,一个牧师,会是个骗子——那么谁都可以是骗子了——真不像话!

"哼,他们本来都是骗子!"索米斯说。

裘丽姑太有这么半晌被他这句话惊得说不出话来,他这才听见伊琳的片段谈话,听上去好像是:"凡入此门,永坠沉沦!"①

可是斯悦辛已经把火腿吃完了。

"你买蘑菇上哪一家?"他问伊琳,那种口气就像宫廷人物一样,"你应当上斯尼莱包白的铺子去——他会把新鲜的给你。这些小铺子,他们总是怕麻烦!"

伊琳转过身子答话,这时索米斯望见波辛尼一面瞧着她,一面一个人在微笑。这家伙笑得真古怪。一种半痴的派头,就像孩子高兴时笑得那样。想起乔治给他起的诨名——"海盗"——他觉得没有多大道理。看见波辛尼转过来找琼谈话,索米斯也笑了,不过带有讥讽的神气——他不喜欢琼,而琼这时候的脸色却不大好看。

这并不奇怪,原来琼适才和詹姆士正在进行下列的谈话:

"我回来半路上,在河上住了一宿,詹姆士爷爷,望见一处地方,正好造一所房子。"

詹姆士一向吃得又慢又仔细,只好停止细嚼。

"嗯?"他说,"那地方在哪儿?"

"靠近潘本。"

詹姆士送了一块火腿到嘴里,琼只好等着。

"我想凭你就不会知道那块地是不是自由保有的产业②!"他终于说,"也不会知道那边的地价!"

"我知道,"琼说,"我打听过了。"在她黄铜色头发下面的

---

① 这句话引自但丁的《神曲·地狱篇》第3章写在地狱大门上的最后一句话,伊琳在这里可能用来比喻结婚。
② 即业主能自由变卖的产业,詹姆士怕的是那种只能终身享受进益,而不能自由处理的产业。

那张坚决的小脸显得焦急而且兴奋,简直可疑。

詹姆士俨然是一个检察官的神气望着她。

"怎么?你难不成想要买地吗!"他叫了出来,同时放下手中的叉子。

琼见他感兴趣,大大鼓起勇气。她心里一直有种打算,想怂恿她几个叔祖在乡间造所别墅,这样对他们自己有好处,对波辛尼也有好处。

"当然不是,"她说,"我觉得这地方给你或者——哪一个造所别墅简直太好了!"

詹姆士偏着头望她,又送一块火腿到嘴里。

"那边的地应当很贵呢。"他说。

琼原来当作詹姆士感兴趣,其实他并没有;他不过是像福尔赛家所有的人一样,听见有什么想望的东西可能落到别人嘴里时,感到一种表面的起劲罢了。可是琼执意不肯错过时机,又继续申说她的理由:

"你应当住到乡下去,詹姆士爷爷。我真指望有一大笔钱,那我就在伦敦一天也不多住。"

詹姆士的瘦长个子深深激动了,他没有想到自己侄孙女见解这样干脆。

"为什么你不到乡下去呢!"琼又说一句,"对你有很多好处!"

"为什么?"詹姆士慌慌张张说,"买地——买地,造房子,你说对我有什么好处?我下的本钱连四厘钱都拿不到!"

"那有什么关系?你可以呼吸到新鲜空气。"

"新鲜空气,"詹姆士叫道,"我要新鲜空气做什么——"

"我想谁都会喜欢新鲜空气的。"琼鄙夷地说。

詹姆士用餐巾把整个的嘴揩揩。

"你不懂得钱的价值。"他说,避开她的目光。

"不懂!而且我希望永远不懂!"可怜的琼带着无名的懊丧,咬着嘴唇,再也不吭声了。

为什么她自己的亲戚这样有钱,而菲力却连明天买烟草的钱从哪儿来都没有准呢?为什么她的亲戚不能帮他一点忙呢?可是他们就是这样自私自利。为什么他们不造所别墅呢?她一脑门子都是这种天真的武断想法,这种想法很可怜,但有时候也会很收效。她沮丧之余,转身看看波辛尼,看见他正在和伊琳谈着话,不由得冷了半截。她气得眼睛直瞪,就像老乔里恩遭到挫折时的眼睛一样。

詹姆士也很不开心。他觉得就像有人威胁到他投资五厘的权利似的。乔里恩把她娇惯坏了。他自己的女儿敢说没有一个会说出这样话的。詹姆士对自己的儿女一直很大方,他自己也明知道,这就使他感觉到更加不开心。他闷闷不乐地盘弄着面前的一盘草莓,然后浇了许多奶油,赶快把草莓吃掉;这些草莓至少不能放过。

他不开心是无足怪的。五十四年来(他从法律许可的最早的合法年龄起就当起律师)他都是做的房产押款,把资金的利息永远保持在一个很高但是安全的水准上,一切交涉都是从一个原则出发,既要尽力榨取对方,也要照顾到自己的主顾和本身不受风险;他的一切交往都是拿金钱来计算的,根据可能性的大小而决定交情的厚薄;他怎么会最终不变得一脑门子只有钱呢?钱现在是他的光明,是他的眼睛;没有钱他就老老实实什么都看不见,老老实实辨别不出什么现象;现在居然有人当着他的面对他说"我希望永远不懂得钱的价值",这使他难堪而且恼怒。他知道这话没有道理,否则的话他就会慌张起来。世界将会变成什么样子呢?可是,忽然间他想起了小乔里恩的事情来,自己觉得好受一点,因为老子如此,女儿能变到哪里去呢!不过这一来却又把他的心思引到另一个更加不痛快的方面去。这许多关于索米斯和伊琳的闲话究竟是怎么一回事呢?

正如所有爱惜声誉的人家一样,福尔赛家也有个商业中心,所有家族的秘密都在这里交换,所有家族的股票也都在这里估价。从这所福尔赛交易所里传出来的消息是伊琳对这次婚姻很懊悔。当然,没有人会赞成她。她当初就应当知道自己要不要嫁;一个稳重的女子很少这样糊涂的。

詹姆士怅然盘算着:这两口子有一所漂亮的房子(稍微小一点),头号地段,没有孩子,经济上也没有困难。索米斯不大肯谈自己的境况,可是他一定混得很不错啦。原来索米斯跟他父亲一样,也是律师,就在那家有名的福尔赛·勃斯达·福尔赛律师事务所里;他的业务收入很可观,而且他一直都很把稳。不但如此,在他接受的房产抵押的案件中,有几件做得异常地成功——都是及时取消了对方的取赎权——等于中了头奖!

伊琳没有理由过得不开心,可是人家说她曾经要求和索米斯分房。詹姆士知道这事将是怎样的后果。索米斯要是酗酒,那还有可说的,可是他并不酗酒。

詹姆士望望自己的媳妇。他那没有被人发觉的目光显得又冷酷又迟疑;这里面含有央求和害怕,还有一种个人的不快。他为什么要这样担心呢?很可能是胡说八道;女人就是那样莫名其妙!她们先是那样说得活灵活现的,弄得你信也不好,不信也不好;后来,什么话都不告诉他了,他只好亲自去打听个明白。詹姆士又偷看伊琳一眼,再从她这边朝索米斯望望。索米斯正在听裘丽姑太讲话,眨着一双眼睛向波辛尼这边望。

"他是喜欢她的,我知道,"詹姆士想,"你看他总是买东西给她。"

而伊琳对索米斯却总是那样厌恶,未免太不合理了;这样一想,自己觉得分外难受。更可恨的是,她是那样一个惹人疼的小女人,而他,詹姆士,只要她愿意和他接近的话,就会真心真意地喜欢她。她近来跟琼很合得来;这对她没有好处,肯定对她没有好处。她慢慢变得也有自己的主张了。他不懂得她为什么要这样做。她有个好家庭,想什么就有什么,这还不够吗?他觉得她交朋友应当由别人替她选择,这样下去是危险的。

的确,对于不幸的人们,琼一向就给他们撑腰,所以伊琳的心事终于被她套了出来;伊琳说了之后,她就劝她在逼不得已时只有接受不幸后果的一法,和索米斯分离。可是伊琳听了她这些劝告,始终一言不发,只是沉吟,好像她觉得这样硬起心肠斗下去有点吃不消。当时她告诉琼,说他对她决不会放手。

"哪个在乎他?"琼高声说,"他要怎么做就怎么做——你只要坚持下去就行!"她在悌摩西家里也说了类似的话,太不小心了;这话传到詹姆士耳朵里,使他又恨又气,这也是人情之常。

倘若伊琳真想得起来——他连想都不敢想——和索米斯分离呢?可是许多模糊的幻境都给唤了起来,他耳朵里闹哄哄,全是族中人的议论,这样一个众目所睹的事件,跟他这样接近,就发生在他的儿子身上,真是丢脸!所幸她没有钱——一年只有五十镑的一个穷鬼!他想起那个逝世的海隆教授,带着鄙视;他总算没有留给她一点遗产。他一面饮酒,一面沉吟,两条长腿在台子下面盘着,当女客离开餐室的时候,他竟没有起身。他得跟索米斯谈谈——叫他提防着些;现在既然想到可能发生变故,他们就不能再这样下去。他看见琼留下的酒杯里酒还是满满的,大不以为然。

"全是这个小鬼在里面捣蛋,"他盘算着,"伊琳本人决不会想到这样。"詹姆士真是个富有想象的人。

斯悦辛的声音把他从遐想中唤醒。

"我花了四百镑买的,"他在说,"当然是件十足的艺术品。"

"四百镑!哼!一大笔钱呢!"尼古拉附和着说。

这里讲的原来是一座精雕细刻的意大利大理石像;石像放在一个高座子上(座子也是大理石的),在屋内散发出一种文化气息。六个雕刻得极其精致的女像,全是裸体,指着一个中心的女像,也是裸体;中心的女像也指着自己;这一切都给观者一个很快乐的印象,觉得它的确极端名贵。裘丽姑太儿乎就在对面坐着,这一晚她总是强制自己不去望它,但是强制不了。

老乔里恩开口了;就是他引起这场辩论。

"四百个屁!难道说你真正花了四百镑买这个吗?"

斯悦辛夹在硬领角之间的下巴今晚上第二次痛苦地扭动了一下。"四——百——镑,英国钱;一个子儿不少。我一点不懊悔。这不是普通的英国雕刻——是真正的现代意大利雕刻！"

索米斯的嘴角向上形成微笑，朝波辛尼这边望望。建筑师在抽烟，在烟雾里咧着嘴笑。现在，的确，他有点像"海盗"了。

"功夫可不浅，"詹姆士赶快说，他看见石像这么大，的确有点佩服，"在乔布生拍卖行里准可以卖上好价钱。"

"刻这个石像的那个倒霉外国鬼子，"斯悦辛接下去说，"向我要五百镑——我给他四百。实在值八百镑。看上去快要饿死了，那个家伙！"

"哎！"尼古拉突然附和着说，"都是些倒霉的穷酸家伙，那些艺术家；我不懂得他们怎样过活的。像小佛拉几阿莱第那种人，凡妮和女孩子们常常请到家里来拉拉提琴的；他一年能够赚到一百镑就是上上大吉了！"

詹姆士摇摇头。"啊！"他说，"我就弄不懂他们怎样过活的！"

老乔里恩这时已经站起来，嘴里衔着雪茄，凑过去把石像仔细看了一番。

"我连两百镑都不会给！"他终于说。

索米斯看见自己的父亲和尼古拉相互焦灼地瞄了一眼；在斯悦辛的那一边，波辛尼仍旧隐在烟雾里。

"不知道他怎么想！"索米斯想；他满知道这群石像"过时"到不可救药的地步，完全是二十年前的，乔布生行里早已没有这种艺术品出售了。

斯悦辛终于回答，"你简直不懂得雕刻。你不过有你那些画罢了！"

老乔里恩回到自己的座位上，仍旧抽着雪茄。像斯悦辛这样一个固执的混蛋,头脑像骡子一样愚钝,一座石像跟一顶——草帽他都分别不出来,跟他卷入一番争论,才不值得呢。

"石膏人儿!"他只说了这么一句。

斯悦辛早就胖得跳不动了,所以只把拳头重重地在桌上捶了一下。

"石膏人儿!我倒想看看你家里有什么东西及得上这个的一半!"

他这句话后面,那些原始祖先的粗暴嗓子好像又隆隆地响起来了。

还是詹姆士出来挽回这种局面。

"我说,波辛尼先生,你怎么说?你是个建筑师;石像这类东西你应当很在行呢!"

举座的目光都投到波辛尼身上来;全都带着古怪而疑虑的神情等待他回答。

索米斯也第一次开口了。

"对呀,波辛尼,"他问,"你怎么说?"

波辛尼淡淡地回答:

"是一件特别的作品。"

他的话是对斯悦辛说的,眼睛却狡狯地向着老乔里恩微笑;只有索米斯仍旧不满足。

"特别在哪儿呢?"

"很天真。"

接着是一片沉默,显然大家都懂得这里的意思了;只有斯悦辛还弄不明白他这话的意思究竟是不是恭维。

第四章　房子的筹建

斯悦辛家晚宴后的第四天,索米斯从自己家里绿漆大门内走出来,从广场这边回头望望;他一直觉得自己的房子需要油漆一下,现在更加证实了。

他离开家时,自己的妻子正坐在客厅里长沙发上,两只手交叉放在膝上,显然在等待他出去。这并不足为奇;事实上,天天都是这种情形。

他不知道她觉得他什么地方不对。如果他酗酒,那还情有可原!难道他欠债,或者赌博,或者说下流话吗?难道他粗暴吗?难道他的朋友太闹吗?难道他在外面过夜吗?恰恰相反。

他觉得妻子对自己有种克制着的深刻厌恶;这在他是一个谜,也使他极端着恼。至于她结婚是个错误,她并不爱他,想爱他然而爱不了他,这都摆明不是理由。

一个人对自己妻子同自己合不来而能想出这样古怪的原因的,就肯定不是个福尔赛了。

索米斯因此不得不把整个事情归咎于自己妻子。他从没有碰见一个女子能这样使人家倾倒。两口子不论走到哪里,都看见所有的男子被她吸引过来;从那些男子的脸色、态度、声音上全看得出;尽管大家对她这样注目,她的举动仍然没有什么可以指摘的地方。其实像她这种女子——在盎格鲁—撒克逊种族里并不太多——是天生要被人爱和爱人的,她这种人不爱就等于不活在世上;这在索米斯当然决计没有想到。他把她的吸引力认为是他的财产的一部分;可是他确也觉察到,她既然能得到人家的殷勤,也就可以同样对人家殷勤;而他呢,却始终得不到!"那么她为什么嫁我呢?"他一直这样想着。他已经忘掉自己求爱时期的情形;在那一年半里面,他包围着她,伺候着她,想出种种方法请她出去游宴,送她礼物,每隔一个时期就向她求婚一次,经常缠着她使其他追求她的人没法接近。那一天,他看出她深深不喜欢自己的家庭环境,就巧妙地利用了这一点,居然被他大功告成;那一天他早已忘记了。他如果还有点记得的话,就会想起当时那个金黄头发深褐眼睛的女郎对待他的不过是撒娇和使小性子。那一天她忽然屈服,说她肯嫁他时,她脸上的那种古怪、柔顺和乞怜的神情他决计不会记得。

这就是书上和人们嘴里所赞许的那种真正忠实的求爱;等到精诚所至,金石为开时,男方的辛勤就获得了酬报,而当婚礼的钟声响了之后,一切都应当是幸福和快乐的了。

索米斯沿着有树荫的人行道向东走去,永远是那副东张西望的神情。

这房子需要修理,除非自己决定迁到乡下去造一所房子。

这个月里,他总有上百次把这个问题盘算过。仓促从事是不必要的。他很富裕,收入逐年都有增加,现在已接近三千镑一年了;可是他的投资也许没有他父亲设想的那样大——詹姆士总是期望自己的孩子比目前混得还要好。"我可以毫不费力筹出八千镑来,"他想,"不需要追回罗勃生或尼古尔的款子。"

他半路上在一家画铺子门口停下来瞧瞧,原来索米斯一向喜欢收画,而且在蒙彼利埃广场六十二号家里有一间小屋子,满放的画,全都靠墙堆着,因为没有那么多的地方挂。他从商业区回家就把买的画带回来,一般是在天黑以后;星期天下午他总要走进这间小屋子,成几个钟点耽下去;把这些画翻出来就着亮光看,检查画布背面的记号,偶尔也记一点下来。

这些画几乎全都是风景,在近处点缀些人物;这些画标志着他对伦敦的一种无名的反抗,对那些高楼大厦和无穷无尽的街道的反抗;他的生命、他的族人和他这一阶级的生命就是在这儿度过的。偶尔他也会带上一两张画,雇上一部马车,在进城的路上顺便在乔布生行停一下。

这些画他很少拿给人看;他对伊琳的眼光私下很佩服,也许就是这个缘故,他从不向她请教。伊琳很少走进这所小屋子来,偶尔进来也是为了尽主妇的责任。索米斯从不请她看这些画,她自己也从不要看。这在索米斯又是一件不痛快的事。他恨她这样骄傲,心底里却又害怕她这样骄傲。

画铺的大玻璃橱窗照出他的立影,并且朝着他望。

他的光泽头发压在高帽檐下面,也和帽子一样光彩熠熠;两颊苍白而瘦削,胡髭剃得很光的嘴唇线条,坚定的下巴带着一片剃过胡子的淡青色,一件紧腰身的黑外褂扣得很紧,这一切仪表都衬出他是个矜持而有城府的人,心思坚定,表面却装得安详。可是一双灰色而无情的眼睛,带着紧张的神气,在眉心之间夹出一道缝,凝思地望着他,就好像知道他内心的弱点似的。

他把那些画的名称和画家的姓名一一记了下来,计算一下它们的价值,可是没有像平时私下计算之后那样感到满足,就向前走去。

六十二号总还可以再敷衍一年,如果他决定造房子的话。目前正是造房子的时候;多年来,头寸从来没有这样紧①;他在罗宾山看到的那块地——就是他在春天下去勘视尼古尔抵押的房产的那一趟——地点真是不能再好了!只要在海德公园三角场的十二英里方圆以内,地价准会上涨,将来卖出去准会赚钱;所以一所房子,只要式样造得好,真正的好,的确是头等的投资。

至于在自己族中成为唯一在乡间拥有住宅的人,这种想法在他倒无所谓;对于一个真正的福尔赛来说,爱好,甚至于社会地位的爱好,只是一种奢侈,只有在自己追求更多的物质享受得到满足之后,才容许放任一下。

把伊琳迁出伦敦,不让她有走动和拜客的机会,使她和那些向她脑子里灌输思想的朋友隔绝!这才是要紧事情!她跟琼的过从太密了!琼不喜欢他。他也不喜欢琼。两个人本来是一个血统,在这上面也是旗鼓相当。

把伊琳搬出城去就会一切都解决。她会喜欢那房子,会为了装饰房子忙得很开心,她本来就有艺术眼光啊!

房子的式样一定要造得好,要造得与众不同,要有把握能卖上好价钱,像巴克司最近造的那所房子,有个高楼的;不过巴克司亲口说过,他那一个建筑师可把他坑死了。你跟这班人真是纠缠得没有个完;他们只要有相当的名气,就会叫你钱花得像流水一样,而且还自鸣得意。

~~~~~~~~~~~~~~~~~~~~

① 头寸紧,则市面呆滞,物价下降,建筑材料的价格自然也下降了。

一个普通的建筑师是不行的——一想到巴克司那所房子的高楼,就打断了索米斯聘请普通建筑师的心思。

就因为这个缘故,他才转到波辛尼的身上。自从那次在斯悦辛家晚宴之后,他就向人打听波辛尼;打听到的很少,但是令人兴奋:"是个新派。"

"聪明吗?"

"要多聪明就有多聪明,——有点——有点拿不准他!"

他还没有能打听出波辛尼造了哪些房子,也不知道他收费多少。他得到的印象是条件大约可以由他来定。这个办法他越想越中意。这叫作利权不外溢;在一个福尔赛家人,这差不多是一种天然的想法;而且即使不能免费,也会得到"最惠国"的待遇——这也说得过去,因为这座房子并不是普普通通的建筑,波辛尼有这个机会,很可以大展才能。

索米斯心满意足地盘算着这件准可以使这个年轻人上手的工程;他跟所有福尔赛家人一样,一件事只要有利可图,都是十足的乐观主义者。

波辛尼的事务所就在斯隆街,和他的家近在咫尺;在建筑过程中,他可以从头到尾留意他的动静。

还有,承揽这件工程的就是伊琳最要好朋友的爱人,看上去伊琳也就不会反对离开伦敦了。琼能否结婚说不定就要指望这个。伊琳不能妨碍琼的婚姻,这总讲不过去;她决不会如此,他太知道伊琳的为人了。琼也会高兴;这一点他看出对于自己也是有利的。

波辛尼的样子看上去很聪明,可是也有一股子傻劲——这是他最最可爱的地方——好像不大斤斤计较得失;在金钱上面他该是一个容易对付的人。索米斯这样盘算并不是存心

69

欺骗;这种心思是他脑子里天生就有的——任何一个做生意的好手都有这种心思;就在目前,当他穿过人群上罗得门山去时,他周围千千万万做生意的好手也都是这种心思。

所以,当他带着快慰的心情盘算着,觉得波辛尼在金钱上面该是个容易对付的人时,他实在是符合他这个伟大阶级的不可理解的规律——也就是人性的规律。

他在人群中挤着前进;他的眼睛平时都是注视着自己脚前的地面,这时忽然被圣保罗教堂的圆顶引得朝上望去。他对这座古老的圆顶特别感觉兴趣;每一个星期中,他不止一次,而是总有两三次在他日常进城的半路上停下来,走进教堂,在边廊上耽上五六分钟,细看那些石碑上面的名字和碑铭。这座伟大的教堂对他会有这样的吸引力真是不可思议的事,要么是这个原因,就是这样使他能把心思集中在当天的生意上面。只要他脑子里牵挂着什么特殊重要的事情,或者在办理某一件事情需要他特别精细的时候,他就会毫无例外地走进教堂,信步把一个个碑铭瞧过去,瞧得非常仔细。随后,依旧悄悄走出来,稳步向齐普赛街走去,举止上显得更加专注,好像刚被他撞见了一件他决心要买的东西一样。

今天早晨他也走了进去,可是并不悄悄看那些石碑,而是抬起眼睛望那些圆柱和墙壁间的空当,而且站着一动不动。

他一张仰起的脸就跟许多教堂里的人脸一样,不知不觉地显出一种凛然而深沉的表情;在那座庞大的建筑里,脸色白得就像石灰。他戴了手套的双手握着面前的伞柄,紧紧勒在一起。他把双手举起来。也许他有了什么圣洁的灵感吧!

"对了,"他想,"我一定要有地方挂我那些画。"

那天傍晚,他从城里回来的时候,就上波辛尼的事务所去看他。他看见那位建筑师穿了一件衬衫,抽着烟斗,正在一张图上画线。波辛尼要他来杯酒,索米斯拒绝了,立刻就谈到正题。

"星期日你如果没有什么要紧事情,就跟我上罗宾山看一块地基去。"

"你打算造房子吗?"

"也许,"索米斯说,"可是不要说起。我只是想领教一下你的意见。"

"好吧。"建筑师说。

索米斯把屋子仔细看一下。

"你这儿太高了一点。"他说。

关于波辛尼的营业的性质和范围,只要能打听到一点点,总有好处。

"眼前对于我倒还合适,"建筑师回答,"你是用惯了那些漂亮房间的。"

他敲掉烟斗里的烟灰,可是仍旧把空烟斗衔在牙齿中间,大约这样可以帮助他进行谈话。索米斯留意到他的两颊一边一个凹洞,就好像是故意吸进去的。

"这样一个事务所你要付多少房租呢?"他问。

"不少,五十镑。"波辛尼答。

这回答给索米斯的印象很满意。

"我想的确是太贵了,"他说,"星期天十一点钟光景我来找你。"

到了星期日他坐了自备的马车来找波辛尼,同他坐车子上火车站去。到达罗宾山之后,雇不到马车,两人就步行了一英里半路到了所说的地点。

那天是八月一日——天气极好,灼人的太阳,万里无云——在那条通往小山的笔直小径上,两人脚下蹴起一片淡黄的尘土。

"沙砾土。"索米斯说,从侧面把波辛尼的上裓望了一眼。上裓两边的口袋里塞了几卷子纸,一只胳膊夹着一根奇形怪状的手杖。索米斯把这些和其他古怪的地方都看在眼里。

谁也不会对自己的装束这样随便,除非他是个聪明人,或者真的是个海盗;这种放荡不羁的地方虽则引起索米斯的反感,却使他相当满意,因为这些都表明这人的某些品质准会给他占到便宜。只要这人能够造房子就行,他的衣服有什么关系呢?

"我告诉过你,"他说,"我打算造所房子给家里人来一个出其不意,所以你一个字不要提起。我做事没有做好之前是从来不讲的。"

波辛尼点点头。

"你让女人知道你的计划,"索米斯紧接着说,"你就会弄得没法收拾!"

"啊!"波辛尼说,"女人总是麻烦!"

这种感觉蕴藏在索米斯心里好久了,不过从没有被他变为语言。

"哦!"他说,"原来你也开始——"他停止不说,可是带着控制不住的愤慨又加上一句:"琼有她的牛脾气——一直是如此。"

"一个天使有脾气也不坏。"

索米斯从来没有把伊琳称作天使过。在人前夸耀她等于泄漏一项秘密,而且暴露了自己;这样做是违反自己的良心的。所以他没有搭腔。

两人已经走上一条穿过兔场的被人走出来的土路。一条和土路形成直角的车辙引导他们到达一处碎石坑;碎石坑那边远远望见一片茂密树林,就在林边一簇树丛中,一个村舍的烟囱耸了出来。粗糙不平的地面上长满一球球的茸草,茸草中飞出许多云雀在轻烟似的阳光中翱翔。远远在天边,凌驾在一片连绵不断的田野和篱落之上,是一列高原。

索米斯向前引路,带着波辛尼一直穿到石坑对面最远的地方才停下来。这就是他挑中的地点;可是现在要把这个地点向另一个人泄漏出来,他倒变得忸怩了。

"经管人就住在这村舍里,"他说,"他会给我们预备午饭——我们还是吃了午饭之后再进行这件事。"

他仍旧领前向村舍走去,一个叫奥列弗的高个子男子在村舍那边迎接他们;他长了一张阴沉的脸和一部花白胡子。午饭时,索米斯简直不吃什么;他眼睛盯着波辛尼,有一两次用自己的绸手帕悄悄地揩额头。饭终于吃完了,波辛尼站起来。

"我敢说你有事正要谈,"他说,"我去四面瞧瞧。"他也不等索米斯回答就大踏步走了出去。

索米斯是这处产业的顾问律师,所以约莫有一个钟点的时间,他都和经管人在一起,看地样,商量尼古尔和其他押款的事情;然后,就像事后想起来的一样,提起这块建筑地基的事情来。

"你们这些人对我应当把价钱减些,因为我将是第一个来这里造房子的。"

奥列弗摇摇头。

73

"先生,你看中的这块地基,"他说,"是我们手里最便宜的一块,坡子上面的地还要贵得多呢。"

"你记着,"索米斯说,"我还没有决定呢;很可能我干脆不造房子。地租太大了。"

"我说,福尔赛先生,你放弃就太可惜了,而且我觉得是一个失策,先生。在伦敦附近没有一块地方有这样的风景的,从各方面讲,也没有比这里更便宜的了;我们只要登一个广告出去,就会引来一大堆人要它。"

他们相互望望。两个人的脸色都说得很明白:"我承认你做生意的手段不错,可是要我相信你一个字那是休想。"

"好吧,"索米斯又重复一下,"我还没有决定呢;这事很可能不算数!"说了这几句话之后,他就提起阳伞,把一只冰冷的手伸到经管人的手里,也不握一握对方就缩了回来,走到门外阳光下面。

他一面深思,一面缓缓向那片地基走回去。他的本能告诉自己,那个经管人说的全是真话。是一块便宜地基。妙招是他知道这个经管人并不真正认为便宜;这就是说他自己的直觉仍旧胜过了对方。

"不管便宜不便宜,我决定买下。"他想。

许多云雀在他的脚前脚后飞起来,空中到处飞着蝴蝶,野草发出清香。从树林那边袭来凤尾草的鲜美气息,鸽子躲在树林深处咕咕叫着,远远随着暖风飘来教堂的有节奏的钟声。

索米斯眼睛望着地上走着,嘴唇时张时合,好像预期有一块美肴到嘴似的。可是到达地基时,波辛尼却哪儿也看不见。等了一会儿之后,他穿过兔场向山坡的方向走去。他几乎想大声叫唤,可是又怕听到自己的喉咙。

兔场上就像大草原一样寂寞,只有兔子穿进自己洞穴的簌簌声,还有云雀的歌声,打破这片沉寂。

索米斯,这个伟大福尔赛军队的先锋,在他向这片荒野的文明进军中,觉得自己的兴头下去了;这片寂静,和无影无形的歌声,温暖芳香的空气使他有点悚然。当他已经开始沿着原路要走回去时,终于望见了波辛尼。

那位建筑师正四仰八叉躺在一棵耸立在坡沿上的大橡树下面;树身老得已经皱裂,上面枝叶纷披,占了好大一块面积。

索米斯碰一下他的肩膀,建筑师这才抬起头来。

"哈!福尔赛,"他说,"你房子的地基我给你找着了,就在这里!你看!"

索米斯站着望一下,然后冷冷地说:

"你也许很聪明,可是这块地基又要我多花上一半的价钱呢。"

"价钱随它去,老兄。你看看景致!"

几乎就从他们的脚下展开一片熟小麦,在远处没入一丛深暗的杂树中。一片田野和篱落的平原一直伸展到天边,和远处灰青的高原连接起来。从右边可以望得见泰晤士河细成一条蜿蜒的银线。

天是那样的蓝,日光是那样的明媚,就像这片景色终年在被夏日的风光笼罩着。蓟草的茸花在他们四周飞上飞下,好像被大气的静谧熏醉了似的。热气在金黄麦子上跳着舞,还有,四面八方都洋溢着一种柔和的不识不知的嗡嗡声,好像是灿烂的分秒喃喃地在天与地之间举行着宴乐。

索米斯凭眺着。在他的胸中不由自主涌起一串感想。住在这里,终日对着这一切景色,而且能够把这些指给自己的朋友看,而且谈论它,而且占为己有!他的两颊泛出红晕。这里的温暖、明媚、光热正在透进他的感官,就如同四年前伊琳的绝色透进他的感官,使他渴想占有她一样。他偷望波辛尼一眼,波辛尼的眼睛,就是老乔里恩的马夫说的半驯服的野豹的一双眼睛,好像正在纵眺着这片风景。阳光刚好照上这个家伙脸上的那些尖角;高颧骨、尖下巴、隆起的眉峰;一张粗野、热心而悠然自得的脸;看得索米斯心里甚为不快。

柔和的微风吹过庄稼,一股热气向他们迎面扑来。

"在这里给你造一所房子,会使谁都眼热。"波辛尼说,两人间的沉默总算打破了。

"我要说,"索米斯冷冷地回答,"你不用掏腰包啊!"

"大约花个八千镑,我可以给你造一座宫殿。"

索米斯脸色灰白——他的内心正在挣扎着。终于眼睛垂下来,他执拗地说:

"我出不起。"

随后,仍旧由他领先,东张西望地走着,带着波辛尼回到原来那块地基来。

两人在这里花了相当长的时间详详细细计划房子怎么造,后来索米斯又回到经管人的村舍里去。

半小时后,他走了出来,和波辛尼一起向车站出发。

"哦,"他说,嘴唇差不多都不张开,"我终究买下你看中的那块地基了。"

他又沉默下来,内心里糊里糊涂地辩论着,怎么这个他一向鄙视的人偏偏会逼迫他做出决定来。

第五章 一个福尔赛家庭

索米斯和住在这伟大伦敦城里千百个和他同一阶级同一年代的开通人士一样,都知道红丝绒椅子已经不时新,都知道近代意大利大理石人群雕像是"过时"的玩意儿;而且,都能够尽量使自己的房子赶得上时髦。这就是索米斯的房子:一个铜门环样式就非常别致,窗子已经全部改装成向外开,窗口都吊着花草箱,里面栽满了倒挂金钟;屋子后面是一座绿砖铺的小院子(是这座房子的特色),四周放了许多绯色的八仙花,都栽在孔雀蓝的大花盆里。一张皮革颜色的大日本阳伞几乎挡着整个院子的尽头;这样子,屋子里住的人或者客人坐在伞下一面喝茶,一面从容地观看索米斯最近搜集来的小银盒子时,院子外面好奇的人们就不能窥望他们。

屋内的装潢以拿破仑时代和威廉·莫里斯①为主。就面积而论,房子也相当宽敞;有无数的小角落,收拾得像许多鸟窠一样;许多小银器摆设就像下的鸟蛋。

在这一般说来是十全十美的环境中,却有两种考究的心理在抵触着。女主人的考究是孤芳自赏,顶好是住在一座荒

---

① 威廉·莫里斯(1834—1896),英国作家、工艺美术家和空想社会主义者,1861年曾和一批人从事室内装潢业,产生了很大影响。

岛上；男主人的考究就好比是一种投资，是为了自身的发展而经营它，他所遵守的规律也就是商业竞争的规律。是这种商业竞争的心理使索米斯早在马罗堡中学做学生时就考究起来，他是第一个在夏天穿起白背心，冬天穿起花呢背心的人；在公共场所出现时，他决不使自己领带缩到硬领上面去；给奖日要当着一大群人朗诵莫里哀之前，非要把自己的漆皮鞋拂拭一下不可。

他逐渐变得像许多伦敦人一样，一定要做到无疵可击；你决不可能想象他有一根头发弄乱，一条领子没有浆平，或者一根领带打得不直，便是相差这么八分之一的英寸也不行！不洗澡决计不能出门——洗澡也是时髦；而那些出门不洗澡的人，在他的眼中是多么可鄙视啊！

可是伊琳，你可以想象得到，却像一些水神在路旁清流中浴着水，纯粹为了消受一下凉爽，和在水中能照见自己美丽的身体。

在这遍及整幢房屋的矛盾中，女的退却了。就像当年撒克逊民族和卡尔特民族继续在国内进行着斗争时一样，在气质比较容易接受外来影响的一方就逼得接受一种传统的上层建筑。

因此，这座房子便变得和千百幢其他有远大目标的房屋非常相似，人家提起来都说："索米斯·福尔赛夫妇的那座顶可爱的小房子，很别致呢，亲爱的——的确考究！"

这里的索米斯·福尔赛也可以换作詹姆士·毕波第，汤姆斯·艾根和爱曼尼艾尔·斯巴几诺莱蒂；事实上对伦敦中上流人士稍稍自命风雅一点的，都用得上；虽则房屋装饰的样式不同，可是用这句话来形容却一样适当。

在八月八日的傍晚——离那次远征罗宾山不过一星期之久——就在这所"很别致呢,亲爱的——的确考究"的房子的餐室内,索米斯和伊琳在坐着用晚餐。星期天的晚餐吃热菜也是这个人家以及别的许多人家共有的一点出色时髦玩意。结婚的生活一开始,索米斯就定下这一条家法:"星期天用人一定要给我们预备热晚餐——他们除掉拉手风琴之外,并没有别的事情干。"

这条家法并没有引起革命。原来用人都忠于伊琳——这在索米斯是相当可恨的事情——伊琳本来就把一切根深蒂固的传统都不放在眼里,所以对人性喜爱清闲这个弱点好像认为他们也有权利享受一下。

一对幸福的夫妇坐在那张漂亮的花梨木的餐桌那儿,并不对面坐,而是斜坐着;吃饭也不铺桌布——这也是一种出色的考究玩意——两人到现在为止,还没有说过一句话。

索米斯喜欢在晚饭时谈生意,或者谈自己买了些什么;只要他有话谈,伊琳的沉默并不使他感觉不安。今天晚上他偏偏觉得讲不出口。整整一个星期来,他心里一直都盘算着造房子的事,现在打定主意要告诉她了。

既要把心里话讲出来,然而又感到心神不宁,这使他深深着恼;她没来由使得他这样——夫妇是一个人。自从坐下来之后,她连望都不望他一眼;不知道这半天她肚子里究竟想些什么。一个男人像他这样地工作,给她赚钱——对了,给她赚钱,而且心里还带着创痛——而她却坐在这里,望着——就好像看见房间墙壁合拢来那样望着,这太令人难堪了;足可以气得一个男人站起身离开餐桌。

粉红灯罩的灯光落在她颈子和胳膊上——索米斯喜欢她

79

穿露肩的晚礼服吃饭,这给他一种莫名的优越感;多数亲友在家里吃晚饭时,他们的妻子顶多穿上自己最好的便服,或者喝茶的长服,哪有这样排场。在这片粉红色的灯光下,她的琥珀色的头发、白皮肤和深褐色的眼睛形成奇异的对照。

哪一个男人能够有这样美丽的一张餐桌呢,这样色彩深厚,还放了像星星一样的娇嫩的玫瑰花,紫红颜色的玻璃杯和古色古香的银餐具;哪一个男人能够有坐在桌子旁边的这个女子更美丽呢?在福尔赛家的人里面,感激并不是一件德行;他们全是一脑门子的商业竞争和常识,根本就没有工夫想到这上面来;所以索米斯这时候只感觉到一种几乎像是痛苦的气愤,觉得自己并不能真正占有她,并不能像自己权利规定的那样占有她;他不能像伸手摘下这朵玫瑰花一样,把她摘下来,嗅出她心里的真正秘密。

在其他的财产方面,他的银器,他的画,他的房子,他的投资,他都能感到一种隐秘而亲切的感情;在她身上,没有。

在他自己这座房子的墙上,到处写着有字①,都说她天生不是他的人;他的生意经气质抗议这种神秘的警告。他娶了这个女子,使她成为自己的人,现在却说他顶多只能占有她的肉体——其实能真正占有她的肉体也好,他连这个也开始怀疑了——在他看来,这简直违反一切法律上最基本的规定——财产法。如果有人问他可要占有她的灵魂,这问题当会使他觉得幼稚可笑。可是他的确就想如此,而墙上的文字却说他永远不会做到。

---

① 暗用《旧约·但以理书》伯沙王受天谴事:"当时忽有人的指头显出,在王宫与灯台相对的粉墙上写字……上帝已经数算你国的年日到此完毕。你被称在天平里显出你的亏欠。当夜迦勒底王伯沙撒被杀。"

她永远不作声,永远那样屈从,厌恶他但表面上不露痕迹;她好像生怕自己的一言一动或者一个暗示会使他误解她喜欢他似的;所以他问自己:难道我要永远这样下去吗?

他跟他这一代多数的小说读者一样(索米斯就是酷爱读小说的),人生观往往带上文学的色彩;他染上的见解是,这不过是时间问题。到后来,丈夫总会获得自己妻子的欢心的,便是在那些以悲剧结束的小说里——这类书他本来不大喜欢——那个做妻子的临死时总要说些深深忏悔的话;或者如果死掉的是丈夫的话——这种想法太丧气了——她也会悔恨交集地扑倒在他身上。

他时常带伊琳去看戏,出于本能地选择了那些描写现代交际生活中夫妇问题的话剧,所幸的这些问题和真实生活中的夫妇问题并无相同之处。他发现这些戏的收梢也是一样;便是里面有个情人,结果也仍旧是大团圆。索米斯看着戏时,倒是时常同情那个情人;可是等到跟伊琳坐上马车回家,还没有到门口就被他发现这样是不行的,还幸亏那出戏有那样的收梢。当时有一种类型的丈夫很时髦,就是一种刚强、比较粗鲁,然而极端正常的那种男子;这种人在剧终时特别顺利;索米斯对这种人实在不同情,如果不是因为自己的处境,甚至于会对这种人表示厌恶。可是他迫切需要做一个顺利的甚至于"刚强"的丈夫,这一点他是深深知道的,因此虽则这种厌恶的根源出于他的隐秘的残忍天性,可能由于造化的反常作用造成的,他却从不吐露出来。

可是伊琳今晚却是异乎寻常地沉默。索米斯从来没有看见她脸上有过这样的表情。本来异常的东西总是引起人们恐慌,所以索米斯也着慌起来。他吃完最后的一道小吃,催促女

佣用银畚箕把桌上的面包屑扫掉。女佣离开室内之后,他把杯子斟满了酒,就说:

"下午有人来吗?"

"琼。"

"她来想些什么?"这是福尔赛家的一种口头禅,认为人家不论到哪里,总是想些什么,"来谈她的爱人吗,我想?"

伊琳没有回答。

"在我看来,"索米斯接着说,"好像她待她爱人比她爱人待她好。她总是到处跟着他。"

伊琳的眼光使他感觉不安起来。

"你讲这种话没有道理!"她高声说。

"为什么不能说?谁都可以看得出来!"

"他们看不出,就是看得出来,这样讲也不成话。"

索米斯再也沉不住气了。

"你真是个好妻子!"他说,可是暗地里却弄不懂她的回答为什么这样激烈,这跟她平日为人不像,"你跟琼太热火了。我可以告诉你一件事:她现在擒到海盗,才不把你放在心上呢,你慢慢就会明白。可是你们将来也不会时常见面了,我们要住到乡下去。"

他很高兴借一番发作把这个消息透露出来。他指望对方会惊叫起来;可是话说出之后,伊琳仍是一声不响,他又着慌了。

"你好像并不感兴趣。"他逼得又加上一句。

"我早知道了。"

他狠狠望她一眼。

"谁告诉你的?"

"琼。"

"她怎么会知道的？"

伊琳没有回答。他弄得又沮丧又不好过，就说：

"这对波辛尼是件美事；可以从此出头了。我想琼全部都告诉你了吧？"

"对了。"

又是一阵沉寂，于是索米斯说道：

"我想你是不想去的，是吗？"

伊琳没有回答。

"我真弄不懂你想些什么？你好像在这儿永远住得不开心。"

"我开心不开心跟造房子有什么关系？"

她拿起那瓶玫瑰花走了。索米斯仍旧坐着。难道他签订那张合同就为了这个吗？难道他预备花上万镑左右的钱是为的这个吗？波辛尼那句话他又想起来了："女人总是麻烦！"

可是没有一会，他的气就稍稍平复下来。事情可能弄得还要糟些。她可能大发其脾气。他原来指望的并不止这一点点的不快。总算是运气，有琼替他打破这个僵局。她一定是从波辛尼那里诓出来的；他早就该见到这一点了。

他点起香烟。伊琳总算没有大哭大闹！她会自己转弯的——这是她最好的地方；她冷僻，可是并不别扭。那张油光闪亮的餐桌上歇着一只甲虫；他一面向甲虫喷着烟，一面冥想着那座房子。担心没有用处，过会跟她和好算了。她这时该是昏暗中坐在日本阳伞下面做针线呢。好一个美丽的温暖的夜晚……

事实是那天下午琼眼睛笑眯眯地跑了来，说："索米斯太好了!对菲力真是一件美事——他恰恰就需要有这样一个机会!"

她看见伊琳脸上仍旧是不开心和茫然的样子,就说下去:"当然是你们在罗宾山的房子。怎么?你难道不知道吗?"

伊琳原来并不知道。

"哦!那么,我想我不该告诉你的!"她不耐烦地望着自己的好朋友,又叫道,"你看上去好像毫不关心似的。你知道,我一直巴望的就是这个——他一直要找的就是这种机会。你现在可以看看他的本领了。"这样一来,她就把事情的经过全部吐了出来。

自从她订婚之后,琼好像对自己好朋友的处境已经不大感兴趣;她跟伊琳在一起时都是谈些自己的私房话;尽管她对伊琳的身世充满怜惜,可是有时候仍旧不免在微笑中露出一点又像是怜悯、又像是瞧不起的神气,那意思好像说:这个女子在自己一生中铸成这样一件大错——这样可笑的错误。

"连内部装修也由他包下来——由他一手经办。这简直——"琼大笑出来,小身体快活地颤动着;她举手击一下白纱窗帘。"你知道我甚至还求过詹姆士爷爷——"可是忽然不愿意提起那次不快的事情,她又停止不说;过了一会儿,看见自己的好朋友简直不大理会这件事,就起身走了。她走到人行道上时回过头来看看,伊琳仍旧站在门口。她招一下手,表示告别,可是伊琳并没有答礼,只是用手摸着额头,慢慢转过身去,把门关上……

不一会,索米斯走进客厅,从窗口窥望着伊琳。

她坐在日本阳伞的影子里,一动不动,雪白的肩上的花边随着她胸口的微微起伏颤动着。

可是这个沉默的人儿,在黑暗中坐着一动不动,好像有股温暖劲儿,一股蕴藏着的热情,就好像她整个的人都在激荡着,而且在她的内心深处正在起着某种变化。

索米斯乘人没有瞧见,又溜回餐室去了。

第六章　詹姆士细描

索米斯决定造房子的事不久便在族中传遍了;任何跟财产有关的决定都准会在福尔赛族中引起骚动,这事也是如此。

这不能怪索米斯,因为他本来决心不让一个人知道的。是琼一肚子话按捺不下去,告诉了史木尔太太,而且只许她告诉安姑太,别人都不许告诉——琼认为这样会使安姑太高兴,这个老宝贝——原来安姑太近来已经卧病多日了。

史木尔太太立刻就去告诉安姑太;安姑太倚在枕头上,一面微笑,一面用她清晰而颤动的老喉咙说:

"这对琼儿很好;不过我希望他们小心些——相当危险的!"

当室内重又只剩下安姑太一个人时,她紧紧皱起眉头,就像一片乌云发出明天下雨的警告似的。

这些天来她躺在那里,一直都在加强着自己的意志力;这也表现在她脸上和嘴角上紧缩的动作。

每天早上,女仆史密赛儿——她是从做女孩子时候就服侍安姑太的,安姑太讲起她来都说"史密赛儿,是个好丫头;可是那么慢!"——每天早上女仆史密赛儿都要为安姑太举行那古老的最后的梳妆仪式,而且极其拘谨刻板。她从雪白纸盒中把那些隐秘的花白扁发取出来——这些个人尊严的标记——安全地放在女主人的手中,然后转过身去。

每天裘丽和海丝特两位姑太都要来向安姑太报告悌摩西的动静;尼古拉新近有些什么事情;琼儿有没有说服乔里恩把婚期提早些,因为波辛尼先生已经替索米斯盖房子了;小罗杰的媳妇是不是真的——有喜了;亚其开刀的结果好不好;斯悦辛在威格莫尔街的那座空房子——从前那个房客把钱用光了,而且是那样对他无礼——他怎么办的;尤其是索米斯;伊琳是不是仍旧——仍旧要分房呢?每天早上,史密赛儿都要听到这段盼咐:"今天下午我要下楼了,史密赛儿,大约两点钟光景。我要你搀着我,在床上躺了这么多天了!"

史木尔太太告诉了安姑太之后,又告诉了尼古拉太太,并且叫她严守秘密;尼古拉太太为了要证实这件事,就去转问维妮佛梨德·达尔第,当然是因为她是索米斯的妹子的缘故,这件事她想来全都知道。从达尔第的嘴里慢慢又兜了过来,传到詹姆士的耳朵里。詹姆士听了很是生气。

什么事情都不告诉他,他说。可是他并不径自去找索米斯本人——他有点害怕索米斯那种讳莫如深的派头——反而拿起伞跑到悌摩西家里来。

他看见史木尔太太和海丝特姑太(这消息她也告诉了海丝特——她很可靠,而且向来懒得讲话),都已经心里有数,其实是急于想谈。她们觉得,索米斯肯用波辛尼先生,这在他真是好事,可是相当危险。乔治给他起的一个什么绰号?"海盗呀!"多么滑稽!可是乔治一向就是那样滑稽!不过,总还是在家里人里面,肥水没有落外人田——她们认为总得把波辛尼先生真正看做家里人,不过又觉得很古怪。

詹姆士这时插嘴说:

"他是怎样的谁也不晓得。我不懂得索米斯要这种年轻小伙子有什么用处。敢说是伊琳从中说了话。我要找——"

"索米斯,"裘丽姑太拦住说,"告诉波辛尼说,他不愿意把这件事声张出去。他不喜欢人家谈起,这是肯定的,而且要是悌摩西知道的话,他就会很怄气,我——"

詹姆士用手贴着耳朵:

"什么?"他说,"我聋得厉害。大约人家讲话都听不见了。爱米丽害脚指头。我们要等到月底才能起身上威尔士去。总是有事情!"他要打听的已经全部打听到,所以戴上帽子走了。

下午天气晴朗,詹姆士穿过公园向索米斯家走去;他打算在索米斯家里吃晚饭,因为爱米丽害脚不能起床,莱西尔和茜席丽又往乡间探望朋友去了。他沿着罗登路靠湾水路这面一条斜径穿向武士桥的大门,路上通过一片草场;草场上的草又短又枯焦,上面散布着一些晒黑的绵羊,一对对男女在椅子上坐着,有些陌生的流浪者伏在地上,望去就像是战争浪潮刚在战场上卷过,横陈着许多尸体一样。

他伛着头走得很快,两边望都不望一下。这座公园原是他一生战斗的战场;可是眼前公园里这些景色却引不起他的任何思绪或者遐想。这些从生存竞争的压迫和纷扰中投出来的尸体,这些从机械单调的日常生活中偷得片刻清福的相互偎倚的爱侣,在他心中唤不起任何幻觉;这类想象在他是老早过去了;他的鼻子就像一头绵羊的鼻子一样,只是紧紧凑着它啮食的草场。

他的一个房客最近时常拖欠房租,这对于詹姆士成了一个严重问题,还是立刻把这房客撵出去呢,还是不撵,撵的话,房子可能在圣诞节前租不出去,这个风险担不担?斯悦辛的房子不久以前租的价钱就很低,不过这是活该——他手里放得太久了。

他一面用平稳的步伐走着,一面盘算着这件事,小心地握着阳伞的木柄,就在弯柄下面一点点,这样既可以使伞尖不碰到地,又可以不磨坏中间的伞绸。他伛着瘦削的高肩膀,两条长腿动得又快又机械地准确,就这样穿过公园;园内的太阳以它明亮的火焰照耀着许多闲散的人们,照耀着无数从园外争财夺利的无情斗争中来的人证,而他却像陆栖的鸟儿在飞越一片大海。

他从阿尔贝特门出来时,觉得有人碰一下他的胳膊。

原来是索米斯;他从事务所出来,走皮卡迪利大街背阴的一面回家,忽然和他走上并排了。

"你母亲病在床上,"詹姆士说,"我正上你家里去,不过也许对你不方便吧?"

表面上,詹姆士和他这个儿子显得很冷淡,这是福尔赛家的人特别的地方;可是尽管如此,父子之间并不是没有感情。也许双方都把对方当作一种投资看待;他们相互都很关怀对方的幸福,而且也喜欢和对方碰头,这是肯定的。至于那些比较切身的生活上的问题,两个人从来不吐一字;当面也不肯流露出任何深切的感情。

把这父子两人紧结在一起的是一种非语言分析所能形容的东西,它深藏在国家和家族的组织里——据说血比水浓,而这父子两个都不是冷血动物。其实,拿詹姆士来说,儿女之爱目前已经成为他生存的主要目的了。有这些等于自己一部分的人,可能一朝把自己积攒下来的钱传到他们手里,这是他积钱的根本原因；一个人活到七十五岁，除掉积钱之外，还有什么事能给他快乐呢？生命的核心就是为自己的儿女积钱啊！

尽管詹姆士是那样一个忧郁症患者，在全伦敦城里——伦敦是他的活动中心，他占有它那么多，而且对它抱有那么深厚的无言的爱——可再没有比他更正常的人了（如果说正常的主要征候，像人家告诉我们的，就是保存自己，不过悌摩西肯定说做得太过分了）。他具有中等阶级的那种惊人的正常性情。他比他所有的弟兄都正常：乔里恩意志虽强，但偶尔也会心软下来，来一套他的哲学；斯悦辛怪念头太多；尼古拉能力强，反而因此吃苦；罗杰是企业迷；只有詹姆士是真正的折中派；在诸弟兄中，他的头脑和外表都最不惊人，就因为这个缘故，很可能永远活下去。

詹姆士比他其余的弟兄把"家族"看得更重要，更加宝贵。他对人生的态度永远具有一种原始的温存，他爱一家人坐在炉边，他爱听闲是闲非，爱听抱怨和诉苦。他所有的主意都是从家族这个大心灵里提炼出来的，就像从牛奶桶里提炼出奶酪似的；通过自己的家族，他还汲取千百个同样性质的其他家族的心灵。他经常上悌摩西家里去；年年如此，每星期如此——坐在那间临街的客厅里——大腿交叉着，雪白的腮须包着下巴剃得很光的嘴——看着这个家族的牛奶桶徐沸着，奶油从下面升上来；这样他离开时就会觉得有了依靠，耳目一新，心身俱泰，那种快活的感觉真是无法形容。

在他自我保存本能的坚石下面，詹姆士还是有许多软心肠；上悌摩西家里跑一趟等于在母亲膝上消磨一个钟点；他自己渴望钻在家族的卵翼下得到庇护，从而也影响到他对自己儿女的感情；一想到自己的儿女在金钱上，健康上，或者名誉上直接受到社会的虐待,他就像做着噩梦一般。当初他的老友约翰·斯瑞特的儿子自愿从军时,他摇摇头大不以为然,不懂得约翰·斯瑞特怎么会答应这种事情;后来小斯瑞特被土人的标枪戳死了,他感到非常痛心,特地到处找人告诉,目的就为了说:"他早知道会是怎样结果——他对待儿女的性子太急了!"

那一次他的女婿达尔第做石油股票投机失败,经济上周转不灵时,詹姆士真为这件事烦得不成样子;好像一切荣华的丧钟都敲起来似的。足足有三个月的工夫,还加上往巴登-巴登去休养了一趟,才使他心情恢复过来;想起来真是可怕,这一次事件,要不是他——詹姆士——拿出钱来,达尔第的名字早已上了破产的簿子了。

由于他的生理组织极其健康,一碰到耳朵有点痛,他便以为自己快死了;老婆和儿女偶尔生病,他就认为这是和他个人过不去,是老天有意干扰他,要破坏他的心情宁静;可是除掉自己的至亲骨肉以外,别人有病他都丝毫不相信,每次都要再三跟他们说这是太不保养肝脏的缘故。

他有一句口头禅:"他们不生这个病才怪呢。我假如不当心的话,自己也会生上!"

今天傍晚他上索米斯家来的心情很坏,觉得自己过得真倒霉;爱米丽害脚,莱西尔在乡下闲荡;谁也不同情他;还有安姐,她病了——过得了过不了夏天都很难说;他已经去了三次,她都没有能和他见面!再加上索米斯忽然想到要造房子,这件事非得问一下不可。至于索米斯和伊琳搞不好,他不知道会弄出什么结果——也许会闹得不堪设想!

他走进蒙彼利埃广场六十二号时,就是这样满心准备苦恼一番。

时间已经是七点半,伊琳换了晚礼服,正坐在客厅里。她穿的就是那件金色长袍——这件衣服已经穿过三次,一次赴宴,一次晚会,一次跳舞会,现在只好家常穿穿了——胸口被她镶上一串花边;詹姆士眼睛立刻就落在上面。

"你的衣服在哪儿买的?"他带着着恼的声音说,"我从来没看见莱西尔和茜席丽穿得有一半这样漂亮过。这个玫瑰针织花边可不是真的吧?"

伊琳向他凑近些,让他看出自己的错误。

她这样恭谨柔顺,同时身上微微发出一阵醉人的香水味;使詹姆士不由得心软下来。可是自重的福尔赛家人都不肯一下就屈服;所以他只说:他不知道——大概她在服饰上可着实花一笔钱呢!

锣声响了,伊琳用自己的胳膊挽着詹姆士的胳膊,领他走进餐室。她和他坐在索米斯平日的座位上,就在她左手的侧面。这里灯光柔和,他可以看不见天色逐渐暗下来而感到烦恼;她开始跟他谈起他自己的事情来。

不多一会,詹姆士就觉得自己的心情起了变化,就像水果在阳光中无形中变得熟透一样;这感觉像是有人在抚爱你,赞许你,娇惯你,然而实际并没有受到任何抚爱或者听到任何赞许。他觉得吃下的东西很好受;在家里他就没有觉得这样好受过;他喝的一杯香槟酒很美,待问到牌子和价钱时,原来这种酒他自己就储藏了一大批,可是从来不能上口,这使他诧异至极;当时就发狠要找他的酒商说自己受了骗。

他本来低着头吃菜,现在抬起头来说:

"你们这儿的好东西真不少。这个筛糖的瓶子花了多少钱？敢说很值钱呢！"

对面墙上挂的一张画就是他送给他们的；他看上去特别中意。

"没有想到有这样好！"他说。

饭毕，三人站起来上客厅去，詹姆士紧跟在伊琳后面。

"要我说，这才是一顿少而精的晚饭呢，"他咕噜着，快活地向伊琳的肩头呼着气，"没有大鱼大肉，而且也不太法国味儿。可是在家里我就吃不到。我的厨娘一年拿我六十镑钱，可是那个女人就不会给我做这样的晚饭！"

到目前为止，他还没有提起造房子的事；后来看见索米斯推说有事，自己上楼去了（就是顶上他放画的那间小屋子），他也就不提。

剩下詹姆士跟媳妇对坐。那杯香槟，和饭后的一杯上等甜酒，使他仍然兴致很好。他对媳妇觉得很亲热。的确是个惹人疼的孩子；听你讲，而且好像也懂得你讲的意思。詹姆士一面谈话，一面不忘留心她的身材，从脚上青铜色的鞋子一直看到她鬈发上面那些金色的波纹。她倚在一张拿破仑时代的大圈椅上，肩头贴着椅背的上部——笔直的身体看上去仍是那样婀娜多姿，走动时微微摇摆，就像是贴在爱人的手臂里一样。她唇边带着微笑，眼睛半睁半闭。

也许是因为见她风度这样迷人而起了戒心，或者消化受到阻碍，詹姆士突然变得哑口无言了。他记得从前就没有和伊琳单独在一起过。当他眼望着她时，自然而然有一种异样感觉，就像碰上什么古怪而陌生的东西一样。

她心里在想些什么呢——这样靠在那里？

这一来，他重又开口时，声音就变得严厉了一点，好像刚从一个甜梦中被人唤醒一样。

"你成天干些什么呢?"他说,"你从来不上公园巷来!"

她好像提了些勉强的理由。詹姆士眼睛并没有朝她望;他不相信她是真要回避他们——这太叫人难堪了。

"我想事实是,你抽不出空来。"他说,"你总是跟琼一起跑。我想,她跟她男朋友在一起时,你对她是有用的,总得有人带着,其他有些事情上也有用。他们告诉我,她现在从不耽在家里;你的大伯乔里恩他很不痛快,我想,弄得简直没有人陪他。他们说她永远吊着那个波辛尼小子;我敢说他每天都上这儿来。你觉得这个人怎么样?你觉得他这人头脑清楚吗?我看不成。敢说女的比男的强多啦!"

伊琳的脸色红起来;詹姆士留神看她,有点儿疑心。

"也许你不大了解波辛尼先生的为人。"她说。

"不了解他的为人?"詹姆士冲口而出,"有什么不了解?你可以看出他就是那种搞艺术的。人家说他聪明——人家全都以为他聪明。你知道他比我清楚。"他又接上一句;怀疑的目光又盯她一下。

"他在替索米斯打一所房子的图样。"伊琳轻轻地说,显然想要把事情冲淡一下。

"这使我想起我正要说的话来,"詹姆士接着说,"我不懂得索米斯要这样一个年轻人有什么用;他为什么不找一个第一流的建筑师呢?"

"也许波辛尼先生就是第一流呢!"

詹姆士站起来,低着头打了个转身。

"就是这样,"他说,"你们这些年轻人,总是站在一起;你们都自以为比别人懂得多!"

他的瘦长个子横阻在她面前,竖起一个指头指着她胸口,就像对她的美貌提出控诉似的:

"我只有这样一个意见,这些搞艺术的,或者不管他们自己称呼什么,这些人都极其靠不住;还有,我对你的忠告是,这种人你最好不要多搭讪!"

伊琳笑了;她嘴唇的线条显出一种古怪的挑斗。适才的恭谨柔顺好像已经消失了。她胸口起伏着,好像心里很气愤;她从椅子靠手上把两只手抽回来,直到指尖抵着指尖;一双深褐的眼睛用意莫测地望着詹姆士。

詹姆士忧郁地打量着地板。

"我告诉你我的看法,"他说,"你可惜的是没有一个孩子;否则的话,你的心情就会有所寄托,也有事情做了!"

登时,伊琳的脸色沉了下来,连詹姆士都觉察到在那件柔软的绸花边和绸衣服下面,整个身体变得坚硬起来。

他觉得话不对头,自己也着慌起来;跟多数缺乏勇气的人一样,他立刻就想用压力说服对方。

"你好像不大喜欢出去跑。为什么不跟我们坐马车上英国马球总会遛遛呢?隔个些时上上戏馆子。你这样的年纪应当对生活感兴趣。你还是个年轻的女子啊!"

她脸上的神色更加不快了;他觉得不自在。

"哦,我是一点儿不知道,"他说,"人家什么事情都不告诉我。索米斯应当照顾得了自己。他如果照顾不了自己的话,他也休想找我——就是这样——"

他咬着食指的骨节,用冷淡而严厉的眼光偷看一下媳妇。

他发现她的眼睛也正在注视着自己,充满了不快和深思;两人的眼光刚好碰上;他住口不说,微微有点出汗。

"哦,我得走了。"他停了一下说;一分钟后,他站起来,带点诧异,好像指望有人留他似的。他伸手给伊琳握一下,由伊琳领他到门口,把他送到街上。不,他不要叫马车,他要走走,请伊琳替他向索米斯道晚安,如果她要散心的话,那么,不管哪一天,他都可以带她坐马车上里西蒙跑一趟。

他回家上了楼;爱米丽一天一夜没有能睡,刚睡着就被他叫醒;他告诉爱米丽说他有个感觉,好像索米斯家里事情弄得很糟;在这个题目上,他滔滔不绝谈了半个钟点,最后说自己今晚休想睡得着;说完翻了一个身,立刻打起鼾来。

在蒙彼利埃广场那边,索米斯已经从画室里出来;他隐在楼梯上端,站在那里望着伊琳整理当天送来的最后一批信件。她转身走进客厅;可是一分钟不到又走出来,站在那里像在倾听;后来悄悄上楼,臂上抱了一只小猫。索米斯看见她低头望着那个小动物,那东西正向着她的颈子呼气。为什么她不能这样望着他呢?

忽然间她看见他了,脸上立刻变色。

"有我的信吗?"

"三封。"

他站在一边,伊琳没有说第二句话就进了卧室。

第七章　老乔里恩做冒失事

就在同一天下午,老乔里恩从贵族板球场①出来。他原想跟平时一样回家去,但是汉密尔顿广场还没有到,已经改变主意;他叫了一部马车,告诉马夫上威斯塔里亚大街一个地方去。他下了决心了。

这个星期里,琼简直不耽在家里;她已经有很长一段时间简直不陪他;事实上,自从和波辛尼订婚之后,就没有陪伴过。老乔里恩从来不跟她说要她陪他。他就不习惯央求人家什么!琼现在一脑门子只有一件事——波辛尼和波辛尼的事业——因此把乔里恩搁浅在自己的大房子里,领着一大堆用人,从早到晚找不到一个人讲话。他的俱乐部在粉刷内部,暂不开放;他的董事会在休会期中;因此没有事要上商业区去。琼曾经要他出门走走,她自己却因为波辛尼在伦敦,不肯去。

可是老乔里恩一个人上哪里去呢?一个人上国外去总不成;航海使他的肝脏受不了;他又不喜欢住旅馆。罗杰上了一处温泉疗养地去——他这样年纪的人可不来这一套,这些时髦的地方全是骗人!

～～～～～
①　这座板球场是玛丽勒本板球俱乐部总部,7月里各大学和两个有名中学伊顿公学和哈罗公学的球赛都在这里举行。伦敦绅士阶级以在这个季节看此球赛为时髦,男子都穿燕尾服,戴大礼帽,女子皆着盛装。

他就是以这些戒条来掩饰自己孤寂的心情;他脸上的皱纹加深了,一张在平日是那样坚毅宁静的脸,现在却被忧郁盘踞着,眼睛里的神气也一天天变得忧郁起来。

因此,今天下午他就穿过圣约翰林走这一趟,这里,许多小房子前面一丛丛青绿的刺球花,剪得圆圆的,上面洒上金黄的阳光;家家小花园里夏天的太阳都像在欢宴。他看得很有意思;向来一个福尔赛家人走进这个地区没有不公开表示不以为然,然而却暗暗感到好奇的。

马车在一所小房子面前停下,房子是那种特殊的暗黄色,表明已经好久没有粉刷过。房外有个门,和一条简陋的小径。

他下了马车,神色极端镇静;一个大脑袋,下垂的胡子,两鬓白发,头抬得笔直,戴了一顶超级大礼帽;眼神坚定,微含怒意。他是实逼处此啊!

"乔里恩·福尔赛太太在家吗?"

"哦,在家的,先生!请问您贵姓呀,先生?"

老乔里恩把自己的姓名告诉小女佣时,禁不住向她眨一下眼睛。这个小女佣看上去真是小得可笑!

他随着女佣走进黑暗的穿堂,走进一间套间的客厅;室内家具都套着印花布的套子;小女佣请他在一把椅子上坐下。

"他们都在花园里,先生;你请坐一下,我去告诉他们。"

老乔里恩在印花布套的椅子上坐下,把周围看看。在他的眼中,这地方整个儿可以说是寒碜;什么东西都有一种——他也说不出个所以然来——简陋,或者说,俭约的神气。照他看来,没有一件家具值上一张五镑钱的钞票的。墙壁还是好久以前粉刷过,上面悬了些水彩画;天花板上弯弯曲曲一大条裂缝。

这些小房子全都是老式的二等建筑；想来房租一年总到不了一百镑；没料到一个福尔赛家人——他的亲儿子——会住在这种地方，心里的难受简直无法形容。

小女佣回来了，问他可不可以到园子里去。

老乔里恩从落地窗昂然走了出去。在走下台阶时，他看出这些落地窗也需要油漆一下了。

小乔里恩和自己的妻子、两个小孩、小狗伯沙撒，全坐在那边一棵梨树下面。

向他们这样走去，在老乔里恩一生中算是最最勇敢的行为了；可是他脸上一块肌肉也不动，举止上也不显得一点局促；一双深陷的眼睛始终注视着敌人。

在这两分钟间，他十足地表现出他以及他这一阶级许多人的品质来；明智、决断、富于生命力，所有这些不自觉的品质使他们成为国家的核心力量。当年的不列颠人由于过着岛居生活，天生与世隔绝，血液中也就渗进了个人主义，而他们在处理自己事情上做得那样不夸耀，把其他的事情全不放在眼下，也正是表现这种个人主义的精神和实质！

小狗伯沙撒绕着他的裤脚乱嗅；这条友善而促狭的杂种犬原是俄国鬈毛犬和狐狸犬私通的产儿，好像对不寻常的场面很是敏感。

问好的僵局结束之后，老乔里恩坐进一把柳条椅子，一对孙儿孙女分两面靠在他的膝边，不吭声地望着他；两个小孩都从来没有见过这样老的老人。

两个孩子的面貌并不相像，就好像各人出生时的环境有所不同，在相貌上也表现出来了。乔里是造孽的产儿，一张肥短的脸，淡黄色的头发梳向后面，颊上有一个酒窝，和蔼中带有顽强气,一双福尔赛家的眼睛;好丽是婚后所生;肤色微黄,庄重的派头,有她母亲一对沉思的灰色眼睛。

小狗伯沙撒把三座小花床走了一圈之后,为了表示它对整个场面的极端鄙视起见,在老乔里恩对面也占上一个座位,一根尾巴被老天紧紧扳在背上,不住地摆动,两只眼睛瞪得多大,一眨也不眨。

便是在园子里,老乔里恩仍不时有那种寒碜的感觉;柳条椅子被他身子压得吱吱响;那些花床望上去很"憔悴可怜";较远的那一面,煤熏的墙下被猫儿走成一条小路。

老乔里恩和两个孙儿孙女就这样相互打量着,又是好奇,又是信任,这是极端年幼和极端年长之间所特有的;在这时候,小乔里恩正留神望着妻子。

她有一张消瘦的鹅蛋脸,两道直眉毛,一双灰色的大眼睛,脸色渐渐涨红了。她的头发梳成许多高起的细波纹,从前额拢向后面,跟小乔里恩的头发一样,已经开始花白;这一来衬得两颊上突然变得鲜明的红晕更加可怜相,使人看了很难受。

她脸上的表情充满隐愤、焦急和惧怕;他从来没有看见过她脸上有这样的表情过,要么就是她一直都隐藏着不让他看见。在微蹙的眉毛下面,一双眼睛苦苦望着;而且始终不发一言。

只有乔里不停地拉呱着;这个大胡子的朋友——满手的青筋,坐在那里就像自己父亲那样交叉着腿(这个习惯他自己也打算学)——他并不认识,可是却急于要他知道自己有许多东西;不过他年纪虽则八岁,究竟是个福尔赛,所以并没有提起他当时最心爱的一件东西——那是店家橱窗里的一套铅兵,他父亲答应给他买的。在他看来这当然太珍贵了,现在说出来恐怕要触犯天意。

祖孙三代悠然自得地聚在梨树下面;梨树老早不结实了;阳光从树叶间泻下来,在这一小撮人身上跳跃着。

老乔里恩满是皱纹的脸红成一块一块,据说老年人的脸被太阳一晒就红成这个模样。他把乔里一只手抓在自己手里;乔里就爬上他的膝盖;好丽看见这光景,也着了魔,就爬在他们两人身上,只有小狗伯沙撒挠痒的声音在有节奏地响着。

忽然小乔里恩太太站起来,匆匆进屋内去了。一分钟后,她丈夫托说有事情,也跟着进去,剩下老乔里恩一个人和孙儿孙女在一起。

这时候老天——那个玩世不恭的怪老儿——根据自己的循环律,开始在他的心灵深处做起翻案文章了——这是老天的许多奇案之一。过去他要琼放弃自己的儿子是由于他对孩子的慈爱,由于他对生命的萌芽有一种热爱,现在也是同样的这种感情使他放弃琼而要这些更小的孩子了。幼年,那些浑圆的小腿,多么没有忌惮,然而多么需要保护;那些小圆脸,多么说不出的庄严或者明媚;那些叽里呱啦的小嘴巴和尖声尖气的咯咯笑声;那些再三再四扯他的小手和小身体抵着他大腿的感觉,一切幼年而又幼年,十足幼年的东西——幼年的火焰本来一直在他的心里烧着,所以现在他就向幼年迎上去;他的眼睛变得柔和了,他的声音和瘦瘠得满是青筋的手变得温柔了,他的心也变得温柔了。这使他在这些小东西眼中立刻成为快乐的源泉;在这儿,他们是有恃无恐的;在这儿,他们可以拉呱、嬉笑、玩耍;终于像阳光一样,从老乔里恩的柳条椅子上,三颗心儿怒放出来了。

可是小乔里恩跟着妻子走进她卧室的情形就完全两样。

他看见她坐在梳妆台镜子前面一把椅子上,手蒙着脸。

她的两肩随着呜咽抽搐着。他对她这种自寻烦恼的脾气,始终迷惑不解。他曾经经历过上百次这样的神经;他怎样受得了这些,连他自己也莫名其妙,因为他永远不相信这些是神经,而且认为夫妇之间还没有到决裂的地步。

晚上,她准会用两只胳膊抱着他的脖子,说:"唉!乔,我多么使你痛苦啊!"她过去已经这样说过上百次了。

他乘她不见,伸手把剃须刀的盒子藏在口袋里。

"我不能耽在这儿,"他心里想,"我得下去!"他一句话没有说就离开卧室,回到草地上来。

老乔里恩把好丽抱在腿上;她已经把老乔里恩的表拿到手里;乔里满脸通红,正在表演他能够竖蜻蜓。小狗伯沙撒竭力挨近茶几,眼睛盯着蛋糕。

小乔里恩突然起了恶意,要打断他们的欢乐。

他父亲有什么理由跑来,弄得他妻子这样难堪!事情隔了这么多年,想不到又来这一着!他应当早就了解到;他应当预先跟他们打一下招呼;可是哪一个福尔赛家人会想到自己的所作所为会使别人难堪呢?他这种想法实在冤枉老乔里恩了。

他厉声对两个孩子说,叫他们进屋子去喝茶点。两个孩子吓了一大跳,他们从没有看见父亲这样疾言厉色过,所以手搀着手走了,好丽还回头望望。

小乔里恩倒茶。

"我妻子今天不舒服。"他说,可是他蛮知道自己父亲早就明白她突然跑开的原因;看见老头子坐在那里泰然自若,他简直恨他。

"你这个小房子很不错,"老乔里恩带着世故的派头说,"我想你长期租下了吧?"

小乔里恩点点头。

"我不喜欢这里的环境,"老乔里恩说,"都是些破落户。"

"对了,"小乔里恩回答,"我们就是破落户。"

两个人沉默下来,只听到小狗伯沙撒抓痒的声音。

老乔里恩说得很简单:"小乔,我想我不应当上这儿来的;不过我近来太寂寞了!"

小乔里恩听到这两句话站起来,把手搁在自己父亲的肩头。

隔壁房子里,有人在一架没有调音的钢琴上反复弹奏着《女人善变》[①];小园内暗了下来,阳光现在只齐园子尽处的墙头了;一只猫蜷伏在墙头晒太阳,黄眼睛带着睡意瞧着下面的伯沙撒。远远车马的声音传来一片催眠的嗡嗡声;园子四周的藤萝架把墙外的景色全遮起来,只看见天空、房子和梨树,梨树的高枝仍被日光染成金黄。

父子两个有好半天坐在那里,很少讲话。后来老乔里恩起身走了,也没有提到下次再来的话。

他走时心里很难受。多么糟糕的地方!他想起自己在斯坦厄普广场空着的大房子,那才是一个福尔赛家人配住的地方;大弹子房,大客厅,可是一个星期从头到尾就没有人进去。

那个女人的一张脸他从前也还喜欢,可是人未免太敏感了;她给小乔的罪可不好受,他知道!还有那些可爱的孩子!

---

① 意大利作曲家威尔第的歌剧《弄臣》中的经典唱段。

唉！这件事做得多蠢啊！

他向埃奇韦尔路走去，两边都是一排排小房子，全都向他暗示（当然是错误的，可是一个福尔赛家人的偏见也是不容侵犯的）某种暧昧的往事。

那个狗社会——一群唠叨的丑老太婆和纨绔子弟——当初群起对他的亲骨肉下了裁判！就是一群老太婆！他们竟敢放逐他的儿子和他儿子的儿子；而他却能够在他们的身上恢复自己的青春！他把伞柄重重在地上捣一下，好像要捣进那一群人的心里似的。

他使劲地捣着伞柄；然而十五年来，他自己也是追随着社会的一举一动的人——只有在今天才不忠实于它！

他想到琼，和她死去的母亲，和这件事的整个经过，所有的旧恨都引起来。糟糕透了的事情！

他很久才到达斯坦厄普广场；天生是那副执拗的脾气，人已经极端疲倦，偏要一路走回家。

他在楼下卫生间里洗了手，就走进餐室等开晚饭，这是琼不在家时为他使用的唯一的一间屋子——这儿寂寞得好一点。晚报还没有送到，早晨的《泰晤士报》他已经看完，因此无事可做。

这间房面临一条冷僻的街道，所以一点声音也没有。他不喜欢养狗，可是，便是一条狗也算有个伴。他的目光在墙上到处转，落在一幅题目叫"落日中的荷兰渔船"上面；这是他藏画中的精品，可是看了也没有快感。他闭上眼睛。他真寂寞啊！他知道自己不应当埋怨，可是仍然免不了要埋怨：他真不济事——一直就不济事——没有种！他脑子想的就是这些。

老管家进来铺桌子开晚饭；看见主人显然睡着了，动作便极其小心。这个留了下须的管家还蓄了一簇上须——这在族中许多人心里引起严重的疑问——尤其是像索米斯那样上过公立学校的人，对这类事情往往一点儿也不能诿错。这个人能真正算是管家吗？调侃的人提起他来都说："乔里恩大伯的那个不从国教者"；乔治，那个公认的滑稽家称他作："山基"①。

他在那口擦得雪亮的碗橱和擦得雪亮的大餐桌之间来回走动着，轻巧得谁也学不会。

老乔里恩偷眼望他，一面假装睡着。这个家伙是个坏蛋——他一直觉得如此——什么事都不放在心上，只想乒乒乓乓把事情赶完出去赌钱，或者找女人，或者天晓得做些什么鬼事！一个懒虫！而且太胖了！哪有丝毫的心思在主人身上！

可是接着不由他分说，他的那一套哲理的看法又来了；老乔里恩不同于其他福尔赛家人的地方就在这里。

说到底，这个人又为什么要关心到别人呢？你没有给钱叫他关心，又为什么要指望呢？在这个世界上，一个人不花钱就休想找到感情。也许在死后的世界里情形两样——他不知道，也说不准——他又闭上眼睛。

老管家轻手轻脚但是无情地继续操作，从碗橱各层把餐具取出来。他好像一直都是背向着老乔里恩；这一来，他当着主人的那些动作就不至于显得不合适了；不时悄悄在银器上哈口气，用一块麂皮擦擦。他把酒器小心举着，而且举得相当

---

① 山基(1840—1908)是当时的一个美国歌唱家和赞美诗作家。

高,让自己的下须遮在上面,一面仔细察看里面的酒量。做完之后,他有这么一分钟站在那里望着主人,淡绿的眼珠里含有鄙视的神气:

反正他这个主人是块老废料,差不多快死了!

他像一只雄猫一样,轻轻走到屋子那边按下铃。他早已吩咐过"七点钟开饭"。如果主人睡着怎么办呢;待一会他就会叫醒他;反正晚间有得睡呢!他自己也有事情要做,原来他八点半要上自己的俱乐部去!

按过铃,一个小男仆就捧了一只盛汤的银器进来。管家从他手上接过来放在桌上,然后站在门开着的地方,像是预备领客人进来的样子,用庄严的声调说:

"晚饭开好了,老爷!"

老乔里恩缓缓从椅子上站起来,坐到桌子这边来吃晚饭。

第八章　房子的图样

　　一般都公认,福尔赛家所有的人都有个壳,就像那个用来做土耳其软糖的极端有用的小动物一样,换句话说,他们都有个窝;如果没有个窝,就没有人认得他们。这个窝包括礼节、财产、交游和妻子;他们经过世界上时,这些也跟着他们动着,而这个世界上还有千千万万的人也像福尔赛家人一样,都有自己的窝。一个福尔赛家人没有一个窝,就成为不可想象的事情——就像一本没有布局的小说,这种人都知道,只能算反常状态。

　　在福尔赛家人眼中看来,波辛尼明摆着就是没有个窝的;世界上是有这等样人,一生一世就是在不属于自己的礼节、财产、交游和妻子中间度过;波辛尼就是这种稀有而不幸的人。

　　波辛尼在斯隆街的两间房——在最高一层——显然够不上福尔赛家的派头——房子外面钉了一块牌子,写着"菲力普·拜因斯·波辛尼,建筑师事务所"。事务所之外并没有一个起居室,只用帘子隔开一大块凹进去的地方来挡起他那些生活必需的东西——一张榻子、一把安乐椅、烟斗、威士忌酒瓶、小说、拖鞋等等。事务所这一部分是一般的陈设;一口没有柜门的格子橱、一张圆橡木桌子、一个可以折起来的洗脸架、几把硬椅子、一张大写字台,上面满是图画和图样。琼曾经有两次由他的姑母陪着上这里来吃过茶。

算来后面还有一间卧房。

据福尔赛家人所能肯定得了的,波辛尼的收入不外两笔常年顾问费,二十镑一年,再加上一点零零星星的收入;此外比较摆得上台面的就是他父亲遗留给他的每年一百五十镑的收入。

风闻到的关于他父亲的情形就不大妙了。好像在林肯郡乡下当过医生,原籍是康沃尔,外表长得很漂亮,拜伦式的脾气——事实上在当地是个有名人物。波辛尼的姑父拜因斯——就是拜因斯—毕尔地保建筑公司的那个拜因斯——虽则不姓福尔赛,倒是个福尔赛的性格;他对于自己的舅兄也觉得没有什么值得一说的。

"一个怪人!"他常说,"谈起三个大儿子来,总是说'好人,但是无聊';这三个大儿子在印度担任公职,全都混得很好!他唯一欢喜的就是菲力普。我常听他讲些怪透的话,有一次跟我说:'老弟,切不要让你那个糟糕的老婆知道你肚子里的事!'可是我并不听他说;不是我这样的人!他是个怪物!常跟菲力说:'孩子,你活着像不像个上等人没有关系,死一定要死得像样!'所以他自己下葬时就穿了一套长外褂,围了一条缎子围巾,还插上一枚钻石别针。的确少见,我可以对你们说!"

谈到波辛尼本人时,拜因斯倒还抱有好感,稍微带点怜悯的口气:"他有他父亲那一点点拜伦脾气。不相信,你看他脱离我的公司,丢掉多么好的机会;带了一个背包就那样子跑出去六个月,为的什么呢?——为了研究外国建筑——外国的!他指望什么用呢?现在你看他——一个聪明的年轻小伙子——一年连一百镑都赚不了!这次订婚在他是从来没有过的好事;可以有点约束,不致再胡来一气;他就是那种整天睡觉、整夜不睡的人,就因为做事没有条理;可是人并不胡搞——一点点都不胡搞。老福尔赛是个阔人啊!"

在这时期,琼时常上拜因斯住在郎地司街的家里去;他对待琼极端亲热。

他总跟她说,"索米斯先生真是个做生意的好手;他这所房子叫菲力普造真是再好没有了。""我的好小姐,目前你可不能指望跟他时常见面呢。为他的好——为他的好啊!年轻人总得图个出头。我在他这样年纪的时候,日夜都工作着。我的妻子常跟我说:'保比,不要工作过度呀,自己身体要紧。'可是我从不姑息自己!"

原来琼曾经埋怨过自己的未婚夫简直没有空上斯坦厄普广场来。

有一次他又来了。两个人在一起还不到一刻钟,史木尔太太就到了;她就专门做这种不凑巧的事。波辛尼一听说她到,就站起来躲进小书房里去,约好等她走了再出来。

"亲爱的,"裘丽姑太说,"他多瘦啊!我看见订婚的人常是这样的;可是你决不能让他这样下去。有一种巴罗牛肉汁;你斯悦辛爷爷吃了非常之好。"

琼的小身体笔直地站在壁炉旁边,一张脸带着恶意地颤动着,原来她把老姑母不在时候上的拜访看成对她个人的一种侵害,所以不屑地回答道:

"这是因为他忙;能够做一点像样事情的人从来不胖的!"

裘丽姑太嘟起嘴;她自己一直就瘦,可是她唯一的安慰却是人瘦就可以指望自己胖一点。

"我觉得,"她惋惜地说,"你不应当再让人家叫他'海盗'了;现在他要替索米斯造房子了,顶好不要让人家觉得古怪。我真希望他注意一点;这件事对于他太重要了;索米斯很有眼光呢?"

"眼光!"琼高声说,登时火冒起来,"我就不承认他这样算是有眼光,或者家里哪一个有眼光!"

史木尔太太吃了一惊。

"你斯悦辛爷爷,"她说,"眼光就一直很好!还有索米斯那座小房子的布置不是很雅致吗?难道说你连这个也不承认?"

"哼!"琼说,"那是因为伊琳住在里面!"

裘丽姑太想要说点中听的话:

"伊琳住到乡下去愿意吗?"

琼凝神盯着她看,那副神气就像是她自己的天良突然跃进眼睛里来似的;这神气过去了;可是代替了的却是一种更加严厉的神气,好像把自己的天良瞪得局促不安起来。她傲然说:

"当然她愿意;为什么要不愿意呢?"

史木尔太太慌了起来。

"我不知道,"她说,"我以为她也许不愿意离开她的朋友呢。你詹姆士爷爷说她对生活不感兴趣。我们觉得——我是说悌摩西觉得——她应当多出去走走。我想她走了你要寂寞得多了!"

琼两只手放在颈后紧紧勒着。

"悌摩西爷爷,"她高声说,"顶好不要议论跟他不相干的事情!"

裘丽姑太的高个子站起来,挺得笔直。

"他从来不议论跟他不相干的事情!"她说。

琼立刻变得敷衍起来;跑到裘丽姑太面前吻她一下。

"对不起,姑太;可是他们最好不要管伊琳的事情。"

裘丽姑太关于这件事再想不出什么适当的话来说,只好不开口。她准备走了,把黑绸披肩在胸前系好,拿起她的绿口袋:

"你祖父好吗?"她在穿堂里说,"你现在全部时间都放在波辛尼先生身上,想来他一定很冷清呢。"她弯腰贪婪地吻了侄女一下,一阵碎脚步走了。

眼泪涌进琼的眼眶里来,一溜烟到了小书房里;波辛尼正靠桌子坐着,在一个信封背面画着鸟儿;她在他旁边坐下,叫道:

"唉,菲力!这些事情真叫人受不了!"她的心就像她头发的颜色一样热。

接下去到了星期天的早晨,索米斯正在剃胡子,有人上来通报说波辛尼在楼下要见他。他打开妻子的房间说道:

"波辛尼在楼下。你下去招呼一下,让我剃好胡子。我一会儿就下来。我想,大约是来谈房子图样的。"

伊琳望望他,没有答话,把衣服稍稍整饰一下,就下楼去了。

他弄不清楚她对这房子到底是什么想法。她从来没有说一句反对的话;至于对波辛尼,她好像还相当和气。

他从自己更衣室的窗子里可以望得见他们在下面小院子里一起谈着话。

111

他急急忙忙剃完,把下巴都割破了两处。他听见他们的笑声,自己心里想,"嗯,两个人总还合得来!"

果然不出他所料,波辛尼过来就是找他去看房子图样的。他拿起帽子随他出去。

图样就摊在波辛尼室内那张橡木桌子上;索米斯脸色苍白,带着一副镇定和钻研的神情,弯着腰看上大半天,一句话不说。

后来他总算开口了,带着茫然的神气说:

"一座很特别的房子!"

是一座长方形两层的楼房,围着一个有顶篷的内院。环绕院子四周,在二楼上造了一转回廊,上面是一个玻璃顶篷,用八根柱子从地上撑起。

在一个福尔赛家人的眼中看来,这的确是座特别的房子。

"这里有许多地方都糟蹋掉了。"索米斯接着说。

波辛尼开始踱起方步来,脸上的表情使索米斯很不喜欢。

"这个房子的建筑原则,"建筑师说,"是要有地方透空气——像一个上流人士——"

索米斯张开自己的食指和拇指,好像在测量他会取得的上流人士身份,答道:

"哦,对了,我懂得。"

波辛尼脸上显出一种特殊的神情,他的一股热劲儿算是表现在这里。

"我本来打算在这里给你造一所有点气派的房子。你如果不喜欢,顶好说出来。气派的确是最最不值得考虑的事——如果能够多挤进一间厕所,哪个还要讲究房子的气派呢?"他突然用指头指着中间长方形的左部:"这里比较宽敞。

这是给你挂画的,可以用帘幕和院子隔开;拉开帘幕,你就可以有五十一英尺乘二十三英尺六英寸宽的地方。中间这个两面炉子——在这儿——一面朝着院子,一面朝着画室;这一面墙上全是窗子;东南面的光线从这边进来,北面的光线从院子里进来。你余下的画可以挂在楼上回廊四周,或者别的屋子里。在建筑上,"他又说下去——他虽则望着索米斯,眼睛里并没有他,这使索米斯甚为不快——"和在生活上一样,没有条理就没有气派。有人告诉你这是老式样子。反正看上去很特别;我们从来没有想到把生活上的主要原则应用到房子上去;我们在自己的房子里塞满了装饰品、烂古玩、小角落,一切使眼睛应接不暇的东西。相反,眼睛应当休息;应当用几根强有力的线条烘托效果。整个的原则就是条理——没有条理就没有气派。"

索米斯,这个不自觉的讽刺家,正盯着波辛尼的领带望,领带打得一点不直;胡子也没有剃,衣服也说不上怎么整洁。看来建筑学已经把他的生活条理耗光了。

"看上去会不会像一所营房?"他问。

他没有立刻得到回答。

"我懂得是什么缘故了,"波辛尼说,"你要的是小小大师的那种房子——又好看又合用的一种,用人住在顶楼上,前门凹下去,使你能走下去再走上来。你只管去找小小大师试试,你会发现他很不错,我认识他多年了!"

索米斯慌起来了。这张图样的确打动他的心,不过出于本性不肯明确表示满意罢了。要他说句恭维话很不容易。他就看不起那些满口恭维的人。

他发现自己正碰上一个尴尬局面,要么说一句恭维话,要么就有错过一件好东西的危险。波辛尼恰恰就是那种会一气之下把图样撕碎、拒绝替他做的人;真是一个大孩子!

他觉得自己比这种大孩子气高明得多,可是这种大孩子气却在索米斯身上产生一种奇特的、几乎像催眠的效果,因为他自己从来没有这样感觉过。

"嗯,"他嗫嚅说,"这——这的确是独出心裁。"

他对"独出心裁"这种说法私下里很不信任,甚至于不喜欢,因此他觉得讲这样一句并不算是说真心话。

波辛尼好像高兴起来。这类话正合这种人的口味!索米斯被自己的成功鼓舞起来。

"地方——很大呢。"他说。

"空间、空气、阳光,"他听见波辛尼喃喃自语,"你在小小大师的房子里决不能住得像个上流人士——他是替开厂的造房子的。"

索米斯做了个不屑的姿势;他曾经被人看作上流人士;现在随便怎么说也不愿意被打入开厂的一流。不过他一向就不信任原则性。现在这种不信任又抬头了。空讲条理和气派有什么用?看上去这个房子一定很冷。

"伊琳可受不了冷啊!"他说。

"啊!"波辛尼讥讽地说,"你的太太?她不喜欢屋子冷吗?我注意一下;她决不会冷。你瞧!"他指着内院墙上隔开一定距离的四个标记,"我已经给你定制了装铝壳的热水管子;这些会给你做成很漂亮的式样。"

索米斯疑虑地望着这些标记。

"这些都很不错。"他说,"可是要多少钱呢?"

建筑师从口袋里掏出一张纸来。

"房子当然应当全用石头砌的,可是我想你不会答应,所以我勉强改用了石面和砖墙。应当是铜屋顶,可是我用了绿石板。就这样,包括金属装饰在内,还要你花八千五百镑。"

"八千五百镑?"索米斯说,"怎么,我给你的最高限度是八千镑啊!"

"少一个便士也造不了,"波辛尼冷静地回答,"你要么造,要么不造!"

也许这倒是跟索米斯打交道的唯一法门。他弄得进退两难。他的内心告诉自己这件事放弃算了,可是图样很好,这一点他知道——面面俱到,而且神气;用人间也很不错。他住在这样一所房子里会抬高身份——有这许多独有的特点,然而安排得极其妥帖。

他继续研究图样,波辛尼进卧室去刮脸换衣服。

两人默默地走回蒙彼利埃广场,索米斯用眼角瞄他。

这"海盗"好好打扮一下倒相当漂亮——他这样想。

两人进屋子时,伊琳正低着头在插花。

她说派个人穿过公园把琼找来。

"不要,不要,"索米斯说,"我们还有正经事要谈呢!"

午饭时,他简直热诚招待,不停地劝波辛尼加餐。他很高兴看见波辛尼这样兴高采烈,所以下午让伊琳陪他,自己仍旧按照星期日的习惯,溜上楼去看画。喝茶的时候,他又回到起居室来,看见伊琳和波辛尼——照他自己的说法——滔滔不绝地谈着。

他隐在门洞里,私下庆幸这件事情很顺手。伊琳和波辛尼合得来是一件幸事;她好像对造新房子这件事在思想上已经默许了。

他在看画时静静考虑的结果使他决定万不得已时再筹出五百镑来;可是他希望波辛尼下午也许会在估价上让步一点。这件事只要波辛尼肯,是完全可以改过来的;他一定有十来种的办法可以减低造价,然而不影响效果。

所以他就静等启口的机会,一直等到伊琳把第一杯茶递到建筑师手里的时候。一道阳光从帘幕花边上透进来照得她两颊红红的,在她金色的头发和温柔的眼睛里闪耀着。也许是同一的光线使波辛尼的脸色也红润了一点,在他的脸上添了一种慌张的神情。

索米斯就恨阳光,所以立刻站起来把遮阳帘拉下,然后从妻子手里接过自己的茶杯,用比他原来打算的还要冷淡的口气说:

"八千镑究竟能不能造得了呢?一定有很多小地方可以更动一下。"

波辛尼一口把茶喝完,放下杯子,答道:

"一处也不能改!"

索米斯看出他这样提法已经触犯了他个人虚荣里某些不可理解的部分。

"哦,"他附和着说,一副废然而止的神气,"你一定要照你自己的办法,我想是。"

过了几分钟,波辛尼站起身来要走,索米斯也站起来,送他出门。建筑师好像高兴得有点莫名其妙。索米斯望着他步履轻快地走去,然后闷闷地回到起居室来;伊琳正在收拾乐谱;索米斯忽然起了一阵抑制不住的好奇心,问她道:

"你觉得'海盗'怎么样?"

他眼睛望着地毯等她回答,而且等了相当一会。

"不知道。"她终于说。

"你觉得他漂亮吗?"

伊琳笑了。索米斯觉得她在嘲笑他。

"是的,"她说,"很漂亮。"

第九章 安姑太逝世

在九月下旬的一个早晨,安姑太再不能从史密赛儿手里接过那标志她个人尊严的假发了。他们急急忙忙把医生请来,医生看一下那张衰老的脸,就宣布福尔赛小姐已经在睡眠中故去了。

裘丽和海丝特两位姑太简直震惊得不成样子。她们从来没有想到会是这样一个结局。老实说,她们很可能从来没有想到结局是必然要来的。私下里她们总觉得安姑太这样没有留一句话,没有一点儿痛苦的挣扎就离开她们,有点不近人情。这不像她的为人。

也许使她们深深感触到的倒是:一个福尔赛家的人竟会对生命撒手。如果一个人会,为什么大家不会呢?

她们挨了整整一个钟点才决定去告诉悌摩西。要是能够不告诉他,或者逐渐透露给他,多好!

她们站在悌摩西房门外面唧哝了好久。事后,两人又在一处唧哝起来。

恐怕日子久了,悌摩西会更加伤心。不过,他总算没有像意料中的那样伤心。当然,他还是不能下床!

两个人分手,各自悄悄哭泣去了。

裘丽姑太耽在自己房里,这个打击已经使她卧倒了。眼泪把脸上脂粉完全洗掉;脸上一小块一小块的肌肉,由于悲伤过度,变得肿了起来。没有了安姐,这个日子怎么过得下去呢?安姐跟她一起过了七十三年,中间只隔开短短一个时期——裘丽姑太的结婚生活,这一段现在想起来简直不像是真事。每隔一会儿,她就从抽屉里紫薄荷袋下面掏出一块新手绢来。一想到安姐冷冰冰睡在那里,她的一颗温暖的心简直受不了。

客厅里遮阳帘已经拉下来①;海丝特姑太独自坐着;在家里,她是个性情忍耐、沉默寡言、善于保养精神的人;开头她也哭了一会,可是悄悄地哭,而且表面也不大看得出。她的保养精神原则便在伤心时也不放弃。她坐着,身体瘦小,一动不动,打量着炉格子,两只手无所事事地放在黑绸衣的膝盖上。他们准会支配她去做些事情。好像这样有什么用处似的。再做些事情安姐也活不过来了!何必麻烦她呢?

五点钟来了三位弟兄,乔里恩和詹姆士和斯悦辛;尼古拉在雅茅斯,罗杰脚上风湿大发。海曼太太一个人早在白天里来过,瞻望一下遗体之后就走,留下一个条子给悌摩西——她们并没有给他看——说应当早点通知她。其实,他们全都觉得应当早点通知自己,好像错过了什么似的;詹姆士还说:

"我早知道不会好了;我跟你们说过她挨不过夏天。"

海丝特姑太没有回答;这时已经快十月了,可是有什么值得争辩的地方;有些人是永远不会满意的。

她派人上去通知裘丽,说几个哥哥到了。史木尔太太立刻下楼来。她已经洗过脸,不过脸还肿着。斯悦辛得到消息,

---

① 西俗,家有丧事要将窗子遮上。

直接从俱乐部赶来,所以穿了一条淡青色裤子;史木尔太太狠狠瞪了斯悦辛裤子一眼,可是脸色还是比平日高兴得多;她那种闯祸的天性在这时候更加强了。

五个人随即一同上楼瞻望遗体。雪白的被单下面加了一条鸭绒被,因为安姑太在这时候比平日更加需要温暖了;枕头已经拿掉,她的脊背和头部平躺着,正符合她平生那种倔强的派头;一条头巾缠着上额,两边拉下来齐着耳朵;在头巾和白被单之间露出一张几乎和被单一样白的脸,闭着眼朝着自己的弟妹;脸上神态极端静谧,也显得更加坚强;这张脸现在只剩下皮包骨头,可是一点皱纹也没有——方腮、方下巴、高颧骨、两颊深陷、像雕刻出来一样的鼻子——这个不可征服的灵魂向死神投降之后遗下的堡垒,现在正盲目向上望着,好像竭力想收回那个灵魂,好重新掌握它适才放弃的保护权。

斯悦辛只看了一眼,就离开房间;他后来说,那样子使他很不好受。他急急忙忙下楼,把整个房子都震得摇摇的,一把拿起帽子,爬上马车,也没有告诉马夫上哪儿去。车子把他赶到家;整整一个黄昏,他都坐在椅子上一动不动。

晚饭时,他什么都吃不下,只吃点鹌鹑,和一大杯香槟酒……

老乔里恩立在床下首,两手抄在前面。屋子里的人当中,他是唯一记得自己母亲死去的情景的,所以虽则眼睛望着安姑太,心里想的却是往事。安姑太是个老太婆,可是"死"终于找上了她——死要找上所有的人啊!他脸上一点不动,眼睛好像望出去很远很远。

海丝特姑太站在他旁边。她现在并不哭,眼泪已经枯竭了——她的性格也不容许她再消耗一次精力,两只手盘动着,眼睛没有看着安姑太,而是左右张望,在设法避免伤神。

在所有弟妹之中,詹姆士表现得最最有感情。一张瘦脸上眼泪沿着平行的皱纹滚下来;现在他去找哪一个诉苦呢?裘丽不成,海丝特更糟糕!安姐这一死比他往日想象得出的更加使他伤心;总要一连好几个星期心绪不佳。

不久,海丝特姑太悄然走出去,裘丽姑太就忙起来,做些她认为"必要"的事,以至于两次撞上东西。老乔里恩正梦想着悠远的过去,这时从梦中惊醒,严厉地望了裘丽姑太一眼,就走了。只剩下詹姆士一个人站在床前;他偷偷把四面瞧一下,看见没有人注意到他,弯下自己的长个子在遗体前额上吻了一下,接着也赶快离开。在穿堂里他撞见史密赛儿,就向她问起出殡的事,看见她毫不知情,大为不满,说这些人如果再不当心,什么事都要被他们搞糟了。史密赛儿最好把索米斯先生请过来——这类事情他最在行;老爷想必很难受——要有人照应;两位姑太太全都不行——拿不出办法来!敢说她们全会病倒的。史密赛儿顶好把医生请过来;趁早吃点药。他觉得自己的安姐并没有找到好医生;如果找布兰克医生诊治,也许现在还活着呢。史密赛儿要主意时,随时都可以派人送个信到公园巷来。当然,出殡那天他的马车可以派上用场。他问史密赛儿有没有一点吃的,给他一杯葡萄酒和一片饼干——他还没有吃午饭啊!

出殡的前几天平静地过去了。当然,大家老早知道安姑太的少许财产是遗留给悌摩西的。因此没有一点点可以引起大惊小怪的地方。索米斯是唯一的遗嘱执行人,把一切要办的事都承揽过来,到时就向族中各个男性发出下面的讣告:

——先生

安·福尔赛小姐之遗体将于十月一日午时安葬于海格特墓地,敬请莅临。出殡马车将于十时四十五分在湾水路"巢庐"集合。鲜花谨辞。

请赐复。

出殡的那天早上很冷,就是伦敦常见的那种天气,高旷而阴沉。十点半的时候,第一部马车驶到,是詹姆士的。车子里面是詹姆士和他的女婿达尔第;他这女婿也算得上一表人物,阔胸脯,一件长外褂扣得紧紧的,淡黄丰满的脸,留了深黄的弯弯的两撇小胡子,和一片顽强的胡子楂,再使劲刮也刮不干净;这片胡子楂好像标出胡子主人性格上根深蒂固的一面,在做投机交易的人里面尤其显著。

索米斯以遗嘱执行人的身份招待来人,因为悌摩西仍旧睡在床上;他要等出殡之后才起来;裘丽和海丝特两位姑太要等事情全部完毕之后才下楼,那时候愿意回来的人可以在这里用午饭。第二个到的是罗杰,风湿还没有好,一拐一拐地走着,三个儿子,小罗杰、欧斯代司和汤姆士,环绕着他。余下的一个儿子乔治随后不久也雇了马车来了;他停留在穿堂里问索米斯办丧事可有油水。

两个人相互都不喜欢。

接着是海曼家的两位——加尔斯和吉赛——来了,穿得很考究,晚礼服的裤子特地烫出两条折印。下面老乔里恩一个人来了。下面是尼古拉,脸色健康,头和身体的每一动作都带有小心掩饰着的轻快。后面跟着一个儿子,样子很恭顺。斯悦辛和波辛尼同时到达,立在那里鞠躬如也,让对方前行,可是在进门的地方却打算并排走进去;在穿堂里,两个人又重新告罪,斯悦辛把争持中弄歪的缎衣领拉拉好,极其迂缓地走上楼梯。另外一个海曼家的人；尼古拉两个结了婚的儿子，还有狄威第曼、斯赛德和瓦尔雷，这些都是福尔赛家和海曼家的姑爷。这时人众都已齐集，一共二十一位，除掉悌摩西和小乔里恩，族中的男子都到了。

大众进了那间红绿客厅，那种色调恰好鲜明地衬出各人和往日异样的装束；每人都在局促地寻找座位，企图隐藏起自己裤子上扎眼的黑色。这种黑色和手套的颜色好像有点不顺眼——一种情感的夸张。只有"海盗"没有戴手套，而且只穿了一条灰裤子；许多人都以骇异的目光向他望望，暗暗称羡。一阵低低谈话声传开来，没有人谈死者，而是在相互问讯，好像这样就是间接向死者祭奠似的；他们的光临本来就是为的这件事啊！

停了一会，詹姆士说：

"啊，恐怕我们得动身了。"

大家下了楼，按照预先通知的严格长幼次序一对一对上了马车。

柩车以步行的速度出动了；马车缓缓在后面跟着。第一部马车里坐的老乔里恩和尼古拉；第二部是一对孪生弟兄，斯悦辛和詹姆士；第三部是罗杰和小罗杰；索米斯、乔治、小尼古拉和波辛尼坐的第四部。余下的车子坐了三个人或者四个人不等，一共八部车子；后面是医生的马车；再后面，隔开适当的距离，是乘载家里的管事和用人的出租马车；最后面一部马车没有坐人，只是为了把整个行列凑成十三的数目。

出殡的行列在湾水路大街上始终都保持着步行的速度，可是折入不大重要的街巷之后不久，就缓驰起来；就这样趱程前进，中间经过时髦街道时仍旧维持步行速度，直到墓地到达为止。第一部车子里面,老乔里恩和尼古拉谈着自己的遗嘱。第二部车子里面,一对孪生弟兄一度勉强交谈之后,就完全沉默下来;两个人都有点耳聋,要喊得对方听见太吃力了。詹姆士只有一次打破了沉寂:

"我得往哪儿物色一块坟地去。你有什么安排没有,斯悦辛?"

斯悦辛骇异地盯了他一眼,答道:

"这种事情别跟我提!"

在第四部车子里①,谈话断断续续在进行着,不时有人向外面张一下,看走了多少路。乔治说:"安姑老太这时候'走'倒的确在时候上。"他就不赞成人活过七十岁。小尼古拉温和地回答,说这条规定好像在福尔赛家人身上并不适用。乔治说,他自己六十岁的时候就打算自杀。小尼古拉一面微笑,一面按按自己的长下巴,认为乔治的父亲就未必见得赞成这种说法;他六十岁后还赚了不少的钱呢。不过,七十岁是最高限度;到了那时候,乔治说,他们就应当走路,把钱留给儿子。索米斯一直都没有开口,这时也插进来;乔治刚才问他办丧事可有油水的话他还没有释怀,所以微微抬起自己的厚眼皮,说这种话在从来不赚钱的人说来都很容易。他自己就预备活得越长久越好。这句话是针对乔治说的,因为他出名地穷。波辛尼心不在焉地咕着"妙,妙!"乔治打了一个哈欠,谈话就中止了。

到达之后,棺柩由人抬进小教堂,送殡的人一对对跟着鱼贯而进。这一队男卫士,全都和死者有着密切的血统关系;在

---

① 原文作者错写成第三部车子,现根据上文改正。

这座伟大的伦敦城里,这是个稀见而且动人的景象。伦敦,有着它洋溢的形形色色的生活,有着它数不尽的职业、娱乐和责任,有着它可怕的冷酷,可怕的个人主义号召。福尔赛家族的这个集会正是要征服这一切,要显示他们坚韧的团结,要光大他们这棵树所由成长的财产法则;由于这种财产法则,这棵树的树身和枝干长得欣欣向荣,枝叶纷披,全身充满着树汁,在一定时间内达到全盛时代。这个长眠的老妇人的精灵号召他们来一次示威。这是她最后一次的呼吁,呼吁他们团结,因为他们的力量就在于团结——她在这棵树还是安然无恙时逝世,正是她最后的胜利。

她刚好没有能够看到它的枝干长得失去平衡,这在她总算是幸事。她没法窥见她的继承者的心理。她从一个高个子、腰杆笔挺的瘦削女子长成为一个坚强的成年妇人,再从一个成年妇人成为一个老太婆,变得瘦骨嶙峋,体力微弱,而当过去和世界接触的那种圆通全都消失以后,她就变得几乎像个女巫,个性愈来愈突出了;她一生从小到老都受的这个财产法则支配——这同一法则将在她像母亲一样看顾的族中同样支配着,而且正在支配着。

她曾经看见这个家族的青春,看见它的成长;她曾经看见它壮大成熟;而在她的老眼还没有来得及或者有精力再多看一会的时候,她就死了。她很可以再多看一会儿;她也许会用她老迈的手指,她颤动的嘴唇继续保持着它的壮大和青春,哪个说得准;可是唉,便是安姑太也没法和造化抵抗啊!

"盛极必衰!"这是造化最大的一条讽刺。福尔赛一家现在就是按照这一条规律,在他们衰落之前,集合在一起举行最后的一次盛会。他们的脸分向着左右,形成两条单人的行列,大部分都是木然望着地上,从这些脸上,你决看不出各人有各人的心思;可是偶尔也会有一个仰面望望,眉心挤成一条直缝,好像在教堂的墙上看见一些使他受不了的启示,好像在留意倾听一些使他害怕的事情一样。而那些低声的应答①,同一的声调,同一的不可捉摸的那种家族情调,听上去使人毛骨悚然,就仿佛是由一个人匆匆模仿着那些启示,在那里喃喃自语。

小教堂里的祈祷做完了,送殡者又排队护送着遗体到坟墓那边。圹穴敞开着,在圹穴四周,许多穿黑衣的人都屏立伺候。

在这片圣洁的高地上,千百个中上层人士都在长眠着;从这里,福尔赛家人的眼睛越过那片累累的冢墓朝下望去,那一边——远远现出伦敦城,上面没有太阳照着,在哀悼它丧失的女儿,跟这一家人一同哀悼他们失去的这个家族的母亲和保护人。千千万万的钟楼和宅第,裹在那片灰色的庞大财产网里显得模模糊糊,也像那些匍匐在地上祈祷的人们一样,匍匐在这座坟墓面前,这个最年长的福尔赛的坟墓。

几句祷词,一抔黄土,棺柩安放下去,安姑太便得到她最后的安息!

在圹穴四周,五个白发苍然的兄弟垂着头站着;他们都是死者的委托者;他们要亲眼看见安姑太走得舒舒服服的。她的少许财产只能丢下来,可是除此以外,一切能够做到的都应当做到。

接着各人戴上帽子,转身来视看族人碑上新刻的墓文:

---

① 这是指牧师在做祈祷,大家跟着他说。

安·福尔赛之墓
乔里恩与安·福尔赛之女
一八八六年九月二十七日逝世
享年八十七岁零四日

也许不久又有别人需要在上面刻字了。这感觉很突兀而且令人受不了;他们始终没有想到一个福尔赛家人会死。他们全都渴望摆脱掉这种痛苦的想法,摆脱掉这个使他们想起来不好受的殡仪——赶快溜去做自己的事情,而且忘得一干二净。

天气也冷;寒风像一股迟缓的摧毁的力量,向山上吹来,吹过墓地,用它冰冷的呼吸袭到他们身上;他们开始分成小组,尽快地钻进等待着的马车。

斯悦辛说他想回悌摩西家去吃午饭,哪个要去的,他的马车可以带他。斯悦辛的马车并不大,跟他坐一部马车并不使大家觉得是一种优待;没有人接受,所以他一个人走了。詹姆士和罗杰紧接着也走了;两个人也要去吃午饭。余下的人慢慢散了,老乔里恩带了三个侄儿把马车坐得满满的;他需要看见这些年轻的脸。

索米斯跟公墓办事处还有点零碎事情要办,所以带着波辛尼走了。他有很多的话要跟波辛尼谈;事情办完之后,两人漫步走到汉普斯特德,一同在西班牙人酒店用午膳,花了很长的时间研究跟造房子有关的细节;然后走到电车站,坐电车到马波门下车,波辛尼从这儿上斯坦厄普广场看琼去了。

索米斯到家的时候,心绪非常之好,晚饭时跟伊琳说他跟波辛尼谈了很久,这人好像实在是个懂事情的人;他们还走了一大段路，痛快之至，对他的肝脏也好——他好久没有运动了——整个说来，这一天过得极其满意。如果不是因为安姑太的缘故，他就会带她上戏院去；现在只好耽在家里消磨这个夜晚了。

"'海盗'屡次问起你。"他忽然说。忽然来了一个莫名其妙的念头，要表明他的主子身份，他从椅子上站起来在自己妻子肩头上吻了一下。

第 二 卷

第一章　房子动工以后

那年冬天很暖和。市面甚为萧条；正如索米斯在决定之前所想的那样，这一向正是造房子的好机会。所以到了四月底，罗宾山那边房子的外壳已经完成了。

现在他花的钱总算有点东西看得见了，所以一个星期里面他总要有一两次，甚至三次下乡来，总要在石头木屑中间张望上几个钟点，同时留心不弄脏衣服，或者在没有完工的门框里默默走动，或者绕着内院里那些大柱子兜圈子。

他时常要在这些东西面前站上好多分钟，就像是仔细察看这些材料的实质似的。

四月三十日那一天，他跟波辛尼约好看一下账目；在靠近那棵老橡树的地方，波辛尼替自己竖了一个小帐篷；离约定时间还差五分钟，索米斯便走进去。

账目早已准备好放在一张可以折起的桌子上，索米斯点一下头就坐下看账。有好一会他才抬起头来。

"我弄不懂，"他总算开口了，"这些账差不多要比原来规定的超出七百镑来？"

他在波辛尼脸上瞄了一眼，赶快又说：

"你只要跟这些工匠坚决不松口，他们的价钱就会下来。你要是不精明的话，他们就给你来上种种花样。你在各方面都打个九折。多出个一百来镑我倒还无所谓!"

波辛尼摇摇头:

"我能够省一个铜子的地方都省掉了!"

索米斯愤然一下把桌子推开,震得账单纷纷落在地上。

"那么老实不客气讲,"他怒冲冲说,"你把事情搞得一团糟!"

"我跟你讲过总有十次以上,"波辛尼厉声回答,"额外的花费总要有的。我屡次三番指给你看过!"

"这我知道,"索米斯咆哮说,"偶尔在哪儿多用上个十镑我是不反对的。我怎么会知道你说的'额外花费'会到七百镑呢?"

这次闹翻脸跟两个人的性格不无关系。建筑师这方面由于忠实于自己的理想,忠实于自己所创造、所信仰的这所房子的形象,生怕弄得受到障碍,或者逼得因陋就简;索米斯那方面也同样忠实于自己的理想,而且满心指望这笔钱可以买到最好的东西,要说十三个先令的东西用十二先令买不到,他是坚决不相信的。

"你这房子我真懊悔接手,"波辛尼忽然说,"你下来把我头都闹昏了。人家一个钱买一个,你要买两个,现在你造的这所房子就大小来讲在乡下就没有比得上的,然而你不肯出钱。你如果愿意解约的话,我敢说这一点超出的数目我还赔得起,不过要我再替你动一下手,那我就是妈的——!"

索米斯重又镇定下来。他知道波辛尼没有本钱,这句话不过是一时气愤说出的。他也看出,这一来他就会无限期地进不了这所他心爱的房子,而且正在紧要关头,这时候建筑师肯不肯多花点心思跟工程的好坏大有关系。同时,也要顾到伊琳！她最近变得很特别。他深深觉得伊琳所以对造房子还容忍得了全是因为她喜欢波辛尼的缘故。跟她再公开闹翻可不是玩意儿。

"你不用这样发火呀,"他说,"只要我肯认这笔账,我看就用不着你来叫嚷。我不过是说,既然你告诉我这房子要花这么多钱,我就得——嗯,事实上,我——我就得肚里有点数。"

"你听着!"波辛尼说。索米斯看见他那种狡狯的眼色又是气又是诧异。"我替你做这勾当太便宜你了。我在这所房子上费了那么大的事,花了那么多的时间,要是换上小小大师或者别的混蛋的话,就要你四倍的价钱。事实上,你指望的是以四等的价钱找一个头等的人才,我恰恰就是你找到的那种人!"

索米斯看出这的确是由衷之言,所以虽则自己很生气,却清楚看出闹翻之后只有对自己不利;房子完不了工,老婆发脾气,自己成为笑柄。

"我们再看看,"他悒然说,"到底钱用到哪里去了。"

"很好,"波辛尼同意说,"可是得快一点,你如果不介意的话。我得赶回去带琼看戏去。"

索米斯偷眼瞧他一下,说:"上我们那儿和她碰头吗,我想是?"他总是上他们那儿碰头!

昨天夜里下了雨——一场春雨,地上发出一阵阵青草香。和暖的风摇荡着老橡树的叶子和金黄花朵;山乌在阳光里面尽情地叫唤。

就是这样一个春天日子在人们心里引起一种莫名的思慕,一种痛苦的甜蜜,一种渴望——使他站着一动不动望着树叶子或者青草,张开两臂去拥抱那他自己也不知道的什么。大地发出一阵迷醉的温暖,透过冬天给她穿上的寒冷服装。这是她修长的爱情的手指向人们发出的邀请,拉人们躺在她的怀抱里,在她身上打滚,用嘴唇去吻她的胸脯。

索米斯就是在这样一个明媚的日子里求得伊琳答应他的婚事;他求婚已经有好多次了。当时,他坐在一株倒地的树身上,第二十次答应她,如果婚后不圆满,她仍可以自由行动,就跟从没有结过婚一样。

"你肯发誓吗?"她当时说过。还不过几天前头,她曾向索米斯提起那个誓言。他回答:"胡说!我决不可能发过这样的誓!"现在偏偏不凑巧被他想起来了。真怪,男人为了追求女人竟会发这样的誓!为了得到她,他不论在什么时候都会发这种誓!现在,只要能够打动她的话,他也会发誓——不过没有人能够打动她,她是个冷心肠的女人!

随着春风清芬的气息涌起一大串回忆——他求爱时期的回忆。

一八八一年春天,他去看望自己的老同学和当事人,乔治·列佛赛基;列佛赛基原籍是布兰克生姆,为了要发展自己在伯恩茅斯附近的松林,就必须成立公司,这件事他交给索米斯全权去办。列佛赛基太太很识大体,举行了一个音乐茶会来款待他。索米斯原不是音乐家,对这种招待实在腻味透顶;音乐快要完毕时,被他瞧见一个穿孝服的女郎独自一个人站着。她穿一件稀薄的、紧贴着身体的黑衣服,衬出一个高高的略嫌瘦削的身材,两只戴了黑手套的手交叉着,嘴唇微启,深褐色的大眼睛把一张张的脸挨次地望过来;她的头发低到颈子,在黑衣领上面像一圈圈亮金属放着光。当索米斯站在那里望着她时，不由得感到一种多数男子时常会感到的那种心情——一种特殊的通过感官的满足，非常肯定，这在小说家和年老的女人就唤作一见钟情。索米斯一面偷眼瞧着这女郎，一面即刻向女主人那边走去，一个劲儿地站着等候音乐停下来。

"那个黄头发褐色眼睛的女子是谁？"他问。

"那个——哦！是伊琳·海隆。她父亲海隆教授，今年过世了。现在跟她的后母住。人不坏，长得漂亮，可是没有钱！"

"请替我介绍一下。"索米斯说。

他找不到什么话可谈，便是谈的那几句话她也很少搭腔。可是临走时，他已经打定主意再要和她碰头。也是机缘凑巧，这目的竟然被他达到；原来伊琳的后母中午十二点到一点常到海滨道上去散步，母女两个就在海滨道上被他碰见。索米斯手段敏捷，立刻就和这位后母结识上了，而且不消多久就看出她正是自己所要物色的一个帮手。他对家庭生活的经济方面本来感觉敏锐，不久就看出这位后母在伊琳身上花的钱要超出伊琳缴给她一年五十镑的津贴；他并且看出海隆太太年纪并不大，自己也想重新嫁人。这个继女长得这样异乎寻常的美，而且正是破瓜年纪，大大妨碍她成其好事。所以索米斯便处心积虑，定下自己的策略。

他一点没有表示就离开伯恩茅斯；一个月后回来了，这一次并没有问女儿，而是跟继母谈了自己的心事。他说自己已经下了决心，不管等多久都行。而他的确等了很久，眼看着伊琳像一朵鲜花开出的身条由瘦削变得丰腴，刚盛的血液使她的眼神更加深郁，使她的脸色添上一层红润。每次去探望，他

135

都向她求一次婚,每次探望完毕,他都遭到她的拒绝,满心创楚地回到伦敦来,可是像坟墓一样坚定,一样沉寂。他想法子探寻她抗拒的内在根源;只有一次被他发现一点头绪。那是在一次公开舞会上——在这些海滨水乡,男女之间唯一可以通款曲的便是举行公开舞会。他和伊琳坐在靠窗的密座里,华尔兹舞曲弄得他心荡神移。她轻摆着手中折扇,半遮着脸,望着他;他情不自禁,一把抓着她摇动的手腕,吻了她臂上的香肌。她打了一个寒噤——这个寒噤使他一直到今天都没有能够忘怀,也没有忘掉她当时对待他的那种万分厌恶的神色。

一年后她屈服了。是什么缘故使她屈服他永远也弄不明白;海隆太太又是个相当世故的女子,所以从她那里也打听不到一点。结婚之后,他有一次问到她,"你是什么原因拒绝我那么多次?"她回答他的只是一种古怪的沉默。从他第一天看见她起,她在他眼中就是个谜,直到今天她仍旧是个谜……

波辛尼在院子门口等着他;瘦瘠而漂亮的脸上现出一种古怪的渴望然而是快乐的神情,好像在春天的天空里,望见了幸福的预兆,在春天的空气里也嗅到幸福的来临似的。索米斯望着他在那里等候。这家伙快活成这个样子是什么道理?看他嘴角上和眼睛里那种笑意,他在盼望着什么呢?索米斯简直看不出波辛尼站在那里饱吸着充满花香的春风是在等待着什么,重又在这个他在习惯上鄙视的人面前感到着恼了。他赶快走进房子。

"那些瓦的唯一颜色,"他听见波辛尼说,"是紫红夹上一点灰色,使它产生一种透明的效果。我很想问问伊琳的意见。通往这院子的门,我已经定做了紫皮的门帘;你如果把客厅的墙壁糊成乳白色,望上去就会有一种幻境的感觉。你得在全部装修上着眼于托出我所谓的迷人力量!"

索米斯说:"你的意思是说我的妻子迷人。"

波辛尼避而不答。

"在院子中间你应当种一丛鸢尾之类。"

索米斯傲慢地笑了。

"哪一天我上毕儿花店去看看,"他说,"看有什么合适的!"

两个人之间更没有什么话可说,可是上车站去的路上,索米斯问道:

"你大概觉得我的妻子很有艺术眼光吧?"

"是的。"这句没头没脑的回答显然是给他一个钉子碰,那意思等于说:"你如果想谈论她的事情,可以找别人去谈!"

这一下索米斯整个下午闷在肚子里的怨气又火冒起来。

两人一路上再没有说什么;快到车站时,索米斯问:

"你指望几时完工?"

"六月底,如果你要我连内部装修也包下来的话。"

索米斯点点头。"可是你总该明白,"他说,"我在这房子上花的钱远远超出原来的预算。不过我一向决心做一件事决不半途而废,否则的话,老实跟你说,我早就会洗手不干了!"

波辛尼没有答话。索米斯斜睨了他一眼,显出极端厌恶的神气——原来索米斯虽则态度严峻,而且那样傲慢地、妄自尊大地沉默,他那紧闭的嘴唇和方下巴望上去和一条英国斗牛狗仍旧不无相似之处……

那天晚上七点钟,琼到达蒙彼利埃广场六十二号时,女仆贝儿生告诉她,波辛尼先生在客厅里;太太——她说——在楼上打扮,就下楼来。她上去告诉她琼小姐来了。

琼当时拦着她。

"好的,贝儿生,我进去好了。你不用去催太太。"

她脱下外套来;贝儿生带着会意的神色,连客厅的门也不替她开,就溜下去了。

那张放地毯的橡木橱上有一面老式小镜子,她在镜子前面停了一会,望望自己——一个苗条而倔强的少女身材,一张坚定的小脸,穿一件白衣服,领口开成圆的,颈子很瘦,好像经不起那一头金红的鬈发似的。

她轻轻打开客厅的门,打算吓唬波辛尼一下。客厅里充满杜鹃花的浓香。

她深深呼吸一下香气,听到波辛尼讲话的声音,不在屋子里,可是很近;他说:

"啊!我有一大堆事情要谈,现在我们可没有时间了!"

伊琳的声音说:"不会吃晚饭的时候谈吗?"

"怎么能够谈——"

琼开头想要走开,结果不但没有走,反而向对面朝着小院子的那扇落地窗走去;窗子开着,杜鹃花的香气就是从这里进来的;院子里站着她的情人和伊琳,背朝着这边,两张脸藏在绯黄的花丛里。

琼默不作声,但也不感到可耻;她两颊飞红,怒目瞧着。

"星期天你一个人来——我们可以一同把全部房子逛一下——"

琼望见伊琳隔着一片花丛抬头望他。那神气并不是卖弄风情,而是——在琼的眼中看来,还要糟糕得多——生怕把自己内心的感情形之于色。

"我已经答应斯悦辛叔叔星期天跟他出去了。"

"那个胖子吗！就叫他带你去；不过十英里路——他的马正好跑得了。"

"可怜的老斯悦辛叔叔！"

迎面送来一阵杜鹃花香，熏得琼头晕欲呕。

"你一准去！啊！一准去！"

"可是为什么呢？"

"我一定要在那边见到你——我觉得你会帮我——"

回答的声音在琼听来好像很轻；在花间起了一阵颤动："我是会的！"

琼从窗口走到外面。

"这儿多闷气呀！"她说，"这种香味我简直受不了！"

她一双眼睛带着怒意正视着，把两张脸都扫一下。

"你们是在谈房子吗？要晓得我还没有看见呢——我们星期天一起下去好吗？"

伊琳的脸红了起来。

"那天我要跟斯悦辛叔叔出城去呢。"她答。

"斯悦辛爷爷！他有什么关系？你可以扔掉他！"

"我向来不喜欢扔掉哪一个！"

一串脚步声：琼看见索米斯就站在她身后。

"如果你们都预备吃晚饭的话，"伊琳说，带着异样的微笑把琼和索米斯挨次看一下，"晚饭已经预备好了！"

第二章　如此良宵

晚饭在沉默中开始；两个女子对面坐，两个男子亦然。

在沉默中，一道汤吃完了——美得很，不过稍嫌稠一点；鱼送上来。在沉默中递给各人。

波辛尼冒昧说了一句："今天第一天像春天。"

伊琳轻声附和说："是的——第一天像春天。"

"春天！"琼说，"闷气得连个风丝都没有！"没有人答话。

鱼撤去了，可惜了一盆多佛尔的新鲜板鱼。贝儿生送上香槟酒，瓶颈满是白酒沫。

索米斯说："你们会觉得酒味很醇。"

炸鸡上来，每一块鸡腿都用淡红皱纸裹着。琼不要吃，座上又沉默下来。

索米斯说："你还是要一块吧，琼，下面没有菜了。"

可是琼仍旧不肯要；炸鸡拿开了。后来伊琳问："菲力，你听见过我的山鸟叫吗？"

波辛尼答："当然听到——它唱的一支猎歌。我走过来时，在广场那边听见。"

"它真是个宝贝！"

"色拉要吗，老爷？"炸鸡撤去了。

可是索米斯正在说话："芦笋很糟。波辛尼，来一杯雪利酒跟甜食一齐吃？琼,你简直不喝酒！"

琼说："你知道我从来不喝。酒真是难吃的东西！"

银盆盛了苹果饼上来。伊琳笑着说："今年的杜鹃花开得太好了！"

波辛尼接着这句话咕了一声："太好了！特别地香！"

琼说："你怎么可以喜欢这种香味？糖,贝儿生。"

糖递了给她,索米斯说："这苹果饼不错！"

苹果饼撤去了。接着是长长一段沉默。伊琳招招手,说："把这杜鹃花拿出去,贝儿生,琼小姐受不了这香味。"

"不要。放在这里。"琼说。

法国橄榄和俄国鱼子酱盛在小碟子里端上来。索米斯说："为什么没有西班牙橄榄呢？"可是没有人回答。

橄榄撤去了。琼端起玻璃杯,说："请给我一点水。"水拿了给她。送上来一个银盆,盛的德国李子。有好半天大家没有作声,全在一个动作吃李子。

波辛尼把李核数起来："今年——明年——等些时——"

伊琳轻轻替他说完："永远不会。今天的晚霞灿烂极了。天上现在还烧得通红的——太美了！"

波辛尼答："就在黑夜下面。"

两个人的目光碰上,琼不屑地高声说："伦敦的晚霞！"

埃及烟盛在银盒子里送了过来。索米斯取了一支说："你们的戏几时开场？"

没有人回答,景泰蓝杯子盛着土耳其咖啡随着上来。

伊琳浅笑着说："要是能够——"

"能够什么？"琼说。

"要是能够永远是春天多好！"

141

白兰地端上来；颜色又淡又陈。

索米斯说："波辛尼，来点白兰地。"

波辛尼饮了一杯；大家全站起来。

"你们要叫部马车吗？"索米斯问。

琼回说："不要。请你把我的外套拿来，贝儿生。"外套给她拿来了。

伊琳从窗子口喃喃地说："这样可爱的晚上！星儿都出来了！"

索米斯接上："希望你们两个玩得开心。"

琼在门口回答："多谢。来，菲力。"

波辛尼叫："我来了。"

索米斯傲慢地笑了一笑说："祝你好运！"

在门口，伊琳望着他们走了。

波辛尼叫："晚安！"

"晚安！"她轻轻地说……

琼要她的爱人带自己上公共马车的上层去坐，说她要透空气；她不作声坐在上面，脸迎着风。

赶车的有一两次回过头来，打算冒昧说句话，可是想想还是没有说。好一对活泼的情人！春天也钻进他的血液来了；他觉得需要一吐胸中的浊气，所以舌头咯咯作响，挥着鞭子，兜转着双马；连两匹马，可怜的东西，也闻到春天的气息，有这么短短的半小时在石板路上踏着轻快的蹄子。

全城洋溢着生机；树木的枝条上面点缀一串串幼叶子，向上翘起，在等待春风带给它们什么恩泽。新点上的街灯越来越亮，强烈的光线把人群的脸照成灰白；高高在头上，大片的白云迅速地、轻盈地，驶过暗紫色天空。

穿着晚礼服的人们已经敞开大衣,步履轻快地拾上俱乐部的台阶;做工的人在街上徘徊着;女人——那些在晚上这时特别孤单的女人——孤单单一个人成串地向东走去——轻摇慢摆地走着,举止上带着企望,梦想着好酒和一顿好晚饭,或者偶然有这么一分钟,梦想着出于爱情的接吻。

这些无穷尽的人,在街灯和移动着的天空下面各走各的路,全都没有例外地从春风的荡漾中感到某种幸福的鼓舞;就像那些敞开大衣的俱乐部会员一样,全都没有例外地摆脱掉一些自己的阶级、信条和习尚,或是歪戴着帽子,或是步履轻快地走着,或是嬉笑,或是沉默,从这些上面表现出他们在苍天的热情笼罩下都是同类。

波辛尼和琼默默走进戏院,爬上自己后楼座的座位。戏刚刚开始,半明半暗的场子里,一排排的人全向一个方向注视着,望去就像一个大花园里许多花向着太阳开。

琼从来没有坐过楼上后座。从十五岁起,她经常都是陪自己祖父坐的正厅,而且不是普通的正厅,是最好的座位,靠中间第三排;老乔里恩好几天前,从商业区回来,就向葛罗甘-包因票店定下了;他把戏票藏在大衣口袋里,和自己的雪茄烟匣和旧羊皮手套放在一起,交给琼留到当天晚上才取出来。祖孙两个就这样坐在前排——一个是腰杆笔挺的老头儿,一头修整的白发,一个是瘦小的身材,精力充足,金红色的头发,心痒痒地——把什么戏都看个饱;回家的路上,老乔里恩常会讲起那个演主角的:"啊,他差劲得很!你要是看过小包布生的演出就知道了!"

琼本来满心欢喜地盼望着今天晚上;这是偷来的,没有长辈率领着,斯坦厄普广场那边做梦也不会想到,还当作她在索米斯家里呢。她这次扯谎原是为了自己的情人的缘故,所以指望得到报酬;她指望这样一来可以冲破绵密寒冷的云层,使两人之间的关系——近来是那样令人迷惑不解,那样痛苦——重又恢复冬天以前的晴朗和单纯。她这次出来有心要谈些体己的话;她眼望着戏台,眉心里皱成一条缝,什么也看不见,两只手放在膝上紧紧勒着;心里面疑妒交集,像无数蜜蜂频频刺痛着她。

波辛尼有否体贴到她的苦衷,很难说,总之他一点没有表示。

幕下。第一场戏完了。

"这儿太热!"姑娘说,"我想出去一下。"

她脸色惨白,而且知道——这样神经一刺激,她什么都看出来了——他在感到不安和内疚。

戏院后面有一座临街的凉台;她跑到凉台上去,凭栏不语,等他开口。

终于她再也忍不住了。

"我有句话要跟你说,菲力。"她说。

"是吗?"

他的声音里那种防范口气引得她两颊飞红起来,不由得脱口而出:"你简直不给我机会跟你亲热;你有好久好久没有这样了!"

波辛尼瞠眼望着下面的街道。他没有回答。

琼激动地说:"你知道我要为你尽我的一切——我要成为你的一切——"

街上升起一片嗡嗡声,又被一声尖锐的"叮叮"声刺破:启幕的铃子响了。琼没有动。她心里正在绝望地挣扎着。她要不要把话全说出来呢？她要不要直接向那个力量,那个把他从她身边拉走的诱惑挑战呢？她天性本来好斗,所以她说："菲力,星期天带我去看那个房子!"

她嘴边带着颤抖而间歇的微笑,而且竭力——多么吃力啊——不显出自己在留意看他,搜索着他脸上的表情,看见那张脸踌躇、迟疑,看见他眉心蹙成一条缝,脸涨得通红。他回答:"星期天不行,亲爱的;改一天!"

"为什么星期天不行？星期天我又不会碍事的。"

他显得很是为难,勉强说道："我有个约会。"

"你打算带——"

他眼睛里显出怒意;耸耸肩答道："有个约会,所以没法子带你去看房子!"

琼把自己的嘴唇咬得血都出来,一句话不说回到位子上,可是又气又恼,不由得眼泪直流。幸亏场子里这时已经熄灯,救过这一关,没有人瞧见她的狼狈情形。

然而在这个福尔赛的世界里,一个人切莫要以为逃得了旁观者的眼睛。

就在后面第三排,尼古拉最小的女儿尤菲米雅和她出嫁的姐姐第维地曼太太都在留神看着。

她们到了悌摩西家里,就告诉大家在戏院里看见琼和她未婚夫的事情。

"坐的正厅吗？""不是,不是坐——""哦,是楼上包厢,当然了。这在年轻人里面近来好像很时髦呢？"

嗯,也不能算是包厢。是坐的——总之,这种订婚不会长久的。她们从来没有看见一个人的样子像小琼那么气急败坏的!她们眼睛里噙着快乐的眼泪,详述琼在一幕戏演了一半时回到座位上来,怎样踢了一下人家的帽子,那个人怎样一副面孔。尤菲米雅有名会笑不出声,最使人失望的是笑到末尾能发出一阵尖叫;这一天当史木尔太太听了这番话,双手举起来说:"天呀!踢了人家帽子吗?"尤菲米雅竟发出无数若干的尖叫来,使得人家用了嗅盐才使她清醒过来。她临走时,还跟第维地曼太太说:"'踢了人家帽子!'啊!真把我笑死了。"

拿"小琼"来说,那天晚上本来应该好好乐一下,然而却从来没有那样的败兴而回。真亏她竭力压制着心中的愤激、猜疑和妒忌!

她和波辛尼在老乔里恩的门口分手,总算没有丢脸哭了出来;她一定要收服自己的爱人,是这种强烈的心情撑持着她,直到听见波辛尼离去的足声才使她真正恍悟到自己苦痛的程度。

那个不声不响的"山基"来给她开门。她本想悄悄溜上楼到卧室去,可是老乔里恩听见她进来的声音,已经站在餐室门口。

"进来喝你的牛奶,"他说,"给你炖着呢。很晚了。你上哪儿去的呢?"

琼靠壁炉站着,一只脚踏在炭栏上,一只胳膊搭着炉板,就像她祖父那天晚上看了歌剧回来那样的做法。她已经快要垮了,所以告诉他丝毫不在乎。

"我们在索米斯家里吃晚饭。"

"哼!那个有产业的人!他妻子在吗——还有波辛尼?"

"对了。"

老乔里恩眼睛盯着她望,在他尖锐的目光下,你休想掩饰起什么;可是她并没有望着他;当她回过脸时,老乔里恩立刻停止打量。他已经看出不少,看出太多了。他弯下腰去从炉边给她拿起那杯牛奶,自己回过身去,叽咕道:"你不应在外面耽这么晚;要把你的身体毁掉。"

他这时把脸藏在报纸后面,故意把报纸弄得很响;可是当琼上前吻他时,他说:"睡吧,孩子。"声音微颤而且出乎意料地温存,琼几乎忍不住了,赶快出了餐室回到自己房里,哭了一个通宵。

门关上时,老乔里恩丢下报纸,两眼笔直,焦灼地瞪了半天。

"这个混蛋!"他心里说,"我一直就知道她会和他闹不好!"

他脑子里挤满了疑虑和不安;更由于感觉到自己对事情的发展无能为力,既不能制止,又不能控制,这种疑虑和不安就越发显得强烈。

这家伙会不会扔掉她呢?他真想去找到他,跟他说:"你听着,先生!你打算扔掉我的孙女吗?"可是他怎么能去呢?他知道得太少了,或者简直不知道什么;然而以他的机智,敢说没有看错,肯定有事情。他疑惑波辛尼在蒙彼利埃广场走动得太勤了。

"这个家伙,"他想,"也许不是个坏蛋;一张脸也不是个坏人的样子,可是古怪得很。我就弄不清他是怎样一种人。我永远弄不清他是怎样一种人!人家告诉我,他工作得像一条牛,可是我看不出这有什么好处。他不切实际,工作没有条理。上这儿来,就像一只猴子坐在那里闷声不响。我问他喝什么酒,他总说:'谢谢,随便什么酒。'我请他抽雪茄,他抽起来就好像抽两个便士一支的德国雪茄一样,全不领略。我从来没有看见他看着琼的时候眼睛有那一点点情意;然而,他又不是追她的钱。只要琼有一点点表示,他第二天就会跟她解约。可是琼不肯——琼决不肯!她要盯着他!她就像命运一样执拗——决不肯放手!"

老乔里恩深深叹口气,翻过报纸;也许碰巧在报栏里他能找到些安慰。

楼上,琼站在自己卧室窗子口;春风在公园陶醉一番之后,从窗口进来吹凉她火热的面颊,可是却燃烧着她的胸膛。

第三章 跟斯悦辛出游

一个有名的老学校的歌本里有一首歌,其中两行是这样写的:

　　他的蓝长褂上的纽扣多亮啊,特啦啦!
　　他歌唱得多么美妙啊,就像只鸟儿……

斯悦辛从海德公园大厦出来,打量着停在门口的两匹马时,并不完全像一只鸟儿唱着,可是心里真想哼一首歌。

那天下午天气非常清和,就和六月里一样;斯悦辛事先派阿道尔夫下楼看了三次,究竟有没有一丝寒峭;肯定没有之后,才穿上一件蓝色的大礼服,连大衣都没有穿,这一来就完全像歌里那只鸟儿;长服紧紧裹着他风度翩翩的身材,就算纽扣不亮,也敷衍得过去。他魁然站在人行道上,戴上狗皮手套;头上一顶大喇叭帽子,魁梧的身材,样子非常粗野,简直不像一个福尔赛家的人。密密一头白发,被阿道尔夫给他搽上一点头油,散发着镇静剂和雪茄的香味——雪茄是有名的斯悦辛牌子,每一百支花了他一百四十先令,可是老乔里恩忍心害理地说,这种雪茄送他抽他也不要抽;抽起来就像草!……

"阿道尔夫!"

"老爷!"

"新格子呢毯拿来!"

这个家伙你再教他也漂亮不了;敢说索米斯的媳妇眼力很不差呢!

"把车篷放下来;我要请一位——太太——坐车子呢!"

一个漂亮女子总要露一露自己的服装;而且,哼——他要跟一位女子同车啊!这就像已往的好日子又重新开始似的。

他有好久好久没有和一位女子一同坐马车出城了。最后一次,据他想得起来的,是同裘丽一起出去;那个老废物自始至终就像只老鼠一样害怕,气得他简直冒火,到了湾水路送她下车时,他曾经说过:"我再带你出去就是个混——!"他果真没有再带她出去,决不干!

他走到马头跟前,检查一下衔铁;这并不是说他在这上面是个内行——他付给马夫六十镑一年还要他代替做马夫的事情,这绝对不是他的为人。老实说,他虽则以爱马著名,主要还是因为有一次在大赛马的日子被几个马场赌棍骗了钱。可是俱乐部有人看见他驾着自己两匹灰色马到俱乐部门口——他总是驾灰色马,有人认为同样花钱,但是神气得多——曾经替他起过一个名字,叫"四马手福尔赛"。这个绰号是老乔里恩死去的同伙,那个尼古拉·特里夫莱传到他耳朵里的;特里夫莱是个了不起的骑手,他驾马车出名的会闯祸,在国内可算数一数二;从此以后,斯悦辛就觉得总要配得上这个称号才是。这个绰号使他甚为中意,并不是因为他曾经驾过四匹马的马车,或者可能有一天这样,而是因为听上去很神气。四马手福尔赛!不坏!可惜自己出世太早,没有选个好的职业。如果晚二十年来到伦敦,他准会变作个证券经纪人,可是在当时他需要就业时,这个伟大职业还没有成为中上层阶级的主要荣誉。他事实上是被逼进拍卖行的。

斯悦辛坐上驾驶座位,由人把缰绳递在他手里;阳光整个照上他苍白衰老的面颊,他眯着眼睛缓缓向周围顾盼一下。阿道尔夫已经坐在后面;戴了帽章的马夫靠着马头立定等待放辔;一切停当,只等号令。斯悦辛当时一声令下,车身向前冲去,转眼之间,车轮辘辘一声,鞭子一扬,已经停在索米斯家门口了。

伊琳即时出来,上了车——事后斯悦辛在悌摩西家里形容她的动作"就像,呃,塔利奥尼①一样轻盈,毫不麻烦你,一点不要这个、要那个的";尤其是,"一点不害怕成那副鬼相!"斯悦辛着力形容这一点,瞪眼望着史木尔太太,弄得她甚为难堪。他向海丝特姑太描写伊琳的帽子。"全不是你那种拍拍拍的东西,张得多大的而且惹上尘土——近来女人就喜欢戴这种东西;她戴的是一顶小巧玲珑的——"说时用手画一个圆圈,"白面纱——文雅极了。"

"是什么做的呢?"海丝特姑太问;她只要有人提到服装都要显出一种懒洋洋然而始终如一的兴奋。

"什么做的?"斯悦辛回答;"你说我怎么会知道?"

他忽然变得闷声不响,这使海丝特都害怕起来,当作他晕过去了。她也没有打算摇醒他,她不习惯这样做。

"顶好能有个人来,"她肚里说,"他这副模样有点儿难看!"

可是突然间斯悦辛又活过来。"什么做的?"他徐徐喘气说,"应当是什么做的呢?"

---

① 玛丽亚·塔利奥尼(1804—1884),意大利芭蕾演员。

　　　　＊　　　＊　　　＊

他们的马车驶了还不到四英里远,斯悦辛就有个印象,觉得伊琳喜欢和他出游。一张脸罩着白面纱显得非常柔和,深褐色的眼睛在春天的阳光中发着亮光,不论什么时候斯悦辛跟她说话,她都抬起眼睛向他微笑。

星期六早上,索米斯看见伊琳坐在书桌那儿写一张便条给斯悦辛,回他不去了。为什么要回绝斯悦辛呢?他问。她自己娘家人她高兴回绝就回绝,他家里的人可不容她回绝!

当时她凝神望着他,把便条撕掉,说了一声:"好吧!"

随即她另外写了一张。他停了一会,随便瞧了一眼,看见便条是写给波辛尼的。

"你写信给他做什么?"他问。

伊琳仍旧是那样凝神地望着他,静静地说:"他托我替他办一点事情!"

"哼!"索米斯说,"托你办事!你如果搞起这种事情来,你可有得事情做呢!"他没有再说什么。

斯悦辛听说上罗宾山去,惊得眼睛睁了多大;路程太远,他的马跑不了,而且他总是七点半到俱乐部,在客人开始涌到之前用饭;那个新厨师碰到人早吃晚饭总要多花点心思在上面——这个懒虫!

可是,他也愿意看看那所房子。谈到房子,福尔赛家随便哪一个人都喜欢;对于一个在拍卖行做过的人,尤其喜欢。这段路毕竟不能算远。当他年纪较轻的时候,他有好多年都在里士满租房子住,马车和马都放在那边,天天坐着马车上来下去,终年如此。他们喊他作四马手福尔赛!他的T式马车和他的两匹马从海德公园三角场到公卿饭店都传遍了。这两匹马某公爵曾经想挖他的,愿意出他双倍的价钱,可是他不让;有了好东西,自己要懂得珍惜,可不是?他一张剃光了的衰老的方脸上显出一种不可思议的庄严而骄傲的神情来,头在竖领子里扭动着,就像一只火鸡在那里剔羽修翎。

她实在是个可爱的女子!事后他向裘丽姑太把她穿的衣服叙述得淋漓尽致,听得裘丽姑太双手都举了起来。

像皮肤一样裹着她身体——绷得像一面鼓一样;他就是喜欢这样的衣服,一套头,全然不是那种"憔悴可怜"骨瘦如柴的女人!他盯着史木尔太太望,原来史木尔太太跟詹姆士是一个体形——又长又瘦。

"她有一种风度,"他往下说,"足以配得上一个皇帝!而且她又是那样安静!"

"总之,她好像把你完全降伏了似的。"海丝特姑太坐在角落里慢声慢气说。

斯悦辛在有人攻击他时听得特别清楚。

"什么?"他说,"一个美一人,在我眼睛里决计逃不了,可惜的是,我就说不出我们这儿有哪个年轻小伙子配得上她;也许—你—说得出吗,也许—你—说得出!"

"噢?"海丝特姑太咕了一声,"你问裘丽!"

可是远在他们抵达罗宾山之前,他已经瞌睡到了极点,原因是他并不习惯这样出来透空气;他闭目赶着车子,全亏得他这一生在礼貌上的训练,使他那肥硕的身躯没有栽了下来。

波辛尼本来在探望着,这时出来迎接他们;三个人一同走进房子;斯悦辛前行,舞弄着一根粗大的镶金手杖;他在座位上坐着不动太久了,两只膝盖早吃不消,所以阿道尔夫早就把手杖递在他手里。他把皮大衣也穿起来,好抵御空房子里的过堂风。

楼梯漂亮,他认为。气派豪华！楼梯上要摆点雕像才对！走到通往内院门口那些大柱子中间时,他停了下来,带着询问的样子用手杖指指。

这算是什么呢——这个堂屋,或者——反正不管叫它什么？可是瞠眼望望头上的天窗时,他神悟出来了。

"哦！弹子房！"

待得人告诉他这里将是一处内院,地上铺砖,中间还要种花草,他转身向伊琳说：

"种花草太糟蹋了？你听我的话,在这里放一只弹子台！"

伊琳笑了。她已经揭下面纱,拿来像女修士的头巾一样缠在前额上,头巾下面一双含笑的深褐色眼睛在斯悦辛看来显得更加可爱。他点点头,看得出她会采纳他的忠告的。

对于客厅和餐厅他都没有什么意见,只说"很宽敞"；可是走进酒窖时,他却容许自己这样身份的人大为激赏；他由石级走下去,波辛尼点个火在前面带路。

"你这儿足可以放得下,"他说,"六七百打——一个很不错的小酒窖呢！"

波辛尼表示要带他们到坡下小树林那边去看这房子的远景,斯悦辛站下来。

"这儿景致很不错呢,"他说,"你能不能弄到一把椅子？"

椅子从波辛尼的帐篷里给他取来。

"你们两个人下去！"他和和气气说,"我坐在这儿看看景致。"

他在橡树旁边的阳光里坐下；坐得又正又直,一只手伸出来放在手杖头子上,另一只手按着膝盖;皮大衣敞了开来,帽边遮着那张苍白的方脸;眼睛空无所瞩地瞪着那片景色。

波辛尼和伊琳下坡穿过稻田时,他向他们点点头。说实在话,扔下他一个人这样静养一会儿,他并不介意。空气真新鲜,太阳里也不太热;风景望出去很不错,难得有这样——他的头微微倾向一边;他竖起头来,心里想:怪!嘻——啊!他们在下面向他招手!他举起手来,连招了好几下。两个人很起劲——景致很不错——他的头倒向左边去,立刻被他竖了起来;头又倒向右边去;在右边停止不动;他睡着了。

虽则睡着了,他坐在坡子上面俨然像一个哨兵统驭着这片——很不错的——风景,就像前基督教时代那些原始福尔赛人中间一个特殊艺术家所塑的一座偶像,用以记载心灵对物质的控制!

当年他那些数不尽的小农祖先,每逢星期天都要手叉着腰站在那里打量着自己的一小块耕地,灰色的凝视的眼睛里暗藏着那种以暴力为本的天性,那种为了自己占有而排挤掉其他一切的天性——这些数不尽的祖先仿佛也跟他一起坐在坡子上面。

可是他虽则这样沉睡着,他那福尔赛的精灵却在暗中监视,并且跑出去很远很远,经历了许多荒唐的幻境;它跟着这一对青年男女,看他们在那片小树林里面做些什么——春色撩人的小树林里充满着青草味和花香,鸟声无数,风信子和各种芳草铺成一片地毯,阳光照在树顶上就像金子;它跟着这一对男女,看见他们在一条小路上紧紧靠着走,路非常之窄,所以他们的身子始终都挨在一起;它留意看伊琳的眼睛,那双眼睛就像小偷似的,把春天的心给掏了出来。他的精灵,就像一个隐身的监护人一样,跟他们一起,驻足看地下一头毛茸茸的死田鼠,死了还不到一小时,银灰色的外套和偷来的野菌都还没有被雨水或者夜露打湿;它望着伊琳伛着头,眼睛里带着怜惜的神情;望着那年轻男子的头,那样死命盯着她看,那样的古怪相。它还跟他们一起穿过那片被人樵采过的林中空地,风信子都被踩坏了,一棵树身被人从根砍断,摇摇晃晃倒了下来。它又跟他们爬过断株,到了林子边缘,从这里伸展出一片未经发现过的乡野,远远传来"快快布谷"的鸟声。

它不作声跟他们站在那里,看见他们那样默默无言很不好受!真特别,真怪!

然后又随他们回来,就像做了亏心事似的,穿过树林——回到那片樵采过的地方,仍旧一声不响,周围的鸟声不断,野香袭人——哼!这是什么——就像他们在食物里用的药草似的——回到那段横在小路上的断株跟前。

他的福尔赛精灵继续朝下望,隐着身形,在他们头上拍着翅膀,竭力想惊动他们一下;它看见她稳坐在断株上,美丽的身体摇晃着,低头微笑望着那个仰望着她的年轻男子,男子的眼光是那样古怪,那样奕奕有神;滑了一下——呀!跌了一下,唉!滑下来了——到了他的怀抱里;她温柔的身体被他紧紧搂着了,她的头向后仰去,躲开他的嘴唇;他吻了她;她在挣扎;他叫:"你一定知道——我爱你!"一定知道——的确,一个美——?恋爱!哈!

斯悦辛醒了过来;莫不是碰上鬼了。他嘴里的滋味很不好受。他在哪儿?

他妈的!他原来睡着了!

他梦见一种新做的汤,吃起来带有薄荷味。

那两个年轻人——他们上哪儿去了?他的左腿麻得动都动不了。

"阿道尔夫!"这个混蛋不在;这个混蛋总在哪儿睡着了。

他站起来,一件皮大衣穿得又高又大又臃肿,焦急地望着下面的田野;不久就看见他们来了。

伊琳走在前面;那个年轻小子——他们给他起的什么绰号——"海盗"吗?——垂头丧气跟在她后面;不用说,准是碰了她一鼻子灰。这是他活该,带她这么老远去看房子!要看房子在草地上看,这才是真正合适的地方。

他们望见他了。他伸出胳膊,不时招一下手催他们快走。可是两个人站住了。他们站在那儿做什么,谈话——谈话做什么?又来了。她一定使他很难堪,这一点他蛮有把握,而且毫不奇怪,谈这种房子——一个大怪物,跟他往常看惯的那种房子全都不像。

他紧紧盯着两个人的脸望,淡黄眼睛眨都不眨一下。那小子的样子很古怪!

"这个决计不会造得像样!"他尖刻地指指房子,"太新潮了!"

波辛尼瞪眼望着他,好像没有听见似的;事后,斯悦辛向海丝特姑太把他形容为"一个很乖僻的人——眼睛看你的神情非常古怪——坏家伙!"

这种突如其来的心理是怎样引起的,他也没有说出;可能是他看不惯波辛尼的高额头、高颧骨和尖下巴,或者他脸上那副饿鬼相,因为斯悦辛眼中的十足上流人士必须有一种安详的酒醉饭饱的神气,而波辛尼恰好和他的看法格格不入。

一提到喝茶,他脸上立刻高兴起来。他向来看不起喝茶——他的老兄乔里恩过去就做过茶生意;在这上面赚了不少钱——可是他现在非常口渴,而且嘴里的滋味很不好受,喝什么他都来。他渴望告诉伊琳他嘴里难受——她是非常体贴的——可是不大体统;他用舌头在四面一卷,轻轻抵着上颚咂了一下。

帐篷里阿道尔夫在远处角落里正弯着自己两撇鼠须烧开水。他立刻丢下开水去启一个中瓶香槟酒的瓶塞子。斯悦辛笑了,向波辛尼点点头,说道:"哎呀呀,你简直像基督山伯爵①呢!"这本有名的小说——他读过的半打小说之一——曾经给他极其深刻的印象,所以他记得。

他从桌上拿起酒杯,举得远远的,仔细看那颜色;虽说口渴,他还不至于什么乌七八糟的酒都喝! 后来他把杯子引到唇边,呷了一口。

"酒很不错,"他总算说话了,把来放在鼻子下面闻闻,"比不上我的白雪香槟!"

就在这个时候他有了一个感觉,后来到了梯摩西家里被他概括地说了出来:"我有十足把握说那个建筑师家伙在爱着索米斯太太!"

从这时候起,他的一双淡黄圆眼睛始终都睁得多大地望。

"那个小子,"他告诉史木尔太太说,"在她后面跟来跟去,眼睛馋得就像一条狗——坏家伙! 这不足为奇——她是个漂亮女人,而且,我要说,十分的庄重!"他隐隐记得伊琳身上有一种香味,就像一朵花瓣半敛、花心浓郁的花发出的幽香,所以就创造了这个印象。"可是我直到瞧见他拾她的手

---

① 法国作家大仲马的名著《基督山伯爵》中的主角。

绢时，"他说，"我才肯定。"

史木尔太太的眼睛里沸腾着兴奋。

"那么他还给她没有呢？"她问。

"还给她？"斯悦辛说，"我瞧见他在手绢上大吻特吻，他以为我没有看见呢！"

史木尔太太倒吸进一口气——兴奋得话都说不出来。

"可是她对他并不亲热。"斯悦辛接着说；他停下来，有这么一两分钟眼睛瞪得多大的，把海丝特姑太都吓坏了——原来他忽然想起坐上马车回家的时候，伊琳曾经再次把手伸给波辛尼握，而且让他握了很久……他对两匹马用力抽了一鞭子，一心要独自占有她。可是她却回过头去望，没有理会他问的第一句话；连她的脸他都没法看见——她一直都垂着头。

有个地方有一幅图画——这幅画斯悦辛并没有见过——画着一个男子坐在礁石上，在他旁边平静的绿波中一个美人鱼仰面朝天躺着，一只手掩着自己裸露的胸脯。她脸上带着隐约的笑意——又像是无可奈何的屈服，又像是暗喜。当时坐在斯悦辛身边的伊琳可能也在这样微笑。

等到他独自占有了伊琳时，他乘着酒意，把自己肚子里许多委屈全倾吐出来；谈他对俱乐部里新来的厨师多么深恶痛绝；谈他为了威格莫尔街那所房子多么地烦心；那个混蛋房客为了帮助自己的舅爷弄得破产——为了顾全别人连妻子儿女都不顾了，天下可有这种事情；还谈自己的耳朵不灵；谈自己右胁下不时疼痛。她倾听着，眼睛在眼皮下面不住地转。他认为她在为他受的这些痛苦深思，而且十分替他难受。然而当时他穿着皮大衣，胸前扣着饰纽，歪戴着礼帽，又和这样一个美丽女子同坐着马车，在他却有生以来没有感觉这样神气过。

可是一个星期天带了自己的女朋友出游的水果贩子,好像也自视一样神气。这人赶着自己的驴子一路驰来,坐在那部舢板似的驴车上,笔直的身体仿佛一座蜡像,一条大红手帕围在下巴下面,就像斯悦辛围着颈巾一样夸耀;他的女友围了一条肮脏的皮围巾,尾巴拖在颈后,模仿着一个时髦女子的派头。那个男子手里拿了一根棍子,上面扣了一根破破烂烂的绳子,也学着斯悦辛那样挥着马鞭,一圈一圈舞得非常之像,不时掉头斜睨自己的女伴一眼,和斯悦辛的原始眼神简直一模一样。

开头斯悦辛并不觉得,可是不久便疑心这个下流的恶棍在嘲弄他。他在那匹牝马肚子下面抽上一鞭子。可是偏偏鬼使神差,马车和驴车仍旧并排驶着。斯悦辛的黄胖脸涨得通红;他举起鞭子打算给水果贩子一鞭子,可是总算老天有眼,及时阻止了他,没有让他做出这种有失体面的事来。一部车子从人家大门里驰了出来,把斯悦辛的马车和那汉子的驴车挤在一处;轮子和轮子轧上了,小的车子甩了出去,翻了。

斯悦辛并没有回头。要他停下车子来救这个恶棍,他决计不干。把头颈跌断了也是活该!

可是就算他愿意的话,他也无能为力。那两匹灰色马惊了起来。马车一下歪向左边,一下倒向右边,连路人看见他们飞驰而过时,都显出惊慌的神色。斯悦辛的粗胳膊伸得笔直,用力拉着马缰;两颊鼓着,嘴唇紧闭,胖脸涨成紫红,又气又急。

伊琳手抓着栏杆,车子歪侧一下,她就紧紧抓着。斯悦辛听见她问:

"我们会不会出事情,斯悦辛叔叔?"

他气喘吁吁回答:"不要紧;马有点怕生!"

"我还从来没有碰见出事呢。"

"你不要动!"他看她一眼。她在微笑着,神色自若。"坐着不要动,"他又说一句,"不要害怕,我会送你回家的!"

他在竭力挽救之中,听见她回答了这么一句,口气完全不像她的为人,使他听了诧异之至:

"永远不回家我也不在乎!"
. . . .

车身大大歪了一下,斯悦辛才要惊叫出来,又咽了下去。两匹马正驰上山坡,力气已乏,这才慢了下来,终于自己停住。

"当我,"——斯悦辛后来在悌摩西家里叙述这件事——"勒住马时,她坐在那里就跟我一样冷静。老天有眼,她那种派头就像把头颈跌断都不在乎似的! 她当时说的什么:'永远不回家我也不在乎!'"他撑着手杖微伛着身体,喘息地说,听得史木尔太太吓了一跳:"我一点不奇怪,嫁给小索米斯这样难缠的丈夫!"

至于他们走后把波辛尼一个人丢下来,他有些什么举动,斯悦辛脑子里根本没有想到;是不是如斯悦辛形容的那样,像只狗到处去跑呢? 跑到那片春色仍旧撩人、布谷鸟仍在远远叫唤的小树林里;一面向树林走去,一面用她的手绢抵着嘴唇,芳香中夹着薄荷和香草味。一面走着,一面心里感到一种强烈而甜蜜的痛苦,自己在林子里都哭了出来。或者,究竟这家伙有些什么举动? 事实上,斯悦辛已经把这个年轻人忘得一干二净,一直等到他到了悌摩西家里才重又想起来。

161

第四章　詹姆士亲自下乡去看

那些不了解福尔赛交易所的人,也许不会料到伊琳下去看房子会引起那么大的骚动。

自从斯悦辛在悌摩西家叙述他那次郊游壮举的整个经过之后,他这番话也同样被原原本本拿来告诉了琼;告诉她完全不是出于好奇,也许有那么一丝恶作剧,但还是好心。

"而且这样讲多么难听啊,亲爱的!"裘丽姑太结尾说,"说她不想回家。她是什么意思?"

这段经过在琼听来很是突兀。她红着脸痛苦地听着,忽然,匆匆握一下手,就离开了。

"简直没有礼貌!"琼走后,史木尔太太跟海丝特姑太说。

从她听到这消息的神情举止上来推测,大家就得到一个正确的结论。她听了很烦恼。因此这里一定有什么不妙。怪吧! 她跟伊琳从前还是顶顶要好呢!

这事跟过去不久人家在背后的议论以及耳朵里刮到的一些话也极其符合。想起尤菲米雅在戏院里见到那一幕——还有波辛尼先生总是在索米斯家里,不都是吗? 唉,真是的! 是啊,当然他会去的——谈房子啊! 话当然讲得绝不露骨。在福尔赛交易所里,一件事情尽管令人着恼,只要不是最了不起,最最重要,都不需要讲得那样露骨。这座机器太精密了;

一点暗示,口气里微微表示一下惋惜或者怀疑,就足够使这个家族的灵魂——那样富于同情的灵魂——震动起来。谁也不打算这些震动会伤害到哪一个——远不是如此;这些震动的用意整个都是好心,是觉得族中每一个人都和这个家族的灵魂休戚相关啊。

而在这些背后的议论里面,归根结蒂也还是一片好心;时常就因为有这些议论而促成慰问性的拜访,从而使那些身受痛苦的人真正得到恩惠,使那些安然无恙的人也会感觉到至少还有人在为一些和自己无关的事情难受,这也是开心的事。事实上,这无非是借此互通声气,跟新闻界精神完全一样,像詹姆士跟史木尔太太通声气,史木尔太太跟尼古拉的两个女儿通声气,尼古拉两个女儿跟哪一个通声气,等等,都是这个道理。他们所爬上的而且目前所属的这个阶级要求一定程度的坦率,和更大程度的缄默。有这两者的结合才保证了他们的阶级地位。

福尔赛家许多年轻人自然会公开声称不愿意有人探听他们的私事;可是这种族中的流言就好比一股目不能见的强有力的电流,所以事事清楚在他们实在是不得已的。因此大家都觉得毫无办法可想。

他们里面有一个(小罗杰)曾经为了解放下一代,把悌摩西骂作"老狐狸",这实在是个英勇的尝试。可是报应就落到他的身上;这些话转弯抹角传到裘丽姑太的耳朵里,裘丽姑太又以震骇的口吻告诉罗杰太太,这样,这句话又回到小罗杰这里来了。

说到底,感到难受的也不过是那些自己做错事的人;比如乔治,那要怪他打弹子把钱花光了;或者如小罗杰本人,那时候他险些儿跟一个,根据背后的议论,他已经发生了自然关系的女子结婚;再如伊琳,那是因为大家觉得,而不是说过,她的处境危险啊。

所有这一切背后的议论不但可喜,而且也有益。它使湾水路悌摩西家里许多时光都能轻松愉快地消磨掉;要不是这样的话,这里住的三个人就会觉得时光枯寂沉闷了;而且悌摩西的家在伦敦城里也不过是千百个这样人家里的一个——这些人家的成员都是些生活无忧、无所偏倚的人,自己已经置身斗争之外,因此为了找寻生存的理由,就不得不关心到别人的斗争。

如果不是因为有这些可喜的族中闲是闲非,这里就会变得非常寂寞。流言和传闻、报信、猜疑——这些可不是跟家里的小孩子一样吗?姐弟三人虽则自己的一生中没有生男育女,可是这些流言和传闻不都跟些咿咿呀呀的婴孩一样惹人疼、一样宝贝吗?他们的软心肠就是渴望孩子,而谈这些闲是闲非也就几几乎等于儿女成行、儿孙绕膝了。至于悌摩西是否渴望孩子虽则还不能十分确定,但是每一次福尔赛家有一房添丁进口的时候,他都要不开心一阵,这总是无可争辩的。

所以尽管小罗杰骂"老狐狸",尽管尤菲米雅双手举起来叫:"唉!那三个人!"而且先是不出声地大笑,末了发为尖叫,这都没有用。没有用,而且也不大忠厚。

事情发展到这个阶段也许有人觉得奇怪,尤其在一个福尔赛的人眼中看来,不但会觉得奇怪,甚至于还会认为"不成话"——然而根据某些事实看来,倒也并不怎样奇怪。

原来有些事情是他们没有见到的。

首先,在许多被不痛不痒的婚姻所栽培的安适中,人们往往忘记爱情并不是暖房的花朵,而是经过一夜春雨和片刻阳光生长出来的一棵野草;野草的种子,被野风载着沿路吹过去;如果碰巧吹进我们花园篱笆里面,我们就称作花;如果吹在篱笆外面,我们就称作野草;但是花也罢,野草也罢,它的香味和颜色却始终是野的!

还有,福尔赛家人一般都没有见到——他们各人生活的方式和内容就不容他们看见这项真理——当这株野草长出来时,那些当事的男女都不过是绕着它那淡白火焰的花朵的飞蛾而已。

小乔里恩当初的越轨行为已经事隔多年——现在这个传统的戒律又受到威胁了;这条戒律是有身家的人从不翻过篱笆去摘野花;一个人在适当的时期可以染上爱情,就像传染上麻疹一样,然后也会像麻疹病人一样,靠一帖牛油和蜂蜜的合剂,在婚姻的怀抱里舒舒服服地渡过难关,从此不再传染上。

波辛尼和索米斯太太这段怪话传到许多人的耳朵里时,最最动心的要算詹姆士了。他老早忘记自己当年求婚时那副嘴脸,人又高又瘦,面色苍白,留了两撇栗色的腮须,总是不离爱米丽的左右。他老早忘记自己在早期结婚生活中在梅费尔近郊住的那所小房子了,或者说,他老早忘记了自己的早期结婚生活,而那所小房子倒没有忘掉,因为一个福尔赛家人从来不忘记一所房子——虽说这所房子他后来卖掉,净赚了四百镑。

那些日子他早已忘记了:在那些日子里,他充满了希望和忧虑,同时怀疑这件婚事是否妥当(原来爱米丽虽则美丽,并没有钱,而他那时一年也不过勉强赚上个一千镑),可是那个女子,秀发那样齐整地盘向后面,白胳膊那样从紧紧的紧身衣里伸出来,美丽的腰肢那样庄重地套在十足宽大的裙子里,对于他真有一股奇妙的不可抵御的吸引力,使他愈陷愈深,终于使他感觉到如果不能娶到这个女子,他就非死不可;那些日子他早已忘记了!

詹姆士曾经从火里过来,可是他也经过岁月的河流,把这团火淹没了;他经历了人生最最悲惨的经验——完全忘记了自己坠入爱情时的心情。

忘记了!忘记了有这么久,使他甚至忘记自己已经忘记了。

现在这个谣言传到他耳朵里,这个关于他媳妇的谣言;隐隐约约,像个影子,在事物可触摸和一览无遗的表面上闪避着,像鬼魂一样缥缈,一样不可理解,然而也像鬼魂一样,带来不可名状的恐怖。

他打算把这件事认真考虑一下,可是没有用,这就跟把每天在晚报上看到的社会悲剧认真考虑一下同样不可能。他就是做不到。可能没有一点儿事情。全是那些人胡说一气。她或许跟索米斯过得不如意想的那么好,可是她还是个善良的小女人——善良的小女人啊!

跟不少人一样,詹姆士对一些无伤大雅的风流逸事谈起来也是津津有味的,而且常会用一种实事求是的口吻,呷着嘴唇说,"是啊,是啊——她和小戴生;有人告诉我他们现在住在蒙特卡洛呢!"

可是他对这类风流逸事的真正含义——它的过去、现在和未来——却从来不曾领会到。它究竟是怎么一回事,它的形成经过些什么痛苦和欢乐,在他眼睛看得见的那些事实里——赤裸裸的事实,有时候不堪入耳,但一般听来都很有味——这些事实里到底潜伏着什么迂缓,然而无从抵抗的命运,这些他都没有想过。对这类事情,他向来就不会谴责、赞美、推论或者来点发挥;他一向只是相当贪婪地听着,再把人家的话向别人重复一遍,这样做来自己觉得很受用,就好比吃饭之前喝一杯掺了苦剂的雪利酒一样受用。

可是现在这样一件事情——或者说关于这件事的一点谣言,或者风闻——却和他个人发生了密切关系;他觉得如坠入五里雾中,觉得自己嘴里充满一种强烈的恶臭,连气都透不过来了。

一件丑事!很可能是一件丑事!

把这句话再三重复地说是他使自己思想集中或者使这件事可以想象得了的唯一法门。他已经忘记自己年轻时的心情,使他领会到这类事情的进展、归宿及其意义;他简直不懂得男女为了爱情竟会做出不检点的事情来。

据他所知,在他熟识的许多人当中——那些人每天上商业区,在那里各做各的生意,空闲的时间买些股票、房产,吃晚饭,打牌或者运动——这些人里面,要设想哪一个会为了爱情这样缥缈、这样泡幻的东西而做出不检点的事情来,在他看来那未免太可笑了。

爱情!固然他好像也听到过,他脑子里还紧紧记得有这样一条规则,"年轻男女切不可轻易放在一起",就像地图上刻画的平行的纬度似的(所有福尔赛家人对于铁硬的事实都很能像一个写实主义者那样欣赏);可是除此以外——啊,他就只能通过"丑事"这句俗语来理解了。

啊!可是这里并没有事实——不可能。他并不害怕;她实在是个善良的小女人。可是你脑子里仍然放不下这类事情。詹姆士又是这样一个神经质的人——一有事情就烦,一有事情就弄得忧虑重重,迟疑莫决。他生怕自己不拿个主意就要遭受损失,因此就烦得老老实实一点主意拿不出来,直到最后,他看准了自己再不拿主意,就绝对要遭受损失,这才有了主意。

可是在他的一生中,有许多事情连拿主意也挨不上他的份儿,这件事也是如此。

他怎么办呢?跟索米斯谈一次?这样只会把事情闹得更糟。而且,归根结蒂,这里并没有事情,这一点他是有把握的。

全是那个房子。他从一开头就不放心这样做。索米斯住到乡下去为的是什么呢?而且,就算他一定要花上一大笔钱给自己造所房子,为什么不找一个第一流的建筑师,为什么要找上小波辛尼这样一个没有人说得上来的人呢?他曾经告诉过他们这样要搞糟的。而且他听到索米斯在房子上花了不少的钱,远远超出他原来的预算。

这件事实比任何其他事实更使詹姆士恍悟到这里的真正危险。跟这些"搞艺术的"总是这样;一个明理的人决不应当跟他们多啰唆。他也曾警告过伊琳。你看,现在弄成什么样子!

詹姆士忽然起了一个念头,觉得应当亲自下去看看。他的心神本来笼罩在彷徨不安的迷雾里,现在想起自己可以下去看看就像拨云见日一样,感到说不出的安慰。其实他觉得心里好过一点也许仅仅由于他能决定做点事情——更可能是可以看见一座房子的缘故。

他觉得亲眼看见那个有嫌疑的人一手造的大房子,看见那些砖泥木石,就等于察见了这项关于伊琳的流言的真相。

因此,他跟什么人都不说起,叫了一部马车上了车站,再坐火车到了罗宾山;从下火车起——原来这一带向来就没有马车——他只好步行了。

他迂缓地向山上走去,弯着一双瘦腿,伛着肩头,累得几乎要叫出来,眼睛紧紧盯着脚下,然而尽管如此,外表仍然十分整洁,礼帽和大礼服收拾得光洁无尘。爱米丽很周到;当然,这样并不是说她亲自收拾——有身价的人哪有收拾别人衣服的事,而爱米丽就是有身价的人啊——不过她是关照管家收拾罢了。

他不得不问了三次路;每次问路时,他都把人家告诉他的走法重说一遍,让人家再重说一遍,然后自己再重说一遍,原来他天生就是啰啰唆唆的脾气,而且一个人到了一个新地方总得格外当心才是。

他再三告诉人家他要找的是所新房子;可是直到人家指给他看见树丛中露出的房顶时,他才真正放下心来,觉得人家指给他的道路并没有错到哪里去。

天色阴沉沉的,就像是涂上白粉的天花板,罩得大地一片灰白。空气既不清新,也没有香味。在这样的天气,连一个英国工匠除掉做自己分内的工作外,都懒得多做了;他们都不作声地走动着,平日用以排遣劳苦的拉呱也听不见了。

在那所未完工房子的空地中间,许多穿短衫的人缓缓干着活,在他们中间升起各种声响——偶尔来一下的锤击声,铜铁的磨刮声,锯木声,独轮小车沿着木板的辘辘声;不时,那条工头养的狗——被人用根绳子拴在橡树枝干上——发出一声无力的哀叫,就像水壶烧着水时发出的那种声音。

新装上的窗子,每一扇窗格子中间涂上一块白灰泥,像瞎眼狗一样瞪着眼睛望着詹姆士。

这片建筑的合唱持续着,在灰白的天空下面听上去又刺耳又抑郁无聊。而那些在新翻起泥土中间拣虫子吃的画眉鸟却阒然无声。

詹姆士在碎石堆中取路前进——那条车道正在铺设——一直走到大门前面。他在这里停下来,抬起眼睛望。从这个角度本来望不见多少,所以一目了然;可是他在这个地方站上了好久好久,天知道他在想些什么!

在他两道带有棱角的白眉毛下面,一双瓷青色的眼睛一动也不动;两撇细白胡须中间一张阔嘴,长长的上嘴唇扭动这么一两下;这种焦急而出神的表情——索米斯有时脸上显出的那种尴尬神情也是从这里来的——其中含义很容易看出来。詹姆士这时很可能在跟自己说:"我也说不出——人生在世真不是一件容易事儿。"

就在这个地方,波辛尼把他吓了一跳。

他两只眼睛本来也许在天上搜寻什么鸟巢,这时候落到波辛尼脸上;那张脸上带有一种幽默的蔑视。

"你好吗,福尔赛先生?下来亲自看看吗?"

据我们知道,詹姆士下来恰恰就是为了这个,因此这句话听得他很不舒服。可是他仍然伸出手来说:

"你好吗?"眼睛并不望着波辛尼。

波辛尼带着讽刺的微笑给他让路。

詹姆士见他这样有礼貌不由起了疑心。"我想先在外面走一转,"他说,"看看你是怎么造的!"

房子外面从东南角到西南角已经用修削过的石板砌好一条外面比里面略低的走廊;沿走廊是一道斜边一直伸到泥地

里。泥地正准备铺上草皮。詹姆士顺着走廊领前走着。

他看见走廊一直砌到角上又兜了个弯,就问,"我说这个要花多少钱呢?"

"你看要花多少钱?"波辛尼反问他。

"我怎么会知道?"詹姆士答,有点儿窘,"两三百镑吧,敢情是!"

"一点儿不错!"

詹姆士狠狠看他一眼,可是建筑师好像全不觉得,詹姆士断定是自己听错了。

到了花园门口,他站下来看看风景。

"这应当砍掉。"他说,指指那棵橡树。

"你觉得要砍掉吗?是不是觉得这棵树挡着风景,你的钱花得就不合算吗?"

詹姆士又疑惑地看他一眼——这小子讲话好特别:"哦,"他着重地说,口气里带着迷惑和慌张,"我不懂得你要一棵树有什么用。"

"明天就拿来砍掉。"波辛尼说。

詹姆士慌起来。"呀,"他说,"你可不要说是我说要砍掉的!我是一点不懂的!"

"不懂吗?"

詹姆士狠狈地说:"怎么,我应当懂得什么?这事跟我毫不相干!你要砍,砍错了你自己负责。"

"你总可以容许我提到你吧!"

詹姆士愈来愈着慌了:"我不懂得你要提我的名字做什么,"他说,"你还是不要碰这棵树的好,又不是你的树!"

他掏出一块手绢来揩揩额头。两人进了房子。跟斯悦辛

171

一样,詹姆士看见那座内院甚为赞赏。

他先瞠眼把那些柱子和回廊望上半天。"你在这儿一定花了好大一笔钱呢,"他说,"你说,这些柱子要多少钱才造得起来?"

"我不能一下就告诉你,"波辛尼沉吟地说,"可是我知道要好大一笔呢!"

"我说如何,"詹姆士说,"我说——"他和建筑师的眼光碰上,话打断了。从这时候起,他碰到什么东西想要知道价钱时,就把自己的好奇心压下去。

波辛尼好像存心要使他把什么都看到,如果不是因为詹姆士生来就很精细的话,他准会被他领着把房子又兜了一圈。波辛尼好像也渴望他提出问题,这使他感到非提防着不可。他开始感觉吃力了,因为他是这样一个高个子,虽则身躯顽健,终究是七十五岁的人了。

他变得灰心了;他好像丝毫没有进展,这趟视察并没有使他获得他隐隐中希望得到的任何知识。他仅仅对这个小子更加不快,更加不放心;这个家伙表面那样恭敬,暗地里却捉弄得他精疲力竭,而且在态度上他现在肯定说还带有一点嘲笑。

这家伙比他原来想象的还要狡猾,而且长得比他指望的还要漂亮。他有种"满不在乎"的派头;这在詹姆士这样一个把"风险"视为最最不可容忍的人,是无法欣赏的;他笑起来也很特别,在你最最想不到的时候来一下;一双眼睛也古怪。他使詹姆士——他事后说起——联想起一只饿猫来。他跟爱米丽谈到波辛尼的态度时——又特别、又气人、又温和、又阴狠,还夹着嘲笑——就至多只能用这句话来形容。

终于,一切可看的都看过了,他从原来进去的那个门出

来;他当时的感觉是白费了许多时间、精力和金钱,毫无所获,所以他鼓起福尔赛的勇气来,勒着双手,狠狠望着波辛尼说道:

"我敢说你跟我的媳妇时常会面吧;你说她对这个房子怎样看法?可是她还没有见过吧,我想?"

他说了这句话,蛮知道伊琳下来的一切经过——当然,这并不是那次下来就有什么事情,只不过因为她说了那句"不想回家"的怪话——还有人家告诉他琼听到这消息时的那种情形!

他肚子里跟自己说,这样把问题提出来是因为他决心给这小子一个机会。

波辛尼并没有立刻回答,而是眼睛盯着他望了好久,望得他很不舒服。

"她见过这房子,可我没法告诉你她是怎样看法。"

詹姆士弄得心慌意乱,可是偏偏不肯放手;他就是这样的人。

"哦,"他说,"她见过了吗?想是索米斯带她下来的吧?"

波辛尼微笑回答:"啊,不是的!"

"怎么——她一个人下来的吗?"

"啊,不是的!"

"那么——谁带她下来的呢?"

"我实在不知道应当不应当告诉你谁带她下来的。"

詹姆士明知道是斯悦辛,所以这句话听得他简直莫名其妙。

"怎么!"他讷讷地说,"你知道——"可是他忽然看出要上人家的当,所以停住不说。

"好吧,"他说,"你如果不肯告诉我的话,我想我也没有办法!人家什么事情都不告诉我。"

波辛尼出其不意问了他一个问题。

"还有,"他说,"你府上还有什么别的人会下来吗?我很想在场恭候!"

"还有谁?"詹姆士茫然问,"还会有谁呢?我可不知道还有什么人。再见。"

他眼睛望着地,伸手和波辛尼碰了一下手心,就拿起阳伞,抓着伞绸上面那一截,沿着走廊走开了。

在转过弯之前,他回头望望,看见波辛尼缓步随在后面——"像一只大猫,"如他跟自己说的,"沿着墙脚蹑行着。"那小子向他抬一下帽子时,他理都不理。

到了车道上,人望不见时,他就走得更加慢下来。他取路向车站走去,走得极慢,瘦身躯伛得比来的时候更加厉害,又是饿,又是丧气。

那个"海盗"眼看他这样垂头丧气回家,也许觉得这样对付一个年纪大的人,有点过意不去呢。

第五章　索米斯和波辛尼之间的通信

詹姆士跟儿子绝不提起这次下去看房子的事;可是有一天早上,他上悌摩西家里谈事情时——关于卫生当局逼着他兄弟解决的排除污水计划——他提起来了。

房子不错,他说;看得出可以派很大的用场。那个家伙有他的一套鬼聪明,可是房子完工以前到底要索米斯花多少钱,他就不敢说了。

尤菲米雅·福尔赛碰巧也来了;她是过来借施考尔牧师最近出的一本小说《爱情和止痛药》的,这本书现在正风行一时;所以这时她就插进来。

"昨天我在公司里看见伊琳;她跟波辛尼先生在食品部里谈得很开心呢。"

她就讲了这样简简单单一句话,其实这件事给她的印象很深,而且很复杂。她上的是一家教会百货公司;由于公司经营得法,只允许靠得住的人先付钱后送货,这种商店对于福尔赛家的人是再合适不过了;那一天她匆匆忙忙上公司的绸缎部去,替她母亲配一截缎料,她母亲还在外面马车里等着。

她穿过食品部时,看见一个女子漂亮的后影很是触目,也可以说很刺眼。苗条的身材,长得那么匀称,穿得那么考究,立刻惊动了尤菲米雅天生的道德观念;这种腰身,她与其说根据经验,毋宁说靠自己的直觉知道,很少跟妇道发生关系的,肯定说她脑子里就没有过,因为她自己的背形就不大容易做得合身。

她的疑心幸而证实了。从药品部来了一个年轻男子一把抓下自己的帽子,上前招呼这位陌生后影的女子。

这时候她才看出她要对付的是谁,那女子无疑是索米斯太太,年轻男子是波辛尼先生。她赶快借买一盒突尼斯枣子为名把自己藏起来,原因是她不喜欢手里拿着大包小包时撞见熟人,顶不像样子,而且早上大家都忙;就因为这样,她就无意中成为他们这个小约会的旁观者,虽则无意却是满怀着兴奋。

索米斯太太平日的面色都有点苍白,今天的双颊却是红得可爱;波辛尼先生的派头很古怪,可是也很讨喜(她觉得他是个相当漂亮的男子,乔治替他起的"海盗"绰号——这个名字就带有浪漫气息——也十分有趣)。他好像在央求什么。他们谈得很亲切——毋宁说,他谈得很亲切,因为索米斯太太并不大开口——连来往的人都要绕过他们,就像在人群中起了一个旋涡,未免太妨碍人家。一位上雪茄柜台去的老军官,弄得兜了一个大圈子;那人抬起头来,瞧见了索米斯太太的相貌,当真地把帽子除下来,一个老混蛋!男人的确就是这样!

可是尤菲米雅最不放心的还是索米斯太太的那双眼睛。她始终不望波辛尼先生一下,等到他走开了,才从后面望着他。啊呀,眼睛里那种神情!

尤菲米雅对她这种神情很发了一阵愁。说重一点,那种忧郁的、恋恋不舍的柔情使她十分难受。因为看上去活像女的想要把男的拖回来,收回她刚才说的话似的。

啊,她当时可没有工夫想得这么仔细,她手上还捧了那块缎料呢;可是她"很鬼——鬼得很!"她跟索米斯太太点头招呼一下,就为了让她晓得自己看见了;事后谈起这件事时,她曾经私下跟她的好朋友佛兰茜说,"她的神气可真像被人捉住一样呢!……"

詹姆士对尤菲米雅这种证实他自己满腹怀疑的消息,初上来很不愿意接受,所以接口就说:

"哦,他们准是商量买糊壁纸的。"

尤菲米雅微微一笑。"在食品部买吗?"她轻轻地说;接着从桌上拿起《爱情和止痛药》来;又说:"好姑姑,把这个借给我吧,好吗?再见!"就走了。

詹姆士紧接着也走了;就这样他已经晚了。

他到了福尔赛·勃斯达·福尔赛律师事务所时,看见索米斯正坐在转椅里起草一张辩护状。儿子随便向老子说了一声"你早",就从口袋里掏出一封信来说:

"这封信你看了也许有点意思。"

詹姆士读下去:

斯隆街三〇九号丁室

五月十五日

福尔赛先生:

尊屋现已完工,本人所负监工责任到此结束。至于你要我负责的内部装修事情,如果需要进行,必须由我全权做主,这一点愿你明了。

过去你每次下来,总要提出些和我的计划抵触的意见。我手边有你的三封信,每一封信里都来上一条我决计梦想不到的建议。昨天下午我在下面碰见你父亲,他也提了许多宝贵的意见。

因此,请你决定一下,是要我替你装修,还是要我退出;我倒是宁愿退出。

可是得声明在先,如果要我装修的话,就得由我一个人做,不得有任何干涉。

一件事情要我做,我一定要做得彻底,可是必须由我全权做主。

菲力普·波辛尼

这封信究竟怎样引起的,有什么近因,当然没法子说,不过波辛尼也许对索米斯和自己之间的关系突然有了反感,这也不是不可能的:这种艺术和财产之间的古老矛盾常在一项最不可缺少的现代用具背面概括得非常深刻,几乎比得上塔西佗①演说里最漂亮的句子:

发明者:苏·T.邵罗。

所有者:布特·M.巴特兰。

"你预备怎样回他呢?"詹姆士问。

索米斯连头也不掉一下。"我还没有决定。"他说,就继续写他的辩护状。

他的一个当事人在一块不属于他自己的土地上造了些房子,忽然受到警告,要他把房子拆掉,弄得他极其烦恼。可是,索米斯把所有事实细心研究之后,发现了一条对策:他的当事人在这块地上原有所谓占有权,所以地尽管不是他的,他还是有权保留,而且最好照做;他现在正根据这条对策拟定具体步

---

① 古罗马大演说家。

骤——就如水手说的——"就这样办"。

他是出名的会出主意,他出的主意全都切实可行;人家提到他时都说:"找小福尔赛去——他是个智囊!"索米斯对自己这种声誉也极其珍视。

他生性沉默寡言对他很有好处;要使人家,尤其是那些有产业的人(索米斯的主顾都是这些人),觉得他的为人可靠,再没有比这样沉默寡言更加靠得住的了。而且他也的确可靠。传统、习惯、教育、遗传的干练、生性的谨慎,这一切都合起来形成一种十足的职业上的诚实;这种性格天生就是害怕风险,因此决不会弄得利令智昏。他自己从灵魂深处就厌恶那种可以使人跌跤的场合,因此他自己绝不会跌跤——一个人站在地板上哪会跌跤呢!

而那些数不清的福尔赛们,在牵涉到各式各样财产(从妻子到用水权)的无数的交涉中,碰到需要一个可靠的人替他们办理时,都觉得委托索米斯去办是既不烦神而且合算的事情。他那一点点傲慢神气,加上事事要搜求成例,对他也有好处——一个人不是真正内行决不会傲慢的啊!

事务所里实在是以他为主体;詹姆士虽则还是差不多天天亲自来看看,可是很少做事,只不过坐在自己椅子上,跷起大腿,把已经决定了的事情胡扯一下,不久就走了;另外一个同伙布斯达很不中用,事情倒做了不少,可是他那些意见从来没有被人采纳过。

索米斯就这样照常写着他的辩护状。可是如果说他这时的心情很平静那就错了。他心里正感到来日大难,这种感觉近来常常扰乱他的心情。他想要看作这是身体关系——肝脏不好——但是明知道不是这回事。

他看看表。还有一刻钟的工夫,他就要赶到新煤业公司去开股东会——这是他伯父乔里恩的企业之一;在那边,他将会见到乔里恩伯伯,跟他谈谈波辛尼的事情——他还没有决定谈什么话,不过总要谈谈——总之这封信要见过乔里恩伯伯之后再回复。他站起来,把辩护状的草稿顺好收起。他走进一间黑暗的小套房,捻上灯,用一块棕色的温莎肥皂洗了手,再在环状擦手巾上擦干;然后把头发梳梳,特别注意头发中间那条缝,把灯捻小,拿起帽子,说他两点半钟回来,就踏上鸡鸭街。

新煤业公司的办事处就在打铁巷,并没有多远;照别家公司一般铺张的惯例,股东会都是在坎农街旅馆开的,可是新煤业公司的股东一直都是在办事处开。老乔里恩一开始就坚决反对新闻界。他的事业跟外界有什么关系,他说。

索米斯准时到达,就在董事席坐下;董事们坐成一排,每人面前放一只墨水瓶,面向着股东。

老乔里恩坐在一排的正当中,穿一件大礼服,紧紧扣着身体,一部白胡须,十分引人注目;他这时正躺在椅子上,指尖搭着放在一本董事会的营业报告和账目上。

他的右首坐着董事会的秘书"拖尾巴"①汉明斯,人总是比平时大了一号;一双秀目含着苦凄凄的哀愁;铁灰色的下须跟他身上其他部分一样像戴着孝,使人感到下须后面是一条黑得不能再黑的领带。

这次开股东会的确是件不开心的事;不过在六个星期以

---

① "拖尾巴"或"尾重"在英语里原意指船尾载重貌,此处用以讥笑汉明斯走路时下身不大动的姿势。作者在《丹娜伊》(一个中篇)里曾提到,这是商业区的人给他取的诨名。

前,那位冶矿专家斯考雷尔受私人委托到矿地去考察,打给公司一个电报,说公司的矿长毕平自杀了;两年来他一直就异常沉默;这次自杀之前,总算勉强给董事会写了一封信。这封信现在放在桌上;当然要向股东宣读,使他们了解全部的事实。

过去汉明斯时常跟索米斯谈起;他站在壁炉面前,两手把衣服的下半截分抄起来:

"凡是我们股东不知道的事情都是不值得知道的。我老实告诉你,索米斯先生。"

索米斯记得有一次老乔里恩在场,还为了这句话引起小小的不快。他伯父抬头严厉地看了汉明斯一眼,说道:"不要胡扯,汉明斯!你的意思是说,他们真正知道的事情都是不值得知道的!"老乔里恩就恨虚伪。

汉明斯眼中含怒,像一条训练有素的鬈毛犬那样带着微笑,回答了一大串勉强敷衍的话:"是的,妙啊,先生——妙得很。令伯专喜欢开玩笑呢!"

下一次见到索米斯时,汉明斯乘机跟他说:"董事长年纪太大了——多少事情没法跟他说清楚;而且性情是那样执拗——可是长了那样一个下巴,你还能指望他怎样呢?"

索米斯当时点点头。

大家都对老乔里恩的下巴有点戒心。今天他虽则摆出一副股东大会的正经面孔,神情很是焦灼。索米斯心里盘算,今天一定要跟他谈谈波辛尼。

老乔里恩的左首是矮小的布克先生,也是一副股东大会的正经面孔,就好像在搜索一个什么特别心软的股东似的。再过去是那位聋董事,眉头皱着;聋董事再过去是老布利但姆先生,外表很温和,而且装出一副道貌岸然的神气——他蛮可以装得这样,因为他明知道自己经常带到董事室来的那个黄纸包儿①已经藏在他的帽子后面了(这是一种旧式的平边礼帽,要配上大蝴蝶结,剃光的嘴唇,红润的面颊,和一撮修整的小白胡子)。

开股东会索米斯总要到场;大家认为这样比较好,以防临时"出什么事情"!他带着精细而傲慢的神气把周围的墙壁望望,墙上挂着煤矿和港口的地图,还有一张大照片,照片上是一个通往开采场的矿穴入口,是自从开采以来亏累得最不像话的一个。这张照片,对于工商业的内部管理是一个永久的讽刺,可是仍然保留着它在墙上的地位,它是董事会最心爱的宠儿——的遗像。

这时老乔里恩站起来报告营业情况和账目。

他安详地望着那些股东;在他的心灵深处,他一直是站在董事的地位敌视着他们,可是表面上却装得像天尊一样平心静气。索米斯也望着那些股东。他们的脸他大都认识。这里面有老史克卢布索尔,是个柏油商人——照汉明斯说法,他每次来都是为了"叫人家讨厌"——一个神色不善的老家伙,红红的脸,阔腮,膝上放了一顶超级大礼帽。里面还有包姆牧师,每次都要提议向主席表示谢意,而且在提议时毫无例外地总希望董事会不要忘记提拔那些雇员;他把雇员两字故意加重了说,认为这样有力量,而且是正确的英文(他有他那牧师职业所特有的强烈帝国主义倾向)。他还有一种在散会后揪着一位董事问话的好习惯,问明年的生意好还是不好;然后根据回答的指示,在往后的半个月内或者拖进,或者抛出三股

---

① 黄纸包儿无考,可能包的是一瓶酒。

182

股票。

这里面还有奥巴莱少校,总是要发言,便是改选查账员附议一声也好;有时候还在会场上引起严重的恐慌,原来有人事先得到一张小纸条子,请他致谢词,也可以说建议,当这位老兄正在暗自高兴的时候,却被这位少校抢先提出来了。

除掉这些,另外还有四五个有实力的沉默的股东;对于这几个人,索米斯都抱有好感;他们都是生意人,都喜欢亲自过问一下自己的事情,但是绝不啰唆——他们都是些忠实可靠的人,天天上商业区来,天天晚上回到他们忠实可靠的妻子身边去。

忠实可靠的妻子!一想到这里,索米斯那种无名的苦闷又引起来了。

他该跟他伯父说些什么呢?这封信他该给怎样一个答复呢?

"……如果哪位股东有什么问题提出,我很乐于回答。"轻轻的"砰"的一声。老乔里恩让手中的营业报告和账目落在桌上,站在那里用拇指和食指扭动着自己的玳瑁边眼镜。

索米斯脸上隐隐露出一点微笑。这些人有问题还是赶快问罢!他蛮知道自己伯父的那一套(理想的一套),接口就会说:"那么我提议通过营业报告和账目!"决不让他们有喘息的机会,这些股东顶顶浪费时间!

一个高个子白胡须的股东站起来,一副瘦削的不满意的脸:

"董事长先生,我对账目上一笔五千镑的用途提出一个问题,想来这是符合议事规程的。账目上写的是'付给本公司已故矿长的孤孀和子女的'(他愤愤地向四周望望),而这位矿长是在公司最最需要他的服务的时候——呃——很愚蠢地(我说——愚蠢地)自杀了。你说过,他和本公司的聘约是五年为期,这个期限不幸被他亲手割断,因此服务只满一年,我——"

老乔里恩做了一个不耐烦的姿势。

"董事长先生,我相信我是遵照议事规程提出的,我要问董事会付给或者建议付给——呃——死者的这笔数目算什么?是不是指的如果他不自杀的话就可以为公司做许多事情,因而酬报他呢?"

"这是酬报他过去的功绩;他对公司曾经有过很宝贵的贡献,这一点我们全都知道,你也一样知道。"

"那样的话,先生,我只好说,既然是指过去的功绩,数目就太大了。"

那个股东坐下来。

老乔里恩等了一会,又说:"我现在提议通过营业报告和——"

那个股东又站起来:"我请问董事会可知道这并不是他们的钱——我毫不踌躇地说,如果是他们自己的钱的话——"

另一个股东,长了一张圆圆的执拗的脸,站了起来;索米斯知道他是死者的舅爷;他激动地说:"在我看来,先生,这个数目还不够!"

包姆牧师这时站了起来。"我想大胆发表一点意见,"他说,"我要说,——呃——死者自杀的这件事一定使我们董事长慎重考虑过——慎重考虑过。我有把握说,他已经考虑过了,因为——我这句话代表我自己说,而且我认为也代表全体到会的人说(对啊,对啊)——他是高度得到我们的信任的。我想,我们大家都愿意慈悲为怀。不过我肯定觉得,"他狠狠地把那位已故矿长的舅爷望了一眼,"他可以想法子,或者用书面形式,或者也许更好些把抚恤金削减一点,来表示我们对死者的高度不满;因为他这样一个有前途、有价值的生命,不管从他自己的利益出发或者从——恕我这样说——我们的利益出发,都迫切需要他延续下去,不应当这样违反神意从我们里面剥夺掉。这样严重的渎职行为,放弃一切人类责任和神圣责任的行为,我们是不应当——哎,我们是不宜于——表扬的。"

牧师老爷坐了下去。那位已故矿长的舅爷又站起来:"我仍旧坚持我刚才讲的话,"他说,"这个数目还不够!"

头一个股东这时插了进来:"我对这笔开支是否合法提出质问。我的意见认为这笔账是不合法的。公司的法律顾问在座:我根据会议程序向他提出这个问题。"

全场的眼光都落到索米斯身上。果然出事情了!

他站起来,嘴唇紧闭,冷冰冰地;他的心情振奋起来;他本来一心贯注在自己脑海边缘上那片隐现的疑云,这时总算扭转过来了。

"这里的论点,"他说,声音又低又细,"一点不明确。由于公司今后不可能再有所受益,这一笔支出是否完全合法很难说。如果必要的话,可以申请法院解决。"

那位已故矿长的舅爷眉头一皱,用讽刺的口吻说道:"我们谁都知道可以请求法院解决。我请问这位先生贵姓大名,给我们提供这样高明的意见?索米斯·福尔赛先生吗?真是!"他尖刻地望望索米斯,又望望老乔里恩。

索米斯苍白的面颊一阵飞红,可是仍然维持着自己那种傲慢的神情。老乔里恩眼睛盯着那位发言人。

"如果这位已故矿长的舅爷没有别的话要说,我就提议把营业报告和账目——"

可是,就在这时,那五个索米斯抱有好感的、有实力的沉默的股东里面一个站了起来。他说:

"我完全不赞成这里的提议。你跟我们说,这个人的妻子儿女靠死者生活,因此要我们周济。他们也许是这样情形;这我都不管。我在原则上整个反对这件事。这种温情的人道主义早就应当反对了。国内到处都泛滥着这种人道主义。我就反对把我的钱付给这些我认都不认识的人,他们做了什么事情配拿我的钱呢?我根本反对这样做;这不是生意经。我现在提议把营业报告和账目暂时保留,把这笔恤金完全划掉。"

这个有实力的沉默的股东说话时,老乔里恩始终站着。这人的一大段演说在大家心里引起了共鸣;当时社会上一些清醒的人士里面已经开始了一种崇拜坚强的人、反对善举的运动,这段演说实际上也是这种思想的反映。

那句"不是生意经"的话把所有的董事都打动了;私下里大家都觉得的确不是生意经。可是他们也知道董事长的脾气就是那样专断,那样执拗。董事长心里也未始不感觉到不是生意经;可是他碍于自己的建议说不出口。他会不会撤回呢?都认为不大像。

全都兴奋地等待着,老乔里恩举起手来;拇指和食指捏着的玳瑁眼镜微微发抖,含有威胁的意味。

他向那个坚强沉默的股东说:

"先生,像你这样蛮知道我们已故矿长在那次煤矿爆炸事件上出的大力,你难道当真要我提出修正吗?"

"我要。"

老乔里恩把修正案提出来。

"可有哪个附议?"他问,安详的神气把四周望一下。

就在这时候,索米斯望着他的伯父,感觉到这老头子的魄力。没有一个人动。老乔里恩的眼睛正视着那个坚强沉默的股东,说道:

"我现在提议,'大会接受并通过一八八六年的营业报告和账目。'你附议吗?赞成的人请依常例举手。反对的——没有。通过。第二项议程,各位先生——"

索米斯笑了。乔里恩伯伯的确有他的一套!

可是这时候他的心思又回到波辛尼身上来了。奇怪,这个家伙怎么时常使他想起来,便是在办事的时间里也摆脱不掉。

伊琳下去看那个房子——可是这件事并没有道理,只是应该告诉他一下;可是,话又说回来了,她又有什么事情告诉过他呢?她一天天变得更加沉默、更加烦躁。他巴不得房子立刻就造好,夫妇搬进去住,离开伦敦。城市于她不相宜;她的神经受不起刺激。那个分房的荒唐要求又提出来了!

这时会已经散了。就在那张亏本矿穴的照片下面,汉明斯被包姆牧师揪住了。矮小的布克先生皱着两道粗眉毛,含怒微笑;他已经快走了,还跟老史克卢布索尔吵个不停。两个人相互仇视得就像冤家。他们之间为了一件柏油合同的事情闹得很不痛快,本来是老史克卢布索尔的生意,可是布克先生跟董事会说好让他的一个侄儿接了。这话索米斯是从汉明斯

187

嘴里听来的；汉明斯就喜欢搬弄是非，尤其是关于那些董事的事情；只有老乔里恩的事情他不敢搬，因为他害怕他。

索米斯等待着时机；一直等到最后一个股东走出门时，他才走到自己的伯父跟前；老乔里恩这时正戴上帽子。

"我能不能跟你谈一分钟话，大伯？"

究竟索米斯指望在这次谈话中得到什么结果，谁也不清楚。

福尔赛家的人一般都对老乔里恩带有某种神秘的敬畏，也许是由于他那种哲学的见解，也许是——像汉明斯准会说的——由于他长了那样一个下巴；可是除了这一点之外，在这两个长辈和晚辈之间却一直暗藏着敌意。他们碰见时只淡淡地招呼一声，谈话中带到对方时大都不置可否，这些上面也隐隐看得出；拿老乔里恩说，这种敌意可能是由于他看出自己侄儿的那种沉默的坚韧性格（在他说起来当然就是"固执"），使他暗地里很怀疑这个侄儿会不会买他的账。

这两个福尔赛，虽则在许多方面就像南北极一样距离得那样远，都各自具有那种坚韧而谨慎的明察事理的能力——比起族中其余的人来都要高明；这在他们这个伟大的阶级里应当是最高的造诣。两个人里面无论哪一个，如果运气好一点，机会多一点，都可以做出一番大事业来；两个人里面无论哪一个都可能成为一个好的理财家、大经纪人，或者政治家，不过老乔里恩处在某种心情之下——碰到他抽一根雪茄或者受自然感染时——却会对自己的高位，虽然不加鄙视，但肯定会加以怀疑，而索米斯，由于从来不抽雪茄，就不会了。

再者，老乔里恩一直还怀有一种隐痛，觉得詹姆士的这个儿子——詹姆士他一向就看不起的——竟会一帆风顺，而他自己的儿子——!

最后也还有提一下的必要,就是老乔里恩在福尔赛家人中间也不是隔绝的,族中的闲是闲非照样传到他耳朵里;他已经听到关于波辛尼的那些怪诞的,虽则不够具体,但是同样令人烦神的谣言,使他深深觉得丢脸。

就和老乔里恩平日的作风一样,他不气伊琳,反而气上索米斯。想到自己的侄媳妇(为什么那个家伙不能防范得好些——唉,真要叫冤枉!好像索米斯还约束得不够似的)会勾上琼的未婚夫,简直是丢尽了脸。不过虽则觉察事情不妙,他并不像詹姆士那样闷在肚里干着急,而是无动于衷地抱着达观的态度,承认这并不是不可能;伊琳有种地方的确叫人着迷!

他和索米斯一同离开董事室,走上嘈杂而扰攘的齐普赛街;索米斯要谈什么,他已经有些预感。两人并排走了好一刻没有说话,索米斯眼睛东张西望地踏着碎步子;老乔里恩身体笔直,懒洋洋地拿着阳伞当作手杖。

不一会,两人转进一条相当清静的街上;老乔里恩本来是上第二家董事会去,所以他的方向是向摩尔门街走去。

这时,索米斯眼睛也不抬,开口了:"我收到波辛尼一封信。你看他讲的什么话;我觉得还是告诉你一下。我在这个房子上花的钱比原来打算的多得多,所以事情要讲讲清楚。"

老乔里恩勉强把这封信看了一下。"他信上讲得很清楚。"他说。

"他讲要由他'全权做主'。"索米斯回答。

老乔里恩望望他。这个小子的私事开始找到他头上来了;他对这个年轻人长期压制着的愤怒和敌意发作出来。

"你既然不信任他,又为什么要用他呢?"

索米斯偷偷斜瞥他一眼:"事情已经老早过去了,还有什么说的,"他说,"我只是要把话说清楚,如果我让他全权做主,他可不要坑我。我觉得如果你跟他说一声,就要有力量得多!"

"不行,"老乔里恩毅然说,"这个事情我不管!"

两个人的讲话给对方的印象都是话里有话,而且意义重大得多;他们相互看了一眼,就好像是说双方都明白了。

"好吧,"索米斯说,"我本来想,看在琼的面上,还是告诉你一下,没有别的;胡搞我可不答应,这一点我想还是告诉你一下的好!"

"跟我有什么关系?"老乔里恩和他顶起来。

"哦!我不知道。"索米斯说;老乔里恩的疾言厉色使他着了慌,一时说不出话来。"你不要怪我事先没有告诉你。"他悻悻然又加上一句,重又神色自若起来。

"告诉我!"老乔里恩说,"我不懂得你是什么意思。你拿这样一件事情来找我啰唆。你的事情我丝毫不想问;你得自己去管!"

"很好,"索米斯神色不动地说,"我管好了!"

"那么,再见。"老乔里恩说;两个人分手了。

索米斯一步步走回去,走进了一家有名的食堂,叫了一盆熏鲑鱼和一杯夏布利酒;他中午一向吃得很少,而且大都站在那儿吃,认为这个姿势对他的肝脏有好处;其实他的肝脏很健康,可是他却要把自己所有的烦恼都记在肝脏的账上。

吃完之后,他慢慢走回事务所,低着头,对人行道上拥挤的人群全然不理会,而那些行人也全然不理会他。

傍晚时分,邮差给波辛尼送来下面的复信:

> 福尔赛·勃斯达·福尔赛律师事务所
> 中东区,鸡鸭街,布兰奇巷二〇〇一号
> 一八八七年五月十七日

波辛尼先生:

来信奉悉,提的条件很使我诧然。我觉得本来,而且一直是由你"全权做主"的;据我的记忆所及,我不幸提的那些建议就没有一条得到你的同意。现在根据你的要求由你"全权做主",但要跟你说明在先,就是房子完全装修好,交割的时候,全部费用,包括你的酬金在内(这是我们谈好的),不能超过一万两千镑——12000镑。这个数目已经足够你支配,而且你要知道远远超出我原来的预算了。

> 索米斯·福尔赛

第二天,索米斯收到波辛尼一封短束:

> 菲力普·拜因斯·波辛尼
> 建筑师事务所
> 西南区,斯隆街三〇九号丁室
> 五月十八日

福尔赛先生:

如果你以为我在屋内装修这种精细工作上会受到你钱数的约束,恐怕你想错了。我可以看得出你已经对这件事情,对我,都弄得乏味了,所以我还是退出的好。

> 菲力普·拜因斯·波辛尼

索米斯对于怎样回信苦心盘算了好久;等到夜深,伊琳去

睡觉以后,他在餐室里写了下面一封信:

西南区,蒙彼利埃广场六十二号
一八八七年五月十九日

波辛尼先生:

　　我认为半途而废对于双方都极端不利。我的意思并不是说,我信中说的数目你超出十镑二十镑甚至于五十镑的话,会在我们之间成为什么大不了的事情。有鉴于此,我希望你能重新考虑你的答复。你可以根据这封信的条件"全权做主",并且我希望你能勉力完成屋内的装修;这种事情我知道是很难绝对准确的。

索米斯·福尔赛

波辛尼的回信在第二天来了:

五月二十日

福尔赛先生:

　　行。

菲·波辛尼

第六章 老乔里恩逛动物园

老乔里恩草草把第二个董事会——普通的例会——对付掉。他简直不容别人分说,所以在他走后,其余的董事都窃窃私议,认为老福尔赛愈来愈专横了;决计不能再容忍下去,他们说。

老乔里恩坐地铁到波特兰路车站,出站就雇了一部马车上动物园去。

他在动物园里有个约会;近来他这种约会愈来愈多了;琼的事情愈来愈使他焦心,照他的说法,琼"完全变了",因此逼得他不得不如此。

她老是躲着不见人,而且一天天瘦起来。跟她说话她也不回答,不然就被她抢白一顿,再不然就是一副哭都哭得出来的神气。她变得简直完全不像她的为人,都是这个波辛尼惹的事。至于她自己的事情,她是一个字也不肯告诉你!

他时常坐着发呆,发上大半天,手里的报纸也不看,嘴里衔的雪茄熄掉。她从三岁孩子起就跟他形影不离!他是多么疼爱她呀!

一种不顾家族、阶级、传统的力量正在冲破他的防御;他感到来日大难,但是无能为力;这种感觉就像是一层阴影罩在他头上。他一向是随心所欲惯了的,现在弄成这样,他很气

193

恼,然而没处发作。

他正在抱怨马车走得太慢,车子已经到了动物园门口;他天生是个乐观性格,专会及时行乐,所以当他向约会地点走去时,方才的怨气已经忘记了。

他的儿子和两个孙儿孙女本来站在熊池上面的石台上,这时望见老乔里恩走来,赶快跑下来引着他一同向狮栏走去。乔里和好丽一边一个搀着他,每人搀着一只手;乔里就跟他父亲小时候一样会捣乱,把祖父的阳伞倒拿着,想要用伞柄钩人家的腿。

小乔里恩跟在后面。

看他父亲跟两个孩子在一起就仿佛在看一出戏,可是这出戏虽则逗人笑乐,里面却夹有辛酸。你在白天里随便哪个时候都会看到一个老人带两个小孩一起走;可是看着老乔里恩带着乔里和好丽在小乔里恩就像看一种特制的西洋景,使人窥见了我们内心深处的那些事情。那个腰杆笔直的老头儿完全听从他两边的两个小家伙使唤,一种慈爱的派头简直叫人看了心痛;小乔里恩碰见任何事情都有一种机械反应,暗地里直叫天哪!天哪!福尔赛家人都是喜怒不形于色,而这幕戏却深深地打动了他,使他非常之不自在。

祖孙四人就这样到了狮栏。

今天早上植物园本来有个游园会,其中有一大堆福尔赛——就是一班衣冠楚楚、备有私人马车的人——事后又拥到动物园来,这样,他们花的钱,在回到拉特兰门或者白里昂斯登广场之前,就可以多捞回一点。

"我们上动物园去,"他们在里面说,"一定很好玩!"这一天的门票是一先令;所以不会碰到那些讨厌的下等人。

那些人在一大串笼子面前一排排站着,留意看铁栏后面那些黄褐色的猛兽等待它们在二十四小时之内唯一的享受。那些畜生越饿,大家看了越有趣。可是究竟由于羡慕这些畜生的胃口好,还是更合乎人道一点,由于看见它们很快就吃到嘴,小乔里恩也弄不清楚。他耳朵里不绝地听到:"这个家伙多难看,这只老虎!""呀,多美啊!你看它那张小嘴!""是啊,这个还不坏!不要靠得太近,妈。"

在那些人里面,时常有一两个在自己裤子后面口袋上拍这么两下,四下望望,就好像指望小乔里恩或者什么神色自如的人把口袋里的东西替他们取出来似的。

一个吃得很胖的穿白背心的人缓缓咕噜着:"全都贪嘴;它们不会饿的。怎么,它们又没有运动。"正说时,一只老虎抢了一块血淋淋的牛肝去吃,胖子哈哈大笑。他的老婆穿了一件巴黎式样的长衣,戴一副金丝夹鼻眼镜,骂他道:"你怎么笑得了呢,哈雷?太难看了!"

小乔里恩眉头皱起来。

他的一生遭遇,虽则现在想起来时已经能够无动于衷,使他对某些事情不时生出鄙视;尤其是他自己所属的阶级,马车阶级,常使他啼笑皆非。

把一只狮子或者老虎关在笼子里肯定是可怕的野蛮行为。可是没有一个有教养的人会承认这一点的。

比如说,他的父亲吧,他脑子里大概决计不会想到把野兽关起来是野蛮的事情;他是属于老派的人,认为把狒狒或者豹子关起来是既富有教育意义,又是人道的行为;这些东西虽则眼前悲哀,而且困顿于铁栏之下,日子久了毫无疑问就会习惯下去,而不至于那么不讲道理就死掉,给社会增加一笔补充的费用！他的看法跟所有福尔赛之流的看法一样,这些被上苍随便放任其自由走动的美丽动物,把它们关起来固然使它们不便,但是和看见它们囚禁起来的快乐一比,那就差得太远了！把这些动物一下从露天和自由行动的无数危险中移走,使它们在有保障的幽禁中行使机能,对于它们只有好处！老实说,野兽天生就是为了给人关在笼子里的啊！

可是由于小乔里恩的秉性有种不偏不倚的地方,所以他认为这样把缺乏想象力污蔑为野蛮一定是不对的;由于那些抱有这种见解的人谁也没有亲身经历过那些被囚禁的动物的处境,因此就不能指望他们了解这些动物的心情！

一直到他们离开动物园——乔里和好丽快活得忘其所以的时候,老乔里恩才找到机会跟儿子谈自己的贴心话。"我简直弄不懂,"他说,"她如果照现在这样下去,往后真要不堪设想。我要她去看医生,可是她不肯。她跟我一点儿不像。完全像你的母亲。一个牛性子！她不肯做就不肯做,没有第二句话说！"

小乔里恩笑了;眼睛朝他父亲的下巴望望。"你们两个是一对。"他心里想,可是没有说什么。

"还有,"老乔里恩又说,"这个波辛尼。我真想捶这个家伙的脑袋,可是我做不到,不过,我觉得——你未始不可以。"他没有把握地加上一句。

"他犯了什么错呢？如果他们两个合不来,这样完结顶好！"

老乔里恩朝儿子看看。现在认真谈到两性关系的问题上来,他对儿子觉得不放心了。小乔的看法多少总是不严格的。

"我不知道你怎么看,"他说,"敢说你反会同情他——这也不足为奇;可是我认为他的行为十分下流,哪一天跟他顶了面,我一定这样骂他。"他把话头撇开了。

跟他的儿子真没法子谈波辛尼的真正毛病和这些毛病的含义。他的儿子在十五年前不是犯过同样的毛病(只有更糟)?好像这种愚蠢行为的后果永远没有完似的!

小乔里恩也没有开口;他很快就看出他父亲脑子里想些什么;照他原来的地位,他对事物的看法应当很肤浅、单纯,可是自从他从原来的高位上跌下来之后,他的看法就变得又通达又细致了。

可是十五年前他对两性关系所采取的看法跟他父亲的看法就大不相同。这条鸿沟是没法贯通的。

他淡淡地说:"我想他是爱上别的女人了,是不是?"

老乔里恩疑惑地望他一眼:"我也不知道,"他说,"他们这样说!"

"那么,大概是真的了,"小乔里恩出其不意地说,"而且我想他们已经告诉你是哪个女人了吧?"

"对的,"老乔里恩说——"是索米斯的老婆!"

小乔里恩听到并不惊讶。他自己一生的遭遇使他对这种事情无法表示惊讶,可是他看看自己的父亲,脸上浮现着微笑。

老乔里恩是否看见不得而知,总之他装作没有看见。

"她跟琼是顶顶要好的!"他说。

"可怜的小琼!"小乔里恩低低地说。他把自己的女儿还当作三岁的孩子呢。

老乔里恩忽然站住。

"我半个字也不相信,"他说,"完全是无稽之谈。小乔,给我叫部马车,我累死了!"

他们站在街角上看有什么马车赶过来,就在同一时刻,一部接一部的私人马车从动物园里载着形形色色的福尔赛之流掠过他们驶去。辔具、号衣和马衣上的金字在五月的阳光中照耀着,闪烁着;这里有活顶车,敞篷对座车,半活顶车,轻便的两人车和单马轿车,每一部车子的车轮好像骄傲地唱了出来:

> 我和我的马和我的用人,你知道,
> 整个的排场真的花了不少。
> 可是每一个便士都花得值得。
> 穷鬼们,现在来看看你老爷和太太
> 多怡然自得!哈,这才叫时髦!

这种歌,人人都知道,正是一个出巡的福尔赛最适合的伴奏啊!

在这些马车当中,有一部由两匹鲜明枣红马拖着的对座敞篷车比别的马车驰得更快。车身在装得高高的弹簧上摇摆着,把挤在车子里面的四个人晃得像在摇篮里。

这部车子引起了小乔里恩的注意;忽然间,他认出那个坐在对座上的是他二叔詹姆士,虽则胡子白了许多,但是决没有错;在他对面坐着莱西尔·福尔赛和她已婚的姐姐维妮佛梨德·达尔第,用小阳伞遮着后影;两个人都打扮得无懈可击,傲然昂着头,仿佛就是他们适才在动物园里看见的两只鸟儿;和詹姆士并排斜靠着达尔第,穿了一件簇新的大礼服,紧扣在身上,十分挺括,每只袖口都露出一大截闪光绸的衬衣。

这部车子的特点是——因为额外又加上一道最上等油漆的缘故——色彩特别光泽,虽则并不触眼。就像一张图画多润色上几笔,就成为一幅名作,和普通的图画迥然有别似的,这部车子看上去也和别的马车有所不同,它是作为一部典型的马车,是福尔赛王国的宝座。

老乔里恩并没有看见他们过去;好丽累了,他正在逗她玩,可是马车里的人却注意到祖孙四个;两个女子的头突然偏了过来,两把小阳伞迅速地一遮一掩;詹姆士的脸天真地伸了出来,就像一只长颈鸟的头一样,嘴慢慢张开。那两把小阳伞盾牌似的动作愈来愈小,终于望不见了。

小乔里恩看见已经有人认出是他,连维妮佛梨德也认出是他;当年他放弃做一个福尔赛家人的资格的时候,她顶多不过十五岁罢了。

这些人并没有变到哪里去!他还记得多年前他们全家出来的那种派头,一点儿没有变:马、马夫、车子——这些现在当然全不同了——可是派头跟十五年前完全一样;同样整齐的排场,同样恰如其分的气焰——怡然自得!招摇过市的派头完全一样,小阳伞的拿法完全一样,整个的气派也完全一样。

阳光中,由许多像盾牌一样的小阳伞傲慢地卫护着,一部部马车飞驰过去。

"詹姆士二叔刚才过去,带着女眷。"小乔里恩说。

他父亲脸上变了色。"你二叔看见我们吗?看见了?哼!他上这些地方来做什么?"

这时一部空马车赶过来,老乔里恩叫住车子。

"过几天再见,孩子!"他说,"我讲的小波辛尼的事你可别搁在心上——我一个字也不相信!"

两个孩子还想拉着他;他吻了两个孩子,上车走了。

小乔里恩已经把好丽抱在手里,站在街角上一动不动,望着马车的后影。

第七章　悌摩西家里一个下午

如果老乔里恩上马车的时候说："我一个字也不愿意相信！"他就会更忠实地表达了他的心情。

一想到詹姆士和他的女眷看见自己跟儿子在一起，不但在他心里唤起了那种失意时经常感到的愤懑，也唤起了弟兄之间天生的敌意；这种敌意虽则是在孩提时种下的根，有时却会随着生命的成长钻得愈坚愈深，而且，尽管表面上不露出来，却能在适当的季节使它的植物结出最毒辣的果子。

在这以前，六弟兄之间也不过仅仅是暗地里我疑心你，你疑心我——其实也是自然的——生怕哪一个比哪一个阔，说不上什么恶感；等到大家死日子快到的时候——什么哪一个不如哪一个，一死还不完结——这种疑心就变本加厉，简直成了好奇心；那位替他们经管财产的人偏偏守口如瓶，决不透露一点；这人相当地精明，跟尼古拉总是说不知道詹姆士有多少，跟詹姆士总是说不知道老乔里恩有多少，跟老乔里恩总是说不知道罗杰有多少，跟罗杰总是说不知道斯悦辛有多少，只有跟斯悦辛谈起时，说尼古拉一定很有钱，真是气人。悌摩西是唯一不算在里面的人，因为他手里全是稳扎稳打的公债。

可是现在，至少在两个弟兄之间又产生了一种完全不同的怀恨。从詹姆士那样无礼地刺探他的私事起——照他老兄的说法——老乔里恩就咬定不相信关于波辛尼的这些传闻。他的孙女受"这个家伙"家里的一个人欺负！他打定主意认为波辛尼是被人糟蹋。他背弃琼一定另有原因。

琼大约跟他吵了架，或者别的什么；她的性子从来没有这样坏过。

可是，他要给悌摩西一点厉害尝尝，看他还继续散布不散布流言！而且他要说做就做，立刻上悌摩西家去，好好收拾他一场，免得再为这件事跑上第二趟。

他看见詹姆士的马车横在"巢庐"门前的人行道上。原来他们赶在他前面到了——肯定说，已经在呱啦呱啦讲看见他的事情了！再过去，斯悦辛的灰色马正跟詹姆士的两匹枣红马交头接耳，好像在窃窃私议他家的事情，同时两家的马夫也坐在上面窃窃私议着。

老乔里恩把帽子放在狭窄穿堂内的椅子上，过去波辛尼的帽子也就是放在这张椅子上被人误认作猫儿的；他用一只枯瘠的手在自己留了大白上须的脸上狠狠抹了一下，像是要抹掉脸上一切表情的痕迹，就走上楼梯。

他看见客厅前间坐满了人。这间客厅便是在最理想的时候——没有客人的时候——没有一个人的时候——也是相当满的，原来悌摩西和他两个老姐遵照他们这一辈人的传统，认为一间屋子除非"好好"陈设一下，就算不上"漂亮"。因此这屋子里有十一把椅子，一张长沙发，三张桌子，两口橱，还有无数的小摆件和小玩意儿，以及一架大钢琴的半边。这时候屋子里坐着史木尔太太、海丝特姑太、斯悦辛、詹姆士、莱西尔、维妮佛梨德、尤菲米雅（她是又跑来还那本她在午饭时读完的《爱情和止痛药》的）、尤菲米雅的好朋友佛兰茜丝（她是罗杰的女儿,是福尔赛家的音乐家,会作曲子),所以只有一把椅子没有人坐——当然,还有两把椅子是从来没有人坐的①——而那唯一可以插足的地方却被那只猫儿占着,所以被老乔里恩一脚踏个正着。

现在,悌摩西家里这么多的客人倒是常有的事。这一家人全都对安姑太十分敬畏,没有一个例外,现在她去世了,大家上"巢庐"都来得勤些,而且待的时间也长些了。

斯悦辛是头一个到的,呆呆地坐在一张金背红缎椅子上,那样子比谁都要活得长久。他的确不愧波辛尼给他起的"胖子"称号,身材又高又大,满满一头白发,一张剃光的刻板的胖脸,被这间陈设考究的屋子一衬,就更加显得富于原始气息。

他的谈话,跟他近来许多谈话一样,一上来就转到伊琳身上去,而且急切地向裘丽姑太和海丝特姑太表示他对于这项谣言的意见,因为他听见这话已经传开了。不会的——这是他的话——伊琳也许要跟人家调调情——一个漂亮女人总得纵情一下;可是他不相信会比这个更进一步。没有一点可招物议的地方;她极其懂得事理,也极其知道她这样地位和这样门第的人应当怎样行事! 没有——他本来想要说没有"丑事",可是这种想法太不堪了,所以他只挥一下手,那意思就是说——"算了吧!"

就算斯悦辛对这件事情的看法是一种单身汉的看法——然而,老实说来,这家人家有这么多人混得这样好,而且都有

---

① 这两把椅子一把当是安姑太生前坐的,一把是悌摩西坐的,但是他从不下楼,所以等于没有人坐。

相当的地位,还不是因为门第的缘故吗?就算他过去在谈起自己祖上的时候,曾经听见人一时悲观抑郁起来用"小农"和"微不足道"的字眼来形容,他果真相信吗?

不!他私下里总是抱另一种见解,而且苦苦地拿来搂在怀里;他认为在自己的世系上总有什么地方是显耀的。

"一准是的。"他有一次跟小乔里恩说,那时候这孩子还没有出事情,"你看看我们,全都混得很好!我们里面一定有什么高贵的血液。"

他从前很喜欢小乔里恩:这孩子上大学时交的一些同学都不错,那个老混蛋查理·费斯特爵士的几个儿子——其中一个儿子也变成了大坏蛋——他都认识;这孩子而且有一种气派——他竟会跟那个外国女子私奔,真是太可惜了——而且是个家庭教师!他一定要私奔的话,为什么不挑个像样的女子,大家也有点面子!他现在算什么呢!在劳埃德保险社当一名保险业务员;他们说他还画些画——画画!他妈的!他很可以混到乔里恩·福尔赛从男爵那样的地位,在国会里当一名议员,在乡下有一个庄子!

大户人家有些人迟早总会受到某种冲动的驱使,上纹章局去打听;斯悦辛也是由于这种驱使有一次跑到纹章局去;局里的人告诉他,他跟那有名的福尔席肯定是同宗,而这个家族的族徽是"黑底红线,右边三颗带钩";这样说当然是希望他能采用。

可是斯悦辛并没有采用;不过问清楚族徽上首的徽饰是一只"原色雉鸡"和一句箴言"赐福尔席"之后,他就把雉鸡用在自己的马车上和马夫的纽扣上,在自备的信纸上印上雉鸡和那句箴言。至于那个族徽他只是藏在肚子里,一半是因为自己并没有付钱，拿来画在马车上未免太招摇了，而他就恨招摇，一半也因为他跟国内任何讲究实际的人一样，对于自己不懂得的东西心底里都不喜欢而且瞧不起——他觉得这个"黑底红线，右边三颗带钩"令人太难捉摸了，谁也会如此。

可是局子里的人当时告诉他，只要他付费，他就有资格采用，这句话他永远记得，而且使他更加肯定自己是个士绅。不知不觉之间，族中其他的人也采用这个雉鸡起来，有几个比较认真的还采用了那句箴言；可是老乔里恩不肯用那句箴言，说是胡闹——在他看来，毫无意义。

这个徽饰究竟是起源于哪一个伟大的历史事件，那些老一辈的人也许心里明白；可是碰到人追问起来时，他们却慌慌张张说是斯悦辛不知怎样找来的，撒谎谁都不肯，他们都有个感觉，好像只有法国人和俄国人才撒谎。

在小一辈中间，这件事情都讳莫如深，谁也不肯提；他们既不想伤长辈的心，也不想使自己显得可笑；他们只是采用了这个徽饰……

"不，"斯悦辛说，"他有一次亲眼看见过；肯定说，伊琳对待那个小'海盗'或者波辛尼——不管他叫什么——的态度和伊琳对待他自己的态度丝毫没有两样；事实上，他要说……"不幸这时候佛兰茜丝和尤菲米雅走了进来，谈话只好中止，因为这类事情当着年轻人是不宜于谈论的。

不过斯悦辛虽则在自己刚讲到要紧关头时被人打断，心里微微感觉不快，不久又变得和气起来。他相当喜欢佛兰茜丝——族中人都叫她佛兰茜。她很机灵，他们告诉他，说她靠自己那些曲子还赚了不少的零花钱呢；他说这就是她聪明的地方。

他对自己对于女子采取一种开明态度相当得意,认为女子为什么不可以画点画,或者作作曲子,甚至于写本书,尤其是还能靠这上面赚点钱用用的话;完全可以——免得她们胡闹。她们又不是跟男子一样的!

"小佛兰茜。"人家通常都这样带玩带笑地挖苦她,是一个重要人物;单单作为福尔赛家人艺术见解的一个常例看,她也是重要的。她其实并不"小",个子相当地高,福尔赛家的深色头发,再加上灰色的眼睛,使她看上去颇具有所谓"凯尔特人的面孔"。她写的歌曲都是这类的名目,像《喟然的叹息》,或者《母亲,在我死之前吻我吧,母亲》,里面的重唱就像赞美诗似的:

> 在我死之前吻我吧,母亲;
> 吻我吧——吻我吧,啊,母亲!
> 吻啊!吻我吧——在——我——
> 在我死之前吻我吧,母——母——亲!

歌词都是她自己写的,此外还写些诗。高兴的时候,她还写些华尔兹舞曲,其中有一首叫《肯辛顿旋舞》的在肯辛顿区差不多到处都唱,里面有一个地方的顿挫很好听,是这样子:

很别致的。还有她那些《给小朋友之歌》,既有教育意义,又风趣,尤其是《祖母的鲷鱼》那一首,还有那支短歌叫作《一拳把他的小眼睛打青》,简直像预言一样充满了当时新兴的帝国精神。

这些歌曲哪一家出版社不要，有些杂志像《高尚生活》和《闺秀指南》都大为捧场："又是一支佛兰茜·福尔赛小姐的轻快歌曲，珠圆玉润，荡气回肠。我们自己都感动得又是啼又是笑。福尔赛小姐肯定是有前途的。"

佛兰茜天生就是一个真正的福尔赛性格，所以一心一意只交像样的人士——那些写文章捧她的人，口头上宣传她的人，和交际场中的人——心里永远记着要在什么场合才卖弄一下风情，眼睛一直留意她歌曲的价格稳步上升的情况；这在她心目中就是代表前途。她就是这样使自己普遍受到尊重。

有一次，她因属意一个人情绪有点激动——原因是罗杰一生中全力从事收集房地产的结果使自己唯一的女儿也染上收集爱情的嗜好了——就改写起伟大真实的作品来，选择了给小提琴演奏的长曲形式。这是她许多创作中唯一使福尔赛家人感到不安的一首。他们立刻就想到恐怕卖不掉。

罗杰对自己有这样一个聪明的女儿相当喜欢，而且时常跟人提起她替自己赚了不少零用钱，可是听见这支提琴长曲不大高兴。

"这样糟糕的东西！"他称这支曲子。原来佛兰茜向尤菲米雅借了小佛拉几阿莱第来，在王子园的客厅中演奏了一次。

事实上，罗杰的话是对的。是糟糕，但是——气人的是，这种东西还卖不出去。凡是福尔赛之流都懂得，糟糕的东西只要卖得出去就一点不糟糕——谈不上是糟糕。

然而，尽管这些人头脑清楚，要看卖多少价钱来定一件艺术品的价值，福尔赛家有些人却不禁替佛兰茜惋惜，觉得她写的都不是古典音乐；比如说，海丝特姑太就是一个，她一直都是喜欢音乐的。她而且觉得佛兰茜写的诗也不行；不过，诚如海丝特姑太说的,近来简直看不见有人写诗了;所有的诗都只是些"轻松的小调"。没有人能够写出像《失乐园》或者《恰尔德·哈罗尔德》①之类的东西;这两首诗随便哪一首都使你感觉到真正是在读诗。不过,佛兰茜有点事情做做也是好的;别的女孩子花钱买这个买那个,她却在赚钱!所以海丝特姑太和裘丽姑太一直都欢喜听她谈最近自己作的曲子的价钱又被她抬高了。

这时候她们正在听她谈,斯悦辛也在听,不过他坐着假装没有在听,因为这些年轻人讲话讲得非常之快,而且咕噜咕噜的,他简直听不出谈些什么!

"我真不懂得,"史木尔太太说,"你怎么做得出来。我永远没有这样老脸厚皮!"

佛兰茜淡然一笑,"我宁可跟一个男子打交道,也不跟女人打交道。女人都太精明!"

"亲爱的,"史木尔太太叫出来,"我敢说我们并不精明啊。"

尤菲米雅又那样不出声地狂笑起来,最后发出那种尖叫;她像被人扼着脖子说道:"噢,你总有一天会笑死我的,二姑。"

斯悦辛看不出有什么好笑;他最不喜欢在自己看不出好笑的时候人家要笑。老实说,他根本就不喜欢尤菲米雅,每逢提到她时,总是说"尼古拉的女儿,她叫什么名字——那个白脸?"他险些儿做了她的教父——说实在话,如果不是因为他坚决反对她那个外国气的名字,他已经做成了。他就恨做人

---

① 即拜伦的长诗《恰尔德·哈罗尔德游记》。

家的教父。有这些原因,所以斯悦辛装出正经样子向佛兰茜说:"天气很好——呃——在这种时候。"可是他过去不肯做她教父的事情尤菲米雅肚子里完全清楚,所以转向海丝特姑太,并开始告诉她,自己在教会百货公司撞见伊琳——索米斯的妻子——的经过。

"那么索米斯跟她在一起吗?"海丝特姑太问,原来史木尔太太还没有机会把这件事情告诉她。

"索米斯跟她在一起?当然没有!"

"可是难道她单独在外面跑吗?"

"哦,不是的;有波辛尼先生跟她在一起呢。她的衣服穿得真漂亮啊。"

可是斯悦辛一听见提到伊琳的名字,就恶狠狠望着尤菲米雅;的确,尤菲米雅不管她不穿衣服时怎么样,穿起衣服来可从不好看,所以他说:

"穿得像个贵妇,我敢说。看见她真叫人开心。"

这时候有人通报詹姆士跟他的两个女儿来了。达尔第酒瘾上来,推说跟牙医生约好了,叫他们在马波门把他放下来,雇了一部马车,这时候已经坐在皮卡迪利大街自己俱乐部的窗口了。

他告诉他那些好友,说他妻子要带他去拜会亲友。这不是他干的——不大像。哈哈!

他招呼侍役过来,叫他到外面穿堂里看看四点三十分一次赛马是哪匹马赢的。他累得不能动了,他说,这也是实情;整个下午跟他妻子坐着马车到处去"参观"。后来他坚决不干了。生活不能听人家支配。

这时候,他正向那面拱窗望出去——他最喜欢这个座位,因为过路的人从这里全可以望见——不幸,也许可以说是幸而——被他瞧见索米斯从靠绿公园的那一边东张西望地穿过来,显然打算上俱乐部来,因为他也是伊昔姆俱乐部的会员。

达尔第跳了起来;他一把抓起酒杯,嘴里叽咕了一句关于四点三十分赛马的话,就匆匆溜进打牌室去了;这间屋子索米斯是从不进来的,在这间打牌室里,孤独地一个人,在昏暗的灯光下面,他支配自己的生活到七点半钟;算来索米斯这时候准已经走了。

要不得!只要他觉得心痒难熬,想到拱窗那边去找人拉呱的时候,他就这样再三告诉自己;他的经济是这样窘,"老头子"(詹姆士)自从那次煤油股票出事之后——其实不能怪他——又是那样不好说话,这时候随随便便跟维妮佛梨德吵起来,是绝对要不得的。

要是索米斯看见他在俱乐部里,他没有去看牙医生的事就准会传到她耳朵里。没有一个人家事情会传得这样快的。他不自在地坐在那些绿呢牌桌之间,一副榄黄脸上眉头皱着,跷着穿格子呢裤子的腿,漆皮鞋在昏暗中闪耀着,坐在那里啃指头,盘算要是那匹色鬼赢不了兰卡夏杯锦标赛的话,这笔钱又向哪儿去找。

他的心思抑郁地想到那些福尔赛家的人。这班人真是少见!一点油水都榨不到他们的——即使榨到,也是极端困难的事;这么多的人里面没有一个说得上义气,除了乔治。比如,那个索米斯家伙,你如果想跟他借个十镑钱,就可以使他晕倒,或者,如果不晕倒的话,就会带着他那天杀的傲慢的微笑望着你,就像你罪该万死似的,全都因为你没有钱。

还有他那个老婆(达尔第不由得馋涎欲滴了),他总想跟她亲近亲近,就如同人有个漂亮的舅嫂自然而然想亲近一下一样,可是倒霉的是这个——(他心里用了一个粗鄙字眼)——连理也不理他——她望着他那副样子就好像他是牛粪似的——然而她在这上面很有一手,他敢打赌。女人他是懂得的;这样柔媚的眼睛和身材不是白白生的,这一点索米斯那个家伙不久就会懂得——他风闻的那个"海盗"老兄的事情不是没有影子的。

达尔第从椅子上站起来,在室内打一个转,最后走到大理石炉板上头那面镜子跟前;他在镜子前面站上好半天,望着自己的影子沉吟。那副尊容——这是某些人特有的——就像在亚麻油里浸过似的,上了蜡的黑胡子,短短两撮出色的腮须;一只微微弯曲而肥大的鼻子旁边像要起一个瘰疬,这使他看了很着急。

就在这时候,老乔里恩在悌摩西宽大的客厅里找到那把剩余的椅子坐下。他的到来显然打断了大家的谈话,场面弄得很僵。裘丽姑太的好心肠是出了名的,赶快设法使大家放松下来。

"是啊,乔里恩,"她说,"我们刚才还谈到你有好久不来了;不过我们也不必奇怪。当然,你是忙,是不是?詹姆士刚才还说一年中这个时候多么忙——"

"他说的吗?"老乔里恩说,狠狠望詹姆士一眼,"只要各人管各人的事情,就决不会这样忙。"

詹姆士本来坐在一把矮椅子上,膝盖竖得多高在那里呆想,这时候不自在地挪动一下自己的脚,不小心踩到那只猫;原来那猫从老乔里恩那里逃到他身边来避难的,真不知趣。

詹姆士觉得踏上一只柔软的毛茸茸的身体,骇然把脚抽回来,带着着恼的声音说,"你看,这儿有只猫呢。"

"好几只呢,"老乔里恩说,挨次地把那些人看看,"我刚才就踩到一只①。"

接着是一片沉默。

后来史木尔太太扭动着手指头,带着可怜相的安详向四面张一下,问道:"亲爱的琼好吗?"

老乔里恩严厉的眼睛睒了一睒,夹有好笑的神情。这个老太婆真是妙极了,裘丽!谁也比不上她说话那样不识相!

"不好,"他说,"伦敦对她不相宜——人太多,闲话也太多!"他把这些字着重地说出来,又盯着詹姆士的脸望。

没有一个人说话。

大家全感觉处境太危险,切不可以乱说乱动。在这间陈设考究的客厅里,全都有看希腊悲剧时那种大祸临头的感觉;屋内挤满了白发苍苍、穿大礼服的老头子和衣着时髦的女子:他们全属于同一血统,在他们中间有一种说不出来的相似的地方。

并不是说他们就意识到这一点——那些司命运的恶神的光临,人们只是隐隐觉得而已。

后来斯悦辛站起来。坐在这里这样受罪,他绝不干——他可不吃哪个的言语!所以他做出特别神气在屋子里兜了一转,跟每一个人握了手。

"你告诉悌摩西说是我说的,"他说,"他保养得太过分了!"接着转身向佛兰茜——他看中佛兰茜"机灵"——又接上一句:"你哪一天上我家里来,我带你坐马车出城去玩。"可

---
① 英语里的猫和中文的狐狸有同样的含义。

是话一出口,他就想起带伊琳出城去玩的那一次,后来引出那么多的闲话来,所以有这么半晌站着一动不动,瞪着两只眼睛望着,仿佛等着看他这句话会招致什么后果似的;后来忽然想起反正他一点不在乎,就转身向老乔里恩说:"再见,乔里恩!你不应当不穿大衣在外面跑;你会吹出风湿痛来的!"说完,他用漆皮靴的尖子轻轻踢一下那只猫,扬着自己的一身肉走了。

他走了之后,大家悄悄地相互望望,看刚才那句"出城"的话给大家什么感想——这句话已经出了名,而且意义极端重大,因为在族中议论纷纷的那项隐约而怪诞的流言里面,这是唯一的一条所谓正式公报。

尤菲米雅按捺不住了,发出一声短笑,说道:"幸亏斯悦辛三伯没有约我出城去。"

史木尔太太一面想安慰她,一面害怕这个话题会引起什么难堪,想要斡旋一下,就答道:"亲爱的,他喜欢带穿得漂亮的人出去,使他面子上好看。我一直记得他带我出城的那一次。真是长见识!"说完,她那张胖胖的老脸暂时显出一种古怪的满足;接着嘴噘起来,眼泪涌进眼眶子里。原来她想起多年前那一次跟席普第末斯·史木尔坐马车游历的事情来了。

詹姆士坐在矮椅子上,早已恢复原来那种紧张的沉思状态,这时忽然清醒过来:"斯悦辛真是个可笑的家伙。"他说,可是心不在焉。

老乔里恩的沉默,和严厉的眼光,吓得大家噤不作声。他对刚才讲的那两句话自己也感到彷徨起来——他原是来攻破这项谣言的,而他这两句话反而使谣言显得更重要了;可是他还在生气。

他跟他们还没有完;没有,没有,他还要收拾他们两下。

他不想收拾这些侄女们,他跟她们没有难过——老乔里恩对待稍微看得过去的年轻女子总是温和的——可是詹姆士这个家伙,还有余下的这几个,也许比詹姆士好些,但是一个都不能饶过。所以他也问起悌摩西来。

裘丽姑太好像感到自己的小兄弟处境危险似的,忽然问他喝不喝茶:"茶在后客厅里泡好了,"她说,"又冷又难吃,不过叫史密赛儿给你重泡一壶。"

老乔里恩站起来:"谢谢,"他说,眼睛正视着詹姆士,"不过我没有工夫喝茶,也没有工夫听什么——闲是闲非,和其他的鬼话!已经是回去的时候了。再见,裘丽雅;再见,海丝特;再见,维妮佛梨德。"

他跟其余的人连招呼也不招呼一声,就昂然走了出去。

一上了马车,他的怒气全消了,他气起来时就是这样——发作一顿之后,气就平了。他的兴头忽然下去。这些人的嘴也许被他堵着了,可是换来什么呢!他本来打定主意不相信这些谣言,现在他知道肯定是真的了,这就是他换得来的。琼是被人遗弃了,丢掉她,找上了那个家伙的媳妇!他觉得这是真事,但是硬着头皮假装不相信;在这种决心之下,他蕴藏在心里的痛苦逐渐地然而坚决地变为一种对詹姆士父子的盲目愤恨。

那间小客厅里剩下的六个女子一个男子开始谈论起来,不过经过适才一段不快之后,谈得都不怎样自如;他们里面每一个人虽则肯定自己没有搬弄是非,但是每一个人都知道其余的六个人是有份的;因此全都心里很生气,而且弄得糊里糊涂。只有詹姆士一声不响,心里激动得厉害。

过一会,佛兰茜说:"我觉得乔里恩大伯这一年来老得厉害。你说怎样,三姑?"

海丝特姑太微微缩一下头:"哦,你问问二姑呢!"她说,"我是一点不知道。"

其他的人并不害怕同意她的看法,所以詹姆士抑然望着地板说:"他比从前差远了。"

"我老早就看出来,"佛兰茜接下去说,"他老得不像样子了。"

裘丽姑太摇摇头;一张脸忽然整个撅了起来。

"可怜的乔里恩,"她说,"他应当有人照应才是!"

大家又沉默下来;后来,就像生怕被人丢下来溜单似的,五位客人不约而同站起来,告辞走了。

客厅里又只剩史木尔太太,海丝特姑太和那只猫,远远关门的声音通知她们悌摩西出来了。

那天晚上,海丝特姑太在她那间后卧房里——这原是裘丽姑太的,后来裘丽姑太住了安姑太的房间——刚才睡着,史木尔太太就开了房门进来,戴一顶粉红睡帽,手里拿一支蜡烛:"海丝特!"她说,"海丝特!"

海丝特姑太在被里微微哆嗦一下。

"海丝特,"裘丽姑太又叫一声,非要弄清楚她已经醒了没有,"我真替可怜的亲爱的乔里恩发愁。你看应当给他想点什么办法呢?"她把最后两个字重重说一下。

海丝特姑太在被里又哆嗦一下,她的声音听上去微微带有讨饶的口气:"办法?我怎么知道呢?"

裘丽姑太满意地转身走了,为了不惊动亲爱的海丝特,关门关得格外轻,让那扇门从手指间滑出来,"咔嗒"一声关上。

回到自己房里,她站在窗口从纱布窗帘的一条缝隙里窥望公园树木上面的月亮;窗帘拉了起来,免得被外面人看见。就这样子,一张浑圆的脸,戴着粉红色睡帽,噘着嘴,眼中含泪,她想着"亲爱的乔里恩",这样老又这样孤零,想着自己怎样来替他想点办法;这样他就会喜欢她起来——使她自从席普第末斯·史木尔去世之后,第一次有了一个喜欢她的人。

第八章　罗杰家中的舞会

罗杰在王子园的房子里点得通明。他们找来一大堆蜡烛,插在雕花玻璃的枝形吊灯上,星星点点的灯光在那间长套间客厅的镶木地板上映衬出来。所有的家具全搬到楼上楼梯口去,屋子四周放了许多轻便的长凳,那些人类文明的奇异附属品,因此屋内看去十分宽敞。

远远的角落里放了一架小钢琴,拿许多棕榈树围绕着,乐谱架上摊开一份肯辛顿旋舞曲。

罗杰反对要有乐队。他认为要乐队毫无道理;这笔费用他决计不出,所以完事大吉。佛兰茜(她母亲多年前就被罗杰气出了老胃病,碰到这种事情早就睡了)没有别的法子可想,只好找一个吹喇叭的小伙子来和钢琴搭配;她把棕榈树布置得很巧妙,一个人粗心一点就会当作棕榈树里藏了有好几个乐师呢。她下了决心要叫他们奏得多响的——一只喇叭只要狠命地吹,也还是很悦耳的。

用一句比较文雅的美国话来说,她总算是"挨过"了——为要铺排得时髦,同时顾到福尔赛家的高度节约原则,她不得不东拼西凑,现在费尽心血总算挨过这一关了。她穿了一件金黄色的衣服,肩头镶上许多纱边,人虽则瘦削但是很神气。她到处都转了转,一面戴上手套,一面四下顾盼。

她向雇来的男仆（罗杰家里是只用女佣的）吩咐酒。福尔赛先生只预备把从惠特莱酒店买来的香槟酒拿出一打来，他可懂得吗？可是如果酒喝完了（按说是不会的，女客多数当然只是喝水），可是如果酒喝完了，他一定要尽力用掺香槟的果子酒来凑付。

她真不高兴跟一个男仆讲这类事情，太失身份；可是你拿爹有什么办法呢？其实，罗杰虽则对于开舞会百般为难，可是，过一会就会下楼来，脸色红红的，额头鼓出来，就好像他是舞会的发起人似的；他会笑着脸，而且很可能把最美丽的女客带进餐室用夜宵；到了两点钟，当大家舞兴正浓的时候，他就会悄悄走到乐师面前，叫他们奏国歌①，自己走掉。

佛兰茜衷心希望他玩一会就倦了，一个人溜去睡觉。

有三四个知心女友，留下来预备参加舞会的，跟她在楼上一间平时不用的小屋子里用了一点茶和冷鸡腿，都是匆匆开出来的；那几个男子都被送到欧斯代司的俱乐部里去开晚饭，这些人总得请他们饱啖一顿。

不迟不早刚好是九点钟的时候，史木尔太太一个人到了。她满口替悌摩西道歉，说他不能来，却绝不提起海丝特姑太，原来海丝特姑太是在最后一分钟才推说她懒得来的。佛兰茜招待得非常殷勤，请她坐在一只轻便凳子上，就走开了，剩下史木尔太太孤零零一个人穿着淡紫色缎子衣服——自从安姑太逝世之后，她还是第一次穿颜色衣服——噘着嘴坐在那里。

那些知心的女友这时从各人房间里出来，就像鬼使神差似的，各人衣服的颜色都穿得不同，可是肩头和胸部全都镶上

---

① 英国一切娱乐终了时都要奏国歌。

许多纱边——因为全都是一把骨头。她们全被带到史木尔太太跟前见过礼。每一个只跟她待上分把钟就跑开,都挤在一起谈话,盘弄着手中的节目单,偷眼瞄着门口等待第一个男子出现。

接着来了尼古拉家的一群人,他们一向就是准时而到——据说在他们住的拉德布罗克路那边就时兴这个;紧跟在后面是欧斯代司和他的男朋友,没精打采的样子,而且有一股烟草气味。

这时佛兰茜的情人陆续来了三四个;是她事先逼着每一个人答应早到的。这些人全都胡子剃得很光,举止活泼,一种很特别的活泼派头,是新近才侵入肯辛顿把青年人生活过上的;他们相互之间毫不在意,领带都打得两头鼓了出来,一律的白背心和两边绣花的袜子。全都在袖口里藏一块手绢。他们愉快地走动着,每人都装出兴高采烈的样子,像是特地跑来做一番大事业似的。他们跳舞时脸上的表情远不是英国人跳舞时那副传统的庄严神气,而是满不在乎、风趣、和蔼;他们又跳又蹦,抱着各人的舞伴大转特转,对于音乐的拍子全然不管,认为不必那样迂阔。

他们看着其他跳舞的人时,脸上带一种轻快的蔑视表情——他们是"轻骑兵",是肯辛顿舞场中身经百战的壮士——要指望看到正确的风度、言笑和舞步,只能在他们身上找到。

这下面拥到大批的客人;年长的监护人全被挤到迎着进门地方的墙边坐着,年轻活泼的在大房间里加进了那股跳舞的旋流。

男子很少,坐冷板凳的女子都显出一种特殊的可怜相,一副耐心而酸溜溜的微笑,那意思好像说,"哟,不!不要弄错我,我知道你不是来找我的。这个我是根本不指望的!"佛兰茜时常会央求她的情人之一,或者一个初出茅庐的小伙子:"现在,你帮个忙,让我给你介绍平克小姐;人真是不错!"这样就把他带过去说,"平克小姐——这位是加萨柯尔先生。你能跟他跳个舞吗?"接着平克小姐勉强一笑,脸色微赧,回答说:"哦!我想可以的!"便拿空白纸片遮着自己,在上面写上加萨柯尔的名字,就在他第二次请她跳舞的地方热情地拼出他的名字。

可是当那小伙子叽咕一声太热了,走开去以后,她就又恢复原来的绝望的企盼,带着忍耐而酸溜溜的微笑。

那些做母亲的缓缓用扇子扇着脸,留神看着各人的女儿,而这些女儿的种种遭遇都可以在她们眼睛里望得出来。至于这些母亲本人接连几个小时坐了下去,坐得腰酸背痛,默不作声,或者偶尔谈两句话——这有什么关系呢?只要这些女孩子玩得开心就行了!可是看见女儿受到冷淡,被人丢下来!啊!她们脸上笑了,可是眼睛里射出凶光,就像触怒了的天鹅眼睛一样;她们真想一把抓着小加萨柯尔的阿飞式裤管,拖到她们女儿跟前——这些小畜生!

舞场如战场,就在这肯辛顿舞会上,人生的一切残酷、辛酸和不平的遭遇,人性的妄自尊大、忘我精神和忍耐也可以看得见。

也有些零零星星的情人们——不是佛兰茜的那些特殊一类的情人,只是普通情人——颤抖着,红着脸,默默无言,相互瞟上一眼,企图在纷扰的跳舞中亲近一下,也有时候在一起跳舞,他们眼中的情意使旁观者都对他们注目。

十点整来了詹姆士的一家——爱米丽,莱西尔,维妮佛梨德(达尔第由于上一次在罗杰家里香槟酒喝得太多了,所以这一次没有带他),和最小的茜席丽,她这还是第一次出来交际;他们后面是索米斯和伊琳,两人先是在老家里吃的晚饭,现在坐马车跟了来。

这几位女客都只用肩带,上面不缀纱边——这样更大胆地裸露着肩头,使人一望而知这些人是从更时髦的海德公园那一边来的。

索米斯侧着身子后退几步,避免和跳舞的人碰上,找个地方把身子抵着墙站着。他脸上装出淡淡的笑容,在那里作壁上观。华尔兹舞一次又一次地舞起,舞落;一对对舞伴掠过去,唇边挂着微笑;或者笑出声来,片断地谈着话;或者板着一副脸,眼睛在人群中搜索着;又或者嘴唇微启,目光相对,默默无言。宴会的气息、花香和头发的气味,和女子喜用的香水味,在夏夜的炎热中升起来,窒人呼吸。

索米斯一声不响,微笑中带着讥刺,眼睛里仿佛什么都没有看见似的;可是有时目光落在他要找寻的对象身上,就会盯着那个对象随着流动的人群转,同时嘴角上的笑意也消失了。

他跟谁都不跳舞。有些人也跟自己的妻子跳舞;可是他自从结婚之后就从来不允许自己跟伊琳跳舞,认为不"得体",至于这样做他心里是否舒服,那就只有福尔赛家的家神知道了。

她舞过去了,跟别的男子跳着,她的虹彩衣服从脚下飘起来。她的舞跳得很好;他时常听见女人带着酸意的笑跟他说:"你太太跳舞跳得多美啊,索米斯先生——看她跳舞真是享受!"而他就会斜瞥一眼,回答说:"你认为这样吗!"这些话他都听厌了,也回答厌了。

附近一对年轻男女轮流挥动着一把扇子,引起一阵不好受的串风。佛兰茜跟她的一个情人在近处站着。两个人在谈情。

他听见身后罗杰的声音,向一个仆人吩咐夜宵。一切都是二流的!他真懊悔来的!他先问过伊琳要不要他来;她当时带着那能气死人的微笑回答说:"哦,不要呀!"

他为什么偏要来呢?刚才的一刻钟里面,连她的人都看不见了。那边乔治又走过来了,永远是那副奎尔普式的狡猾的脸;现在已经来不及躲开他了。

"你看见'海盗'没有?"这个老滑头问,"他在准备上阵呢——剪了头,收拾得整整齐齐!"

索米斯回说没有看见;屋内跳舞歇了一下,人比较空,所以他就穿过舞池到了外面凉台上,眺望下面街道。

一部马车载了些迟到的客人驶过来,大门口围着一些看热闹的人,耐心地站着不肯走;伦敦街上常看见有这种被灯光或者音乐招引来的闲杂人,黑魆魆的身形,衣衫破旧,仰着一副苍白的脸;那种呆望的神气使索米斯看了很生气:为什么让这些人留在这里;警察为什么不叫他们走开呢?

可是警察并不理会他们;他分开两只脚站在横贯人行道的那条大红地毯上;铁盔下面的一张脸也是跟他们一样的呆望的神气。

在街道对面那些栏杆里面,索米斯可以望得见树木的枝条在街灯的照耀下掩映着,在风中微微动荡;再过去是公园那边高楼上的灯火,就像许多眼睛在眺望园内一片阒静的漆黑;在这一切上面是天空,伟大的伦敦天空,被千万盏灯火撒上一层闪映的尘土；这是一座在星斗间用人类欲望和幻想曲曲折折织成的穹顶——是一面无边无际、人世豪华和穷困的镜子，夜夜带着仁慈的嘲笑高照着多少英里的房屋和花园、广厦和贫民窟，高照着福尔赛家的人、警察和街上看热闹的人。

索米斯转过身去，人隐在窗口，向着灯火通明的屋子里面望。外面凉快一点。他看见适才新到的客人走进来，原来是琼和她祖父。他们是什么缘故来得这样晚呢？两个人站在门口；神情很是疲倦。乔里恩大伯想得起来这么老晚跑出来！琼为什么不先上伊琳那儿跟她一起来呢，她平时不都是找伊琳带她出来的吗？这时他才猛然想起他已经很久很久没有和琼见面了。

索米斯带着无聊的恶意察看着琼的脸色，看见她脸色变了，变得非常苍白，索米斯简直以为她要栽下去似的，接着脸又涨得通红。他转过头向琼看的方向看去，就看见自己的妻子搭在波辛尼的胳膊上，正从屋子那一头花房里出来；她眼睛抬起，和波辛尼的眼睛对视，像在回答他问的什么问题；波辛尼那边则是全神贯注地望着她。

索米斯又朝琼望望；她一只手搁在老乔里恩的胳膊上，像在恳求什么。他看见自己伯父脸上显出惊异的神情；两人转过身去，在门口消失了。

乐声又起，是一支华尔兹曲；索米斯隐在窗口，静悄悄就像一座石像，在那里等待着；他脸上毫无表情，可是唇边一点微笑也没有。不一会，在离黑暗凉台一码远的地方，他妻子和波辛尼跳过去了。他闻得出她戴的栀子花的香味，看见她胸口起伏着，眼睛里含着柔情，嘴唇微启，脸上的那种神情是他从来没有见到过的。两个人随着悠扬的乐声跳过去，在他眼中好像紧紧贴在一起;他看见伊琳抬起自己又大又乌的眼睛和波辛尼的眼睛相视着,接着又垂下来。

他脸色雪白,转过身来向着外面,靠在凉台上看下面的广场;那些人仍旧全神贯注地仰头望着灯光,简直无聊;那个警察也仰着脸,眼睛睁得多大;可是这些他都看不见。一部马车驶了过来,两个人爬上车,又驶走了……

那天晚上琼和老乔里恩在平日一样的时间坐下来吃晚饭。琼穿着一件经常穿的高领子衣服,老乔里恩没有换礼服。

早饭的时候她就谈起罗杰爷爷家里的跳舞会,她想去;她说自己真蠢,就没有想到找一个人带她去。现在可来不及了。

老乔里恩一双锐利的眼睛抬了起来。琼照例是跟伊琳一起去的!所以他故意把眼光盯着她望,问她,"为什么不去找伊琳呢?"

不!琼不想找伊琳;她要去的话除非她祖父肯破例去走一趟——一会儿就行了!

老乔里恩看见她的神情那样急切又那样憔悴,就勉强答应了。这种舞会敢说丝毫没有道理,他不懂得她是什么意思,他说;而且她这种鬼身体根本就不应当去!她需要的是海洋空气,等他开完寰球金矿租采公司股东大会之后,他一准带她上海边去。她不想出门吗?唉!她要把自己毁掉了!老乔里恩怜惜地偷偷瞄她一眼,就继续吃自己的早饭。

琼一早就跑出去,在大热天下面忙着东奔西跑。她那瘦弱的身材碰到什么事情一向都是那样懒洋洋的,今天却像着了魔似的。她要把自己打扮得极其漂亮——她打定主意要这样做。他准会来的!他是有一张请帖的,这一点她蛮知道。她要让他看看她并不在乎。可是在她心底里她却决心在这个晚上把他夺回来。她回到家里时满脸红光,午饭从头到尾都谈得很起劲;这些都是当着老乔里恩做的,他竟然被她骗过了。

那天下午她忽然伤心得号啕大哭起来。她抵着床上的枕头把声音压下去,可是最后哭泣中止时,她朝镜子里一看,一张脸肿了起来,眼睛红红的,四周都是黑圈圈。她待在房间里一直等到天黑,到晚饭时才跑出来。

她不作声地吃着晚饭,心里一直都在挣扎着。老乔里恩看见她的神情那样没精打采,一点劲儿都没有,就告诉"山基"把马车卸掉,今天晚上决不让她出去了。她应当去睡觉!她也不违抗,上楼进了自己的屋子,在黑暗中坐着。十点钟的时候,她打铃叫女仆进来。

"拿点热水来,下去告诉福尔赛先生,说我觉得人已经完全休息好了。说如果他太疲倦了,我可以一个人上舞会去。"

女仆显出疑惑样子,琼就蛮不讲理起来。"走,"她说,"把热水立刻拿来!"

她赴舞会穿的衣服还摊在长沙发上;她鼓着一股猛劲,小心地穿上衣服,把花拿在手里,就下楼来,又厚又重的头发下面一张小脸仰得高高的。经过老乔里恩的卧室时,她能听见他在里面走动。

老乔里恩被她弄得又气又莫名其妙,正在换衣服。这时已过十点,他们总要十一点钟才到得了;这孩子简直是发疯。可是他不敢惹她——晚饭时候她脸上那种表情使他一直不能释怀。

他用一把乌木刷刷头发,在灯光下面头发亮得像灿银;接着他也从阴暗的楼梯上下来。

琼在楼下迎上他,两个人一句话不说,就上了马车。

这段路简直像走不完似的;到达之后,两个人走进罗杰的客厅时,琼的心里又是慌张又是激动,可是脸上故意装出一副坚决的神情,来掩饰她内心的痛苦。她生怕他也许不在场,生怕见不到他,同时下了决心要把他夺回来——想法子夺回来,至于怎样夺法,她也不知道;有这些缘故,所以纵使有人说她"追他",她也不觉得有什么难为情。

一看见舞厅,和油光闪亮的地板,琼又是高兴又是得意;她就爱跳舞,跳起舞来,由于她身子非常之轻,飘飘然就像一个兴高采烈的小仙灵。他准会来请她跳舞,只要他跟她一跳舞,两个人就会和好如初了。她急切地向四周围看。

这时波辛尼跟伊琳正从花房里走出来,他脸上那种古怪的心神专注的神气被琼望见,一下给了她很大的打击。她的窘态这两个人并没有看见——谁也不会看见——连她祖父都不会看见。

她把手放在老乔里恩的胳膊上,声音很低地说:

"我非回家不可,爷爷;我不舒服。"

她祖父赶快带她走了,一面自己抱怨着他早知道会弄成这样的。

可是他跟琼一句话都没有说。总算万幸那部马车还靠在门口,两个人重又上了马车;直到这时候,老乔里恩才问她:

"乖乖,是什么事情?"

琼痛哭起来,连整个的小身材都抽搐着,这情形使老乔里恩着实慌了起来。明天非给她请白兰克来看不可。不看也要她看。决不能让她这样……好了,好了!

琼勉强抑着抽噎;她倒在车角落里,狂热地勒着他的手,用一条披肩裹着脸。

　　她祖父只看见她一双眼睛,在黑暗中瞪目望着,一动不动;可是他一直都用自己瘦瘠的手指轻拍着她的手。

第九章　里士满之夜

除掉琼和索米斯之外,还有别的人亲眼看见"那两个"(尤菲米雅已经开始这样叫他们了)从花房里走出来;波辛尼脸上的那种神情也被别人看在眼里了。

平时,自然的外表总是那样恬静闲适,可是有时候它蕴藏着的热力也会突然暴露出来——春天灿烂的阳光从紫云中落在雪白的杏花上;雪覆的山峰,浴着月光,缀上一颗孤独的星,耸入火热的青穹;或者在落霞的光焰中,一棵老杉木阴森森地竖在那里,像是守卫着某些炽热的秘密;这些都是的。

也有些时候,在一家画廊里,被一位午餐吃得也许比他同类更讲究的福尔赛之流撞见一幅作品;这画在不经心的旁观者眼中只是"＊＊＊提香——至精品",偏会冲破了这位福尔赛先生的一切藩篱,使他像着了魔似的沉浸在一种狂喜之中。这幅画,他觉得,有种地方,嗯,真正算得上画。一种不可推究的,不讲理的东西找上了他;他企图用一个凡事只求实际的人那种准确性来肯定这东西是什么,可是这东西却躲躲闪闪的,捉摸不到,就跟他中午逐渐消失的酒意一样,剩下他一个人在生气,觉得肝脏很不好受。他觉得自己刚才太挥霍了,简直是浪费;真是碰见鬼了。这本目录上面的三个星号表明的什么,他本来并不想看见。造化的神力,天哪,他顶好一点儿不懂得！这种东西他顶好根本不承认它的存在！一承认,你就会无法自拔？你付一个先令买张门票,接着又要付一个先令买节目单。

琼看到的——以及其他福尔赛家人看到的——波辛尼脸上那种神情就像画布上面有一个洞,后面一支蜡烛动着,突然从洞里闪射出来一样———点模糊的、摇晃不定的红光,黯淡而迷人,一下子冒出火焰。它使旁观的人恍悟到这里面包含着危险的因素。有这么一会儿,他们带着喜悦,带着兴味望着,但随即觉得自己根本不应该望。

可是这却解释了琼为什么来得这样晚,然而没有跳舞就跑掉了,跟自己的未婚夫连手都不握就跑掉了。据说,她人不舒服,无怪如此。

可是讲到这里,他们都怀着鬼胎相互望望。他们并不想使家丑外扬,不想恶意待人。哪个愿意如此呢？对于族外的人,他们是一个字也不吐露,无形的戒律使他们全都保持着缄默。

随后就听见说,琼跟老乔里恩上海边去了。

老乔里恩带琼去布罗德斯泰斯,因为这地方近来很吃香;至于雅茅斯,尽管有尼古拉捧场,它的声誉已经日趋下降,而一个福尔赛家人上海边去,如果呼吸不到一点在一个星期之内使他的性情变得乖戾的空气的话,他花的钱就不值得。当初那个福尔赛始祖喝马德拉酒的贵族习惯不幸也带有这个动机,所以后代子孙当然也容易犯这个毛病。

琼就这样上海边去了。族中人只好等着看事情进一步的变化;此外别无他法。

可是"那两个"究竟——究竟到了什么程度呢？他们究

竟打算闹到什么程度呢？他们难道当真要闹下去吗？肯定说，不会闹出什么事情来，因为两个人都没有钱。至多是调调情，到了适当的时候就会完结，所有这类爱情都是这样结束的。

索米斯的妹妹维妮佛梨德·达尔第却嘲笑他们；认为根本没有什么事情，她住在格林街，因此染上了梅费尔区的风气，对于已结婚的人应当如何如何有着更时髦的主张，比一般流行的，例如在拉德布罗克路流行的主张时髦得多。那个"小女人"——伊琳其实比她还高，她这样一直被唤作"小女人"十足地证明了一个福尔赛家人的高贵身份——那个"小女人"过得厌烦了。为什么不能寻点开心呢？索米斯这人相当腻味；至于波辛尼先生，她始终认为他很"帅"——只有乔治那样的小丑会赶着他叫"海盗"。

这句评语——说波辛尼"帅"——引得舆论哗然。大家都不服。说波辛尼"还算漂亮"，这一点大家可以承认，可是以他那样的高颧骨、贼眼睛、软呢帽，要说够得上"帅"的话，那恰恰证明维妮佛梨德又来她赶时髦的老一套，她总是那样放荡不羁。

那年夏天最时行放荡不羁，这在历史上是出名的；连大地都放荡不羁起来——栗树盛开，散发出浓郁的花香，在过去从没见过；家家花园里都开放着玫瑰；夜里满天的繁星，简直挤都挤不下；太阳全身披挂，天天从早到晚在公园上面挥舞着它的铜盾，人们的行为也变得古怪了，在露天底下吃午饭，吃晚饭。出租马车和私人马车川流不息地通过明媚的泰晤士河上的桥，把成千成万的中上层人士载往布西，载往里士满，载往基尤，载往汉普顿行宫，去领略一下郊外风光；那种盛况据说简直空前。差不多凡是够得上马车阶级的人家,这一年都要出城走一趟,或者上布西去看七叶树,或者上里士满公园在西班牙栗树林里兜风;虽则灰尘很大,他们却在自己扬起的云雾中车声辘辘一路驰来,一副时髦派头,睁着大眼睛望着大片的凤尾草长得老高,草里大驯鹿抬起它们分歧的鹿角,而这些凤尾草还得要给秋天的情人们以从未有过的荫蔽。不时,当那些栗树花和凤尾草缠绵的香气飘得太靠近时,他们里面的一个就会跟另一个说,"心肝!这味道多古怪啊!"

那一年的菩提花开得也是特别盛,几乎开成蜜黄的颜色。在伦敦许多广场的角子上,太阳一下去,这些菩提花就发出一种香味,比蜜蜂采的蜜还要香——那些福尔赛和福尔赛之流,用完晚饭,在那些只有他们持有钥匙的花园附近纳凉时,闻到这种香味,就会在心里引起一种不可言述的思慕。

就是这种思慕使他们滞留在那些隐约的花坛中间,天色虽则逐渐暗了下来,也仍旧流连忘返;也就是这种香味使他们兜来兜去,兜去兜来,好像有情人等待着似的——等待最后的光线在绿荫下消逝掉。

不知道是不是菩提花的香味在维妮佛梨德心里唤起一种模糊的同情,还是受手足之情的驱使,使她想要亲眼看一下,或者证明一下她那句"根本没有什么事情"的评语的正确;还是她仅仅由于抵制不了那一年夏天的诱惑,渴想上里士满跑一趟;总之,这位四个小达尔第(小蒲白里斯,伊摩根,毛第,班尼狄特)的母亲给她嫂子写了这样一张便条:

亲爱的伊琳:

听说索米斯明天要上亨利,在那边过夜。我想如果约几个人一同上里士满去玩,一定很有意思,你约波辛尼先生,我去找小佛列巴,好不好?

马车爱米丽会借给我们(她们称呼母亲的名字——这样很"帅")。我七点钟来接你和你的年轻朋友。

维妮佛梨德·达尔第
六月三十日

蒙达古认为皇家饭店的晚饭很可口。

蒙达古是达尔第第二个名字,也是大家比较熟悉的名字——他的第一个名字是摩西;达尔第恰恰就是这样一个见多识广的名流。

维妮佛梨德这样仁慈的打算竟然无端碰到许多阻挠,老天真是太不应该了。首先小佛列巴回信说:

亲爱的达尔第太太:

非常之对不起。简直抽不出空。

奥古司特司·佛列巴

这真是倒霉的事,可是已经来不及设法补救了。一个做母亲的脑子动得真快,也真会应付,她立刻就想到自己的丈夫身上。她有决断,也有度量;一个瘦长脸儿、淡黄头发、淡绿眼珠的人往往具有这种气质。她少有弄得没有办法的时候,也可以说从来没有过;便是弄得没有办法,也能够转败为胜,她一向就是这样。

达尔第的兴致也很高。那匹色鬼没有跑赢兰卡夏杯锦标赛。这匹名马尽管是跑马场的一位巨头养的,在这次比赛中老老实实就没有起脚,而那位巨头早已暗地里下了好几千镑的赌注,赌自己的马失败了。色鬼落选之后的四十八小时内,在达尔第的一生中真不是人受的。

他日夜害怕詹姆士要找上他。一想到索米斯他就愤恨,同时又夹有一线的希望。星期五晚上他喝得大醉,人实在吃不消了。可是到了星期六早上,他那爱赌的天性在他心里又占了上风。他借了几百镑的债,这在他是决计还不了的,就进了城,把几百镑钱全赌在盐埠市障碍赛的那匹八音琴上。

他跟斯克劳敦少校在伊昔姆俱乐部吃午饭时说:这消息是那个小犹太孩子纳生透露给他的。他什么都不在乎。反正他——过不下去啦。这一着如果不成的话——那么,他妈的,老头子只好付账!

一瓶波尔罗杰香槟被他一个人灌下去,使他对詹姆士又产生了新的鄙视。

果然得手了。八音琴以一颈之差勉强跑上——真是险极了。不过,照达尔第说来,这种玩意儿全靠有胆子。

上里士满去跑一趟倒也不错。他愿意做一次东道!他对伊琳一向就倾倒,很想跟她亲近一下。

五点半钟公园巷的用人跑来说:福尔赛太太很抱歉,一匹马患了咳嗽,大车子没法来了!

这又是一记打击,可是维妮佛梨德一点不丧气,立刻派小蒲白里斯(这时不过七岁)跟随着保姆上蒙彼利埃广场去。

他们都雇两人马车去,七点三刻在皇家饭店碰头。

达尔第听到这个办法倒也高兴。比坐着倒座好得多啦!跟伊琳坐一部车子他倒无所谓。在他想来,他们大约是先到蒙彼利埃广场去接那两个人,再在那边雇车子。

后来晓得约好在皇家饭店碰头,而他得跟自己妻子坐一部车子下去,他就悻悻起来,说这样慢死人了!

两个人七点钟动身,达尔第跟马车夫赌半个克朗,三刻钟内决计赶不到。

一路上夫妇两个只交谈了两次。

达尔第说:"索米斯大爷听见自己的妻子跟波辛尼先生坐一部马车,可要把鼻子都气歪了!"

维妮佛梨德回答:"不要胡说八道,蒙第!"

"胡说八道吗!"达尔第跟着说了一句,"你不懂女人的心理,我的好太太!"

另外一次他只是问一下:"我的样子怎么样?两腮有点肿吗?乔治老兄就是喜欢喝这种烈酒!"

他中午是跟乔治·福尔赛在海佛斯奈克俱乐部吃的饭。

波辛尼和伊琳在他们前面到了。两个人正站在临河的一面落地窗跟前。

那年夏天到处都开着窗子,整天开着,整夜也开着,日夜飘进来花香和树香,青草晒出来的热气味,浓露发出来的凉气味。

达尔第眼睛很尖,在他眼中看来,这两位客人好像并不怎样热火,只是紧挨着站在那里,一句话不说。波辛尼一副饿鬼相——这家伙没有种!

可是他让维妮佛梨德去招呼他们,自己忙着张罗晚饭去了。

一个福尔赛家人纵使不要吃得特别考究,总要吃得很好,但是一个达尔第可要皇家饭店把最拿手的本领使出来才行。像他这样一个钱到手就花的人,有什么好菜不配他吃的;所以他偏要吃。他喝的酒也需要慎重挑选一下;这个国家里有不少的酒都是"不配"他达尔第喝的;他一定要喝最好的酒。既然这些东西都是由别人付钱,他就没有理由苦自己。苦自己是傻子做的事,不是他达尔第。

什么都要是第一流的!一个人活在世上再没有比这一条原则更正确的了;反正他的岳父进项很不少,对自己的外孙外孙女也很钟爱。

从小蒲白里斯出世(这原是疏忽)的第一年起,达尔第那双精细的眼睛就看出詹姆士这个弱点;就由于看事情很清楚,所以自己很受益。现在在已经有四个小达尔第了,这简直是终身保险。

这顿盛馔的特色毫无问题是那道红鲤鱼。这种鲜美的鱼是从相当远的地区运来的,由于保存得好,简直和新鲜的一样;鱼先是用油煎过,然后去骨,吃的时候用冰冰着,什么卤汁都不用,只用马德拉酒和的五味酒做浇头;这种烧法只有少数几个见多识广的名流知道。

此外除掉要由达尔第付账,其他也没有要交代的了。

这顿饭从头到尾他都竭力和客人周旋;一双大胆而倾慕的眼光老是盯在伊琳的脸上和身上望。他不得不向自己供认,他这样看她并没有使她感到有什么异样——无论她的态度,或者她罩在乳黄色纱巾下面的双肩,看上去都没有一丝热意。他指望捉到她跟波辛尼调情;可是一点儿没有捉到,她始终都是规规矩矩的。至于那位建筑师老兄,简直像只大熊害头痛病那样垂头丧气——维妮佛梨德连他的一句话都引不出来;他菜一点儿不吃,可是酒倒的确肯喝,而且脸色变得愈来愈白,眼睛里的神情也变得愈来愈古怪了。

这一切都很有意思。

达尔第自己兴致非常之好,简直谈笑风生,话里面也含着刺,他本来不是傻子啊。他讲了两三个不大得体的故事,在他这是迁就客人,因为他平日讲的故事还要不成体统得多。他举杯祝伊琳的健康,先来上一篇滑稽演说。没有人跟他干杯,维妮佛梨德说:"不要这样鬼头鬼脸的,蒙第!"

她提议吃过晚饭上河滨大道上去逛逛,大家就去了。

"我想看看那些普通人谈恋爱,"她说,"有趣得很!"

一天热了下来,有不少的人都出来乘凉散步,空气里人声嘈杂,有的声音又高又粗,有的声音温柔得就像喁喁私语。

还是亏得维妮佛梨德有心眼儿——她是这行人中唯一的一个福尔赛——所以不久便被她抢到一条长凳。四个人坐成一排。一棵茂密的树在他们头上张开厚厚的伞盖,河上的暮霭逐渐暗了下来。

达尔第坐在凳子的一头,在他旁边是伊琳,再过去是波辛尼,再过去是维妮佛梨德。四个人硬挤在一起,所以这位名流能够感觉到伊琳的胳膊抵着自己的胳膊;他知道伊琳不好意思把胳膊抽开,这使他觉得很有趣;他不时想法子来一个动作,跟伊琳挨得更紧一点。他心里想:"这位'海盗'老兄一个人可霸占不了呢!挤得可真紧,的确!"

远远地从下面黑暗的河上传来曼陀林清脆的琴声,几个声音在唱着一支轮唱的老调子:

> 小小一条船,向着码头开,
> 我们过河去,寻乐开心怀,
> 饮酒与欢笑,一杯复一杯。

忽然月亮出来了,她平躺着身体从树后升起,又年轻又温柔;空气好像经她呼吸过,变得更加凉爽了,可是菩提花的温香仍旧不断从凉爽的空气中传来。

达尔第一面抽着雪茄,一面掉头窥看一下波辛尼;波辛尼叉着胳膊坐着,眼睛瞪得笔直,脸上神情就像一个男子内心在痛苦着。

达尔第又把坐在中间的那张脸迅速瞄上一眼,由于头上的影子很浓,那脸看上去就像是黑暗的更黑的一部分,做成形状,加上生命,温柔、神秘、逗人。

嘈杂的走廊上一下变得阒然,就好像所有散步的人都在想着什么极其珍贵的秘密,不肯轻易说出口似的。

于是达尔第心里想:"女人啊!"

河上的夕照消逝了,歌声也停止了;新月躲向一棵树的后面去,眼前变成一片黑暗。达尔第把身体更向伊琳挨紧些。

他觉得一阵战栗通过了他接触到的肢体,同时那双眼睛里也显出一种厌烦而鄙夷的神情,可是他并不着急。他觉得她企图把身体挪开,自己笑了。

这里得交代一下,这位名流酒已经喝得过量了。

在他捻得很好的上须下面,两片厚嘴唇张开,一双色眼斜睨着她,脸上那种促狭的神情就像个山羊神。

沿着两排树篱的顶上一条狭长的天空里,星儿涌现出来;这些星儿就像下方的人群一样,好像在移动、攒集、私语。接着走廊上的人声重又升起来,达尔第心里想:"啊!这个波辛尼是个无用的饿鬼呢!"于是他又跟伊琳挨紧点。

这一动作没有达到它应有的结果。她站了起来,大家也跟着站起来。

这时这位名流更加下定决心,要看看伊琳究竟是怎样一个人。沿着走廊走来,他一直紧紧挨在她身边。他肚子里已经装满不少好酒。坐马车回去有很长的一段路,很长的一段路,加上马车里温暖的黑暗和愉快的亲近——同时和世界隔绝起来,不知道哪个伟大而善良的人设计成这样的。这个饿鬼的建筑师不妨跟自己的妻子坐一部车子——但愿他跟她也乐一下。他心里明白自己的舌头已经不大灵,所以小心着不开口说话;可是厚嘴角却一直浮着微笑。

四个人漫步向走廊尽头伺候着的马车走去。他的计划跟一切伟大的计划一样,简单得几乎近于粗暴——他只要紧紧跟在她身边,一等她上了马车,自己就赶快跟了进去。

可是等到伊琳走到马车跟前时,她并没有上车,反而一溜烟到了马头那儿。当时达尔第的两条腿并不怎样听使唤,所以没有赶得上。她站在那里拍拍马鼻子,可气的是,波辛尼已经抢前到了她身边。她转身很快跟波辛尼讲了几句话,声音很低;达尔第只听到"那个人"几个字。他顽强地站在马车踏板旁边,等她回来。这叫作以逸待劳!

在这儿灯光下面,他身上(他不过是中等身材)穿着晚上穿的白背心,显得很结实,一件夹大衣搭在手臂上,纽扣孔里插一朵粉红花,黝黑的脸上带着怡然自得的傲慢,这样子真神气极了——一个十足的名流。

维妮佛梨德已经上了马车。达尔第心里正在想,波辛尼要是不赶紧一点,在车子里面的罪可不好受呢!突然间他被人猛地一推,几乎把他摔在路上。波辛尼的声音在他耳朵里轻轻地说:"我送伊琳回去;你明白吗?"他看见波辛尼一张脸气得雪白,目光闪闪望着他,就像只野猫。

"呃?"他嗫嚅地说,"什么? 不行! 你跟我妻子坐!"

"滚开!"波辛尼低声说——"不然的话,我就把你扔在路上!"

达尔第身子一缩;他看得十分清楚这个家伙说得到做得到。在他让出的空当里,伊琳溜了过去,衣服还扫了一下他的腿。波辛尼也接着上了马车。

"走!"他听见"海盗"叫。车夫把马打上一鞭。马向前冲去。

达尔第有这么一会儿站在那儿说不出话来;随即向自己妻子坐的那部车子赶去,爬进车子。

"赶上去!"他向车夫喊,"不让前面那个家伙溜掉!"

他坐在自己妻子身旁,破口大骂起来。后来好容易总算使自己平静下来,又接着说:"你真是做的好事,让'海盗'跟她坐一部马车回去;为什么你不能把'海盗'抓着呢?他爱得都要发疯了;哪个傻瓜都看得出来!"

维妮佛梨德才一回答,他又重新呼天抢地起来,把她的声音完全盖掉,一路上他把维妮佛梨德、她的父亲、她的哥哥、伊琳、波辛尼、福尔赛的一家、他自己的儿女,全都骂了过来,并且诅咒那一天他怎么会结婚的;一直到车子驶达巴恩斯镇时,他的一段伤心史才告一段落。

维妮佛梨德本来是个性格坚强的女子,所以由他说去,最后他总算不响了,在那儿生闷气。一双怒目永远盯着那部马车的后影;这车子就像失去的良机一样,一直在他前面那片黑暗里闹鬼。

所幸的是他并没有能听见波辛尼热情的央求——经这位名流一闹,波辛尼的热情就像洪水似的冲了出来;他没有能看见伊琳起一阵震栗,就好像衣服被人撕开似的,也没有能看见她凄戚悲痛的眼睛,就跟被人打过的小孩子的眼睛一样;他没有能听见波辛尼再三央求,一直都央求着;没有能听见伊琳忽然轻轻啜泣起来,也没有能看见那个可怜的饿鬼又是怕又是抖,战战兢兢地碰一下她的手。

到了蒙彼利埃广场时,那个车夫严格遵照他的指示,忠实地跟着前面的马车停了下来。达尔第夫妇先看见波辛尼跳下车子,伊琳跟着出来,垂着头三脚两步走上石阶。她显然手里持有钥匙,所以一转眼就不见了。她有没有转身跟波辛尼讲话,也没法说。

波辛尼走过他们的车子;这夫妇两个借着街上的灯光把他的脸色看得清清楚楚;脸上的神情极其激动。

"再见,波辛尼先生!"维妮佛梨德叫。

波辛尼一惊,一把抓下帽子,就匆匆走了。明摆着他已经忘记有他们在场了。

"瞧!"达尔第说,"你看见那个畜生的脸色吗?我怎么说的?做的好事!"他又找到机会大放厥词了。

明摆着马车里面出了事情,连维妮佛梨德也没法自圆其说了。

她说:"这事还是一点不要提起吧。我看闹出去没有好处!"

达尔第立刻表示同意;他把詹姆士认作他私有的园地,除掉他自己的事情,拿别人的事情去麻烦他,他都是不赞成的。

"很对,"他说,"让索米斯自己照应自己去。他在这上面很行呢!"

说了这话,夫妇两人就回到他们在格林街的寓所(寓所的房租是詹姆士付的),从事他们辛苦挣得来的安息。时间已是夜半,所以已经没有福尔赛家人留在外面窥察波辛尼在街上徘徊;没有人看见他回来,靠着广场小花园的栏杆,身子隐在街灯照不到的暗处；也没有人看见他站在树影子里，望着那所房子；在这房子里的黑暗中藏着一个女子，他不惜一切想能和她见上一面——对于他，这个女子就是菩提花的香气，就是光明和黑暗的真谛，就是他自己心儿的跳动。

第十章　一个福尔赛的征候

一个福尔赛家人天生就不感觉到自己是个福尔赛；可是小乔里恩却有自知之明。他以前也不知道，但是自从采取那次坚决行动，使他成为众所唾弃的人之后，他知道了；从那次以后，他一直都有这种感觉。由于他的第二个妻子肯定不是个福尔赛，所以在和她的结合中，以及和她打的一切交道中，从头到尾他都感到自己是个福尔赛。

他知道，如果不是由于自己具有高度的福尔赛性格，清楚看到自己要的什么，而且有一股韧劲抓住不放；如果不是自己具有那种财产的意识，认识到自己花了这么大的代价得来的东西再拿来糟蹋掉，乃是愚蠢的行为；如果不是这样的话，他就决计不会跟她过上十五年之久（恐怕就不会想到要留她），挨过这十五年的一切经济困难、耻笑和误解；决计不会在他前妻去世之后要求跟她结婚；决计不会把这些折磨全熬了过来，而且熬了过来之后，虽则人好像瘦了，但仍旧笑嘻嘻的。

有一种中国小偶像，盘膝坐在自己心灵的神龛里，总是带着一副怀疑的笑容在暗笑自己；小乔里恩也就是这样一种人。不过这种微笑，虽说这样亲切，这样始终如一，却并不干涉到他的行动；他的行动和他的下巴和脾气一样，是一种特殊的，温柔与决心的组合。

在作品上,他也意识到自己是个福尔赛;他在水彩画上虽说花了那么多的精力,却一直留神看着自己,好像对这样不切实际的嗜好总不能过于认真,同时也一直对自己不能在上面多赚点钱感到某种无名的不安。

正由于他能意识到一个福尔赛家人是什么样子,所以当他接到下面老乔里恩的来信时,一方面抱有同感,一方面又厌恶:

白劳德司代尔

西尔德莱克旅馆

七月一日

亲爱的小乔:

(老父的笔迹在这三十多年来跟他记得的简直没有什么改变。)

我们来此已有两星期,整个说来天气都很好。空气很使人精神振作,可是我的肝脏却不好,巴不得能够回城里来。琼我真是说不上来,她的健康和心情都没有什么改善,以后怎么样很难说:她一句话不说,可是看得出她心心念念忘不了这件婚事,又像是订婚,又不像是订婚——真是没法说。按照目前的情形,究竟应当不应当放她回伦敦来,我真决定不了,可是她就是那样任性,可能随时心血来潮就跑了回来。说实在话,是应当有个人找波辛尼谈谈,弄清楚他是什么意思。这事我恐怕做不来,要我来做,那一准会打断他的狗腿,可是我觉得你既然在俱乐部里和他相识,不妨用一两句话试探一下,看这个家伙究竟是什么意图。当然,千万不能提到琼,不论打听到一点虚实与否,希望在几天之内得到你的回信。这情形很使我为难,晚上都烦得睡不着。乔里和好丽在念。

爱你的父

乔里恩·福尔赛

小乔里恩拿着这封信沉吟上大半天,态度很是严肃,连他的妻子都看出他有心事,就问他是什么缘故。他回答:"没有什么。"

他在妻子面前决不提起琼的事情,一贯都是如此。他妻子可能会慌张起来,这底下就说不出产生怎样的怪想法;因此,他赶快脸上装出一副若无其事的样子,可是在这上面他跟他父亲做起来差不多一样不成功;他遗传了老乔里恩的坦率,在家庭之间耍点小手腕总是被家人看穿;因此小乔里恩太太一面忙着家里的杂事,嘟着嘴走动着,一面带着茫然的神情不时偷眼看他。

下午他把信揣在口袋里,就动身上俱乐部去,可是自己并没有拿定主意。

刺探一个人的"意图何在"在他做来特别感觉不快;虽说自己的地位和一般福尔赛家人有所不同,这种不快也并不因而减少。像这样在一个人的身上硬行施用所谓自己的权利,要把他摆布得合乎自己的意旨,真像他这一家人,以及所有他们认识的和交往的人做的事;这完全就是他们的作风,把做生意的那一套也用到亲戚关系上来!

就拿信上那句"当然,千万不能提到琼"的话来说,整个的事情还不难明白吗?

然而那封信上表现的私怨,对琼的关切,以及"打断他的狗腿"一类的话,这些也完全是人之常情。无怪他父亲要知道波辛尼是什么意思,也无怪他要生气。

这件事很难推托！可是为什么要把这事交给他去做呢？这种做法肯定很失身份；可是一个福尔赛家人只要能达到自己的愿望，采用什么手段都没有关系，只要面子顾到就行了。

他该怎样着手呢，或者该怎样推托呢？两者好像都没有可能。唉，小乔里恩啊！

他三点钟到了俱乐部，碰见的第一个人就是波辛尼本人，坐在屋角落里，瞪眼望着窗外。

小乔里恩在离他不远的地方坐下，心慌意乱地重又考虑起自己的处境来。他悄悄望见波辛尼坐在那里一点没察觉到。他跟他并不熟悉，这样有心打量他恐怕还是第一次；他样子很是特别，无论在衣服上，在相貌上，在态度上，和俱乐部别的会员都不像；小乔里恩自己，虽则心情和气质已经改变了许多，表面上总还一直保持着福尔赛家人的那种沉默寡言的派头。在福尔赛家人中，他是唯一不知道波辛尼那个绰号的人。他觉得这个人很特别，并不是古怪，而是特别；而且他样子很憔悴，很瘦，宽阔的高颧骨下面两颊深陷，可是看上去丝毫不是身体不好，他长得很结实，从他拳曲的头发也可以看出他的身体是强健的，而且生命力十分旺盛。

他的脸色和神情有一种地方使小乔里恩看了很动心。他深知道痛苦的滋味，而这个人望上去就像在痛苦着。

他站起来碰一下波辛尼的胳膊。

波辛尼吃了一惊，可是看见是哪一个时，并不显出任何窘态。

小乔里恩坐下来。

"好久没有看见你了，"他说，"我老弟的那所房子进行得怎么样了？"

"再有一个星期就完工了。"

"恭喜你!"

"谢谢——我觉得这种事情谈不上恭喜。"

"谈不上吗?"小乔里恩问,"我总以为这件事情缠在你手上好久,巴不得快点能够脱手呢;不过我想你的心情大概跟我让掉一幅画时的心情差不多——就像是自己的孩子,是吗?"

他温和地望着波辛尼。

"对了,"波辛尼更加和蔼地说,"它脱离你,从此完结。我还不知道你作画呢。"

"只画些水彩画;还讲不到对自己的作品有信心。"

"没有信心? 那么你怎么能够画呢? 你一定要对自己的作品有信心,否则的话,你画的就没有用处!"

"妙呀,"小乔里恩说,"这的确就是我一直说的。还有,你可注意到过,碰到一个人说'妙呀'的时候,他总要接上一句'这的确就是我一直说的'! 可是如果你问我怎样画得下去的话,我的回答是,因为我是个福尔赛。"

"福尔赛! 我从没有把你当作福尔赛家人看待过!"

"福尔赛并不是什么稀罕的动物,"小乔里恩回答,"在这个俱乐部里就有几百个福尔赛。外面街上也有无数的福尔赛;不管你走到哪儿,你都碰得到他们!"

"我请问你是怎样识别他们的呢?"波辛尼说。

"看他们的财产意识。一个福尔赛对事物的看法都是根据实际,也可以说根据常识,而这种实际观点的主要根据就是财产意识。一个福尔赛,你将来会看出来,是从来不暴露自己的。"

"你是说笑话吧?"

小乔里恩眼睛眨了一下。

"并不是什么笑话。由于我自己也是个福尔赛,本来轮不到我来说。可是我是一种纯杂种犬;至于你,那是错不了的。你我之间的差别就跟我和我二叔詹姆士之间的差别一样;而他就是福尔赛的一个十足典型。他的财产意识极其强烈,而你简直等于没有。没有我夹在中间,你们就会显得是两种不同的物种。我是衔接的一环。当然,我们全体都是财产的奴隶,我也承认不过是程度上的差别,可是我讲的'福尔赛'却肯定地更加是一个财产的奴隶。哪样东西好,哪样东西靠得住,他全知道;而他的标志就是紧抓住财产不放,不管是老婆,还是房子,还是金钱,还是名誉。"

"啊!"波辛尼咕噜着,"你该把这个名字来一个注册。"

"我很想,"小乔里恩说,"来一次讲演:'福尔赛的性情和气质。这种小动物被自己同类一嘲笑,它就感觉不安,可是异类(如你和我)笑他,却独行其是,毫不在乎。他们遗传都是短视,因此只认识自己的同类和同类的巢穴,也只有在他们中间能够你争我夺地安安静静过日子。'"

"你讲起他们时,"波辛尼说,"就好像他们占了英国人口的半数似的。"

"他们是英国的半壁江山,"小乔里恩重复一句,"而且也是优秀的半数,可靠的半数,三厘钱的半数,有出息的半数。没有他们的财富和安全,什么事都行不通;你的艺术就行不通,文学、科学,甚至于宗教都行不通。这些福尔赛本身可不相信这些东西,他们只利用这些东西,可是没有他们,我们就站不住脚。我亲爱的先生,这些福尔赛是经纪人,是商业家,是社会的中流砥柱,是习俗的基石;是一切可钦佩的东西啊!"

"我不知道究竟弄清楚你的意思没有,"波辛尼说,"不过我想我这个行业里也有不少你所谓的福尔赛呢。"

"当然不少,"小乔里恩回答,"许许多多的建筑师,画家或者作家都是随波逐流的,就跟其余的福尔赛之流一样。艺术、文学、宗教所以能存在下去,全靠少数真正相信这些东西的傻瓜和许多利用这些做生意的福尔赛。往少里估计一下,我们的皇家美术学会会员里面总有四分之三的福尔赛,小说家里面总有八分之七,新闻界占有极大部分。科学界我说不出;宗教界简直是比比皆是;下议院里多得恐怕哪儿都比不上;贵族里面更是不言而喻。可是我并不好笑。和这种多数作对是危险的——而且是怎样的一个多数啊!"他眼睛盯着波辛尼,"不论你迷上什么都是危险的——不管是房子,是画,还是——女人!"

两个人相互望望。小乔里恩说了真心话,好像觉得自己做了一件福尔赛从来不肯做的事情,立刻头缩了起来。波辛尼打破沉寂。"为什么你拿自己家里人做典型呢?"他说。

"我家里的人,"小乔里恩回答,"也并不怎样突出;他们跟其他的人家一样,也有自己特殊的地方,可是有两种气质他们却达到惊人的程度,而一个人是否真正的福尔赛恰恰就看这上面:这两种气质,一个是决不为什么事情而不顾一切,另一个就是'财产意识'。"

波辛尼笑了:"那个胖子怎么样,譬如说?"

"你是指斯悦辛吗?"小乔里恩问,"啊!斯悦辛身上还有点原始气息。城市和中等阶级的生活还没有消化掉他。我们家多少世纪以来种田和蛮力干活的影响都集中在他身上,而且永远盘踞在那里,尽管派头那样地神气。"

波辛尼好像在沉吟。"哎,你把你的堂弟索米斯可形容得活灵活现了,"他忽然说,"他这人决不会自杀的。"

小乔里恩尖锐地盯他一眼。

"不会,"他说,"他决不会。所以对他可不能大意。要当心他们的毒手!嘲笑嘲笑是容易的,可是你不要以为我的用意仅是这样。看不起一个福尔赛是很不妥当的;不管他们也是不妥当的!"

"然而你自己就这样子过!"

小乔里恩被他一驳,脸上笑容消失了。

"你忘了,"他带着莫名其妙的得意说,"我也能够坚持下去——我自己也是个福尔赛啊。我们全都是螳臂挡车。一个人离开家庭荫庇,就得——嗯——你懂得我的意思。我并不,"他结束时声音很低,就好像恫吓似的,"劝大家都走我的路。要看情形。"

波辛尼脸涨得通红,可是一会儿就褪掉,仍旧是原先的那副苍黄脸。他发出一声短促的笑,笑完唇边还留下一种古怪的狰狞的笑意;他的眼睛嘲笑地看着小乔里恩。

"多谢,"他说,"你的盛意很感人。不过并不是只有你一个人能够坚持下去。"他站起来。

他走开时,小乔里恩眼睛望着他的后影,手托着头,叹了一口气。

在这间沉闷的、几乎是没有人的屋子里,唯一听得见的是报纸的沙沙声和擦火柴的声音。他坐上好久好久都没有动,回忆着往事;那时候他也是一坐就是几个钟点,眼睛望着钟,等待时间消逝——在这段冗长的时间里面,他心里是充满着动荡不安,和一种强烈而甜蜜的痛苦;那个时期里迟缓的、愉快的挣扎心情和往日一样鲜明地回到他脑子里来了。他看见波辛尼那副消瘦的脸,和彷徨不安的眼睛永远朝钟上面望,在他心里引起一阵怜悯,怜悯之中还夹有一种莫名的不可抑制的羡慕。

这种光景他太熟悉了。他往哪儿去呢——要碰上什么样的命运呢?是怎样的一种女人有那股磁力把他向她身边拉呢?这种磁力是什么都阻挡不了的,毁誉、是非、利害全都阻挡不了;只有一条生路,那就是溜掉。

溜掉!可是波辛尼为什么要溜呢?一个人总是在害怕破坏家庭骨肉的时候,在碰到有小孩子的时候,在感觉到自己毁灭了自己的理想,破坏了什么的时候,才想到要溜。可是这儿,据他耳闻,一切不等他动手早已经破坏无余了。

他自己也没有溜,即使一切重新来过,他也不会溜。可是他比波辛尼更进一步,他没有破坏别人的家庭,却破坏了自己的不幸家庭。这使他想起"命由心造"那句古话来:人都是自食其果啊!

命由心造!可是果子酸甜要吃起来看——波辛尼还得吃下他的果子。

他的心思转到那个女子上面;这女子他并不认识,可是却听到她身世的一个大概。

一个不幸的结合!没有虐待行为——只是那种无法形容的不好受,一种可怕的病害,把世界上一切的生趣都摧毁了;就这样,日日夜夜、年复一年下去,到死方休!

可是小乔里恩的旧恨已经被岁月冲淡了许多,因此也能体会到索米斯这方面的问题。像他堂弟这样充满了他本身阶级的偏见和信念的,试问怎样会具有那种真知灼见或者灵感来打开这种局面呢?这要有超脱的见解,要能将自己投入未来,跳出随着这类离异而来的不愉快的流言、耻笑和议论,跳出那种眼前没了她所引起的暂时痛苦,跳出那些正人君子的严厉谴责。可是很少有人,尤其是索米斯这个阶级的人,能够见得这样远的。这个世界上的人虽则很多,可是见解超脱的总嫌太少!而且,天哪,在空话和实际之间有着多大的差别啊;有多少男人,恐怕连索米斯也在内,谈起这种事情来对女子都是极其尊重,可是等到自己的鞋子夹脚的时候,便会想出什么特殊的理由来,把自己除外。

还有,他的见解是否正确,连他自己也信不了。这种事情他曾经亲身经历过,他尝尽了一个不幸婚姻的痛苦,而那些态度宽容、无动于衷的人,却是连战阵的厮杀声都没有听见过的,试问他可能够跟这些人一样见解呢?他有的是第一手经验——就跟久历疆场的兵士对于军事的经验一样,吃亏就在于把事情看得太清楚,而在一般平民看来,并不需要如此。像索米斯和伊琳这样一对夫妇,在许多人看来都会认为相当美满;男的有钱,女的有貌,这不就扯平了吗?就算两个人感情恶劣,也不能成为混不下去的理由。各人稍稍放纵自己一点也没有关系,只要面子顾得下去就行——只要尊重婚姻的神圣和双方共有的家庭就行。上层阶级的婚姻大半都是按照这些原则办事的:不要去惹上社会,不要去惹上教会。要避免惹上这些,牺牲自己的私人情感是值得的。一个稳定的家庭有许多好处,就像许多财产一样,是看得见、摸得到的;保持现状最没有危险。破坏一个家庭至少是危险的试验,而且也是自私自利。

这就是辩护状,小乔里恩叹了口气。

"一切问题都系在财产上面,"他心里想,"可是有很多人不肯这样说。在他们看来,这是因为婚姻神圣不可侵犯;可是婚姻所以神圣不可侵犯是由于家庭神圣不可侵犯,而家庭所以神圣不可侵犯是由于财产神圣不可侵犯。想来这许多人都是基督徒,而基督却是从来没有财产的。怪啊!"

于是小乔里恩又叹了口气。

"如果在我回家的路上,我随便碰上一个穷鬼就邀他同我一起吃晚饭;那样我的晚饭就会不够我吃的,或者至少不够我妻子吃的,而我的妻子却需要照顾我的健康和幸福;试想我会不会邀他呢?所以说来说去,索米斯那样行使他的权利,以他的所作所为来支持这个于我们大家有利的神圣财产法则,也许还是做的好事,当然这对于有些人是例外,那些人——反会因此吃苦。"

想到这里,他离开椅子,在一大堆乱七八糟的座位中间穿了出去,拿了帽子,懒洋洋地穿过车马纷杂、尘气熏人的酷热的街道,回家去了。

在到达威斯塔里亚大街之前,他从口袋里掏出老乔里恩的来信,小心撕成碎片,撒在路上尘土上面。

他用钥匙开门进了屋子,就叫自己妻子的名字。可是他妻子已经带好丽和乔里出去了,屋内没有人;小狗伯沙撒独个儿在花园里,躺在树荫下面捉苍蝇。

小乔里恩也在树下坐下来,就在那棵不结梨子的梨树下面。

第十一章　索米斯欲擒故纵

在伊琳上里士满那天晚上的第二天,索米斯就从亨利乘早车回来。他生性本就不喜欢水上运动,这次上亨利去与其说是游览,还不如说是为了生意经,这原是一个相当重要的当事人邀他去的。

他一下车就上商业区去,可是事务所里很清闲,所以三点钟就离开了,很乐于能有这样一个机会悄悄地回家。伊琳并不知道他要回来。他也没有意思要窥伺她的行动,可是这样出其不意地来观看一下风势,也没有害处。

他换上公园里穿的便服,走进客厅。伊琳懒洋洋地坐在长沙发角上,这是她顶喜欢坐的座位;眼睛下面有一道黑圈,好像夜里没有睡好似的。

他问:"你怎么没有出去呢? 等人吗?"

"对了——也不是特别在等。"

"谁?"

"波辛尼先生说他也许会来。"

"波辛尼。他应当有他的工作。"

她没有理他这句话。

"哦,"索米斯说,"我要你跟我上街到公司里去一趟,之后我们上公园去。"

"我不想出去;我头痛。"

索米斯回答:"一碰到我要你做什么事情,你总是推头痛。出去在树底下坐坐对你有好处的。"

她不回答。

索米斯有这么几分钟没有说话;后来终于说:"我不懂得你对一个妻子的责任是怎样看法。我从来就不懂得!"

他没有指望她会搭腔,可是她回答说:

"我总是尽力想顺着你的意思行事;可是做起来没有能那样高高兴兴的,这不能怪我。"

"那么怪谁呢?"他眼睛瞄着她。

"在我们结婚之前,你曾经许诺我,如果我们的婚姻不圆满,你就放我走。现在是不是圆满呢?"

索米斯眉头皱起来。

"圆满,"他讷讷地说——"只要你规规矩矩的,它就会圆满!"

"我已经试过了,"伊琳说,"你肯放我走吗?"

索米斯背过身去。他心里很着慌,只好用蛮吵来对付。

"放你走?你不晓得讲的什么话。放你走?我怎么能放你走?我们不是已经结了婚了吗?那么,你这是讲的什么话呢?看在上帝的面上,不要再来这套无聊的玩意了。把你的帽子戴上,到公园里去坐坐。"

"那么,你是不放我走了?"

他觉得她的眼睛里带着异样而动人的神情瞧着他。

"放你走!"他说,"就算我放你走,你自己怎么办?你又没有钱!"

"我总有法子对付。"

他在屋子里迅速地来回走着;后来又走到她面前站住。

"从现在起,"他说,"你给我永远记着,我不许你说这种话。去把你的帽子戴上!"

她没有动。

"我想,"索米斯说,"你是怕波辛尼来了,碰不到他!"

她缓缓站起来,离开屋子;下楼去把帽子戴上。

两个人出去了。

公园里面,下午三四点钟的时候,本来人色最杂,外国人和其他令人讨厌的人都坐马车游逛,可是这个时间已经过去了;当索米斯和伊琳在阿喀琉斯石像下面坐下来时,公园里最好、最合适的游览时间不但早已来到,而且快要过去了。

他已经有好久没有享受跟她一起上公园的乐趣了。过去,在他结婚后的头半年里面,这是他的许多享受之一,那时候在全伦敦的人面前感到自己是这个尤物的占有者简直是他最大的、不过是秘而不宣的得意事情。有多少下午他可不是都这样坐在她的身边,服装极端整洁,拿着浅灰色手套,带着淡淡的傲慢的微笑,跟熟人点头,不时抬一下帽子吗!

他的浅灰色手套仍旧拿在手里,他的嘴角仍挂着讽刺的微笑,可是往日他的那些心情哪里去了?

公园里的椅子很快地空了出来,可是他仍旧不起身;她默然坐在那里,脸色苍白,就好像他暗地里对她施行惩罚似的。有一两次他发表了一点意见,她低头不语,或者带着疲倦的笑容答声"是啊"。

一个男子沿着栏杆急急走来,经过人家面前,大家都睁大眼睛,望着他的后影。

"你看那个蠢货!"索米斯说,"这人准是疯了,在大热天走得这样急!"

那人转过身来,伊琳起了一阵急剧的动作。

"呀!"他说,"原来是我们的朋友'海盗'呀!"

他静静坐着,脸上带着轻蔑的笑容,觉得伊琳也静静坐着,带着笑容。

"她会不会向他点头招呼呢?"他想。

可是她没有任何表示。

波辛尼走到栏杆尽头,又折回来在那些椅子中间走着,像只猎狗一样在地上东张西望。当他看见索米斯和伊琳时,他一时愣住了,接着把帽子抬一下。

索米斯脸上始终微笑着;他也把帽子抬一下。

波辛尼走过来,精疲力竭的样子,就好像一个人做过剧烈运动似的;额上满是汗珠。索米斯的微笑好像说:"朋友,你吃了苦头了吧!……""你上公园来做什么?"他问,"我们以为你看不起这种鬼地方呢!"

波辛尼好像没有听见似的;他的回答是对伊琳说的:"我上你那儿去了;我还指望你在家呢。"

有人在索米斯背上拍一下,跟他讲话;当他回过头去跟那人交换些无味的问候时,伊琳的回答被他漏掉了;当时他下了一个决策。

"我们正要回家,"他跟波辛尼说,"你还是跟我们回去吃晚饭吧。"他把这句邀请的话故意说得满不在乎,同时又非常可怜,听上去很是特别:那种神情和声调好像说,"你骗不了我,可是你看——我对你很坦然——我并不怕你!"

三个人一同起身回蒙彼利埃广场去,伊琳走在两个人中间。碰到街上人多的地方,索米斯就走在前面。他并不倾听他们的谈话;他定下的这个坦然无忌的怪决策好像连他私下的一举一动都添了生气。像一个赌徒一样,他肚子里说:"这张牌我可不能随便打——一定要充分利用它。我的把握并不大啊!"

他换衣服换得很慢,听见伊琳离开卧室下楼去,自己却在更衣室内耽搁了足足有五分钟之久;后来下楼时,故意把门关得很响,表示他要下来了。他看见他们站在壁炉旁边,像在谈话,又像没有;他也说不出。

夜晚很长;在这出讽刺剧里,他自始至终都扮演得很好——对待客人比从前更加亲热。波辛尼临走时,他说:"你要常来;伊琳很喜欢听你谈谈房子呢!"他的声音仍旧显得非常特别,又像满不在乎,又非常可怜;可是手却冰冰冷。

为了忠守自己的决策,在他们分手时,他把身子转了过去;他背转身不去看妻子站在挂灯下面道晚安——不去看她金黄色头发在灯光下闪映着,不去看她微笑的嘴唇;也不去看波辛尼眼睛望着她的那副神情,就像条狗望着自己的主人一样。

当他去睡觉时,他肯定地跟自己说波辛尼爱上他妻子了。

夏天夜里很热,又热又静,尽管开着窗户,吹进来的风仍旧是热的。索米斯躺在床上很久很久,听着自己妻子的呼吸。

她睡得着,可是自己却只能醒在床上。他在床上一面醒着,一面更加下定决心扮演一个平和而信任的丈夫角色。

在下半夜,他从床上溜起来,走到自己更衣室里,靠着开着的窗子望。

他连气都透不过来。

他想起四年前的一个晚上——就在他结婚之前两天;天气就跟今天夜里一样热,一样闷人。

他还记得当时的情景,自己坐在一条长柳条椅子上,就在自己住的维多利亚街那间起坐室里,靠着窗口。下面一条旁街上,一个男子把门砰的一声关上,一个女子叫了出来;他记得先是一阵扭打的声音,后来是关门的声音,接着是阒静无声,这些都仿佛如在目前。随后是冲洗街道上污秽的清晨水车,在近似奇幻的、消失的灯光中走过来;这时他好像又听见它那辘辘声愈来愈近,最后走了过去,逐渐消逝。

他把大半个身体伸出更衣室的窗外,下面就是那个小院子,看晨曦初吐。有这么一会儿那些黑漆漆的墙壁和屋顶的轮廓好像很模糊,随即就变得比较清晰了。

他记得四年前那个夜里自己望见整个一条维多利亚街的街灯变成淡白;自己匆匆忙忙穿上衣服,下楼到了街上,走过许多房屋和广场,到了她住的那条街上,站在那座小房子前面眺望着;小房子像死人的脸一样沉寂、一样苍白。

忽然间,他脑子里起了一个念头,就像病人的幻觉一样:他在干什么呢?——这个像鬼魂附在我身上、今天晚上上这儿来的、爱上我妻子的家伙——也许潜匿在哪儿找她,就如我知道今天下午那样找她;也许这时候就在窥望着我的房子呢。

他蹑手蹑脚走过楼梯口到了临街的那一边,悄悄拉开一面窗帘,推上一扇窗户。

朦胧的光线罩着广场上的树木,好像被夜晚的大毛蛾用它的大翅膀扫过似的。街灯仍旧点着,光线很黯淡,可是街上没有一个行人——连猫狗都看不见!

然而在这死一样的沉寂中,远远忽然传来一声惨叫,很低微,就像什么被逐出天堂的游魂的呼唤,哀啼着幸福。现在又叫了——又叫了!索米斯一面战栗,一面把窗户关上。

接着他心里想:"啊,那不过是湖对面的孔雀叫唤吧。"

第十二章　琼出来拜客

老乔里恩站在布罗德斯泰斯旅馆狭窄的穿堂里,呼吸着油布和鲱鱼的气息;所有高等海滨旅馆都充满这种气息。一把磨得雪亮的皮椅子,在椅背左上角一个洞里露出马鬃来;椅上放着他的黑公事皮包。皮包里被他塞满了文件、《泰晤士报》,还有一瓶花露水。今天他在寰球金矿租采公司和新煤业公司都有董事会;这些董事会他从没有缺席过,他现在就是预备去开会的;只要缺一次席就会替他的衰老更添一项明证,这是他的疑忌的福尔赛性格断断受不了的。

当他把东西装进黑皮包时,他眼睛里的神气好像随时都可以发作似的。一个小学生被一群同学围困着的时候,眼睛里也是这样冒着怒火;可是慑于寡不敌众,他却捺着性子不发作。老乔里恩也在捺着自己的性子;他一向有涵养,现在虽则渐渐不济了,却仍旧能对自己境遇所引起的烦恼勉强克制着。

他接到儿子一封不着边际的信,信里来了一大套空理论,好像借此避免回答一个简单的问题。"我碰见过波辛尼,"他在信上说,"他并不是坏蛋。我阅历的人愈多,就愈加相信人无所谓好坏——只有可笑和可怜的分别。你大概不同意我的看法!"

老乔里恩的确不同意;认为这样说话近于玩世不恭;他还

没有老到那个样子;等到他真正老了,他平日那些为了实际利益而小心拥护的,但是绝不相信的假象和道理就会丧失掉,一切物质的诱惑也都会丧失掉,心灰意懒到什么希望都不存在——到了那时候,即使他是一个福尔赛,他也会冲破保守的藩篱,讲些从来没有想到敢说的话。

也许他跟儿子一样不相信有所谓好坏;可是要他来说,只能是:他不知道——说不出来;这里面或许有点道理;可能对你有好处,又何必无缘无故来一个否认,给自己造成不便呢?

他一直酷爱游山,过去的假日常是在瑞士度过的,不过(像一个真正的福尔赛那样)登山从来不肯涉险,或者傻干。当一番跋涉之后,一片奇景(在游览指南里也提到过——虽则辛苦,可是值得)在他眼底展开时,他无疑地也曾感觉到天地间有一种伟大庄严的真理超出人生那些浑浑噩噩的追求、那些无聊和可怜可笑的事情,就像山岳高临着下面的丘陵和溪谷一样。拿他这样一个实际性格来说,也许这点体会在他就是最最接近宗教的地方了。

可是他已经有好多年不去瑞士了。自从他妻子故去之后,他曾经带着琼连续去过两季;这两次使他痛心地认识到自己过去那些爬山的日子是一去不复返了。

所以当年那种从山灵获得的信念,认为宇宙间万物都由一个至高无上的真理统驭着,在他是早已生疏了。

他知道自己老了,然而仍旧感觉年轻;这使他很不开心。他处世本来一直就谨慎小心,然而自己生的一个儿子和一个孙女都好像天生就是要遭受苦难似的,这使他想起来很不开心,而且迷惑不解。对于小乔他也没有什么责备——这样一个温和的孩子,哪一个能责备他!——可是他自己弄到这种地步,实在可恨,琼的这件婚事也差不多同样地糟糕。这好像是命里注定的,而凡是这类命里注定的事都是他这样性格的人所不能了解或者受得了的。

他给儿子写这封信,并不真正指望有什么结果。自从罗杰家里开了那次跳舞会之后,他已经清清楚楚看出是怎么一回事了——他的结论下得比多数的人都快——他自己儿子的例子就在面前,所以在所有这些福尔赛家人当中,他比谁都知道得清楚,爱情的淡白火焰总是要把人的翅膀烧伤的,不管他们愿意不愿意。

琼在订婚前一个时期,时常跟索米斯的妻子在一起,所以他跟伊琳也是常见的;那时候他就感觉到她能使男人着迷。她并不是个妖冶女子,连风骚也够不上——这些字眼都是他这一辈的人爱用的,当时那些人就喜欢用些好听然而肤泛不切的名词来说明事情——可是她却是危险的。他也说不出什么缘故。人告诉他有些女子天生有一种本领——一种连她们自己都控制不了的诱惑力! 他就会回答:"胡说一气!"她是危险的,就是如此。这种事情他眼睛看不见最好。事情既然这样,那就这样吧;下面的事情他也不知道——他只想不要使琼出丑,精神上能够平静下来。他仍旧希望有一天她又能够成为一个给他安慰的人。

因此他就写了那封信。回信简直说不上有什么交代。小乔里恩从那番谈话里所打听到的实际上只有一句古怪的话:"我猜他是卷在里面。"卷在里面! 卷在什么里面呢? 这种时髦话究竟是什么意思?

他叹口气,把最后一沓文件卷起来放在皮包夹层里;他明知道是什么意思。

琼从餐室里走出来,帮他穿上夏服的上装。从她的服装和那张坚决的小脸的表情,他已经知道下面是怎么一回事了。

"我跟你去。"她说。

"胡说,亲爱的;我是直接上商业区去的。让你到处乱闯可不行!"

"我得看看史米奇老太去。"

"啊,你那些宝贵的'可怜虫'!"老乔里恩咕噜了一声。他并不相信她这种借口,可是也不再阻挡她。对她这种牛性子你有什么办法。

下了维多利亚车站时,他把她送上预先替自己备好的马车——这就是他的做派,决不那样小家子气。

"你听我说,乖乖,切不要把自己累坏了。"他说,说完就雇了一部马车上商业区去了。

琼先到帕丁顿一条偏僻的小街去,她那个"可怜虫"史米奇老太就住在这里——一位上了年纪的人,平日只是做些帮工为生;琼跟她坐了半小时,听了她经常性的那些颠来倒去的诉苦,强迫她暂时宽慰一点,就起身上斯坦厄普广场去。那座大房子门窗紧闭,阴沉沉的。

她下了决心无论怎样要打听出一点情况。坏就由它坏去,坏了就算了,宁可如此。她的计划是这样:先去看菲力的姑母拜因斯太太;如果打听不到什么的话,就去看伊琳本人。至于看望这些人自己究竟想打听些什么,她也不清楚。

三点钟的时候,琼到了郎地司广场。她具有女子那种天性,在即将遭遇苦难的时候,反而故作镇定,穿上她最好的衣服上阵,那副勇敢的气概就跟老乔里恩一模一样;原来的战栗现在已变为急切了。

当用人替琼通禀时,波辛尼的姑母拜因斯太太(她的名字叫露伊莎)正在厨房里指挥厨师;她本是个贤妻良母,拜因斯一直都说"一顿好晚饭最有意思"。他总是在晚饭之后把事情办得最好。在肯辛顿区有一排非常神气的大红高房子,足可以跟许多别的房子竞赛"伦敦最丑陋房屋"的头衔,这些就是拜因斯先生造的。

拜因斯太太听说是琼,赶快就进了自己的卧房,打开一只锁好的抽屉,从一只红摩洛哥皮盒子里拿出两只大手镯来,戴在自己白白的手腕上——原来拜因斯太太也是个具有高度"财产意识"的人,而"财产意识",我们都知道,就是福尔赛主义的试金石和好德行的基础啊。

她是中等身材,长得很胖,而且接近痴肥;那口白木衣橱的穿衣镜里正照出她穿了一件自己裁制的长服,颜色不深不浅,使人联想起大旅馆过道里那些粉刷过的墙壁。她举手摸摸自己的发髻——发髻是公主式——东碰一下,西碰一下,使发髻竖得更挺括点;她眼睛望着自己,完全是一种不自觉的现实主义神情,就好像在正视人生的一件肮脏事实,并在竭力加以文饰似的。她的两颊在年轻的时候原是乳白和淡红的颜色,可是现在一到中年却变得斑斑点点了,所以当她拿一只粉扑在自己额上扑粉时,眼睛里又闪出那种冷酷丑恶的正视来。放下粉扑,她一动不动站在镜子前面,在自己又高又大的鼻梁、小下巴(她下巴本来不大,现在脖子粗了起来,就更显得小了)和下垂的嘴角之间做出一点微笑。随即,为了不使效果丧失,赶快两只手提起裙角下楼来了。

这次拜访她已经指望好久了。她侄儿和他未婚妻的关系搞得不好她早有风闻。这两个都有好几个星期不上她这儿来了。她多次约菲力来吃晚饭；菲力总是回答"太忙"。

在这种事情上，这位出色的女人的感觉是敏锐的，所以一听见琼来，立刻就感觉到事情不妙。她实在应当是一个福尔赛；按照小乔里恩的说法，她肯定够得上资格，而且是名副其实。

她把三个女儿嫁得都很不错，照人家说来，简直是高攀，因为这些女儿都是姿色平庸，这种情形往往只在职业比较接近司法界的妇女中才见得到。多少和教会有关的善举——慈善舞会、义演、义卖——她都列名在委员会里，而且她非要事先弄清楚各事都已完全组织就绪，方才同意放上自己的名字。

诚如她时常说的，她赞成事情要有个商业基础；教会、慈善事业的正确作用都是加强"社会"组织。个人施舍因此都是不道德的。唯一的办法是通过团体，有了个团体你才能肯定自己的钱不是白花的。说来说去，还是团体最重要！毫无疑问，她就是老乔里恩称作的"组织能手"——不但如此，他甚至于称她是个"骗子"。

那些有她列上名字的事业都组织得非常之好，所以等到把捐款分配给那些人时，这些已经像提炼过的牛奶一样，一点人类温情的奶油都不剩了。可是她平时的话也说得很对，感情用事是要不得的。她实在是有点学院气。

这位被宗教界推崇备至的伟大而善良的女人是福尔赛神庙里的女住持之一，朝夕在财产之神的坛前燃着一盏神圣的油灯，坛上写了这些感人的字句："以无还无，六便士所得无几。"

她走进屋子时，人们的感觉就像一大块肥肉走进来似的；她主持慈善会所以受人欢迎大约就是这个缘故。人家花了

265

钱,总喜欢沾一点肥;所以大家都朝她望——她穿了一件制服,上面满挂些叮叮当当的饰物,高高的鼻子,肥硕的身材,被慈善跳舞会里她那些僚属围成一圈——好像她是个大将似的。

她的唯一缺点是没有一个好家世。她在中上层社会里是一个势力,这个社会里有它上百个的宗派和集团,全都在慈善事业的战场上纵横交织着,而且很快乐地跟那个上层社会在这片战场上结识起来。她在这个中上层社会里是一个势力,而这正是一个更广大、更重要、更有力量的社团;在这里,拜因斯太太所代表的那些商业化的基督教的制度、教义和"立身之道"都在畅通无阻,这些是它的真正血液,真正的商业通货,不像在那些较小的上层社会脉管里流通着那些奄无生气的赝品。认识她的人都觉得她很正常,一个决不会把自己的心掏出来的正常女子,而且,只要有法子可想,也决不会把任何东西掏给人。

波辛尼的父亲在世时跟她最合不来,时常拿她作为讥笑的对象,简直到了不可饶恕的程度。现在波辛尼的父亲虽已去世,她提起他来时,还是称他为"可怜的、亲爱的、没有礼貌的哥哥"。

她以一种谨慎的亲热向琼问好,这在她原是拿手好戏;同时对琼有点畏惧——不过以她这样一个商界和宗教界的女名流,就是畏惧也是有限度的——因为琼虽则瘦小,却具有莫大的尊严,是她的一双无畏的眼睛给予她这种尊严。拜因斯太太还看出琼的态度虽则极端坦率,仍旧有很多地方是个福尔赛。如果她仅仅坦率和勇敢,拜因斯太太就会觉得她"神经",而看不起她;如果她仅仅是一个福尔赛,比如说,像佛兰茜一样,拜因斯太太对她就会威风十足地摆出一副奖掖的派头;可是琼尽管个子很小——而拜因斯太太一向是重量不重质的——却给她一种不自在的感觉;所以她请琼在一张迎亮的椅子上坐下来。

她敬重琼另外还有一个原因——不过拜因斯太太这样一个善良的虔诚女子,绝对不会那样世故,因此她也决计不会承认——那就是她听见自己丈夫谈到老乔里恩非常富有,而且有十足的理由对这个孙女极端钟爱。因此拜因斯太太今天的心情就跟我们读一本描写男主角有一笔遗产可得的小说时的心情相仿佛,又急又怕,生怕作者笔下一不当心,害得那位年轻人最后遗产没有到手。

她的态度很亲热;她从来没有像今天这样清楚看出这个女孩子多么出众,又多么合意。她问候老乔里恩的身体可好。这样大的年纪真是了不起;这样硬朗,而且样子一点不老,他多大年纪了?八十一!她决计想不到!他们上海滨消夏!好得很;菲力想来天天都有信给琼,是不是?当她问起这个问题时,她的浅灰色眼珠睁得更大了,可是琼却毫不动容。

"没有,"她说,"他从没有写过信!"

拜因斯太太眼睛垂下来;她的眼睛本来没有打算垂,可是不由自主就垂了下来。但是立刻又抬起眼睛。

"当然不会。这完全是菲力的为人——他总是这个样子!"

"是吗?"琼说。

这句简短的反问使拜因斯太太明媚的微笑僵了一下;她赶快来一个掩饰的动作,把裙子重新拉拉平,又说:"怎么,亲爱的——他是个顶顶放荡不羁的人啊;他的一切行为人家从来不放在心上的!"

琼忽然悟出自己是在糟蹋时间;她便是把问题直接提出来,也不会从这个女人嘴里得到任何解答。

"你见到他吗?"她问,脸红了起来。

拜因斯太太前额上的汗从粉里渗出来。

"对呀!我记不得他上次几时来过的了——真的,我们近来简直不大看见他。他为了你叔叔的那座房子弄得简直没有空;听说就要好了。我们一定要组织一次晚宴,为这件事庆祝一下;你非来不可,就在我们家里住!"

"谢谢。"琼说。她心里又想:"我徒然糟蹋时间。这个女人是什么话都不会告诉我的。"

她起身要走。拜因斯太太脸上变了色。她也站起来;嘴唇动着,两只手不知放哪里才好。事情显然很不对头,而她又不敢问这个女孩子——这样一个身材瘦小而挺括的女孩子,一张坚决的脸,坚定的下巴,含有敌意的眼睛,站在那儿。拜因斯太太很少因为要提问题而害怕的——一切组织都是根据提问题来的啊!

可是事情太严重了,连她平日坚强的神经都大为震动;而她的丈夫就在那天早上还跟她说过:"老乔里恩的家财一定足足在十万镑以上!"

然而这个女孩子却站在这里,要走——要走!

机会可能就此失去——她也说不准——这个女孩子可能从此不会成为她家的人,然而她仍旧不敢开口。

她的眼睛望着琼到了门口。

门关上了。

接着拜因斯太太尖呼一声,赶上前去,肥硕的身躯摇摇晃晃的,重又把门打开。

已经太迟了!她听见前门嗒的一声关上,自己一动不动站着,脸上的神情又是气又是愧悔。

琼以她敏捷的步伐急急沿广场走去。过去在那些比较幸福的日子里,她一向认为这个女人心肠很好,可是现在只觉得她卑鄙了。难道她永远要这样碰人家的钉子吗?难道她要永远被迫受这种心神不宁的罪吗?

她要去找波辛尼本人,问他到底是什么意思。她有权利知道。她急急向斯隆街走去,最后找到了波辛尼家的号码。从楼下弹簧门进去,她一溜烟上了楼梯,一颗心痛苦地跳动着。

上了最后的一层时,她的脸色变得雪白。她看见门上钉着的门牌,写着他的名字。原先使她跑了这么多路的决心这时忽然蒸发掉了。

现在她明白过来这样做法太不成话。她觉得浑身发烧;她的手心在手套的薄衬绸下面有点湿漉漉的。

她退到楼梯口,可是并不下去。她身子倚着栏杆,想竭力克服一种透不过气来的窒息感觉;眼睛望着门,带着可怕的勇气。不!她偏不下楼。别人对她怎样想法有什么关系?他们绝不会知道!如果她自己不管,就更没有人管她的事情了!她决不半途而废。

这样想过,她就勉强撑起身子,拉一下门铃。没有人开门,忽然间一切羞耻和恐惧心都被她置之度外;她把门铃拉了拉,仿佛自己能够从空屋子里拉出什么,给她这一次拜访所遭受的羞耻和畏惧找点什么补偿似的。门仍旧没有开;她停止拉铃,在楼梯上面坐下来,两手蒙着脸。

不久,她悄悄下楼,走到外面。自己觉得好像生了一场大病似的,现在再没有什么心思可想,只有赶快回去了。路上碰见的人好像知道她从哪儿来,做过些什么事情似的;忽然,在对面街上,她望见了波辛尼,显然从蒙彼利埃广场那边向自己的屋子走去。

她转动一下身子,预备穿过街去。两人的目光碰上,波辛尼抬一下帽子。一部公共马车开过来,挡着她的视线;接着从人行道的边缘上,在马车的空隙中,她望见波辛尼向前走去。

琼站立着不动,望着他的后影。

第十三章　房子装修完成

"一客充甲鱼清汤①,一客牛尾汤,两杯波尔图葡萄酒。"

詹姆士跟自己儿子正在弗伦奇饭店的楼上餐厅里坐下来同用午饭;在这儿一个福尔赛总算还可吃到很实惠的英国菜。

在所有的饭馆子里,詹姆士最喜欢上这儿来;这地方的特点是不要花样,菜烧得够味道,而且吃得饱;近年来由于逼着要学时髦,同时生活的习惯和自己日益增加的收入要配得上的缘故,口味多少变得有点刁了,可是事务所里比较清闲的时候,他仍旧酷爱吃一下早年吃的那些味道浓的肉汤。这里侍应生是穿白围裙的头发长长的英国侍役;地板上铺的木屑,墙上比视线稍微高出的地方挂有三面金边的圆镜子。原先这里还有些小房间,你可以在里面吃你的煎羊肉,头等的排骨肉,外加土豆泥,吃的时候可以不被邻座看见,像一个上流人士那样;可是新近这些小房间也取消了。

詹姆士把餐巾的上角塞在背心的第三颗纽扣后面,这个习惯由于住在西区的缘故,他已经不得已在多年前就放弃了。他觉得这盆汤自己非好好享受一下不可——为了清理一个老朋友的地产,他整整忙了一个上午。

---

① 即小牛头肉汤,用来充甲鱼汤的。

他把嘴里塞满了自制的面包,面包带点酸,立刻说道:"你怎样上罗宾山去?带伊琳去吗?你还是带她去好。我觉得有不少事情需要好好看过。"

索米斯眼睛也不抬,就答:"她不肯去。"

"不肯去?这是什么意思?这个房子她住不住呢?"

索米斯没有回答。

"我真不懂得现在的女子究竟是怎么回事,"詹姆士咕噜着,"我跟女人从来就没有闹过什么别扭。她太没有约束了。太娇惯——"

索米斯眼睛抬了起来。"我不愿意人说她的坏话。"他出其不意地说。

两人之间现在只有詹姆士喝汤的声音听得见了。

侍役送上两杯波尔图葡萄酒来,可是索米斯阻止着他。

"波尔图葡萄酒不是这种吃法,"他说,"把这个拿开,把瓶子拿来。"

詹姆士喝汤正喝得出神,这时如梦方醒,像他习惯的那样把周围的实况迅速地打量一下。

"你母亲病了,"他说,"你可以坐家里的马车下去。我想伊琳这样出城跑一趟一定喜欢。那个小波辛尼想来也会在那边,领你看房子,是不是?"

索米斯点点头。

"我很想亲自下去看看他装修得怎么样,"他接下去说,"我坐了马车来接你们两个吧。"

"我预备坐火车去,"索米斯回答,"你如果愿意坐马车下去看看,伊琳也许跟你去,我可说不准。"

他招呼侍役把账单拿来,詹姆士把账付掉。

两人走到圣保罗教堂那儿分手,索米斯由另一条路上车站,詹姆士乘公共马车上西城去。

他找到卖票员旁边角落上一个座位坐下,伸出一双长腿挡得乘客很不容易通过;哪一个经过他面前的都被他恶狠狠盯上一眼,就好像这些人没来由要占用他的空气似的。

他本来打算今天下午找个机会和伊琳谈谈。及时的一句话要省却以后的无数唇舌。现在她既然要住到乡下去了,她正好趁此改过自新!索米斯,他看得出来,对她的那一套已经忍无可忍了!

至于他说的她的"那一套"究竟指什么,他脑子里也没有想到;这话的含义很广,很含糊,正配一个福尔赛的胃口。而且,詹姆士一顿午饭之后,比平日的勇气更加来得大了。

到了家,他就叫人把马车驾好,特别关照小马夫也要随着去。他要对她好,给她一切的机会。

六十二号的门开了时,他能清楚听见她唱着歌,立刻就把来意说明,以防万一不放他进门。

是的,索米斯太太在家,可是女仆不知道她见不见客。

可是詹姆士虽则是那样的高个子,而且神情恍惚,动作却向来敏捷,所以往往使人看得诧异之至;他不等待女仆去问清楚,三脚两步就走进客厅。他看见伊琳坐在钢琴面前,两只手停留在键子上,显然在倾听穿堂里的谈话。她招呼他一下,脸上并没有笑。

"你婆婆病了。"他开始说,指望一上来争得她的同情,"我把马车预备好了。你做做好事,把帽子戴上,跟我出去兜一下。对你有好处!"

伊琳朝他望了望,像要拒绝似的,可是仿佛又改变了主意,上了楼,戴了帽子下来。

"你带我上哪儿去呢?"她问。

"我们就上罗宾山去,"詹姆士说,把话说得非常之快,"这两匹马需要遛一下,我也想看看他们在那边做得怎样。"

伊琳犹豫了一下,可是仍旧改变了主意,出门去上马车,詹姆士紧紧地簇拥着她,防止被她溜掉。

一直到路程走了一半时,他才开口:"索米斯很喜欢你——他不愿意人家对你有任何议论;为什么你不能对他亲热一点呢?"

伊琳脸红了,低声说:"我不能硬装出来。"

詹姆士严厉地望她一眼;他觉得现在伊琳既已坐上自己的马车,又是自己的马,自己的用人,老实说她就跳不出他的手掌。她既没法不理会他,也没法把事情闹开。

"我不懂得你是什么心思,"他说,"他是个很好的丈夫!"

伊琳回答的声音很低很低,在马车辘辘行驶声中,几乎不大听得出来。他只听出一句话:"你没有嫁给他!"

"跟这个怎么说得上?你想什么他就给你什么。你要上哪儿他就带你上哪儿,现在又替你在乡下盖这所房子。如果你有什么妆奁的话,那还可说。"

"是没有。"

詹姆士又望望她;他弄不懂她脸上的那种表情;那样子简直像要哭出来似的,然而——

"我敢说,"他赶快又说,"我们全都竭力想待你好。"

伊琳的嘴唇颤动了一下;詹姆士看见她颊上流下一滴眼泪来,弄得他不知所措。他觉得自己的喉咙里好像有块东西堵着。

"我们都喜欢你,"他说,"只要你"——他本来打算说"学好,"可是改口说——"只要你对待他更加像个妻子一点。"

伊琳没有回答,詹姆士也就不再说话。她的沉默有点使他感觉不安;他只能说这种沉默与其表示抗拒,毋宁说对他所能说出的话表示默认。然而他仍旧觉得话还没有说完;这一点连他自己都弄不懂。

可是,他没法长久沉默下去。

"我想那个小波辛尼,"他说,"不久就要跟琼结婚了吧?"

伊琳的脸色一变。"不知道,"她说,"你应当问琼去。"

"她给你写信吗?"

"没有。"

"怎么会呢?"詹姆士说,"我以为你跟她顶要好呢。"

伊琳转身向着他。"你也应当问问她!"她说。

"好吧,"詹姆士慌忙说,被她的脸色吓住了,"我真不懂为什么我得到的都是答非所问,可是的确就是这样。"

他坐着盘算自己受到的奚落,终于忍不住说道:"我是警告过你了。是你不肯回头。索米斯他是不大说话,可是看得出他对这种事情未见得能容忍多久。那时候你只好怪自己,不好怪别人,而且,谁也不会同情你。"

伊琳低下头微笑地鞠一鞠躬:"我很感谢你的盛意。"

詹姆士弄得不知怎样回答是好。

上午天气晴热,下午逐渐变得阴晦闷人;从南方升起一阵乌云,那种黑里带黄的颜色暗示着要有雷雨,而且升得愈来愈高了。路旁树上的枝条全都垂了下来,叶子动都不动。跑热了的马,身上发出一种轻微的黏胶的气味,在重浊的空气里久久不散;车夫和马夫僵直着身体,在前面车厢里悄悄相互低语,连头都不回一下。

房子总算到了,詹姆士大大松了一口气;这个女子,他一向认为十分温柔和顺的,现在坐在他身边却变得沉默寡言,而且莫测高深,使他感到骇然。

马车驶到房子门口停下,两人走进房子。

厅堂里很凉快,而且阒静无声,就像走进一座坟墓似的;詹姆士一个寒噤一直掠过脊梁。他赶快掀开柱子间厚重的皮门帘,走进内院。

他禁不住喝一声彩。

院子里的布置和装修的确十分雅致。埋在地下是一座大理石的圆盆,盆里贮满了清水,盆子四周种了许多高高的鸢尾草,围成一圈,从这里起一直到墙脚根都是暗玫瑰红的砖地,一望而知是最上等的砖料。院子一面的墙装了一座大白瓷砖的炉子,用紫皮帘子整个遮起来;这些皮帘子最使他赞赏不置。中间的天窗推开了,外面的暖空气从天窗里面一直透到屋子的中心来。

他站着,手抄在后面,头在高削肩膀上面昂了起来,仔细察看那些柱子上面的花饰和楼上回廊下面牙白色墙上那些盘绕的花纹。显然,这些都做得十分精细。完全配得上一个上流人士的住宅。他走到那些帘子面前,待发现这些帘子是怎样一回事之后,就把它拉开,这样帘子后面的画廊就露了出来,画廊的尽头是一面大窗子,把整个的墙壁都占满了。黑橡木的地板,墙壁仍旧是牙白色。他陆续把些门打开窥望。一切都布置得井井有条,立刻就可以搬进来住。

他转过身来找伊琳说话,这才看见她在花园进口的地方,跟她丈夫和波辛尼站在一起。

276

詹姆士虽说在感觉上并不特别敏锐,也立刻觉出事情不大妙。他走到三个人跟前来;心里隐隐有点着急,但是弄不清楚是怎么一回事,就设法来斡旋一下。

"你好,波辛尼先生?"他说,伸出手来,"你在这些上面花的钱可着实不少啦,我要说!"

索米斯转身走开了。波辛尼蹙着眉头;詹姆士朝波辛尼望望,又望望伊琳,一气之下,就把心里的话说了出来:"哼,我真说不出是什么缘故。什么事情都不告诉我!"当他随在儿子后面走开时,他听见波辛尼发出一声短笑,并且说,"谢谢老天爷!你的样子——"可惜得很,下面的话没有听到。

到底是什么事情呢?他回头望一下。伊琳紧挨在建筑师身边,那副脸色跟他平日熟悉的伊琳完全不像。他赶快走到儿子面前。

索米斯正在画廊上踱步子。

"什么缘故?"詹姆士问,"这一切究竟是怎么一回事呢?"

索米斯向他望望,仍然是平日那种傲慢的安详神气,可是詹姆士清楚看出他极端愤怒。

"我们的朋友,"索米斯说,"又超出了给他规定的款项,就是这样。这一次可对他不客气了。"

他转身向门口方向走去。詹姆士连忙跟上去,抢在头里走。他看见伊琳把放在唇边的一只指头放下来,听见伊琳用通常的口气说了句话,自己不等走到他们面前就开始说:

"要有暴雨来了。我们还是回家吧。我们能不能带你一下,波辛尼先生?嗯,恐怕不行了。那么,再见!"他伸出手来。波辛尼没有跟他握手,可是转过身哈哈一笑,说:

"再见,福尔赛先生。不要碰上暴雨!"就走开了。

"哼，"詹姆士说，"我不知道——"

可是这时他看见伊琳的脸色，就停止不说下去。他一把抓着媳妇的肘弯，护送她向马车走去。他有把握说，绝对有把握说，这两个人刚才在约定时间会面，或者类似的事情……

一个福尔赛原来计议好在一件事情上花多少钱，后来发现要花得比这个多时，在这个世界上再没有比这更使他冒火的了。这也是人之常情，因为他生活上的一切安排都是靠精密计算来的。如果他不能倚靠财产的固定价值来计算，他的罗盘就失灵了；他就等于在苦痛的大海上漂流，没有一个舵。

上面说过，索米斯跟波辛尼在通信里讲定了什么条件，这事之后，脑子里就全然不想到房子的费用上去。他认为最后费用问题已经写得十分清楚，所以费用还会超出在他是根本没有想到会有可能。因此，当他听到波辛尼说到原来限定的一万二千镑的数目将要超出四百镑左右时，他简直气得浑身冰冷。他原来估计在全部房子上只花一万镑，后来逼得屡次超出预算，就时常深深责备自己不应当如此。可是，在这笔最后的费用上，波辛尼是完完全全讲不过去的。一个人怎么会蠢到使自己做出这种事情来，索米斯真弄不明白；然而他偏偏做了，这一来索米斯长久以来对他怀着的仇恨和潜在的忌妒全都集中发泄在这笔最后的浪费上。过去他装扮的信任而友善的丈夫全完了。为了保全他的财产——他的妻子时，他装扮成那种样子，现在为了保全另一种财产，他的真面目就露出来了。

"嗯！"他等到自己能够开口时跟波辛尼说，"我想你自己一定很引为得意呢。可是我不妨告诉你，你完全看错了人！"

当时他说这两句话的时候，究竟是什么意思，他自己也不大有把握,所以吃了晚饭之后,他就把自己和波辛尼之间的通信找出来弄弄清楚。毫无疑问——这个家伙应当对这笔额外的四百镑负责,无论如何,其中的三百五十镑要由他负责,他一定得照赔。

当他得到这个结论时,他望望自己妻子的脸。她正坐在长沙发上平时坐的地方,更换衣服领子上的花边。整整一晚上,她都没有跟他讲过一次话。

他走到壁炉板跟前,一面向镜子里端详自己的脸,一面说:"你的朋友波辛尼硬要跟自己过不去;他只好吃苦头了!"

她鄙夷地望着他,答道:"我不懂得你讲的什么话!"

"你就会明白。一点小数目,不值你的一笑——四百镑。"

"难道说,你预备要他在这个可恨的房子上赔出四百镑来吗?"

"就是这样。"

"你知道他一个钱没有吗?"

"知道。"

"那么你比我平日想象的你更加卑鄙。"

索米斯从镜子前面转过身来,不知不觉地从壁炉板上拿一只瓷杯子,两只手满满握着,就像在做祈祷。他看见伊琳胸口起伏着,眼睛里充满愤怒;他不理会她骂的话,静静地说道:

"你是不是跟波辛尼吊膀子?"

"不,我没有!"

她的眼光跟他碰上,他眼睛望开去。她这话他也不相信,也不得不相信,可是他知道自己的话问错了;她的心思他从来不知道,而且永远不会知道。看她这副心意莫测的脸,同时想起有无数的晚上都是这样柔顺的样子坐在这里,然而是那样的无法窥测、无法知晓,使他怒不可遏。

"我想你是石头做的。"他说,手指使劲那么一勒,竟然把那只脆弱的杯子勒碎了,碎瓷片纷纷落在炉栏里。伊琳微笑了。

"你好像忘记,"她说,"这杯子并不是石头做的!"

索米斯一把抓着她的胳膊。"要你明白,"他说,"只有死打一顿。"可是说完就转身走出屋子。

第十四章　索米斯坐在楼梯上

那天晚上,索米斯上楼时心里有个感觉,觉得做得太过头了。他准备向她解释一下自己刚才说的话。

他把他们卧室外面过道里燃着的煤气灯捻熄掉;人停在门外,一只手放在门钮上,盘算着赔小心要怎样一个措辞,原因是他不打算让她看出自己心虚。

可是门开不开,便是他用力地拉,把门钮紧紧地转,也还是开不了。她一定是有什么缘故把门锁上,忘记开了。

他走进更衣室——更衣室里的煤气灯也仍旧点着,火头很暗——就赶快去开另一扇门。这扇门也锁着了。接着他看见自己平时偶尔用的行军床已经铺好被褥,自己的睡衣就放在床上。他用手摸摸额头,拿下时手上已经汗湿了。他这才悟出自己已经被她关在外面。

他又走到外面门口,悄悄地转动门钮,叫道:"开门,你听见吗?开门!"

里面一阵轻微的簌簌声,可是没有回答。

"你听见吗?赶快让我进来——我非进来不可!"

他能听得出近门处她呼吸的声音,就像一个动物受到生命威胁时的呼吸一样。

在这种不瞅不睬的沉默中,这种无法捉到她的形势下,有种地方使人心惊胆战。他回到里面那扇门那儿,用整个身体的重量来顶门,想要把门撞开。这门原是新做的——是他亲自叫人换过,预备度过蜜月之后进宅时使用的。他一怒之下,举起脚来踢门板;接着想到这样会把用人惊醒,便又约束住自己,这才突然感觉到自己失败了。

他在更衣室里颓然坐下,拿起一本书。

可是他眼睛里看见的并不是书上的字,而是他妻子的脸——金黄的头发披着裸肩,一双又大又乌的眼睛——站在那里就像困兽一样。他恍悟出她这一反抗举动的全部含义来。她是预备永远决裂了。

他简直坐不住,就又跑到门口;里面仍旧听得出她的声息,他就叫:"伊琳!伊琳!"

他没有想到自己声音叫得那样可怜。里面的簌簌声停止了,就像是预示凶兆似的。他紧勒着双手站着,心里在盘算。

过了一会他踮起脚尖偷偷绕到外面,突然跑到另一扇门面前,用尽力气想把门撞开。门撞得吱吱响,可是仍旧不开。他在楼梯上坐下来,两手蒙着脸。

他在黑暗里坐了好久好久,月光从头上天窗里照进来,形成一条淡白的痕子,沿着楼梯逐渐向他身边伸过来。他企图运用哲学来进行推理。

她既然把门锁上,就没有权利再做他的妻子,他就可以在别的女人身上找安慰!

过去他在这些女色上的涉猎都只是些不快的回忆——这些声色的追逐他毫无兴趣。过去也不过偶尔来一下,现在连这种嗜好都丧失了。他觉得自己在这方面的兴趣决不可能恢复。他的欲望只有他的妻子能够满足,而她这时却是不屈不挠,满怀恐惧地躲在两扇紧闭的门后面。任何别的女子都解决不了他的问题。

这个结论被他在黑暗中琢磨出来,觉得特别有力。

他的那套哲学完蛋了;代替了的是愤怒。她的行为是不道德的,不可原谅的,有十足的理由受到他权力范围以内的任何惩罚。他什么女人都不要,只要她,而她却拒绝他!

这样看来,她一定真是恨他!他始终都相信不了。他现在还相信不了。这好像简直荒唐,他觉得自己完全丧失了判断能力似的。他一直都认为她温柔和顺,然而这样温柔和顺的女子却会采取这种断然的措置——天下还有什么事情拿得准呢?

后来他重新问自己,她是不是跟波辛尼有勾搭。他不相信是这样;他就不敢相信这就是她拒绝他的理由——这种想法太叫人吃不消了。

把他们夫妇之间的这种关系闹出去,使它成为公共的财产!这种想法他也受不了。目前还缺乏最最令人信服的证据,所以他仍旧坚决不相信,要他相信就等于惩罚自己,谁又愿意这样?然而自始至终在他心里面——他确实相信就是这么一回事。

他拱着腰靠着楼梯的墙壁,月光在他身上照上一层灰白。

波辛尼爱上了她!他真恨这个家伙,现在决不饶过他。除掉一万二千零五十镑之外——这是他们通信里讲定的最高数目——要他多付一个铜子他都不干,决计不干;或者付掉也可以,付掉之后再控诉他,叫他赔偿损失。他要委托乔布林-波尔特律师事务所替他办这件案子。叫这个穷光蛋破产!忽然——不知道怎么被他联系起来的——他想起伊琳也没有

283

钱。两个人都是穷鬼。这事使他感到一种古怪的满足。

眼前的沉寂被墙壁那边传来轻微的吱吱声冲破了。她终于上床了。唉！快乐和美梦！现在就是她把门大开四敞，他也不肯进去了！

可是他的嘴唇，本来形成一种苦笑，这时却抽动了一下；他两只手蒙上眼睛……

第二天下午，时间已经很晏，索米斯站在餐室的窗子口，忧郁地凝望着外面的广场。

太阳仍旧怒照在那些悬铃木上面，树上快乐的大叶子在风中照耀，而且随着街角上一架手摇风琴的声调摇曳着。风琴正奏着华尔兹舞曲，是一首过了时的老调子，调子里的那种抑扬顿挫听上去都像是预示凶兆；它奏了又奏，可是除掉那些树叶子之外，并看不见什么东西跟着它跳舞。

那个女子的样子并不十分高兴，她已经累了；那些高大的楼房上面并没有人扔铜子给她。她把风琴推走了，可是过了三家，又开始摇起来。

这首华尔兹舞曲就是那次伊琳和波辛尼在罗杰家里跳舞时他们奏的那一支；伊琳当时戴的栀子花的香味又使索米斯想了起来；当时她扯着波辛尼一直不停地跳下去，就好像绕着无边无际的舞池似的；她经过他面前时，目光炯炯，眼睛里含着柔情，一股栀子花的香味就飘了过来，就像现在随着这促狭的音乐飘过来一样。

那个女人缓缓摇着风琴的柄子；她这样像推磨一样已经推了一天——在附近的斯隆街推过，也许就当着波辛尼本人推过。

索米斯转过身去,在雕花的盒子里取一支香烟,又回到窗口。这支曲子使他听得像着了魔,就在这时候,他望见伊琳携着折拢的小阳伞,沿着广场赶回家来,穿了一件他没有见过的柔软的桃色短外褂,两只袖子垂了下来。她在风琴面前停下,拿出手提包,掏钱给那个女人。

索米斯把身子缩了回去,在可以望得见外面穿堂的地方站着。

她拿大门钥匙开了门进来,放下阳伞,站在那里照镜子。她的两颊飞红,就像在太阳下面晒过一样;笑唇微启。她把两只胳膊伸了出来,像要拥抱自己似的,同时发出一声狂笑,听上去简直就像呜咽。

索米斯走出来。

"美——得很呀!"他说。

她像中了枪弹一样急剧转过身来,意欲掠过他跑上楼。他拦着她。

"这样急做什么?"他说,眼睛紧盯着她耳朵旁边拖下来的一缕秀发。

他简直不认识她了。她就像烧起来一样,两颊、眼睛、嘴唇以及那件不常穿的上褂,望上去颜色都是那样的浓郁。

她抬起手来,把一缕头发掠上去。她呼吸很急促,就仿佛跑了路一样,每呼吸一下,从她的发间和身上都发出一种香味,就像一朵盛开的花发出来的香味一样。

"我不喜欢这件上褂,"他缓缓地说,"这东西太软,一点样式没有!"

他抬起一根指头指向她胸口,可是被她挥开了。

"不要碰我!"她叫。

他抓着她的手腕；她甩开他。

"你上哪儿去了？"他问。

"上天堂去了——在这个屋子外面！"说了这话,她就一溜烟上了楼。

外面,就在大门口,那个摇风琴的女人为了表示感谢,正在奏着华尔兹舞曲。

索米斯僵立在那里。他为什么没有跟她上楼呢？

是不是由于他深信不疑,所以他眼睛里仿佛瞧见波辛尼从斯隆街的高窗子里望下来,竭力想再能瞧一眼伊琳快要望不见的身形,一面使自己烧红的脸凉下来,一面冥想方才伊琳投入他怀抱中的情景——她身上的香味和那一声仿佛呜咽似的狂笑仍旧萦绕在周围的空气里。

第 三 卷

第一章　马坎德太太的见证

当然，很多的人，包括当时正在初露头角的《超级活体解剖论者》杂志的编辑在内，都会认为索米斯没有丈夫气，应当把他妻子门上的锁敲掉，把妻子痛打一顿，跟她仍旧快快活活过婚姻生活。

目前人类的残忍行为虽然不像过去那样可恨地被仁慈的意味冲淡掉，可是国内一部分温情主义的人尽可以放心，因为索米斯这类事情是全然干不出来的。原来在福尔赛家人中间，打骂的行为并不受欢迎；他们太小心谨慎了，而且，整个说来，心肠也太软。拿索米斯来说，他的性格里总还带有一般的自尊心，这点自尊心虽不足以使他真正做出什么慷慨的事情，却足以阻止他听任自己做出极端卑鄙的事情，除非是在他极度气愤之下。最大的理由是这个十足的福尔赛坚决不肯承认自己有什么可笑的地方。他除掉把妻子老老实实打一顿外，别无办法可想，因此他也就一声不响容忍下来了。

从夏天起，一直到秋天，他照样上他的事务所，理他的藏画，并且请朋友到家里来吃晚饭。

他暑天也没有出门，因为伊琳不肯离开伦敦。罗宾山的房子虽则造好了，始终还是空着，没有主儿。索米斯对"海盗"提出诉讼，要求他赔偿三百五十镑的损失。

一家叫佛里克-艾布的律师事务所为波辛尼进行辩护。他们一方面承认事实,但是对索米斯的通信提出异议;这封信如果去掉一些法律名词的话,就等于这样:那句"根据这封信的条件'全权做主'"完全是自相抵触的。

也是机会凑巧——这种机会在法律界那些掌握机要的人士中虽则难得碰到,但也不是不可能的——有不少关于这项对策的消息传到索米斯耳朵里来。原来他的事务所里那位同伙勃斯达有一次往法院讼费检察官华米斯莱家中赴宴,碰巧就坐在普通法院的年轻辩护士[①]姜克利的旁边。

凡是法律界聚会,碰到妇女不在座时,总逼得要谈些所谓"本行";就因为这个缘故,那位年轻有为的姜克利辩护士就跟他的邻座提出一个不涉及他个人利害的难题来;这位邻座的姓名他并不知道,因为勃斯达一直都是在幕后活动,外面很少人晓得他的名字。

姜克利说他碰到一件案子,里面有一点"很微妙"。接着他就把索米斯这件案子里的难题讲给他听,同时小心保持着一切职业上应守的秘密。他说他跟人家谈过,那些人都认为"很微妙"。不幸的是,引起争执的数目很小,"不过对于他的当事人来说却他妈的关系很大"——华米斯莱家里的香槟酒虽则不好,可是很多——他担心法官可能会敷衍了事。他打算大大地干一下——这一点很微妙。他的邻座怎么看法?

勃斯达为人本来极端深沉,所以什么话都没有说。可是事后他把这事告诉了索米斯,有点近于恶作剧,原来他这人虽

---

① 英国的律师分出庭与不出庭两种,为了分别起见,在本书中把出庭律师都译作辩护士。

则不大说话,一个普通人的爱憎还是有的;最后他还说出自己的意见,认为这一点的确"很微妙"。

我们这位福尔赛根据原来的决定,已经把这件案子委托乔布林-波尔特律师事务所办理了;委托之后,立刻就懊悔没有亲自办理这件事。当他收到波辛尼方面送来的辩护书副本之后,他就上这家律师事务所来。

这时乔布林律师已经故世了好几年,经手这件案子的是波尔特;波尔特告诉索米斯,在他看来,这一点相当微妙;他很想请教一下专家的意见。

索米斯叫他去请教一位能手,两个人就去找到皇家法律顾问华特布克,认为他是数一数二的;华特布克把文件留在手里六个星期,然后写了下面的意见:

"在我看来,这封信的真正解释跟双方的原来动机有很大关系,要看审判时双方的口供才能决定。我认为应当设法从建筑师这方面弄到一点材料,表示他承认自己知道用钱不能超出一万二千零五十镑。至于要我研究的那一句'根据这封信的条件"全权做主"'的话,这一点很微妙;不过我觉得大体说来'波瓦卢控诉白拉斯地德水泥公司'一案的判例是可以援用的。"

他们就根据这个意见着手起来,向对方提出些质询书,但是可恨的是佛里克-艾布的回信非常之高明,信里什么都没有承认,而且也不损害到自己的权益。

索米斯到十月一号才看到华特布克的意见书,就在餐室里等候用晚饭的时候。这使他心绪很是不宁;倒不完全是因为看见"波瓦卢控诉白拉斯地德水泥公司"案件的判例可以援用的缘故,而是因为这一点最近由他自己看来也显得微妙了;这里有一种非常可喜的引起争执的地方,正合法律界的胃口,好借此大显身手。他自己如此看法,现在皇家法律顾问华特布克也是如此看法,一个人怎么会不着急呢?

他坐着盘算着这件事,瞪着眼睛望着空壁炉的炉栏;原来时间虽则已经是秋天,今年的天气却始终晴和,就好像仍旧是八月下旬似的。急的滋味真不好受;他恨不得一脚踩断波辛尼的脖子才痛快。

自从罗宾山那天下午之后,他就没有见过波辛尼;虽说如此,他始终觉得波辛尼就在他的眼前——那张瘦削的脸上的两个高颧骨和一双热情的眼睛,他脑子里一直记得。可以说他始终没有摆脱掉那天夜里天亮时听见孔雀叫的感觉,觉得波辛尼常在这房子左近窥伺,这并不是过甚其词。每到天晚时,他看见有什么人在门口走过,那个身形都像是"海盗"——乔治给他起的这个绰号真是再确切没有了。

伊琳仍旧跟波辛尼会面,这一点他是肯定的;至于在哪里会面,或者怎样一个会面法,他不知道,也不想问;他心底里隐隐有一种顾忌,觉得事情知道多了反而不好办。这段时间,好像一切都是地下活动。

有时候他问起妻子上哪儿去的——这句话是所有的福尔赛都免不了要问的,因此他也照样不放过——她的样子显得很古怪。她那种镇静的派头真是了不起,可是偶然间在她那张毫无表情的面具上——尽管一直在他眼中是那样莫测高深——也会隐隐看出一种他一向不大看到的神情来。

她有时连午饭也出去吃;当他问起贝儿生,太太是不是在家里吃午饭时,贝儿生的回答时常是:"没有吃,老爷。"

他极端不赞成她一个人在外面闲荡,而且当面对她说过。

可是她并不理会。她不听他劝告的那种若无其事的派头有些地方使他又骇又气,然而又不禁好笑。的确,她好像心里在自鸣得意,认为把他压下去了。

他站起来,把皇家法律顾问华特布克的意见书放下不看,上楼进了她的卧室,原来她白天并不锁门——他看出她总算识得体面,不让用人瞧见笑话。她正在梳头发,这时转过身来向着他,凶狠得有点莫名其妙。

"你有什么事情?"她说,"请你离开我的房间!"

他答:"我要知道我们两个中间这种情形还要继续多久?我已经容忍了好久,再不能忍下去了。"

"你能不能离开我的房间?"

"你能不能把我当作你的丈夫?"

"不能。"

"那么,我就要逼你非把我当作你丈夫不可。"

"来吧!"

他眼睛睁得大大的,对她回答得这样镇定,甚为骇异。她嘴唇闭成一条线;一大堆蓬松的头发覆着裸露的肩头,异样地金光灿烂,越发衬托出那双深褐的眼睛——眼睛里面燃烧着畏惧、仇恨、鄙视和那种他习见的异样的胜利感。

"现在,你可以不可以离开我的房间?"

他转身悻悻地走了出去。

他明知道自己不打算逼她,而且看出她也知道——知道他有所忌惮。

他有个习惯,经常跟她谈一天里做些什么事情:有些什么当事人上事务所来找他;怎样替巴克斯办妥一件房产押款的;那件多年不决的佛里尔对福尔赛的讼案最近的情形;这件案子的起因全由于他的叔祖尼古拉把自己的财产处置得过于慎重了,慎重得入了魔。把财产捆得牢牢的,谁也得不到手,这件案子看上去将要永远成为几个律师的衣食饭碗,直到世界末日为止。

他还谈自己上乔布生行看过,谈在蓓尔美尔大街达莱伦父子画廊里看见一张布齐尔的画,自己还没有来得及就被人买去了。

他对布齐尔、华托和这一派的所有画家都很看得上。他有个习惯,经常拿这些事情跟她谈,甚至现在还照常跟她谈,在吃晚饭的时候一谈就谈上半天,好像这样滔滔不绝谈着时,他可以不感到内心的痛苦似的。

时常,碰到两个人单独在一起,她跟他道晚安时,他总企图吻她一下。也许他暗怀一种希冀,哪天晚上她会让他吻她;或者仅仅由于他觉得做丈夫的应当吻一下自己的妻子。就算她恨他,这个古礼无论如何总不应忽略,否则就是自己理亏了。

而且她为什么要恨他呢?便是到现在他还是信不了。被人家恨的滋味真是说不上来——这种情绪太偏激了;然而他也恨波辛尼,那个"海盗",那个窥伺的流浪汉,那个夜游神。在索米斯的心目中,他好像永远潜匿在哪里等着——永远在游荡。啊,可是他一定过得很潦倒呢!那个年轻的建筑师伯吉特曾经看见他从一家三等饭馆里出来,神气非常之颓丧!

时常他躺在床上睡不着时,自己盘算着这种看上去永远没有个完结的局面——除非她会忽然明白过来——他的脑子里从来没有认真想到要和自己的妻子离异过……

还有福尔赛家其他的那些人!他们在索米斯这出幕后悲

剧的目前阶段扮演了什么角色呢?

说实在话,根本没有扮演什么,因为他们都往海边去了。

他们都住在旅馆里,疗养院里,或者自己租赁的房子里,天天出来洗海水浴;给自己储存起一大堆臭氧准备过冬。

每一房都在自己挑选的葡萄园里,把自己最喜爱的海洋空气当作葡萄一样来培植,选剔,榨汁,装瓶。

到了九月底才开始看见他们各自归来。

他们一个个身强力壮,脸上的气色红红的,坐着小载客马车,每天从各个终点站到达家中。第二天早上就看见他们各回各的行业去了。

这底下一个星期天,悌摩西家里从午饭起直到吃晚饭的时候都挤满了人。

这里面谈的闲话实在太多,而且太有趣了,来不及一一细讲;在这些谈话当中,史木尔太太提到索米斯和伊琳并没有出门。

另外一件有趣的事情却有待于一位和这件事情比较无关的人来补述了。

有位马坎德太太是维妮佛梨德·达尔第顶要好的朋友;在九月里一个下午将近四五点钟的时候,这位马坎德太太跟小奥古斯特·菲力巴在里士满公园骑自行车锻炼身体,碰巧被她撞见伊琳和波辛尼正从凤尾草丛那边向幸恩门走去。

这个可怜的小女人可能是口渴了;她在一条又干又硬的公路上骑了好长一段路,一面骑着自行车,一面和菲力巴讲着话,这样子——伦敦人全知道——便是最强壮的身体也是吃不消的;也可能是因为她看见清凉的凤尾草丛——"那两个"从里面走出来的——使她艳羡起来。原来山顶上那片清凉的凤尾草丛上面的橡树长得亭亭如盖,许多鸽子就在树上唱着连绵不断的合欢曲;当那些驯鹿悄悄走过时,秋天就向草丛里那些情人的耳朵里喁喁低语着。凤尾草丛啊!你是一去不返的欢乐,是天地交泰的漫漫长夜里那些金黄的时刻,是牡鹿的乐园,是山羊神的神庙——那些在夏日薄暮围着桦木女仙白银身体跳跃的山羊神!

这位太太和福尔赛家所有的人都认识,上次琼订婚举行的茶会她也到场,因为一看见眼面前她要对付的是这两个人时,自己并不觉得茫然无措。她自己的婚姻可怜并不圆满,可是她心地明白,手段又高明,结果她丈夫被她逼得犯了一件大错,而她自己却从容完成了必要的离婚手续,同时并不引起舆论的谴责。

由于有这些缘故,她在男女的事情上眼睛最毒;她住的那座分成许多小公寓的大厦里就聚集了有不计其数的福尔赛,这些人做了一天生意下来主要的消遣就是谈论各人之间的私事。

可怜的小女人,她可能是口渴,但肯定是谈得腻味,因为菲力巴的口才太风趣了。所以在这样一个意想不到的场合碰上了"那两个"在她简直是如获至宝。

碰到这个马坎德,就像全伦敦的人碰到她一样,时间老人也要驻足一观。

这个身材矮小然而人才出众的女人的确值得注意;她有一双无所不窥的眼睛,还有一条三寸不烂之舌;这些,说来也许令人难以理解,都是被她用来替天行道的。

她有一种久经疆场的派头,非常照顾得了自己,有时简直弄得人很局促。在摧毁当前仍在阻碍文明车轮的骑士精神这件事上,她那种做法恐怕比任何时髦女子的贡献都大。她为人行事都极端漂亮,所以人家谈起她时都亲热地称呼她"小马坎德!"

她穿的衣服又紧贴又合身,而且是一个女子俱乐部的会员,不过又不是那种一心只想着妇女权利的心神不宁、神色凄惨的会员。她的那些权利都是不知不觉地享受到的,随随便便就到了她手里;她而且十分懂得一方面尽量利用这些权利,同时并不引起她所依附的那个伟大阶级的反感,不但没有反感,反而钦佩她;所以如此,倒不完全由于她对人态度和蔼,而是由于她的家世、教养和掌握了那个秘密的、可靠的尺度——财产意识。

她是贝德福德郡一个律师的女儿,外祖父是牧师;她嫁了一个性情平和的画家,爱好自然简直爱得入魔,终于遗弃了她去搭上一个女戏子;在她这一段痛苦的结婚过程中,她始终都顾念着上流社会里的那些戒律、信念和观感;及至获得自由之后,她毫不为难就全心全意奉行起福尔赛主义来了。

她经常总是那样兴高采烈的,而且"消息特别灵通",所以到处受人欢迎。大家都觉得她完全照应得了自己,绝不会上人家的当,所以当有人在莱茵河或者采尔马特山碰见她一个人,或者跟一个女子、两位男子一同旅行时,他们并不觉得诧异或者不以为然;正由于她有这种了不起的不上当的本领,所以所有福尔赛家的人都从心里喜欢她,这就使她能够一毛不拔而尽量享受别人的一切。大家都认为,如果要保存和增加我们里面最好的女性典型的话,希望就应当寄托在像马坎德太太这样的女人身上。她从来没有生过儿女。

如果说世界上有什么人使她特别不能容忍的话,那就是男人唤作的那种"娇媚"的柔顺女子;尤其是索米斯太太,她一直就不喜欢。

无疑,她心里的感受是,如果"娇媚"一旦被人承认为女子的标准的话,那么精明强干就要垮台;伊琳具有的那种微妙的诱惑力偏偏使她不能熟视无睹,所以她就恨她——尤其是碰到这种所谓"娇媚"使她没法子对付时,她就更加恨得厉害。

不过她说,她看不出这个女人有什么动人之处——她没有种——她绝不会把持得了自己——谁都可以叫她上当,这是一望而知的——老实说,她就看不出她有什么地方使男人倾倒。

马坎德太太并不真正是个坏人,不过经过那一段结婚生活的苦难之后,为要维持她当前的地位,她觉得表示"消息灵通"非常之有必要,所以对于公园里面"那两个"的事情是否应当保持缄默,她根本没有想到。

她有时候上悌摩西家里来,照她平时的说法,"去给那些老古董解解闷";那天晚上,她刚巧在悌摩西家吃晚饭。请来的陪客永远是那几个:维妮佛梨德·达尔第和她的丈夫;还有佛兰茜——她算艺术界,因为大家知道马坎德太太常在《妇女乐园》杂志上写些妇女服装的文章;另外,如果找得到的话,还有海曼家的两个男孩子给她卖弄一下风情;这两个孩子虽则从来嘴里不说,但大家都相信他们很放纵,而且对时髦社会里一切最时新的玩意儿都十分熟悉。

在七点二十五分的时候,马坎德太太关上她小小穿堂里的电灯,穿上她赴歌剧场的兔鼠领大衣,到了外面走道里,停一下看看带上大门钥匙没有。这些自成格局的小公寓甚为方便;光线和空气诚然没有,可是自己要关上就可以关上,要出去就出去。没有用人麻烦你,无拘无束,不像从前可怜亲爱的佛莱德一天到晚阻在你眼前,失魂落魄的样子,捆得人动都不能动。可怜的亲爱的佛莱德,她跟他也没有什么深仇大恨,他是个十足的傻瓜;可是一想起那个女戏子,便是在现在,还使她嘴边露出一丝敌对的鄙薄的微笑来。

她使劲带上门,在走道里一路过来,走道两边是阴沉的橙黄色墙壁,一眼望去是数不尽的编了号码的棕色门。电梯正开下来;马坎德太太把大衣的高领子裹到耳朵,头上红褐色的头发纹丝不乱,站着一动不动等候电梯开到自己这一层楼停下。铁栅门哐啷一声开了;她走进电梯。里面已经有了三位乘客,一个穿大白背心的男子,一张光溜溜的大脸就像个吃奶的孩子,两位老太太,手上都戴着无指手套。

马坎德太太向他们笑笑;她个个人都认得;这三个人本来全都不讲话,很有派头,这时立刻交谈起来。这就是马坎德太太成功的秘诀。她会逗人谈话。

从五层楼一直开到底,谈话就没有断过;开电梯的背过身去,在铁栅栏中间露出一张讽刺的脸。

四个人在楼下分手,穿白背心的男子欣欣然上弹子房去,两位老太太去吃晚饭,并且相互地说:"有意思的小女人!""真是个话匣子!"马坎德太太上她的马车。

当马坎德太太在悌摩西家里用晚饭的时候,席上的谈话(虽则永远没有人能劝悌摩西本人出来参加)就带上一般福尔赛中间所流行的那种比较广泛的社会名流的口吻;她在悌摩西家里所以这样受重视无疑的就是这个缘故。

史木尔太太和海丝特姑太都觉得她的谈话很别致,听得非常开心;都说"要是悌摩西能跟她会会多好!"她们觉得马坎德太太对他有益处。比如说,她会告诉你查理·费斯特的儿子最近在蒙特卡洛做些什么事情;告诉你泰恩茅斯·艾娣那本时髦小说里人人感到奇怪的女主角究竟是谁;还告诉你巴黎那边妇女穿大脚管裤子的一些事情。她而且很懂事;像尼古拉大儿子的那个叫人烦神的就业问题,她就全部清楚;事情是这样的,尼古拉的老婆要儿子进海军,尼古拉本人要儿子学会计,认为这样安全些。马坎德太太坚决不赞成小尼古拉进海军。在海军里面,你非得特别聪明或者社会关系特别好不可,否则他们就不会提拔你,就是这样卑鄙;再说,一个人进海军究竟指望些什么呢?就算你做到海军大将——还不是那一点点薪俸!一个会计师机会多得多,不过要给他找一个好厂家,开头不会出岔子的。

有时候,她也会告诉她们一点证券交易所的内幕消息;不过这并不是说史木尔太太跟海丝特姑太听了就会照做。她们也没有钱投资;可是这些话却使她们接触到生活的实况,因此听得她们非常起劲。这是一件大事。要去问问悌摩西,她们说。可是她们并没有去问他,因为没有问,她们就知道这种消息悌摩西听了反而烦心。不过事后有好几个星期她们都会悄悄翻阅马坎德太太说的那家报纸——这家报纸很受她们重视,认为它真正代表当时的时髦风气——看看"布拉特红宝石"或者"羊毛雨衣公司"的股票究竟是上涨还是下跌。有时候她们连公司的名字都找不到;那样她们就等到詹姆士或者罗杰,甚至于斯悦辛来到时,带着兴奋好奇的心情,连声音都显得抖了,问他们玻利维亚石灰亚铅公司的股票怎样——她们在报纸上连名字都找不到。

罗杰就会回答:"你们问这个做什么?废纸!你们准要跌得鼻青眼肿——把钱投在石灰和那些你们不懂的东西上面!哪个告诉你们的?"及至问清楚马坎德太太跟她们怎样说的,罗杰就走了,到商业区向人家打听一下,说不定在这些股票上自己也投点资。

当时晚饭正吃到一半,事实上刚巧是史密赛儿端上羊胛肉的时候,马坎德太太神情活跃地环顾一下,就说:"哦!你们晓得今天我在里士满公园碰上哪一个?你们决计猜想不到——索米斯太太跟——波辛尼先生。他们一定是下乡看房子回来的!"

维妮佛梨德咳了一声,没有一个人说话。这个见证是他们每一个人潜意识里都等待着的。

说句公道话,这实在不能怪马坎德太太;她跟三个朋友结伴去游瑞士和意大利湖沼区刚回来,所以没有听到索米斯跟他的建筑师闹翻了。因此,她根本没有想到自己这句话会给听的人那样深刻的印象。

她身子坐得笔直,脸色微赧,转动着两只尖锐的小眼睛把一张张脸望过来,估计她这句话产生的效果。海曼家的两个男孩子一边一个坐在她旁边,同样一张瘦削、缄默、饥饿的脸向着盆子,继续吃羊胛肉。

这两个,加尔斯和吉赛,长得非常之像,而且形影不离,所以人家都把他们叫作"德罗米欧哥儿俩"①。他们从来不谈话,而且好像成天无所事事。人家通常都当作他们在准备一个重要的考试;总是看见他们在附属他们房子的公用花园里

---

① 莎士比亚喜剧《错误的喜剧》中的两个外貌相似的孪生仆人。

散步,帽子不戴,手里拿着书,牵着一头猎狐的短毛狼犬,相互间不说一句话,永远抽着烟,这样成几个钟点下去。每天早上,两个人各自骑一匹出租的瘠马,马腿就跟他们自己的脚一样瘦,在相隔五十码的光景,缓辔向坎普登山驰去;每天早上,约莫过了一个钟点之后,仍旧相隔五十码的光景,又看见他们缓缓驰回来。每天晚上,不管他们在哪里吃晚饭,在十点半左右总可以看见他们在阿尔汗布拉宫海滨人行道靠着栏杆站着。

这哥儿俩从来没有看见不在一起过;他们就这样安度着岁月,显然十分满足。

在这不好受的当儿,他们心里忽然被那种上流人士的情绪隐隐激动起来,所以都转身望着马坎德太太用着差不多同样的口吻问道:"你见到那个——?"

马坎德太太没想到会这样问她,诧异得把叉子放了下来;史密赛儿正走过她跟前,当时就把盆子撤去。可是马坎德太太非常镇定,立刻说:"这羊肉真好,我还得再吃一点。"

可是事后回到客厅里面,在史木尔太太旁边坐下来之后,她决心把这件事情弄个明白。她开口说:

"好一个美人儿,索米斯太太;那样地多情!索米斯真是好运气!"

她一心想要打听一点消息,就忘掉适当照顾福尔赛家人那种爱面子的感觉;这家人再有什么苦衷是决计不肯让外人分担的;史木尔太太整个身体呼噜一声挺起来,一副庄严的面孔,带一点抖说:

"亲爱的,这件事情是我们从来不谈的!"

第二章 公园之夜

虽则史木尔太太凭着自己历试无误的本能,说了一句使得她的客人"只有更加迷惑"的话,可是要找一句比这更能说出真情的话,倒也不容易。

这件事情便是在福尔赛家自己人中间也是不能谈起的——用索米斯自己发明的一句话来形容,这是"地下活动"。

可是自从马坎德太太在里士满公园碰见他们之后,一个星期不到,福尔赛家的人全知道"那两个"做得太过分了;詹姆士——他每天从鸡鸭街回公园巷,从不越出家庭圈子——知道了;终日闲荡的乔治——他每天从海佛斯奈克俱乐部的大拱窗口逛到红篮子酒店的弹子房里——也知道了;只有悌摩西,大家都小心瞒着不让他知道。

福尔赛家人听到时的感想以乔治的一句话比任何人都形容得确切,他跟他兄弟欧斯代司说:"'海盗'真的'干了';想来索米斯快要'吃不消'了。"乔治专门会发明这类别腔别调的话,在时髦社会里到现在还流行着。

人都觉得索米斯当然吃不消,可是他有什么办法呢?也许他应当闹了出来;可是闹出来又多么地不体面。

除非把这件丑事公开闹出去,这个他们无论如何没法赞同,此外就很难闹出什么名堂来。处在这种僵局下面,唯一的方法还是一点不跟索米斯谈起,而且相互之间也不要谈;事实上不闻不问。

摆出一副严峻而冷冰冰的面孔给伊琳看,或者会使她有点顾忌;可是现在很少看见她的人,要想故意找上她给她冷面孔看,好像也有点困难。詹姆士为了儿子这件不幸的遭遇着实感到痛苦,所以有时候关在自己卧房里的时候,就把心事向爱米丽倾吐了出来。

"我真不懂,"他总是说,"把我可急死了。这非出丑不可,那就对他很不利。我不预备跟他讲什么。也许一点事情都没有。你怎么看法?人家告诉我,她很有艺术眼光。什么?唉,你真是个'十足的裘丽'①!嗯,我不晓得;我看事情要闹得不可收拾。这都是由于没有孩子的缘故。我一开头就看出不对了。他们从来不告诉我不打算有孩子的事情——什么话都不告诉我!"

他跪在床面前,烦得瞪着一双眼睛,向着被呼气。他穿了一身睡衣,脖子向前伸出来,伛着背,那样子活像一只长身白鸟。

"我们的主——"他把这几个字说了又说,心里反复想着的仍旧是这件丑事恐怕要闹了出去。

他也跟老乔里恩一样,私心里总怪自己的族人凭空要干涉到自己的家庭生活,悲剧的起因就在这里。那班人——他脑子里开始把斯坦厄普广场那一房连同小乔里恩和他女儿都

---

① 这句话是回答爱米丽的。大约爱米丽说了和史木尔太太说的类似的话,叫他不要谈。

看作"那班人"了——做什么要跟波辛尼这种人攀亲呢？（他已经听到乔治起的那个"海盗"的绰号，可是弄不懂是什么意思——这个小伙子是个建筑师啊。）

他本来一直敬重自己的哥哥乔里恩而且信赖他的那些见解，现在开始觉得乔里恩也不过如此罢了。

他没有老哥的那种倔强性格，所以气得还好，倒是愁得厉害。他最大的快乐是上维妮佛梨德家里去，带她的几个孩子坐马车上肯辛顿公园；在公园里那座圆池子旁边，常看见他踱着方步，眼睛焦灼地盯着小蒲白里斯·达尔第的小帆船，船上由他押上一个便士好像肯定这只船拢不了岸似的；就在这时候，小蒲白里斯——可喜的是，詹姆士觉得，这孩子一点不像他的父亲——在他脚前脚后跳跳蹦蹦的，总要骗他再赌一个便士，看它拢不拢岸；他自己发现这船是迟早总要拢岸的。詹姆士就打赌；而且总是他付钱——有时候一个下午要付上三四个便士，小蒲白里斯好像对这项游戏永远玩不厌似的——在付钱的时候，詹姆士总要说："啊，这是给你放在扑满里的。咦，你很算得上一个阔人啦！"一想到自己的外孙钱愈来愈多时，在他真是开心。可是小蒲白里斯晓得有一家糖果店，他早有妙算了。

他们时常穿过公园①步行回家；詹姆士高肩膀，一张沉思而焦虑的脸，望着伊摩根和小蒲白里斯两个肥壮的小身体，执行着他那又瘦又长的保护人的职务，可怜的是他这副模样毫不引起旁人的注意。

可是这些公园并不仅仅属于詹姆士。这里有福尔赛，也

---

① 肯辛顿公园和海德公园连接。

305

有流浪者,有儿童,也有情侣;他们日日夜夜在这里休息游荡,全都想摆脱掉一点工作的疲劳和街道的尘嚣。

树叶子慢慢变黄了,依恋着太阳和温暖如夏的那些夜晚。

十月五日是星期六,天色从早到晚都是那样的蔚蓝,日落之后,又变成紫葡萄那样的深红。晚上没有月亮,清澈的夜晚像件黑丝绒的衣服一样裹着公园里的树木;树枝上叶子已经稀了,望上去就像羽毛,在静止的温暖空气中一点也不动。全伦敦的人都拥到公园里来,从夏天的酒杯里喝掉那残剩的酒脚。

一对对情侣陆陆续续从公园各个门里流进来,或者沿着小径走,或者在烤热了的草地上漫步,一个个不声不响从亮处蹑进那些疏树荫里面:那儿,裹在温柔的黑暗里,或者倚着一棵树身,或者躲在一丛灌木的阴影里,他们除掉自身以外,其余的一切全都忘怀了。

小径上又来了些人,在他们眼中,这些先驱者看上去只是那片热情黑暗的一部分,从黑暗里面传来一阵奇异的喁喁声,就像是心房的忐忑跳动。可是当那阵喁喁声传到灯光下的那些情侣耳中时,他们的声音颤抖了,停止了;他们的胳膊搭在一起,眼睛开始向黑地里找寻、窥探、搜索。忽然间,就像被一只无形的手掌拖住一样,他们也跨过栏杆,于是像影子一样在灯光下消失掉。

远远的、冷酷的隆隆市声包围着这片寂静;这里面,洋溢着千百个挣扎着的渺小人类的各种情感、希望和爱慕;尽管那个大福尔赛集团——市政府——对这类事情不以为然,一直认为爱神是社会的严重威胁,仅次于阴沟的排泄问题;尽管如此,这天晚上在海德公园里,而且在千百个其他公园里,爱情仍旧在进行着；如果不是这样的话，那些千千万万的工厂、教会、商店、税局和沟渠——因为他们是这些的监护者——就要变得像没有血液的脉管，没有心脏的人一样。

当这些出于天性毫无顾忌地谈情说爱的人们藏身在树底下，远离开他们无情的敌人——"财产意识"——的监督，幽会作乐的时候，索米斯正从湾水路悌摩西家里一个人吃了晚饭回来；他沿着湖边走着，脑子里盘算着未来的那件讼案，这时他听见一声低笑和接吻的声音，不由得使他的血液从心里涌起来。他想第二天写封信给《泰晤士报》，请编者注意我们公园里的情形太有伤风化了。可是他后来并没有写，因为害怕看见报纸上登出自己的名字。

他在爱情上虽则是个快要饿死的人，从那片寂静中传来的喁喁私语，和黑暗中半隐半现的人影，对于他的作用就像是一种病态的刺激。他离开水边的小路，悄悄走到树底下，沿着一丛丛树木的浓荫走着；在这里，栗树枝上的大叶子低垂下来，形成更加黑暗的隐秘巢穴；索米斯故意绕着圈子走，想把那些抵着树身的并排椅子，那些搂抱的情侣——人家在他走近时都转动一下——偷偷窥看一下。

现在他站在小丘上眺望着下面的蛇盘湖；湖上灯光明亮，一对情侣坐在湖边一动不动，被银色的湖水衬上去就像一片黑影子，女的把脸埋在男的颈子上——望去就像一块雕刻出来的整体，象征着爱情，静静的，毫不害羞。

这景象使索米斯很痛苦，所以他赶快溜进树荫的深处。

他这样搜索，究竟是什么心思呢？究竟找寻什么呢？是找疗饥的粮食——还是黑暗中的光明？谁知道他在指望发现什么——是与己无关的对于男欢女爱的认识——还是他私人这出"地下"悲剧的结局——因为,话说回来,这里每一对无名的,叫不出名字的黑漆漆的情侣安见得不会是他跟她呢?

可是以一个索米斯·福尔赛的妻子会像一个普通下贱女子坐在公园里——他找的不可能是这种事情!这太想入非非了;然而,索米斯仍旧踏着无声的脚步,一棵棵树走过去。

有一次他遭到人家咒骂;有一次那声"但愿能永久这样"的低语使他的血液涌上来,于是他耐着性子,坚决地站在那里,等着这两个起身。可是在他面前走过的只是一个瘦骨嶙峋的女店员,穿着一件肮脏的上褂,吊着她情人的胳膊去了。

在树下那片寂静里面,无数其他的情人也在低声说着这个希望,无数其他的情人相互搂抱着。

索米斯忽然感到一阵厌恶;他抖擞一下身子,回到小路上,放弃了这种自己也莫名其妙的搜寻。

第三章　植物园中的幽会

　　小乔里恩的境遇并不像一个福尔赛家人那样宽裕；水彩画家总要到乡下去走走，寻幽访胜，不这样走动一下，就不能下笔；可是这笔钱他却出不起。

　　事实上，他时常弄得没有办法时，只好携着画盒子上植物园去；在植物园里，一只小凳子放在智利松的树荫下面，或者橡胶树背风的一面，他常会画上大半天。

　　一位新近看过他作品的画家曾经发表过下列的意见：

　　"你的画也可以说是很好；有几张的色调确乎表现出对自然的感受。可是，你看，这些画的题材太分散了；绝不会引起人家的注意的。比如说，如果你选择一个固定的题材，像'伦敦夜景'，或者'水晶宫①的春天'之类，一连画上许多幅，人家一看就会知道这些画是怎么一回事。这一点非常重要，也不是几句话说得完的。所有在艺术上享盛名的，像克伦姆·斯东或者白里德，他们之所以享名都是靠避免那些人家不熟悉的题材；都是把自己作品限制在一个同样狭窄的范围里，让人家一望而知是他要买的画家。这是谁都看得出的，因

---

①　1851年海德公园大展览会的会场，1854年向游人开放。整个建筑是钢筋和玻璃造的。

为一个收藏家买一张画,总不愿意人把鼻子凑在画布上半天才看出是哪个画的;他要人家一看就能够说出,'一张福尔赛的精品啊!'拿你来说,小心选择一个人家能够当时就能看上的题材就更加重要,因为你并没有什么特别独创的风格。"

小乔里恩站在那架小钢琴旁边听着,微带笑容;钢琴上面一只花瓶插了些干玫瑰叶子——这是园子里唯一的出产——放在褪了色的花缎上。

他的妻子瘦削的脸上正在怒容满面望着这位说话的人;小乔里恩转身向妻子说:

"你懂得吧,亲爱的?"

"我不懂得,"她用她若断若续的声音说,里面还夹着一点外国口音,"你有你的独创风格。"

那位批评家望望她,谦逊地一笑,就没有再说什么。他跟别人一样,知道他们过去有一段恩爱史。

这番话对于小乔里恩的影响倒是很深;这种说法和他原来相信的一切都相反,和一切他认为是好的绘画理论都相反,可是有种古怪的内在倾向推动着他违反自己的意志,要他把这些话利用一下。

由于这个缘故,所以有一天早上小乔里恩忽然起了念头,想要画一批伦敦景色的水彩画。这个念头因何而起连他自己也弄不懂;一直到第二年他把这批水彩画画完,而且卖了一笔好价钱之后,某一天碰到他丢开个人得失而随意遐想的时候,他这才想起那位艺术批评家的话来,并且从自己的艺术造诣中又一次证明了自己是个福尔赛。

他决定先从植物园开始,因为他在这里已经画过不少的画了;他选中那个小人造池的地点,池上这时正飘满像秋雨一样纷纷落下的红叶和黄叶;原来那些园丁虽则想把叶子扫掉,可是他们的扫帚却够不着。园内其他的部分都扫得相当干净,天天早上扫;大自然下的那些落叶全被他们扫了起来,扫成一堆堆,点上火徐徐烧着,升起芬芳而辛辣的烟雾;春天是布谷鸟的叫唤,夏天是菩提花的香气,而秋天真正的征兆便是这些烟了。园丁们的清洁习惯容不了草地上那片金黄色、绿色、红褐色织成的图案。那些碎石子路必须是洁净无瑕,井井有条,既不反映生命的真相,也不显示自然界那种缓慢而美丽的衰歇;然而把王冠踏在脚下,在大地上星星点点铺上没落的繁华,这底下,经过季节的变迁,再从这些里面涌现出缭乱春光的,也就是这种衰歇啊!

因此每一片叶子,从它振翅和树枝道别,缓缓翻飞落下时,就已经被园丁盯上了。

可是在小池子上面,那些叶子却安静地浮着,用它们的各种色彩歌颂着上苍,同时日光在上面盘桓不去。

小乔里恩寻到它们时就是这样。

在十月中旬的一个早上,他来到园中,发现离他画架二十步光景的长椅上有人坐着,他心里很不舒服,因为他作画时最怕被人看见。

椅子上坐的是一位穿丝绒外褂的女子,眼睛盯在地上。可是在他们中间隔着有一丛正在开花的月桂树,所以小乔里恩就用月桂树做掩蔽,着手装置画架。

他从容不迫地装着;正如一切真正的艺术家那样,任何事物只要可以耽搁一下自己工作的,你都要注意一下;他发觉自己在偷眼瞧那位不相识的女子。

跟他父亲从前一样,他很能欣赏一张好看的脸。这张脸长得很美呢!

他瞧见一个圆圆的下巴裹在乳白色的褶领里,一张娇嫩的脸,深褐色的大眼睛,温柔的嘴唇,一顶黑宽边女帽罩着头发;身子轻靠在椅背上,跷着腿;裙子下面露出一只漆皮鞋的鞋尖。在这个女子身上的确有种说不出来的娇媚的地方。可是最引小乔里恩注目的还是她脸上的表情,他联想起自己的妻子来。望上去好像这张脸的主人受到什么巨大的压力,自己抵御不了似的。这使他看了很不好受,心里隐隐引起一阵倾慕和骑士的热肠。她是谁?她一个人在这儿干什么呢?

两个年轻男子,就是我们在摄政公园常看见的那种特别的鲁莽而兼腼腆的类型,上园子里来打草地网球;小乔里恩望见他们带着羡慕的眼光偷眼瞧她,心里很不以为然。一个恋恋不舍的园丁耽在那里就一丛蒲苇做些不必要的活计;他也借此来张一眼。一位老先生,从他的帽子看上去大约是园艺学教授,走这里经过三次,悄悄地上上下下打量她,打量了好久,嘴角带着异样的表情。

对所有这些人,小乔里恩都暗暗感到生气。这些人她一个都不望,然而小乔里恩敢保凡是有人走这里经过,都会这样悄悄望她。

有种女人可以使男人看了着魔,她的一颦一笑都给予男人一种快感,然而这个女子长的却不是那样一张脸;她也没有英国那些福尔赛始祖极端珍视的"妖冶";也不是那种通常在巧克力糖盒子上见到的美人,按说这一种也不差;她也不是那种热情之中寓有圣洁,或者圣洁之中寓有热情的脸,这是室内装饰画和近代诗歌中所特有的;另外还有一类脸,常被戏剧家用来创造那种有趣的然而神经衰弱的,在最后一幕自杀的女性类型,可是她这张脸看上去也不大像。

就脸形和肤色来说,就那种迷人的温柔和顺,艳丽然而绝俗的派头来说,这个女子的脸都使他想起提香那张"圣洁之爱"来,他有一张复制品就挂在餐室的碗橱上面。而且她引人的地方好像就在这种温柔和顺上面,给人以一种感觉,好像只要一施压力她就可以屈服似的。

她在等什么呢,等哪一个呢,这样默默无言坐着;树上不时东一处西一处落下一片叶子,画眉鸟一个挨一个在草地上昂然走着,身上闪烁着秋霜。

后来她一张娇媚的脸变得着急起来,小乔里恩四面环顾一下,看见波辛尼穿过草地大步走来,在他心里引起几乎像是情人的妒意。

他怀着好奇心留神看两个人会面,会面时眼中的神情,和握手握得那样久。两个人靠在一起坐下,尽管表面上竭力做得庄重,但是身子却紧紧挨着。他听见两人叽叽咕咕讲得很快;可是听不出他们讲些什么。

他自己是过来人!这种半公开的约会,等的时间那样长,会面的几分钟又不能尽情欢畅;这在违反礼教的爱人中间常感到的刑罚一样的焦急和伫盼;这些滋味他都尝到过。

可是一个人只要对这两张脸看一眼,就可以看出这绝不是那种使时新男女如痴如狂的逢场作戏;绝不是那种突如其来的食欲,一醒来时狼吞虎咽,六个星期不到就重又吃饱睡觉了。这是真正的爱情!这就是他自己过去碰到过的!这里什么事情都做得出来!

波辛尼在那里央求,她坐着看草地,神气是那样安静、那样温柔和顺,然而绝对打动不了。

这样一个娟娟弱质,这样一个绝不会为她自己采取任何行动的女子!像波辛尼这样的男子能不能把她带走呢?她已经把整个的心交给他,而且会为他死,但是可能绝对不会跟他私奔!

小乔里恩好像能听得见她说:"可是,心肝,这要毁掉你的一切的!"因为他自己就亲切体验到,每一个这样女子的内心深处都怀有那种钻心的恐惧,生怕自己成为自己所爱的人的累赘。

他不再窥望他们了;可是他们温柔而急剧的谈话传进他耳朵里来,同时传进他耳朵里的还有一只鸟儿期期艾艾的歌唱,像在竭力回忆它春天唱的调子:欢乐呢——还是悲剧呢?哪一个——哪一个?

两个人的谈话慢慢停下来;接着是长时间的沉默。

"这把索米斯置于何地呢?"小乔里恩想,"人家还以为她担心欺骗自己丈夫是犯罪的行为!他们简直不懂得女人的心理!她是饿久了,在吃东西——在她这是报复!愿上苍保佑她——因为索米斯也要报复的。"

他听见一阵绸衣服的簌簌声,从月桂树后面窥望出去,看见两个人走了,暗地里手搀着手……

老乔里恩在七月底就带了自己孙女儿上瑞士去;这一次上瑞士(这是他们去的最后一次),琼的健康和心情都大大地复原了。在各处旅馆里——旅馆里住的都是英国的福尔赛之流,原因是老乔里恩就是受不了"那班德国人",他对一切外国人都这样称呼——在各处旅馆里,由于老乔里恩是那样仪表堂堂,而且显然很有钱,而她又是老乔里恩的独养孙女,人们对她都很尊敬,她并不随便跟人家交往——琼一向就不随便跟人交往——可是却结识了几个朋友,尤其是在罗讷河谷结识了一个肺病生得快要死的法国女孩子。

琼当时就下决心不让她死;在策划和死神对抗的运动中,她自己的愁肠不觉忘了大半。

老乔里恩留心看着这个新形成的亲密友谊,一面感觉宽慰,一面又不以为然;从这件事情上又一次证明琼的一生将要花在那些"可怜虫"的身上,这使他很着急。难道她永远不会交些真正于她有益的朋友,或者做些真正于她有益的事情吗?

"跟一批外国人勾搭上",这就是他的看法,可是从外面回来时,他却时常挟些葡萄或者玫瑰花,笑眯着眼睛,殷勤地拿来送给这位"马姆赛儿"①。

九月快完的时候,尽管琼心里不愿意,维高尔马姆赛儿在圣吕克那家小旅馆里——是人家把她送去的——断了气;琼对这场失败深深感到痛心,所以老乔里恩携她上了巴黎。在巴黎看了"米洛的维纳斯"雕像和"圣马德莱娜教堂",琼总算排遣了愁怀,所以到了十月中旬两个人回到伦敦来时,老乔里恩认为这次疗养已经收效了。

可是丧气的是,他们才在斯坦厄普广场安顿下来,老乔里恩就看出她又恢复了原来的那种呆呆出神的样子。她时常坐在那里眼睛瞪得笔直,手支着下巴,就像北方神话里的小精怪,样子又是狰狞又是专注,而在她的周围,新装上的电灯把那座大客厅照得通亮;客厅里的墙壁用锦缎一直糊到画线,塞满了从拜波—布尔白里铺子里买来的家具。一面大金边镜

---

① 法文 Mademoiselle,意为"小姐"。

子,镜子里面照出那些德累斯顿的瓷人儿,许多胸脯丰满的女人,膝上各抚摸着一只心爱的绵羊,许多穿绑腿裤的年轻男子坐在她们脚下;这些还是老乔里恩做单身汉时买的,在那些艺术趣味低落的日子里,他对这些瓷人儿非常珍视。老乔里恩原是个思想最开通的人,在所有福尔赛家人中间,他比谁都跟得上时代,然而他永远忘记不了这些瓷人儿是他从乔布生行里买来的,而且花了一大笔钱。他时常跟琼谈起,带着一种失望之余的轻蔑说:

"你这个人才不会喜欢这些瓷人儿呢!这些都不是你跟你那些朋友喜欢的破烂货,可是却花了我七十镑钱!"他就是这样一个人,当他有充足的理由认为自己的爱好是恰当时,绝不随俗转移。

琼回家来做的第一件事情就是上悌摩西家去。她硬跟自己说,她有责任去看看悌摩西,跟他谈谈这次旅行的见闻,给他解解闷;可是事实上,她所以上悌摩西家去是因为自己意识到只有在悌摩西家里可以在闲聊中,或者用什么转弯抹角的问题,挤出一点波辛尼的消息,除了这里没有第二个地方。

她们很亲热地接待她:她祖父可好?自从五月里来过一次,还没有来看过她们。悌摩西叔祖身体很不好;那个扫烟囱的人在他的卧房里闹了一个大乱子;这个蠢货把煤灰都扫下来了!这事使她叔祖很是生气。

琼坐在那里有大半天,生怕她们要讲起波辛尼,然而又热烈地盼望她们讲起。

可是史木尔太太却莫名其妙地慎重起来,慎重得人都瘫痪了;她一个字都不透露出来,也不向琼问起波辛尼的事情。

琼情急之下,终于问到索米斯和伊琳在不在伦敦——她还没有去看望他们呢。

回答她的是海丝特姑太:哦,对了,他们在伦敦,根本就没有出门。好像房子出了一点小麻烦。琼当然已经听说了!她还是问问裘丽姑太吧!

琼转身望着史木尔太太;史木尔太太在椅子上坐得笔直,两只手紧握着,脸上布满无数的小肉球。琼望着她,她却老不答话,保持着一种古怪的沉默;等到她开口时,她问的却是琼住在山上那些旅馆里时穿不穿睡袜,想来夜里一定是很冷呢。

琼回答说她晚上不穿,她最恨这种不透气的东西;就站起身来走了。

在琼看来,史木尔太太慎重选择的沉默要比她可能讲的任何话还要其兆不祥。

半个钟点不到,琼已经从郎地司广场的拜因斯太太嘴里把事实真相套了出来,索米斯为了房子装修的事情已经向波辛尼提出控告了。

奇怪的是,琼听到消息不但不着急,反而心情为之一慰;好像从这场争端中望见自己的新希望似的。她探悉这件案子大约在一个月内就要开庭,波辛尼好像不大有什么指望胜诉,简直没有。

"我就想不出他会有什么办法,"拜因斯太太说,"这事对他非常之糟,你知道——他没有钱——过得很窘。而且我们也帮不了他,我敢说。听说那些放款的人非要有抵押品才借钱给他,他抵押品又没有——一点儿都没有。"

拜因斯太太的身体近来又更加发福了;她的秋季团体活动正忙得热闹,书桌上慈善会的节目单散得到处都是。她会意地望着琼，睁着两只鹦鹉灰的圆眼睛。

多年后，拜因斯夫人（拜因斯后来因为造了那所公共艺术博物院封为从男爵；这座博物院给了那些官吏很多饭碗，可是给那些劳动阶级很少的快乐，而这所博物院本来是为了他们办的）还时常想起这个女孩子一张年轻而专注的脸一时涨得飞红——她一定是看出眼前的事情大有希望——连笑的样子也忽然变得可爱了。

这种改变，就像一朵花突然开放，或者经过漫长的冬季第一次照出阳光似的，既生动而且动人；这幕情景，以及这下面发生的一连串事情，时常在拜因斯夫人想着最要紧事情的时候，莫名其妙地而且不在时候上，闯进拜因斯夫人脑子里来。

小乔里恩在植物园里撞见的那次幽会也就是在同一天下午；在同一天，老乔里恩上鸡鸭街的福尔赛·勃斯达·福尔赛律师事务所走了一趟。索米斯不在，上萨默赛特大楼①去了；勃斯达正关在那间旁人进不去的屋子里，埋头在许多文件中间；把他放在这样一间屋子里是一个很贤明的措施，这样子他就可以指望他竭力多做些工作；可是詹姆士却坐在事务所的外间，一面啃指头，一面忧伤地翻阅着福尔赛控告波辛尼的申诉书。

这位精神正常的律师对于这里的"微妙"论点仅仅感到一种额外的恐惧，觉得至多引起一些虚惊，使人看了好玩罢了；他的道地的实际头脑告诉自己，如果他本人是法官的话，他就不大会理会这一点。可是他却害怕这个波辛尼会宣告破

---

① 萨默赛特大楼是许多政府机关，包括税局的所在地。

产,那样的话,索米斯就仍旧得拿出钱来,另外还要付讼费。而在这种有形的恐惧后面,始终还存在着那种无形的烦恼,潜匿在那里,错综复杂,若隐若现,非常之丑,就像一个噩梦一样,而这件讼案只不过是这个噩梦的一个表面看得见的征象而已。

老乔里恩进来时,他抬起头,说:"好吗,乔里恩?好久没看见你了。他们告诉我,你上瑞士跑了一趟。这个小波辛尼,自己把事情搞得一团糟。我早知道会是这样的!"他把文件拿出来,惶惑而忧郁的样子望着自己的老哥。

老乔里恩不声不响看着文件;他看着时,詹姆士眼睛望着地板,一面啃着指头。

老乔里恩看到后来把文件一扔,文件啪的一声落在一大堆"有关朋康姆,已故"的供状中间;这堆供状就是那件"佛莱尔控诉福尔赛"讼案的许多附件之一,就像一株有出息的母树分出许多枝丫来一样。

"我不懂得索米斯是什么意思,"他说,"为了几百镑钱闹成这个样子。我还以为他是个有产业的人呢。"

詹姆士长长的上嘴唇气得直抽;他不能容忍自己的儿子在这种地方受到人攻击。

"并不是为的钱——"他说,可是眼睛正和老哥的直率、尖锐而严正的眼光碰上,就不再开口了。

一阵子沉默。

后来还是老乔里恩开了口,一面捻着胡子,"我来拿我的遗嘱的。"

詹姆士的好奇心立刻引起来,在他的一生中,恐怕没有比一张遗嘱更使他兴奋的了;遗嘱是对于财产的最高处置;一个人手里有多少财产,这是最后的一张清单;他究竟有多少身价,除了这个再没有别的话可说了。他按一下电铃。

"把乔里恩先生的遗嘱拿来。"他对一个神情急切、头发浅黑的小职员说。

"你预备修改一下吗?"同时在他的脑子里掠过一个念头,"哎,我有没有他一样多呢?"

老乔里恩把遗嘱放在贴胸口袋里,詹姆士懊丧地扭动着两条长腿。

"他们告诉我,你近来置了几处很好的产业呢。"他说。

"你这个消息不知道从哪里得来的。"老乔里恩毫不客气地回答他,"这个案子几时开庭?下个月?我真弄不懂你们是什么意思。这是你们自己的事情,当然由你们去管;不过如果要听我说的话,我看还是在外面了结的好。再见!"他冷冷地握一下手,就走了。

詹姆士一双瞪得笔直的青灰眼睛环绕着什么隐秘的焦灼的影子转,又开始啃起指头来了。

老乔里恩把遗嘱带到新煤业公司,在那间没有人的董事室里坐下来从头到尾读了一遍。"拖尾巴"汉明斯看见董事长坐在那里,就把新矿长的第一个报告送进来;老乔里恩疾言厉色地把他顶了回去,弄得这位秘书脸上很下不去,但仍旧庄严地退了出去;随即把那个管股票过户的小职员叫来臭骂了一顿,骂得那小职员不知怎么办是好。

像他这样一个乳臭未干的小伙子到这办事处来自封为王,可不是——他妈的——他(拖尾巴)看得惯的。他(拖尾巴)当这儿办事处头儿已经有不少年了,像他这种小伙子恐怕连数都数不过来,如果他认为自己把事情全部做完了,就可以坐在那里什么事情不做的话,那么他就不姓汉明斯(拖尾巴),诸如此类的话。

在那扇绿呢门的另一面,老乔里恩坐在那张桃花心木和皮面的长桌子面前,一副粗边的玳瑁眼镜——眼镜脚已经松了——架在鼻梁上,手里的金铅笔沿着遗嘱上每一句话移动着。

遗嘱的内容很简单;有些遗嘱上面常有些小笔的慈善捐款和遗赠,不但看了叫人讨厌,而且使一个人的财产化整为零,连晨报上登载的那一小段关于十万镑富翁逝世的消息都显得不够神气了;在这张遗嘱上,这些东西全没有。

内容很简单。只有两万镑是赠给他儿子的,"其余任何财产,不论动产或不动产,或兼有动产与不动产性质之财产——设定信托,将属于或出于这些财产的出息,如房租、年产、红利、利息付给我上述的孙女琼·福尔赛或她的受让人,终她的生年,由她独自使用、支配等等,而自她死亡或去世之后,应如该琼·福尔赛以她的最后遗嘱和遗言证书或是属于遗嘱、遗言证书或遗言的处分书性质的任何书据,尽管她是处在有在世的丈夫保障之下的地位,悉依这种书据所载的主旨、目的、用处,一般地都尽量按照这种书据所指定的样子、办法、方式,设定信托,将上面最后提到的土地、传袭的一应产业、宅地、款项、股票、投资和担保品等,或在当时即作为财产,或即代表这些财产的东西,调度、委任,或为转让、给予以及处分之,这些书据须是她依法具立、签字和公告的。倘是项书据……但是经常地必须……"诸如此类,一共是七张对开本大小的简明扼要的叙述。

这张遗嘱是詹姆士在他事业最发达的那些年头里草拟

的。他差不多把一切意外的事情都预见到了。

老乔里恩坐在那里把遗嘱看上大半天；后来从格架上取了半张纸，用铅笔写下一段长长的附注；然后把遗嘱放在怀里扣上，命人给他叫好一部马车，坐马车到了林肯法学院广场的巴拿摩—海林法律事务所。杰克·海林已经去世，可是他的侄儿还在事务所里，所以老乔里恩跟他关起房门来谈了半个钟点。

他把马车留在外面，出来之后，就告诉车夫上威斯塔里亚大街三号去。

他感到一种异样的、迟缓的满足，好像在跟詹姆士和那个有产业的人作对上打了个大胜仗似的。他们从此再没有办法刺探他的私事了；他刚才已经取消了他们保管他的遗嘱的委托；他自己的事情全部都不交给他们管，全拿来交给小海林，而且他委托他们的他那些公司里的生意也要取消。如果索米斯真正是那样一个有产业的人，一年少个千把镑应当在他也算不了什么；想到这里，老乔里恩那部大白胡子下面的嘴狰狞地笑了。他觉得自己的行事正符合公平报复的原则，完全是应该的。

就像逐渐摧毁一棵老树的那种潜在的内部腐蚀作用一样，老乔里恩在自己的幸福上、意志上、个人尊严上所受到的创毒也在迟缓地、稳步地在剥蚀着那代表他的人生观的华厦。生命把他的一面逐渐磨掉，终于使他像那个他身为家长的家族一样，失掉了平衡。

当他坐在车子里朝北驶向他儿子的家里时，他方才发动的这种新的处理财产办法，在他的脑子里看上去隐隐约约就像是一个惩罚，针对着那个在他看来就以詹姆士父子为代表的家族和社会。他已经把财产归还给小乔里恩,而归还给小乔里恩却给他私心渴望的报复以一种满足——他要报复时间老人,报复苦痛,报复干涉,报复这个世界在十五年中加在他独养儿子身上的一切没法计算得清的全部打击。在他看来,这种新决定正是重新贯彻自己坚强意志的一种方式;正可以逼使詹姆士,和索米斯,和自己的族人,和一切潜在的广大福尔赛——这些人是一道巨流,在冲击着他自己孤立的、顽强的堤坝——不得不承认,而且永远承认,事情要听他的。想来自己终于会使这个孩子比詹姆士那个儿子,那个有产业的人,更加有钱得多,心里真觉得好受。把钱给小乔真是好受,因为他本来爱自己的儿子啊。

小乔里恩夫妇都不在家(老实说小乔里恩还没有从植物园动身呢),可是那个小女佣告诉他,说男主人就要回来了。

"先生,他总要回来喝茶的,为了跟孩子玩。"

老乔里恩说他等一下,就在那间褪了色的破落客厅里耐耐心心地坐下来;客厅里那些夏天用的花布椅套已经卸掉,椅子和长沙发的破烂相就全部显露出来。他巴不得把两个孩子找来;叫他们靠在自己身边,柔软的身体抵着他的膝盖;听乔里喊:"哈啰,爷爷!"并且看他奔上来;感到好丽软绵绵的小手悄悄摸上来,碰到他的面颊。可是他不肯。他这一次来有一件庄严的事情要做,非要等做完,绝不玩。他一个人冥想,怎么只要自己的笔头动那么两下就可以使这座小房子里的一切改观,恢复它原来显然缺乏的那种世家气派;他可以把这些房间,或者什么更大的房子里的别些房间,摆满了从拜波—布尔白里店里买来的艺术精品;他可以送乔里去上哈罗公学和牛津大学(他儿子上的是伊顿公学和剑桥大学,他对这两处学校已经失去信心了）；他可以让好丽受到最好的音乐教育，这孩子在音乐方面很可以造就得。

这一幕幕情景纷纷呈现在他眼面前，使他的胸怀一畅；就在这时候，他起身站在窗口，望着外面那片狭长的小园子；园内那棵梨树还没有到深秋已经叶子落尽，在秋天下午逐渐凝聚的暮霭中耸着枯瘦的枝子。小狗伯沙撒在园子的那一头走动着，尾巴翻上来，紧贴着自己黑白相杂的毛松松的脊背，一面用鼻子嗅着花草，每隔这么一会儿就用腿抵着墙壁撑一下身体。

老乔里恩冥想着。

现在除掉给人东西外，还有什么快乐呢？然而一定要能找到一个对象——你自己的一个亲骨肉——对你给的东西懂得感激，那样子给起来才舒服！把东西给那些跟你没有关系的人，给那些你不负任何抚养责任的人，就得不到这种满足！这样的施与是违反自己一生的信念和行事的，是辜负自己一切创业的艰难，辛勤的劳动，和平日那样省吃俭用的；是否定那个伟大而骄傲的事实，那就是：和过去千千万万的福尔赛一样，和现在千千万万的福尔赛一样，和将来千千万万的福尔赛一样，他在世界上创立了，并保持了自己的家业。

而当他站在那里，望着下面月桂树蒙上煤灰的叶子，那片满是黑斑的草地，和小狗伯沙撒的动作时，这十五年来因为被剥夺掉合法享受而尝到的痛苦全想了起来；在他的心里，创痛和下面即将到来的甜蜜完全融会在一起。

小乔里恩总算回来了，对自己的作品甚是得意，而且由于在室外耽了好几个钟点的缘故，精神很好。一听见自己父亲就在客厅里,他赶快问自己妻子在不在家,听到女佣告诉他不在家时,才松一口气。他随即把画具等小心放在那张小衣橱里收好,就走进客厅。

老乔里恩以他特有的那种果断派头,一上来就谈正题。"我已经把遗嘱改过,小乔,"他说,"你以后可以过得宽裕些了。我即刻拨给你一千镑一年。我死后,琼可以拿到五万镑,其余都是你的。你那只狗把花园都搞糟了。我是你的话,决不养狗!"

小狗伯沙撒正坐在草地中间,检视自己的尾巴。

小乔里恩望望小狗,可是望得迷迷糊糊的,原来自己的眼睛湿了。

"你的一份总不会少过十万镑,孩子,"老乔里恩说,"我觉得还是让你知道的好。我这样年纪没有多久好过了。以后我也不想再提。你妻子好吗?替我问候她。"

小乔里恩把一只手搁在父亲肩膀上;两个人都没有说话,这件事就算结束。

把父亲送上马车之后,小乔里恩回到客厅里来,就站在刚才老乔里恩站的地方,望着外面的花园。他竭力想揣摩这件事对于他的全部影响,而且,由于他也不免是个福尔赛,一片财产的远景在他脑子里开展出来;他过的这么多年的半节约生活并没有泯灭掉他的本性。他抱着极端实际的态度,想到旅行,想到给自己妻子买些什么衣服,想到两个孩子的教育,想到给好丽买匹小马,以及其他种种;可是在这样的冥想当中,他仍旧想到波辛尼和他的情妇,和那只画眉鸟期期艾艾的歌唱。欢乐呢——还是悲剧呢?哪一个?哪一个?

已往的那些日子又像在眼前了——那些生动的、痛苦的、热情的、神奇的日子是金钱买不到的,而且那种炙热的甜蜜是什么都换不回来的。

他妻子回来时,他一直走到她跟前,把她抱在怀里;有大半天他站着不作声,眼睛闭上,紧紧搂着她;他妻子望着他,眼睛里是一副诧异、喜悦而疑惑的神情。

第四章 赴地狱之行

有一天夜里,索米斯总算行使了丈夫的权利,而且做了一个男子汉应当做的事;第二天早上,他只好一个人吃早饭。

他点上煤气灯吃着早饭,十一月下旬的浓雾就像一条大厚被把伦敦紧紧裹着,连广场上的树木从餐室窗子里望出去都不大看得见了。

他安然吃着,可是有时候会突如其来有一种感觉,就像咽不下东西似的。昨天夜里他做得对不对呢?这个女人是他法律上的而且是神圣结合的伴侣,她使他痛苦得太久了;现在他压制不了自己的饥渴,粉碎了她的抵抗,这样对不对呢?

真怪,她那张脸现在还留在他脑子里;当时他看见她那副样子,曾经想要拉她的手,借此安慰她一下;在他脑子里还留下她那可怕的吞声啜泣,他从来没有听见有这样的啜泣过,而且现在耳朵里仿佛还听得见;还有,当时他凭着一支烛光站在那里望着,然后不声不响地溜掉,心里愧悔交集,这种古怪而令人受不了的感觉,现在也还是留在心里。

事情是做了,然而他对自己多少感到有点诧异。

两天前,在维妮佛梨德家里,他陪着马坎德太太一起吃晚饭。她一双尖锐的淡绿眼睛直盯着他的脸望,对他说:"原来你太太是那位波辛尼先生的好朋友呢,是吗?"

他不屑问她这话是什么意思,可是肚子里却在盘算。

这句话在他心里引起了强烈的忌妒;这种忌妒的天性具有一种特殊的反常心理,所以又转变为更强烈的欲望。

没有马坎德太太这句话一激,也许他永远不会做出昨夜里的那种事情来。全是那么一激,再加上碰巧发现自己妻子的房门偏偏有这么一次没有锁上,这才使他趁妻子睡熟的时候出其不意地……

一夜的酣睡把他的一切疑虑都解除了,可是早晨又给他带了回来。有一点还可以告慰的是,没有人会晓得——这种事情她是不会拿来跟人讲的。

的确,等到他的日常事务生活的车轮——这种车轮最迫切需要的一种机油就是清醒而实际的头脑——随着阅读信件而重又转动起来的时候,这些噩梦似的疑虑就会在他脑后显得并不那样过分的重要了。这件事情实在并没有什么大不了;小说里面的女人把这种事情说成很严重,可是按照那些思想正确的人,那些见识过世面的人,或者,就他记忆所及,那些在离婚法庭上时常受到法官嘉许的人的冷静评判,他只不过是在竭力保持婚姻的神圣,防止她放弃自己的职责,而且,如果她仍旧继续和波辛尼见面的话,防止她万一——。对了,他并不懊悔。

现在和好的第一步既然已经做了,余下的就会比较的——比较的——

他站起来走到窗口。他的心中还有余悸。耳朵里那片吞声的啜泣又来了,再赶也赶不走。

他穿上皮大衣,出门走进浓雾里;他要上商业区,所以在斯隆街车站搭地铁。

坐在满是上商业区人的头等车厢角落里，那片吞声的啜泣还萦绕在他脑子里，所以他把《泰晤士报》哗啦一声打开，靠这种响亮的声音把一切微弱的声音淹没掉，然后拿报纸做挡箭牌，从容不迫地看起新闻来。

他看到一位审判庭长在头一天交给大陪审官一张比往常特别长的犯罪名单。他看到单子上有三起谋杀案，五起凶杀案，七起纵火案，和十一起之多的——这个数字多得惊人——强奸案，另外还有许多比较次要的犯罪，这些都要在下一次庭期中开审；他就这样从一条新闻看到另一条新闻，始终用报纸端端正正挡着自己的脸。

然而，他一面看着报纸，一面脑子里仍旧记得伊琳那张满是泪痕的脸和伤心的啜泣。

这一天事情很忙，除掉一般的律师事务之外，还包括上他的经纪人葛林-葛林宁股票号去了一趟，吩咐他们把自己的新煤业公司股票卖掉，说他疑心——并不是知道——这家公司的营业近来很呆滞（这个企业后来逐渐不振，最后以很少的一点钱卖给一个美国企业组合了）；另外还在皇家法律顾问华特布克的事务所里商议了很久，与会的有波尔特，年轻的法律顾问费斯克和皇家法律顾问华特布克本人。

福尔赛控诉波辛尼一案明天可望开庭，由边沁法官审判。

边沁法官常识丰富，但是法律知识并没有什么了不起；大家认为问这件案子大约再找不到比他更适合的人了。他是个"强"法官。

皇家法律顾问华特布克对索米斯十分殷勤；他从本能上觉得，或者从耳朵里听得来的更可靠的传闻上，觉得他是一个有产业的人，同时把波尔特和费斯克丝毫不放在眼里，简直近于没有礼貌。

他说这个问题大半要看审判时提出的供词而定,这跟他已经书面表示过的意见完全吻合;另外,他讲了几句很中肯的话,劝索米斯在提供证据时不要过分小心。"直率一点,福尔赛先生,直率一点。"说完哈哈大笑,接着闭拢嘴唇,在假发堆向后面露出的一部分脑袋上搔搔,那样子简直像一个乡下绅士,而他就爱人家把他看作这样一个人。在违约案件上,人都公认他差不多是头块牌子。

索米斯仍旧坐地铁回家。

到了斯隆街车站,雾来得更浓了。望去只是静悄悄密层层的一片模糊,许多男人就在里面摸出摸进;女人很少,都把手中的网袋紧按在胸口,用手绢堵着嘴;马车淡淡的影子时隐时现,上面高高坐着车夫,就像长的一个怪瘤,在怪瘤的四周是一圈隐约的灯光,仿佛还没有能射到人行道上就被水汽淹没了;从这些马车里面放出来的居民就像兔子一样各自钻进自己的巢穴。

这些幢幢的人影都各自裹在自己一小块雾幔里,各不管各。在这座大兔园里,每一只兔子都只管自己钻进地铁去,尤其是那些穿了较贵重的皮大衣的兔子,在下雾的日子都对马车有点戒心。

可是,有一个人影子,在离索米斯不远的地方,却站在车站门口。

大约是什么"海盗"或者情人,每一个福尔赛见到都这样想:"可怜的家伙!看上去心情很不好呢!"他们仁慈的心肠为这个在雾中等待着、焦急着的可怜情人动了一下;但仍旧匆匆走过,都觉得自己已经够苦了,更没有多余的时间或者金钱拿来花在别人身上。

只有一个警察在慢吞吞地巡逻,不时打量一下那个等待的人;那人歪戴着帽子,帽檐遮着半边冻红的脸瘦得厉害,有时候悄悄拿手抹一抹脸,这样来消除心头的焦急,或者重申继续等待下去的决心。这个情人(如果真是情人的话)对于警察的打量神色不动,原因是他已经习惯了这一套,否则便是心里万分焦急,没有心思顾到别的。这个人是经过磨炼来的,长时间的等待、焦灼的心情、大雾、寒冷,这些他都习以为常,只要他的情妇终于到来就成。愚蠢的情人啊!雾季很长呢,一直要到春天;还有雨雪,哪儿都不好过;你带她出来,心里七上八下的;你叫她耽在家里,心里也是七上八下的。

"活该;他应当把自己的事情安排得妥帖些!"

任何一个体面的福尔赛都会这样说。然而,如果这位比较正常的人事前倾听一下这个站在浓雾和寒冷中等待的情人的心里话,他又会说:"是啊,可怜的混蛋!他的心情不好呢!"

索米斯上了马车,放下玻璃窗,沿着斯隆街缓缓走着,再沿着布罗姆顿路缓缓走着,这样到了家。到家的时候是五点钟。

他妻子不在家;一刻钟前出去的。在这样一个夜晚出去,外面这样大的雾,是什么意思?

他在餐室内炉火旁边坐下,门开着,心绪极端不宁,勉强在看着晚报。像他这样的烦恼,一本书是管不了用的,只有当天的报纸还可以麻醉一下。他从报上记载的那些经常性的事件上获得一些安慰:"女演员自杀"——"某政界要人病势严重"(就是那个一直疾病缠绵的)——"军官离婚案"——"煤

331

矿起火事件"——这些他全看了,心里觉得宽慰了一点——开这张药方的原是最伟大的医生——就是我们自己的好恶。

快到七点钟时他才听见她进来。

刚才看见她莫名其妙地冒了雾出去使他感到十分焦灼;在这种紧张的心情下,昨天夜里的事件早已显得不重要了。可是现在伊琳回家来,她那派伤心的啜泣重又使他想起;他有点怕和她碰面。

她已经走上楼梯;灰皮大衣拖到膝盖,高高的皮领子几乎把脸部全遮起来,脸上戴了一条厚厚的面纱。

她也没有掉头望他,也没有说话。便是一个幽魂或者陌生者走过时也不会这样阒静无声。

贝儿生进来铺台子,告诉他太太不下来吃晚饭了;在她房里吃汤呢。

索米斯这一次竟然没有"换衣服";这在他有生以来恐怕是破题儿第一遭穿着脏袖子坐下来吃晚饭,而且连觉都不觉得,有好半天都在一面喝酒,一面呆呆出神。他命贝儿生在他放画的房间里升上一个火,过了一会,就亲自上楼去。

他把煤气灯捻亮,深深叹了一口气,就好像置身在房间四周这些宝物中间使他终于获得了心情平静似的。这些宝物全都一堆堆背朝着他;他径自走到里面最名贵的一张"开门见山"的透纳①的画跟前,拿来放在画架上,迎着灯光。市面上当时透纳的画很热门,可是他还决定不了要不要卖掉。他一张颜色苍白、剃得很光的脸在翻起的硬领上面向前伸出来,站在那里大半天望着这张画,就像在做着计算似的;他的眼睛里

---

① 透纳(1773—1851),英国画家。

显出沉吟的神气；大约他认为不合算吧。他从架子上取下画，预备仍旧拿来面朝着墙放着；可是穿过房间时，他站住了，他耳朵里似乎又听见啜泣声。

没有什么——仍旧是早上那种疑神疑鬼的作用。所以过了一会，他在烧得很旺的火炉前面放上高隔火屏，就悄悄下楼来。

明天人就恢复了！他心里这样想。他好久好久才能入睡……

要明了那天雾气笼罩的下午还发生了些什么事情，我们的注意力现在就得转到乔治·福尔赛的身上。

他在福尔赛家原是口才最幽默的一个，人也最讲究义气；这一天他整天都耽在王子园老家里读一本小说。自从最近发生了一件个人经济危机之后，他一直就受着罗杰的暂时保释，逼着他耽在家里。

快到五点钟的时候，他出了门，在南肯辛顿车站坐上地铁（今天大家都坐地铁）。他的打算是先吃晚饭，然后上红篮子打弹子来消磨这一晚；红篮子是一家很别致的小旅店，既不是什么俱乐部，旅馆，也不是什么上等的阔饭店。

平时他大都在圣詹姆士公园下车，这一次为了上吉明街一路上有点灯光起见，就选中了在查林十字广场下车。

乔治不但仪表安详，穿着时髦，而且还有一双尖锐的眼睛，所以经常都在留意着有什么可以供给他讥讽的把柄。当他走下月台时，他的眼睛就注意到一个男子从头等车厢里跳下来，与其说是走路，还不如说是摇摇晃晃向出口走去。

"哟，哟，我的老兄啊！"乔治肚子里说，"怎么，不是'海盗'吗!"他就挪动着自己的胖身体尾随在后面。再没有比一个醉鬼使他更觉得好玩的了。

波辛尼歪戴着帽子,在他前面站住,打了一个转身,就向他刚才下来的那辆车厢奔回去。他已经太迟了。一个服务员抓着他的大衣;地铁已经开动了。

乔治训练有素的眼睛瞥见车窗里一个穿灰皮大衣女子的脸。原来是索米斯太太——乔治觉得这件事很有趣!

这时他在波辛尼后面钉得更紧了——跟他上楼梯,经过收票员面前到了街上。可是这样一路跟来,乔治的心情却起了变化;他已经不再感到奇怪和好笑,而是在替他跟着的这个可怜的人儿难受。这"海盗"并没有喝醉酒,而是看上去好像在心情极端激动之下才变成这副样子的;他正在自言自语,乔治能够听得见的只是"天哪"两个字。他好像也不知道自己在做什么,或者上哪里去;可是他就像一个精神失常的人一样走着,一下子瞠着眼睛望,一下子犹疑不决;乔治原来只打算寻寻开心,现在觉得这个家伙太可怜了,非要看到底不可。

他是"受了刺激"——"受了刺激!"乔治弄不懂索米斯太太究竟说了些什么,刚才在车厢里跟他究竟说了些什么。她自己的脸色也不大好看!想到她这样满心痛苦孤零零坐在火车里面,乔治觉得很难受。

他紧紧钉在波辛尼的后面——一个高大魁梧的身体,一声不响,小心翼翼地左闪右闪——跟着他一直走进大雾里。这里面有事情,绝不是什么开玩笑!可佩服的,他虽则很兴奋,却保持着头脑的冷静,原因是除掉怜悯之外,他的猎奇天性已经被激发了。

波辛尼一直走上大街心——街上是密层层一片漆黑,五六步外就什么都望不见;四面八方传来人声和口笛声,叫人一点辨不出方向;忽然间有些人影子缓缓地向他们身边冲过来;不时会看见一盏灯光,就像一片无边无际的黑暗大海上出现了一座隐约的岛屿。

而波辛尼就这样急急忙忙地走进这片黑夜的不测深渊,而乔治也急急忙忙跟在他的后面。如果这个家伙打算把自己的脑袋撞在公共马车下面,他一定奋力上前止住他!这个被猎逐的家伙大踏步穿过街道,又大踏步走回来,并不像别人在这片黑暗中那样摸索前进,而是埋头向前直冲,就像他后面的忠心乔治在挥着鞭子赶他似的;乔治开始感觉到这样在一个被鬼迷了的人后面赶来赶去太别致、太有意思了。

可是这时候事情已经有了进一步发展,甚至于乔治事后想起来时,脑子里的印象仍旧很清晰。他有一次在雾里逼得停了下来,耳朵里听到波辛尼几句话,这才使他恍然大悟。索米斯太太后来跟波辛尼讲的什么话现在已经不再是一个谜了。从他那些喃喃自语中,乔治了解到索米斯对于一个变了心的、不愿同房的妻子已经行使了对于财产的最大的——最高权利。

他随意设想着这是什么一种滋味,得到的印象很深刻;他能多少揣摩出波辛尼心头的剧烈苦痛,以及性欲上的惶惑和震骇。他心里想,"对了,的确有点吃不消。难怪这个倒霉鬼要气得快要发疯了!"

他捉到他的追逐物坐在特拉法尔加广场一只石狮子下面的长椅上,这只狮子是个丑怪的斯芬克司,跟他们两个一样迷失在这黑暗的深渊里。波辛尼一声不响,呆若木鸡坐着,乔治耐心地站在后面,耐心中还夹有一点古怪的友爱。他这人并不是不懂得分寸——礼貌他是懂得的,所以不容许自己插入这出悲剧;他等待着,跟他头上的狮子一样不作声,皮领子紧包着耳朵,把冻得通红的两颊完全遮了起来,只露出一双眼睛,带着讥刺而怜悯的神气呆望着。许多做完一天生意回来、上俱乐部去的人不绝地打他们身边走过——他们的身形就像蚕茧一样裹上一层白雾,像鬼魂一样在眼前出现,又像鬼魂一样消失掉,后来连乔治也忍不住了,他的奎尔普式的幽默忽然冲破了自己的怜悯心,渴想拉住那些鬼的袖子说:

"喂,你们这些家伙!这种好戏不是天天看得见的!这儿的一个倒霉鬼,他的情妇刚才告诉他她丈夫做的一件好事;过来,过来!你们看,他受了刺激呢!"

他幻想看见那些鬼张开大嘴围着这苦痛的情人;想到其中可能有一个体面的新结婚的鬼,由自己的甜蜜心情从而体会到一点波辛尼现在心里的滋味,于是咧开嘴笑了;他觉得自己能看见他的嘴越咧越大,而雾气就一直朝他嘴里灌。原来乔治满心瞧不起的就是这些中产阶级——尤其是结了婚的中产阶级——这是他这个阶级里面那些放浪不羁、讲究义气的人最突出的地方。

可是连他也腻味起来了。他原来的打算并不是这样老等下去。

"反正,"他心里想,"这个家伙会对付得了的;这种事情在这个小城市里也并不是破天荒!"可是现在他的追逐物又开始骂出些恶毒愤怒的话来。乔治一时冲动,碰了一下他的肩膀。

波辛尼猛地转过身来。

"你是谁?你要做什么?"

如果是在煤气灯的灯光下面,如果是在日常世界的光线下面——在那个日常世界里,乔治是一个十分自命的鉴赏家——他就很可以沉得住气;可是在大雾里面,一切都显得阴森虚幻,而且没有一样东西具有福尔赛平时拿来和人世联系在一起的那种实际价值;在这种时候,他不由得有点慌张起来;当他勉强使自己的眼光和这疯子的眼光碰上时,他心里说:

"我要是看见一个警察,就叫警察把他逮着;不能让他这样到处乱闯。"

可是波辛尼没有等他回答,就大踏步走进雾里;乔治跟在后面,可能离开得稍微远一点,但是更加下定决心要把波辛尼跟到底。

"他不能这样走下去,"乔治想,"如果不是上帝有灵的话,他早该被车子轧死了。"他再不去转警察的念头了,一个讲究义气的人的神圣火焰重又在他心里燃烧起来了。

在一片更加浓密的黑暗里,波辛尼继续向前赶去;可是他的追蹑者看出这人在疯狂之中还是有他的主意——他摆明是上西城去的。

"他真的去找索米斯呢!"乔治心里说,这事使他觉得很有趣。有这样一个收获也不枉他这一场辛苦的追逐。他一直就不痛快自己的这位堂兄。

一辆过路马车的车杠从他身边擦过,吓得他赶快跳开。他并不准备为了"海盗"或者任何人的缘故把性命送掉。大雾这时已经把一切都遮没了,眼前只望得见那个被猎逐的人的身影和附近朦胧月色一样的街灯,然而乔治带着自己遗传的坚韧性,仍旧追随上去。

接着,乔治根据一个马路游荡者的本能,发觉自己已经到了皮卡迪利大街了。这里他闭着眼睛也走得了;现在已经不怕迷失方向,心情就松了下来,他重又想到波辛尼的苦痛。

这条长街给他这个高等游民积累了无数的经验;在一片污浊的、似是而非的爱情事件中,他的一个青年时期的记忆突然涌现出来。这个记忆现在还很新鲜,它把干草的香味、朦胧的月色、夏季的迷人情调给他带进这片恶臭黑暗的伦敦雾气里来——这个记忆叙述着在某一个夜晚,当他站在草地上最黑暗的阴影中时,他从一个女子的口中偷听到原来他并不是这女子的唯一占有者。有这么一会儿,乔治觉得自己已经不是在皮卡迪利大街上走着,而是重又躺在那里,心里很不是滋味;白杨树遮着月亮射出长长的影子,他就躺在影子里面,脸凑着那些着露的芬芳的青草。

他忽然起了一个念头,简直想一把将"海盗"抱着,说:"好了,老弟。时间治疗一切。我们去喝杯酒解解闷吧!"

可是这时来了一声吆喝,吓得他退后两步。一部马车从黑暗中卷了出来,又在黑暗中消失掉。突然间,乔治发现他失去了波辛尼的踪迹。他来来回回地跑,心里感到一种绝望的恐惧,这也就是浓雾卵翼下所养育着的那种阴森的恐惧。汗水从他的额上渗出来。他站着一动不动,使劲地在听。

"后来我就找不到他了。"当天晚上在红篮子打弹子时乔治就这样告诉达尔第。

达尔第泰然自若地捻捻自己的黑胡须。他刚刚一杆子打了二十三点,最后是一记边球落袋没有打中。"女的是谁呢?"他问。

乔治不慌不忙朝这位名流的胖黄脸望望,两颊上和厚眼皮的四周隐隐浮出恶意的微笑。

"不行,不行,我的好人儿,"他心里想,"你我是不告诉的。"原来乔治和达尔第的踪迹虽然很密,他总觉得达尔第这人有点下流。

"哦,总是什么小情人吧。"他说,一面在球杆上擦擦粉。

"情人!"达尔第叫出来——他采用一种更加含蓄的神情,"我断定是我们的朋友索——"

"是吗?"乔治简短地说,"那么,他妈的,你搞错了!"

他一杆子没有击中。这下面他始终小心着不再提起这件事情;一直到将近十一点钟时,当他"看见杯中酒发黄"①以后——这是他自己的诗意说法——他把窗帘拉开,向街上望出去。昏沉沉的黑雾仅仅被红篮子的灯光微微照开了一点,任何生人或者东西都望不见。

"我总放心不下'海盗',"他说,"他也许现在还在雾里游荡呢。除非他已经是死尸了。"他带着古怪的沮丧又添上一句。

"死尸!"达尔第说,那一次在里士满的失败使他不由得火冒起来,"他一定喝醉了。十对一我跟你打赌!"

乔治转身朝着他,神态十分可怕,一张大脸上带着一种愤怒的忧郁。

"住嘴!"他说,"我告诉你他是'受了刺激'的!"

---

① 套用《旧约·箴言》第23章第31节:"酒发红,在杯中闪烁,你不可观看。"

第五章 审 判

在开庭的那一天早晨,索米斯——他的案子排在第二——又只好不和伊琳见面就出门了:这样也好,因为他还拿不定主意要对她采取什么态度。

通知上要他十点半到庭,以防第一件案子(一件违约案)垮掉;可是第一件案子并没有垮掉,双方都振振有词;皇家法律顾问华特布克在这类诉讼上名气本来就大,这一次又给了他一个扬名的机会。和他对庭的是拉姆辩护士,另一位有名打违约官司的。这真是一场大斗法。

一直快到中午休息的时间,庭上才宣布判决。所有的陪审员全都离开陪审席走掉,索米斯也出去找点吃的。他碰见詹姆士站在供应午餐的小酒柜那儿,长长的回廊像一片旷野,詹姆士就像旷野上的一只鹈鹕鸟,伛着身子在吃面前的一块三明治和一杯雪利酒。父子两个站在一起,对着下面的中心大厅出神——空荡的大厅里不时看见一些戴假发穿长袍的辩护士急匆匆地穿过去,偶尔看见一个老妇人或是一个穿破旧大衣的男子走过,带着恐惧的神色朝上望,另外还有两个人,看上去要比他们同一辈的人勇敢些,坐在靠窗的空当里在那里争论。他们的声音和一股像废井似的气味从下面升上来,再加上回廊上原有的气息,就形成一种和英国司法界密切结合在一起的气息,简直就像一块精炼的干酪发出的一样。

没有多久,詹姆士就向儿子开口了。

"你的案子几时开审?我想紧接着就开了。这个波辛尼如果说些不中听的话,也不足为怪;我想他是实逼处此。官司打输了,他就要破产呢。"他把三明治咬了一大口,又呷上一大口酒。"你母亲叫你和伊琳今天晚上去吃晚饭。"他说。

索米斯嘴边露出一丝冷笑,把自己父亲回看了一眼。一个人看见父子之间互视的眼光这样淡漠而且鬼鬼祟祟,绝不会领会到两个人是那样心心相印,这也是可以原谅的。詹姆士把雪利酒一饮而尽。

"多少钱?"他问。

回到法庭上,索米斯立刻坐上他在前排的法定座位,就在自己的辩护士旁边。他偷偷地斜睨了一眼,看看詹姆士坐下没有,这一眼谁都没有觉察到。

詹姆士两手紧握伞柄,身子向后靠起,坐在辩护士后面那条长椅尽头出神;坐在这里,案子一完,他就可以立刻走出去。他认为波辛尼的行为无论从哪一方面说都是荒唐至极,可是他不愿意和波辛尼撞见,觉得这样会面很尴尬。

这座法庭恐怕是仅次于离婚庭的一个最受人欢迎的法律中心了;毁谤案、违约案以及其他商业诉讼案件都是在这里解决。因此,后排坐了有不少和法律无关的人,楼上回廊还可以看见一两顶女帽。

詹姆士前面两排的座位逐渐被戴假发的辩护士坐满了;那些人都坐在那里用铅笔记笔记、谈心或者剔牙。可是不久皇家法律顾问华特布克走了进来,绸袍的两只袖子像翅膀一样呼呼地响,一张红红的、干练的脸衬上两撇棕色的短上须;

詹姆士的兴趣不久也就从那些司法界小人物移到这位皇家法律顾问身上来。詹姆士毫无保留地承认,这位大名鼎鼎的皇家法律顾问的派头简直是一个十足的盘问证人的能手。

原来詹姆士虽说有多年的律师业务经验,他和华特布克以前偏偏没有会过面,而且和司法界中下层的许多福尔赛之流一样,他对一个盘问的能手非常景仰。看见华特布克以后,他两颊上的那些忧愁的长皱纹稍稍松了下来,尤其是他现在看出只有代表索米斯的辩护士是穿绸袍的①。

皇家法律顾问华特布克用肘部支着身体,刚转过身去和他的帮办律师谈话,边沁法官本人就出现了——一个瘦瘦的相当猥琐的人,身体微伛,雪白的假发衬托出一张胡须剃得精光的脸。华特布克和庭上其余的人一样站起来,一直等到法官就座方才坐下。詹姆士只是稍微抬一抬身子;他坐着已经很舒服,而且向来不把边沁当作什么了不起,过去在柏姆莱·汤姆家里有两次吃晚饭,都坐得和他只隔一个座位。柏姆莱·汤姆尽管那样走运,却是一个脓包。他的第一张状子就是詹姆士本人给他做的。他而且很兴奋,因为他刚才发现波辛尼并没有出庭。

"他这是什么意思呢?"詹姆士一直盘算着。

宣布开审了;皇家法律顾问华特布克推开文件,抖一抖肩膀把绸袍套好,然后眼睛扫了一个半圆周把四下的人环顾一下,就像一个走上板球场的击球手一样,站起来向庭上讲话了。

所有的事实,他说,都是没有争辩的余地的,庭上只需要

---

① 绸袍是皇家法律顾问的服装。

了解一下他的当事人和被告之间的来往信件就行了;被告是一个建筑师,这些信件都是关于房屋内部装修的。不过,他的私见认为这封信只能有一个显明的解释。他于是把罗宾山造房子的经过以及实际花掉的建筑费用简略地叙述一下——在他的口中这房子简直被形容为一座王府——然后继续说:

"我的当事人,索米斯·福尔赛先生是一位绅士,一个有产业的人;任何对他提出的要求,只要合法,他是决计不会拒绝的;可是在这座房屋的建筑上,他已经受到他的建筑师不少的累;正如庭上已经听到的,他在房屋上已经花了将近一万二千——一万二千镑,这笔数目比他原来的预计要超出许多,因此,为了正义起见——这一点我觉得非常重要——为了正义,并且为了维护其他人的利益起见,他觉得有必要提出这次控告。被告提出的辩护理由是丝毫不值得考虑的,这一点要请庭上注意。"接着他把那封信读了一遍。

他的当事人,一个有社会地位的人,现在准备出庭做证,宣誓表示他从来没有给予被告,也从来没有想到给予被告以超出一万二千零五十镑一笔最大款项的权限,这是他明白规定了的;为了不再浪费庭上时间起见,他现在就请福尔赛先生出庭做证。

索米斯接着走上陪审席。他的整个外表都非常之镇定。苍白的脸上,胡子剃得精光,眉心一条缝,嘴唇闭拢,神情傲慢得恰如其分;衣服整洁,可是并不显眼,一只手戴了手套,看上去很整齐,另一只手没有戴。回答陪审官发问时的声音稍微低一点,可是十分清晰。在审讯之下,他提出的做证听上去就像不想多说的派头。

"他不是提到'全权做主'这个字眼吗?"

"没有。"

"这是什么说法!"

他用的字眼是"根据这封信的条件'全权做主'"。

"他认为这是英国话吗?"

"是英国话!"

"他这样说是什么意思呢?"

"就是这个意思!"

"他难道不认为这句话是自相矛盾吗?"

"不矛盾。"

"他是一个爱尔兰人吧?"①

"不是。"

"他是个受过教育的人吗?"

"是的!"

"然而他坚决认为可以这样说吗?"

"可以。"

在这一串以及其他许多的讯问当中——问来问去总是回到那个"很微妙"的一点上来——詹姆士自始至终都坐在那里,手放在耳朵边用心听着,眼睛紧盯着自己儿子。

他为他感到骄傲!他不由自主地感觉到,在同样的处境,他自己就忍不住要多回答几句,可是他从心里告诉自己这种不想多说的派头正是再恰当没有了。可是,当索米斯缓缓转过身,神色不改地走下陪审席时,他却如释重负地叹了一口气。

现在轮到波辛尼的辩护士向法官申辩了;詹姆士加倍凝

---

① 谓专讲自相抵触的话。

神起来;他在法庭里再三搜寻,看看波辛尼是不是在哪儿躲着。

小姜克利开始时相当慌张;波辛尼没有到庭使他的处境很是尴尬。因此他竭力把波辛尼不出庭这件事说得对于自己有利。

他非常之担心——他说——他的当事人已经出了事情。他蛮指望波辛尼先生出庭对质的;今天早上派人到他的事务所和他的家里找他(他明知道事务所就是家,但是觉得还是不说为妙),可是哪儿也找不到;这个征兆他认为非常不妙,因为他知道波辛尼先生急于要出庭对质的。不过,他的当事人并没有委托他申请延期,既然没有这种委托,他的职责就只有前来出庭。他有把握说,而且他的当事人,如果不是为了某些不幸的原因不能出庭,也会支持他的看法,就是像"全权做主"这种名词是不能用什么附加语加以限制、拘束或者取消的。不但如此,他还要进一步指出,从这封信里可以看出,不管福尔赛先生在供词中怎样说法,他对自己建筑师指定的或者执行的工程,事实上从来没有想到加以否认。肯定说,被告就没有料到福尔赛先生会加以否认,如果料到的话,他就决计不会,如他在信上表示的,从事于这项工程。这是一项极其精细的工程,真是小心翼翼,惨淡经营,所以如此,全为了迎合和满足福尔赛先生的苛求,因为他是个鉴赏家,同时又富有——一个有产业的人。他,姜克利本人,对这一点非常愤激,而且由于愤激,他的言辞可能过于偏激,就是这件控诉案是最最不合情理,最叫人意想不到,简直是史无前例的。他为了职务关系,曾经亲自去看过那所漂亮房子,如果庭上也有机会去亲自勘察一下,看看他的当事人设计的那些精致的美丽的屋内装修,敢说庭上绝不会容忍这种逃避法律责任的大胆企图,这样说一点不过火。

他拿起索米斯通信的抄件,轻描淡写地提到"波瓦卢控告白拉斯地德水泥公司"的案子。"很难说,"他说,"这件案子的判决是根据什么;总之,我认为,这对于我和我的对方都同样可以援引得上。"他接着就那个"很微妙"的论点详详细细驳了一通。尽管态度极端恭谨,他认为福尔赛先生这句话本身就不生效力。他的当事人并非富有,这件事情对他的关系非常之大;他是个很有才气的建筑师,他在建筑界的声名,这一来,显然要受到影响。他在结束时并且向法官呼吁——有点近于说情——要他做一个艺术爱好者,保护艺术家们,不让他们受到资本家有时候的——他说有时候——残酷的剥削。"如果有产业的人全像这位福尔赛先生,"他说,"可以随便拒绝负担,并且听其拒绝负担他们在契约上应履行的责任,艺术家还有什么保障吗?"……现在如果他的当事人最后能赶来出庭的话,就请他出来做证。

庭警把菲力普·拜因斯·波辛尼的名字叫了三遍,那声音带着异样的忧郁在法庭和回廊上回响着。

这样把波辛尼的名字叫出来,而且不见有人答应,给予詹姆士一种古怪的感觉:就像在街上叫唤自己失踪的小狗似的。这人失踪了,想到这里他不由得毛骨悚然,在他的舒适感和安全感——他坐得很舒服——上面划了两下。虽则他说不出所以然,但是觉得很不好受。

这时他看看钟,两点三刻!再过一刻钟就完了。这小子哪儿去了?

一直到边沁法官宣布判决的时候,詹姆士纷扰的心情方才平复下来。

那位饱学的法官,站在使他和一班比较平常的人隔绝的木台后面,身子向前伛着。电灯刚巧点在他的头上,灯光照上他的脸,把他雪白假发下面的脸烘上一层深橘黄色;宽大的罩袍看上去显得特别大;他的整个身材,由于法庭上光线相当黯淡,照耀得就像庄严神圣的神像似的。他清一清嗓子,喝一点水,把一支鹅毛笔的笔尖在桌上按断了,然后两只骨瘦如柴的手抄在前面,开口了。

在詹姆士的眼睛里,边沁法官忽然变得特别大了,比詹姆士平日所能想象到的还要大得多。这是法律的尊严;然而透过这个光环,还可以发掘出一个在日常生活中,顶着华尔特·边沁爵士头衔走动的平平常常的福尔赛;如果一个想象力和詹姆士差得很远的人,碰巧看不出这一点来,那还说得过去些。

边沁法官宣读下面的判词:

"本案的事实是无可争辩的。在本年五月十五日被告给原告去信,要求原告在原告房屋的内部装修上给予'全权做主',否则即解除合同关系。原告于五月十七日答复如下:'现在根据你的要求,由你"全权做主",但要跟你说明在先,就是房子完全装修好,交割的时候,全部费用,包括你的酬金在内(这是我们谈好的),不能超过一万二千镑。'被告在五月十八日答复这封信:'如果你以为我在屋内装修这种精细工作上会受到你钱数的约束,恐怕你想错了。'五月十九日原告去信如下:'我的意思并不是说,我信中说的数目你超出十镑二十镑甚至于五十镑的话,会在我们之间成为什么大不了的事情……你可以根据这封信的条件"全权做主",我并且希望

你能勉力完成屋内的装修。'五月二十日被告简短答复说：'行。'

"在完成上述装修时，被告拖欠和花费的款项使全部费用达到一万二千四百镑，此项费用已俱由原告付清。原告此次提起诉讼在于要求被告赔偿其超出一万二千零五十镑之外的三百五十镑；据原告声称，根据双方通信，全部费用以一万二千零五十镑为最高额，在此数目之外，被告即无权支付。

"目前需要本法官决定的问题是被告应否赔偿原告这笔款项。在本法官看来，是应当赔偿的。

"原告在信中实际上等于说：'在屋内装修上可以由你"全权做主"，如果你在全部费用上不超过一万二千镑，你至多只能超过五十镑，否则你就不是受我的委托，我就要你赔偿。'我不大明白，如果原告根据被告的合同，拒绝偿付，根据当时的情况，会不会如愿以偿；但是他没有采取上述步骤。他偿付了，又根据被告合同上的条件向被告提出赔偿。

"在本法官看来，原告是有权要求被告赔偿上述款项的。

"有人为被告辩护，企图证明双方通信并未限制或意图限制建筑费用。如果是这样的话，原告就没有理由在信上提到一万二千镑，嗣后又提到五十镑的数字。被告的论点如果成立，这些数字便将毫无意义。在我看来，根据被告五月二十日的去信，他显然已经同意对方一个明显的建议，因此他必须遵守建议中的条件。

"根据以上理由，我判决被告赔偿上述款项，并负担讼费。"

詹姆士叹了一口气，弯下腰把伞拾起来，伞是在法官那句"在信上提到"时扑腾一声掉下去的。

他挣出两条长腿,迅速走出法庭,也不等待儿子,抢上一部马车(这天下午天阴,没有雾),一直就到了悌摩西家里,碰见斯悦辛也在那里;他把全部审判经过讲给斯悦辛、史木尔太太和海丝特姑太听,同时吃了两块甜饼,偶尔一面吃,一面讲。

"索米斯应付得很好,"他最后说,"头脑非常镇静。乔里恩可不乐意这件事。对于那个小波辛尼这简直糟糕;敢说他要破产了。"他有这么半天不说话,心神不宁地盯着火炉望,接着又说:

"他不在那里——这是为什么?"

来了一阵脚步声。客厅后面出现一个胖子,一张极端健康的深红色的脸,他抬起的一只手,被黑色的燕尾服衬出一只食指。

"哎,詹姆士,"他说,"我——我耽不住了。"就转身走了出去。

这就是悌摩西。

詹姆士从椅子上站起来。"是啊!"他说,"是啊!我早知道事情不——"他把话咽住,不声不响,瞪着眼睛望,就像是刚才看见什么不祥之兆似的。

第六章　索米斯说出来

离开法庭之后,索米斯并不直接回家。他从心里不想上商业区去;在胜利之余,他感到需要同情,因此不知不觉地也向湾水路的悌摩西家走来,可是走得很慢。

他父亲刚才离开;史木尔太太和海丝特姑太,已经获悉全部事实,都热烈地向他致贺。出庭这么长久,敢说他一定饿了。史密赛儿得给他烤些甜饼来,他的父亲把甜饼全吃光了。他应当把腿搁在长沙发上;还应当来一杯李子白兰地。最能提神的。

斯悦辛还没有走,已经比他平时耽搁得久了,原因是他自己需要运动运动。听到这句话时,他"哑"了一声。年轻人真是越来越不像话了!他自己肝脏就不好,一想到除掉他以外还有人有资格喝李子白兰地,简直使他受不了。

他立刻起身离开,一面向索米斯说:"你妻子好吗?你告诉她我说的,如果她觉得闷气,可以上我家里来和我一起安静地吃顿晚饭,我准给她上好的香槟喝,平时她决计喝不到。"他盯着比他矮的索米斯看,一面勒紧自己又粗又肥又黄的拳头,就像是要把这个渺小的家伙一下勒死似的,随即挺起胸脯,缓步摇了出去。

史木尔太太和海丝特姑太都觉得骇然。斯悦辛这个人太可笑了!

　　她们心里都渴想问索米斯,伊琳听到这个判决会是怎样情形,可是她们知道决计不能问;他也许会自动谈一点出来,在这个问题上透露一点消息,这问题是眼前她们生活中最最迫切的问题,可是由于必须保持缄默的缘故,简直使她们比受刑罚还要难受;而且现在连悌摩西也知道了,这对于悌摩西的健康影响很坏,简直可怕。还有琼,她怎么办呢?这也是一件顶令人兴奋,但是同样不能碰的问题啊!

　　她们永远忘记不了老乔里恩那一次的拜访,自从那次之后,他一次也没有来看望过她们;她们永远忘记不了那次拜访给所有在座的人那种不约而同的感觉,就是福尔赛家已经今非昔比——福尔赛家已经开始分裂了。

　　可是索米斯一点不帮忙,他跷着大腿坐着,谈论着那些巴比松派①的画家,这是他新发现的,这些人都要上来,他说:敢说在他们身上一定可以捞上一大笔钱;他注意到一个叫柯罗②的人两张画,真不坏;如果价钱不大的话,他一准买下——他认为有一天这些画一定会卖上很大的价钱。

　　史木尔太太和海丝特姑太没法子,只好对他的谈话表示兴趣,可是这样被他支开去,实在不大甘心。

　　有意思——真有意思——而且索米斯真是聪明,她们有把握说,这些画如果能够赚钱的话,他一定不会比别人差;可是现在官司赢了,他现在有什么打算呢;还是立刻离开伦敦,住到乡下去,还是打算什么别的?

---

① 巴比松派,19世纪法国绘画的一派,巴比松是巴黎郊外的一个村落,风景很好,青年画家都来此写生,遂成一派。
② 柯罗(1796—1875),法国风景画家巴比松派之一,有抒情诗画家之称。

索米斯回答说,他也不知道,他觉得不久总要搬家了。他站起来,吻了两位姑母。

裘丽姑太一看到这个离开的表示,立刻脸上变了样子,就像被一股可怕的勇气侵袭上一样;她脸上每一撮老肉都像是要从一个无形的拘谨的面具里逃出来似的。

她的中人以上身材现在整个直了起来,说道:"亲爱的,这件事在我脑子里好久了,如果别的人没有跟你说过,我打定主意——"

海丝特姑太打断她:"记着,裘丽,你自己做的事——"她透了口气——"你自己负责!"

史木尔太太就像没有听见似的继续说下去:"我觉得你应当知道,亲爱的,就是马坎德太太看见伊琳和波辛尼先生在里士满公园里一起散步。"

海丝特姑太,本来已经站起来,重又倒进椅子里,把脸背开去。裘丽真是太——她——海丝特姑太还在房间里的时候,这种话就不应当说;她喘着气,怀着期望,等待着索米斯怎样回答。

他脸红了,跟他平时一样,红得非常特别,总是集中在两眼之间;他抬起手,就像是选择了一个指头一样,细细咬着指甲;然后从紧闭的嘴唇中间慢吞吞地说出来:"马坎德太太是个狐狸!"

他不等哪一个回答,就走出屋子。

他上悌摩西家去的时候,已经打定主意回到家里时采取什么步骤。他预备上楼找到伊琳,跟她说:

"官司是打胜了,这事就算完结!我并不打算跟波辛尼过不去;看看能不能跟他之间谈好一种付款办法,我不逼他的。现在旧事都别提了！我们把这房子租出去，离开这个雾气腾腾的伦敦吧。立刻就上罗宾山去。我——我从来没有打算对你不好！来，拉拉手——以后——"也许她就会让他吻她，过去的一切就会忘记了！

当他从悌摩西家里出来的时候，他的心理可不像刚才那样简单了。几个月来闷在心里的忌妒和疑心，现在冒出火焰来了。这类勾当非要斩草除根不可，他绝不允许她污辱他的好名好姓！如果她不能爱他，或者不愿意爱他——这是她的责任，也是他的权利——她总不应该和另外一个人开他的玩笑！他要责备她，威胁和她离婚！这一来，她就会检点起来；她绝不敢接受这个，可是——可是——如果她接受呢，怎么办？他踟蹰起来；这一点他可没有想到。

如果她接受，怎么办？如果她向他说了实情，怎么办？那样的话，他又怎么处？只得提出离婚！

离婚！这样面对着面，两个字简直使他浑身都瘫了，和以前所有指导他生活的原则都完全拍合不上。这里的不妥协性把他吓坏了；他觉得自己就像个船主，走到船舷边，亲手把他最宝贵的货色扔到海里去。这种亲手把自己的财产扔在水里的行为在索米斯看来似乎不可思议；这会影响他的职业。他得把罗宾山的房子卖掉，而他在这房子上却花了那么多的钱，操了那么多的心——而且还得赔本。还有她！她将不再属于他了，连索米斯太太的名字都不用了！她将在他的生活中消失掉——他将永远不能再看见她！

他坐在马车里，把整整一条街都走完了，可是脑子里没有想到别的，尽在想自己将永远看不到她！

可是也许她并没有什么实情话要说呢，直到现在，很可能并没有什么实情。这样把事情闹得这么大,是不是太傻呢?这样使自己说不定要把说的话收回来,是不是太傻呢?这个案子的结果会使波辛尼破产;一个破产的人是不顾一切的,可是——他有什么办法呢?他也许上海外去,破产的人总是到海外去的。没有钱,他们又有什么办法——如果真是"他们"的话?还是等一下,看看苗头再说。如果必要的话,他可以雇人监视她。他的忌妒心又使他痛苦起来(简直像牙痛发作一样);他几乎要哭出来。可是他非得决定不可,在到家之前,决定一个对策。当马车在门口停下时,他什么也没有决定下来。

他进门时,脸色苍白,两只手湿漉漉的全是汗,心里又怕碰见她,又渴想碰见她,全没有想到自己应当说什么,或者做什么。

女仆贝儿生正在穿堂里;当他问她"太太哪里去了"时,她告诉他福尔赛太太在将近中午的时候出去了,带了一只箱子和一只手提包。

他从女仆手里把自己皮大衣的袖子夺回来,就气势汹汹地问着她:

"什么?"他大声说,"你说的什么?"忽然想起自己不应当叫女仆看见他这样激动,就接下去说:"她留下什么话呢?"这时他看见女仆惊异的眼光,心里一吓。

"福尔赛太太没有留话,老爷。"

"没有留话;很好,谢谢你,这就行了。我今天出去吃晚饭。"

女仆往楼下去了,剩下他一个人,仍旧穿着皮大衣,没精打采地翻阅瓷碗里的名片;瓷碗就放在穿堂里放地毯的雕花橡木柜上面。

  巴兰姆先生太太   席普第末斯·史木尔太太
  拜因斯太太   所罗门·桑握西先生
  拜里斯勋爵夫人   赫明·拜里斯小姐
  维尼佛里德·拜里斯小姐 爱拉·拜里斯小姐

  这些都他妈的是些什么人？他好像把所有熟悉的事情都忘记了。那些话："没有留话——一只箱子，一只皮包"在他脑子里忽隐忽现。他简直不相信她没有留话；虽则皮大衣还穿在身上，他两级一跨上了楼，就像一个新婚的年轻人回到家里，赶到楼上妻子的房间去似的。

  房内一切都非常整洁，收拾得井井有条。铺着淡紫色的鸭绒绸被，放着她放睡衣的口袋，是她亲自做的而且绣了花的；床脚下放着她的拖鞋，连被单靠床头的地方都掀了开来，好像在等待她。

  妆台上放着镶银的刷子和瓶子，是他送给她的礼物。看上去准是搞错了。她带走了什么皮包呢？他走到门铃前面打算把贝儿生叫进来。可是临时想起自己得装作知道伊琳上哪儿去的，把一切都看得很自然，自己去揣摩这事的意义。

  他锁上门，想要动脑筋，可是觉得脑子直打转；忽然眼泪在他眼眶里汪了起来。

  他匆匆脱下皮大衣，看看镜子里的自己。

  他的脸色太苍白了，整个脸上都罩上一层灰色；他倒点水，使劲地洗起脸来。

  她的镶银刷子微微闻得出她用来搭头发的香水味，被这香味一引，一股妒意又从他心里燃烧起来。

他勉强穿上皮大衣,下了楼到了街上。

不过,他总算神志清醒,当他向斯隆街走去的时候,他给自己已经编了一套话,预备在波辛尼家里找不到她的时候说。可是如果找到她时怎么办?他尽管会拿主意,这一来可不行了;走到那幢房子时,他就不知道如果找到她在这里,自己应当怎么办。

现在已经过了办公时间,临街的大门已经关上;那个开门的女人也说不出波辛尼先生在里面还是不在里面;那一天就没有看见他;有两三天没有看见他;她现在不伺候他了,谁也不伺候他,他——

索米斯打断她,他自己上去看看;上楼的时候,他显出一张坚强而惨白的脸。

顶上面一层没有灯光,门关着,按铃没有人答应,听不见一点声音。他只好下楼来,裹着皮大衣还在打抖,心里冰凉。他叫了一部马车,告诉赶车的上公园巷。

路上他竭力回忆几时给她最后的一张支票的;她身边顶多只有三四镑钱,可是还有那些首饰,他心里一阵剧烈的难受,想起这些首饰可以变卖很大的一笔钱;足够他们上国外去;足够他们过好几年!他想计算一下;马车停下来,他没有计算好就跳下马车。

管家问他索米斯太太是不是在马车里,老爷告诉他,他们夫妇要来吃饭的。

索米斯回说:"不在,福尔赛太太有点伤风。"

管家表示遗憾。

索米斯觉得管家望着他的样子有点蹊跷,这才想起自己没有穿晚礼服,就问:"有人来吃饭吗,瓦姆生?"

"没有,只有达尔第先生和太太,少爷。"

这时索米斯又觉得管家诧然望着他,他沉不住气了。

"你望的什么?"他说,"我有什么事情,呃?"

管家脸红了,把皮大衣挂上,嘴里唧哝了几句,听上去好像是:"没有,少爷,没有,少爷。"就溜之大吉。

索米斯上了楼,经过客厅时,连看也不看一下,一直走进他父亲和母亲的卧室。

詹姆士侧面站着,穿着衬衫和晚礼服背心,弯弯的瘦长身材显得特别突出;他低着头,白领结的一头从一撮白色邓德里雷长连鬓髯下露出来,唧着嘴唇在给他妻子钩上内衣上部的钩子。索米斯停下来;觉得一口气噎着,不知道是上楼太快,还是别的缘故。他——他自己的妻子从没有——从来就没有要他这样过——

他听见他父亲的声音,就像嘴里含着一根针似的,说:"是哪个?哪个在这里?什么事情?"接着是他母亲说:"来,菲丽丝,来把这个钩上,你老爷再也弄不好的。"

索米斯一只手按着喉咙,嗄声说:

"是我——索米斯——。"

他听见爱米丽诧异而亲热的声音,心里一阵感激:"哦,乖儿子?"詹姆士放下钩子说:"什么,索米斯!你上来做什么?你不舒服吗?"

他机械地回答:"我好好的。"看看这老两口儿,好像没法把事情说了出来。

詹姆士很快就惊慌起来,"你脸色不好看。"他说,"恐怕着了凉了——肝脏的毛病,没有说的。让你母亲给你点——"

可是爱米丽安静地插进来:"你把伊琳带来没有?"

索米斯摇摇头。

"没有,"他吞吞吐吐说,"她——她离开我了!"

爱米丽本来站在镜子前面,这时转过身子。当她向索米斯跑过来时,她的高大身材失去了原有的庄严,变得非常仁慈了。

"乖儿子!我的乖儿子!"

她用嘴唇贴着他的前额,轻轻拍他的手。

詹姆士也转过身来,正面望着儿子;一张脸显得老些了。

"离开吗?"他说,"你是什么意思——离开你?你从来没有告诉过我她打算离开你?"

索米斯悻悻地回答:"我怎么知道?怎么办呢?"

詹姆士开始来回走起来;因为没有穿上衣,样子很怪,像只长颈鸟。"怎么办呢!"他咕噜着,"我怎么会知道怎么办?问我有什么用?什么事情都不告诉我,现在又跑来问我怎么办;我真不知道应当跟他们讲些什么!这是你母亲,她就站在这里,她什么话也不说。我要说你现在应当做的就是钉着她。"

索米斯笑了;他那种古怪的傲慢的笑容再没有比现在看上去更加可怜了。

"我不知道她上哪儿去了。"他说。

"不知道她上哪儿去了!"詹姆士说,"你是什么意思,不知道她上哪儿去了?你想她会上哪儿去呢?她是去找那个小波辛尼去了,她就是上那儿去的。我早知道会这样的。"

大家都好久不作声;这时索米斯重又觉得他母亲按他的手;一切的经过就像在睡梦中过去一样;他自己的思索或者行

动能力已经不灵了。

他父亲一副苦脸,涨得红红的,好像要哭出来,说的话就像是从自己抽搐的灵魂里拉了出来一样。

"这非出丑不可;我一直这样说的。"接着,看见他们不答话,"你们就站在这里不想个办法,你跟你的母亲?"

爱米丽的声音沉着中含有轻蔑:"好了,詹姆士!索米斯会尽量想办法的。"

詹姆士眼睛瞪着地板,断断续续地说:"呃,我是帮不了忙了;我老了。不要操之过急,孩子。"

又是他母亲的声音:"索米斯会尽量想办法把她找回来。我们不要谈起。事情总会挽回的,我敢说。"

又是詹姆士:"呃,我就看不出怎样能够挽回。如果她还没有跟小波辛尼私奔的话,你不要听她说的,钉着她,把她拖回来,这是我的忠告。"

索米斯重又觉得母亲拍拍他的手,表示她也同意;索米斯就像重复什么神圣的宣誓一样,在牙齿缝里咕噜了一声:"一定!"

三个人一同下楼到了客厅里;三个女孩子和达尔第都在;如果伊琳也来的话,一家人就到齐了。

詹姆士坐进圈椅,除掉和达尔第冷冷寒暄一句之外,在开晚饭之前,一句话都没有说;达尔第他是又瞧不起又害怕,这个人好像永远都缺钱似的。索米斯也不作声;只有爱米丽这个冷静勇敢的女人始终和维妮佛梨德谈些琐碎的事情。她在态度上和谈话中从没有像今天晚上这样镇定过。

伊琳出走的事既然决定不说出来,詹姆士家其他的人,对于应当采取什么步骤当然无从发表意见;可是谈起后来的一连串事情时,福尔赛族中的人,除了个别的例外,谈话的口气毫无疑问都是赞成詹姆士的忠告的:"你不要听她说的,钉着她,把她拖回来!"不但在公园巷如此,便是在尼古拉一房,罗杰的一房,和悌摩西家里也是如此。便是那些布满伦敦的更大的福尔赛阶层,谈起时也会一样赞成,不过由于不知道有这件事情,没法参加意见罢了。

因此,尽管爱米丽竭力装出若无其事的样子,瓦姆生和其他的仆人侍候的那一顿晚饭差不多是在沉默中吃的。达尔第生着闷气,有酒就喝;女孩子们很少相互谈话。詹姆士有一次问到琼现在在哪里,这些时怎么消遣的。没有人能告诉他什么。他又阴沉下来。只在维妮佛梨德告诉他小蒲白里斯把自己的一个坏便士给一个乞丐的时候,他才高兴起来。

"哈!"他说,"这才是个聪明小东西。这样下去,真是未可限量呢。我说他是个有头脑的小东西!"可是这样只有一会儿。

在电灯光下面,一样菜庄严地接着一样菜送上来,灯光射在餐桌上,可是只能勉强照到墙上主要的装饰上;一张所谓透纳的海景,画的全是桅索和快要淹死的人。香槟酒送了上来,接着又是一瓶詹姆士的有名陈酒,可是就像一只冰冷的鬼手送上来一样。

索米斯十点钟的时候离开,两次有人问到伊琳,两次他都推说她身体不好;他觉得已经不大能掩饰自己了。他母亲给了他一个又长又温柔的亲吻,他按一按母亲的手,颊上涨得绯红。他在冷风中走了,风声在街道转角上凄凉地呼啸着,空气清澈,天色灰青,满天的星;它们冷冷地招呼他,脚下蜷缩的悬铃木叶子簌簌作响,倒垃圾的女人穿着褴褛的皮大衣匆促走过,街角上的流浪汉冻僵着一副脸,这些他全不觉得。冬天到了!可是索米斯在急急忙忙赶到家时,全然不感觉到;他从门背面镀金铁丝小信箱里取出最后一批从门缝里塞进来的信件,两只手颤抖着。

没有伊琳的来信。

他进了餐室,火烧得很旺,他常坐的椅子靠近火,拖鞋好好放着,威士忌酒瓶和雕花的香烟盒放在桌上;可是他向这些东西凝视了一两分钟之后,就熄灯上楼。在他的更衣室里,火也点着,可是伊琳的房间却又黑又冷。索米斯走进伊琳的房间。

他拿些蜡烛把屋子点得通亮,有好久好久都在床和房门之间来回不停走着。他简直不能使自己相信她已经真的离开他了,他开始把衣柜和抽屉一个一个打开来,就像到今天还不能理解他结婚生活的这个谜,想在里面找到什么线索,什么理由,什么真相似的。

她的衣服都在——他一直都喜欢而且坚持要她穿得讲究——只带走了几件衣服;至多两三件,一个个抽屉翻过来,满是些麻纱和丝绸的内衣,一点没有动。

也许她只是一时的冲动,上海边去过几天,换换空气。如果是那样的话,如果她真正能够回来,他决不再做像前天倒霉的夜里那样的事,决不再冒那个险——虽则这是她的责任,她做妻子的责任;尽管她是属于他的——他决不再冒这个险;她显然神经还不太正常。

他弯下腰去开她藏首饰的抽屉,抽屉并没有锁着,一拉就开;首饰盒的钥匙就在上面。这使他很诧异,接着想到一定是个空盒子。他把盒子打开。

完全不是空盒子。所有他给她的首饰，连她用的那只表在内，都在盒子里，分放在绿丝绒的小格子中间；在放表的格子里塞了一个叠成三角形的小纸条，写着"索米斯·福尔赛"，是伊琳的笔迹。

"你和你家里人给我的东西我都没有拿。"就这一句话。

他望望那些钻石和珍珠的别针和镯子，望望那只用蓝宝石镶了一颗大钻石的薄金表，望望那些项链和戒指，每一样都安放在一个小窝里；他的眼泪涌了出来，滴在那些首饰上面。

她所能做的，她过去所做的一切，没有比这件事更使他领会到她这次行动的真正意义了。至少，在当时，他几乎已经了解到一切所能了解到的——了解到她鄙视他，多年来都鄙视他，事实上他们就像生活在两个世界里的人一样，他绝对没有希望，而且从来就没有过；甚至于了解到她也很痛苦——应当可怜她。

在这一刹那的情感流露间，他背叛了自己的福尔赛性格——忘记了自己，自己的利益，自己的财产——几乎什么事都能做；他已经上升到无私和脱离实际的纯洁高度了。

这一刹那很快就过去。

那些眼泪就好像把他的弱点洗去一样，他直起身子，把首饰盒锁上，缓慢地，几乎有点抖，把首饰盒带到自己房间里去。

第七章　琼的胜利

琼一直都在等待她的机会,从早到晚都查着各种报纸上那些枯燥无味的专栏,那种孜孜不倦的精神使老乔里恩开头觉得甚为诧异;等到机会来到时,她立刻采取行动,那种极端敏捷和坚决的派头完全像她的为人。

那天早晨,她终于在可靠的《泰晤士报》开审案件栏里第十三庭边沁法官下面,看到福尔赛控诉波辛尼案的字样;这是她永远忘记不了的一天。

就像一个赌徒一样,她早已准备好把自己所有的一切放在这次的孤注一掷上;她的天生性格使她就想不到失败上去。她怎么会知道波辛尼在这场官司上会败诉,谁也没法说,要么是一个在恋爱中的女子有一种本能会知道——可是她就依靠这种假设安排下自己的步骤,就像是绝对有把握一样。

十一点半的时候,我们看见她在第十三法庭的楼厢上探望着,一直到福尔赛控告波辛尼案件审讯完毕。波辛尼没有出场并不使她着急;她本能地觉得波辛尼不会为自己辩护。判决终了时,她急忙下楼,叫了一部马车就上他的寓所来。

她走进敞开的大门和下面三层的写字间时,一直没有引起外人的注意;一直到达顶层的时候,她的困难方才开始。

拉铃没有人答应;这时候她得决定,是下楼叫底层看房子的人上来开门放她进去,等波辛尼先生回来,还是耐心地在房门外面守候着,那就要当心不要被别人上来瞧见。她决定采取后面一个步骤。

一刻钟过去,她始终站在楼梯口挨着冻守望着,后来她忽然想起波辛尼习惯把房门的钥匙放在门毯下面。她翻开一看,果然就在下面。有这么一会儿,她决定不了要不要就拿钥匙开门;终于她开了门进去,把门敞开着,这时候如果有人走来的话,就会看出她是有事情来的。

琼和五个月前来拜访的时候完全是两个人了;那时候她发着抖;几个月来的痛苦和克制使她变得已经不是从前那样的敏感了;这次拜访她已经考虑了好久,而且计划得那样周密,所有的威胁事前老早置之度外。这一次跑来,她决计不能失败,如果失败的话,那就谁也帮不了她的忙了。

就像母兽守护自己的幼儿一样,琼的弱小而活泼的身体在屋子里从来就没有静止过;她从这边墙壁走到那边墙壁,从窗口走到门口,一会儿碰碰这个,一会儿碰碰那个。到处都是灰,屋内总有几个月没有打扫过了。任何足以鼓动她的希望的事情,她都很快就能看出来,这情形说明波辛尼为了节省开支,已经逼得把用人辞退了。

她看一看他的卧室,床上草草理了一下,就像是一个男人铺的。她竖着耳朵听,一头冲进卧室,把衣橱打开。几件衬衫,几条领带,一双污垢的皮鞋——室内连衣服都少得可怜。

她悄悄回到起居室里,这时她才注意到他平日珍爱的那些小物件全不见了。一架原来是他母亲用的钟,长沙发上挂的望远镜;两张真正宝贵的早期印的哈罗风景,是他父亲当年上学的地方,末了还有她自己送给他的那件日本陶器,也是他欢喜的。这些全不见了;没想到这个世界会对他这样残忍,她的正义感不由得怒燃起来,可是虽则如此,这些东西不见了却快乐地预示她的计划的成功。

就在望着那件日本陶器原来放着的地方时,她有了一种古怪的感觉:肯定有人在望着她;她转过身来,看见伊琳站在门口。

两个人默默相视了一会儿;后来琼向伊琳走去,伸出手来,伊琳没有握。

琼看见她拒绝握手,就把手放在自己背后;眼睛里渐渐露出愤怒;她等待伊琳先开口;在这样等着的时候,她带着莫名的怒气,包括忌妒、疑虑和好奇心,把她朋友的面貌、衣服和身材全都仔细看在眼里。

伊琳穿着她那件灰皮长大衣;头上的旅行帽在前额上留出一片金黄的鬈发。宽大而柔软的皮大衣把她一张脸衬得就像个孩儿脸一样。

伊琳的脸颊和琼的脸颊不同,一点不红,而是惨白,并且好像冻得很厉害。眼睛四周一道黑圈子。一只手里拿着一束紫罗兰。

她眼睛回看着琼,唇边不露一点笑意,琼被这双深褐的大眼睛盯着看,尽管又惊又怒,重又感到一点她往日的魅力来。

琼终于先开口了。

"你来做什么?"可是这一问也像在问自己,接着又说,"这场糟糕的官司。我来告诉他的——他打输了。"

伊琳没有说话,眼睛始终盯着琼的脸看,琼叫了出来:

"你站在那儿就像石头做的呢!"

伊琳大笑:"我但愿如此!"

可是琼转过身去:"住嘴!"她叫,"不要告诉我! 我不要听见! 我不要听你来做什么。我不要听见!"接着像一个不安的灵魂一样,迅疾地来回走起来。突然又说:

"我先来的。我们两个人不能在一起!"

伊琳脸上浮出一点微笑,像一刹那的火花就熄灭了。她并没有移动一步。琼这时才看出,这个温柔的石头人已经把一切置之度外,而且是抱了极大的决心来的;这种决心什么也阻挡不了,而且很可怕。她把帽子除掉,双手按着额头,把额前一大片金黄头发朝后掠开。

"你没有资格在这里!"琼狠狠地说。

伊琳回答:"我在哪儿也没有资格——"

"你是什么意思?"

"我已经离开索米斯。你一直都劝我的!"

琼两只手把耳朵堵起。

"不要讲! 我什么话都不要听——什么事都不要知道。跟你是没法子抵抗的! 你这样站着不动做什么! 你为什么不走?"

伊琳嘴唇动了一动,好像是说:"我能上哪儿去呢?"

琼转身向着窗外。她可以望见街那头的钟。已经快四点了。他随时都会回来! 她回头看着伊琳,一脸的怒容。

可是伊琳并没有移动,两只戴了手套的手不停地盘弄着那一小束紫罗兰。

愤怒和失望的眼泪滚下琼的双颊。

"你怎么可以来呢?"她说,"我把你当朋友,你做了对不起我的事!"

伊琳又大笑起来。琼看见这一着是错了,简直控制不住自己。

"你为什么来呢,"她呜咽着说,"你毁掉我的一生,现在你又要毁掉他的!"

伊琳的嘴战栗了一下;她的眼睛和琼的眼睛碰上,眼睛里的神情非常之凄惨;琼看见这样时一面呜咽,一面叫:"不要,不要!"

可是伊琳的头垂了下来,一直垂到胸口。她转过身,迅速走了出去,用那一小束紫罗兰掩着嘴。

琼跑到门口。她听见一阵足声朝下走去。她喊:"回来,伊琳!回来!"

足声消逝了⋯⋯

琼站在楼梯口,弄得六神无主而且激动。伊琳为什么要走掉,丢下她独霸着战场呢?这是什么意思?她难道真的把他还给她吗?还是她——?在她的心里就是这样七上八下地痛苦着⋯⋯波辛尼还没有回来⋯⋯

那天下午老乔里恩在六点钟左右的时候从威斯塔里亚大街回来;现在他差不多每天都要去消磨几个钟点了,他一进门就问自己的孙女在不在楼上。用人告诉他琼刚回家来,他就派人上去叫她下来,跟她有话说。

他已经打定主意告诉她自己跟她的父亲已经和好了。将来,过去的事情就算过去了。他不预备再这样一个人,或者几几乎是一个人,住在这幢大房子里;他预备把房子卖掉,给儿子在乡间买一幢房子,大家可以全搬了去住在一起。如果琼不愿意这样做,她可以每月拿一部分津贴,自己单住。这在她是无所谓的,因为她已经好久对他没有显示任何情感了。

可是琼下楼时,她脸上像受了冻,而且一副可怜相;眼睛

367

里的神情紧张而凄恻。她照老样子在他的圈椅扶手上偎靠着他;老乔里恩本来煞费苦心想了一大套又清楚、又尊严、又伤心的话要讲,可是实际讲出来的比原来准备的一套差得远了。他的心里很痛苦,就像雌鸟看见幼雏飞起来伤了翅膀时那颗伟大的心一样痛苦。他的话时常说不下去,就像是道歉似的,因为他终于离开了正义的道路,不顾一切正常的道理向自己的天性屈服了。

他感觉心神不宁,唯恐说出自己的打算之后,会给孙女树立下一个坏榜样,这时他已经谈到主题,暗示如果她不愿意的话,可以一个人单住,随便她;谈到这上面时,他的措辞极端委婉。

"而且如果你万一,乖乖,"他说,"发现跟他们过不来的话,没有关系,我也有办法。你愿意怎样就怎样。我们可以在伦敦租一个小小的公寓,你就住下来,我也可以经常跑上来。可是那些孩子,"他接上一句,"真是惹人疼的小家伙!"

这一段改变政策的解释,说得相当严肃,也相当露骨;就在这时候,他的眼睛里显出笑意。"以悌摩西那样衰弱的神经,这件事准会吓坏了他。那个娇生惯养的小家伙,对这件事情一定有意见,否则就叫我傻瓜!"

琼还没有开口。她原来坐在圈椅扶手上,头比他的高,所以看不见她的脸。可是不久他感觉到她温暖的脸颊和他的脸颊贴上,心里知道她对于这件事情的态度还好,至少还没有什么叫人着慌的地方。他的胆子大了起来。

"你会喜欢你的父亲的,"他说——"一个顶温和的人。从来没有什么魄力,可是很容易相处。你会发现他很懂艺术,以及其他等等。"

老乔里恩想起自己一打上下的水彩画来,一直都小心谨慎地锁在自己的卧室里;从前他把这些画都看作无聊的东西,现在他儿子要成为有产业的人了,他觉得这些画也并不怎么坏呢。

"至于你的——你的继母,"他说,这个字在他说来相当勉强,"我认为是个文雅的女子——有点像耿梅基太太,我要说——可是很喜欢小乔。至于那两个孩子,"他重复了一句——的确,这句话在他这一连串的庄严的自我辩护里,听上去就像音乐一样——"真是可爱的小东西!"

如果琼懂得的话,他这些话就是表达了那种对小孩子,对年轻的和弱小者的爱;过去就是这种爱使他为了弱小的琼放弃了自己的儿子,现在,反转过来又把老乔里恩从她身边拉走了。

可是看见她默不作声,他开始慌起来,忍不住问她:"呃,你怎么说?"

琼从椅子扶手上滑下来,偎在他的膝盖上;她也有一篇话,现在轮到她说了。她觉得一切都安排得很好;她看不出有什么困难,而且她觉得一点用不着管人家怎样看法。

老乔里恩不安地扭动一下身子。哼,那么人家还是会有看法的!他起先还以为经过这么多年,那些人也许不会有了!好吧,他也没有办法!不过他很不赞成自己孙女这样的口吻——她应当重视人家的看法!

可是他没有说什么。他的心情太复杂,太矛盾了,没法表达出来。

用不着——琼继续说下去——她就不管;不关他们的事情,可不是?只有一件事情——这时她拿脸颊抵着老乔里恩的膝盖,老乔里恩立刻知道这事非同小可;既然他打算在乡间买房子,能不能——为了宝贝她的缘故——买下索米斯在罗宾山的那所漂亮房子呢?房子已经完工了,华丽到极顶,而且现在没有人住进去了;在那个房子里,大家一定住得很快乐!

老乔里恩立刻警觉起来。这样说,难道那个"有产业的人"不预备住进自己的新房子吗?他现在提起索米斯时从不称他名字,总是用这个称号。

"不住了,"——琼说——"他不去住了,我知道他不去住了!"

她怎么会知道的呢?

她没法告诉他,可是她知道。她差不多有十足的把握!绝不可能去住;情况变了!伊琳的话还在她耳朵里:"我已经离开索米斯。我能上哪儿去呢?"

可是这一点她瞒起不讲。

只要她祖父肯买下那幢房子,并且把那笔毫无理由套在菲力头上的该死的债务还掉!这对大家是再好没有了,真是万事大吉。

说到这里,琼就用嘴唇贴着他的额头,使劲地抵着它。

可是老乔里恩挣开她的爱抚,摆出一副正经面孔,这是他办事时候的表情。他问她是什么意思?她的话里有话——难道她看过波辛尼吗?

琼回答:"没有;可是我到过他的寓所。"

"到过他的寓所?谁带你去的?"

琼泰然望着他。"我一个人去的。他的官司打输了。我也不管谁是谁非。我要帮助他;我一定要!"

老乔里恩又问:"你看见他吗?"他的目光好像从孙女儿

的眼睛里一直看进她的灵魂!

琼又回答:"没有;他不在家,我等了一阵子,可是他没有回来。"

老乔里恩身子动了一下,放心了。琼已经站起来,低头望着他;这样瘦弱、轻盈,而且年轻,然而又这样坚决;老乔里恩虽则心绪很乱,而且着恼,眉头皱得多深的,可没法消灭她脸上那种坚决的神情。他深刻地感觉到自己打了败仗,觉得缰绳从手里滑掉,觉得自己衰老了。

"啊!"他终于说,"我看你总有一天自己弄得没法开交。你什么事都是为所欲为。"

他那种古怪的人生哲学又突然发作起来,他又接上一句:"你生下来就是如此;到老到死也是如此!"

然而他自己过去和那些生意人,和那些董事会,和各式各样的福尔赛之流,以及那些非福尔赛之流打交道的时候,还不是一直都为所欲为吗?想到这里,他忧郁地望望自己执拗的孙女——觉得她也有这种被他不自觉地看得高于一切的质地。

"你知道他们说些什么闲话吗?"他缓缓地说。

琼涨红了脸。

"我知道——也不知道——也不在乎!"她跺一下脚。

"我想,"老乔里恩说,眼睛垂了下来,"他就是死了你还是要他的!"

长久的沉默,接着他又说:

"可是,谈到买这幢房子——你知道哪有那么容易!"

琼说她知道。她知道,只要他愿意买,他就可以买下来。他只消照造价给好了。

"照造价！你一点不懂得。我可不愿意去找索米斯——我决不跟那个小子再打任何交道。"

"可是你用不着找他；你可以去找詹姆士爷爷。如果你买不下这幢房子，能不能付掉这笔赔偿费呢？我知道他非常之窘——我刚才看见的。你可以从我的一份钱里扣去！"

老乔里恩眨了一眨眼睛。

"从你的钱里扣去！真是好办法！那么，请问，你没有了钱怎么办呢？"

可是从詹姆士和他儿子手里把这房子拿过来，这个主意却暗暗打动了他。他过去在福尔赛交易所常听到不少关于这房子的意见，有许多赞美是相当可疑的。"太艺术化了。"可是房子的确好。从那个"有产业的人"手里把他心心念念喜爱的东西拿走，将是他对于詹姆士取得的最大胜利，事实上等于表明他预备把小乔抬举做一个有产业的人，使他恢复原来的正常地位，而且永远不再动摇。对于那些胆敢把他儿子看作一个穷小子，看作一个一文不名的瘪三的人，这一下总算是彻底的报复了！

他要看看，看看！也许根本不需要考虑；要他出一笔很大的价钱，他可不来，可是如果价钱还合适的话，怎么，说不定就买下来！

而且在他内心的内心里，他知道自己是没法拒绝琼的。

可是他一点不露痕迹。这事还要想过——他告诉琼。

第八章 波辛尼之死

老乔里恩素来不喜欢仓促从事；就像买罗宾山房子这件事，如果不是琼的脸色使他感觉到一天不进行，就休想有一天安静的日子过，很可能他会一直考虑下去。

第二天早上吃早饭的时候，琼就问他什么时候替他预备马车。

"马车！"他说，有点莫名其妙的样子。"做什么？我是不打算出去的！"

她的回答："你如果不早出去的话，你就不会在詹姆士爷爷上商业区之前捉住他。"

"詹姆士！你詹姆士爷爷有什么事情？"

"那个房子呀。"她回答，声音非常可怜，使他没法再装样了。

"我还没有决定呢。"他说。

"你一定要！一定要决定！啊！爷爷——你替我想想！"

老乔里恩叫起屈来："替你想想——我总是替你着想，可是你不替自己着想，你不想想你把自己牵进去算是什么。好吧，叫马车十点钟来！"

十点一刻的时候，他正在把自己的雨伞放进公园巷的伞架里——帽子和大衣他都不愿意脱掉；他告诉瓦姆生要见他的老爷,也不等瓦姆生通报,就进了书房,坐下来。

詹姆士还在餐室里和索米斯谈话,索米斯是在早饭之前又跑过来的。听到是这样一个客人,他慌忙地说:"咦!他来做什么,我不懂?"

接着他站起来。

"我说,"他向索米斯说,"你不要仓促做任何事情。头一件事就是探出她在哪里——我是你的话,就委托斯太莫纳①去办;这一家最行,他们如果找不到的话,谁也找不到了。"忽然感到一种莫名的温情,他自言自语地说:"可怜的小女人!我可不懂得她是什么心思!"就擤着鼻子走了出去。

老乔里恩看见兄弟时并不起身,只伸出手来,相互照福尔赛的派头握一握手。

詹姆士靠着桌子在另一把椅子上坐下,手托着头。

"你好吗?"他说,"这些时不大看见你呢!"

老乔里恩不理会他这一句话。

"爱米丽好吗?"他问;也不等詹姆士回答,就接下去说,"我来找你谈小波辛尼的事情。听说他造的那个房子是个累赘。"

"什么累赘不累赘我可不懂,"詹姆士说,"我知道他的官司打输了,敢说他要弄得破产。"

老乔里恩可不放过这个送上来的机会。

"毫无疑问!"他跟着说,"而且如果他破产,那个'有产业的人'——就是索米斯——就要破钞了。哦,我想到一件事情:他如果不预备住进去的话——"

---

① 是一家私家侦探。

这时他看见詹姆士眼睛里露出诧异和疑惑,就迅速说下去:"我不想打听什么;我想伊琳是坚决不去住的——跟我没关系。不过我自己正在考虑在乡下买幢房子,不要离开伦敦太远;如果这房子合适的话,我倒不妨看看,如果有价钱可谈的话。"

詹姆士带着古怪而复杂的心情倾听着这段谈话;他半信不信,心里又是疑虑,又是宽慰,逐渐转为惧怕,生怕这里面还藏有什么阴谋诡计,然而往日他对于自己这位长兄的诚实不欺和卓越眼力却一直是信赖的,现在也还存在这么一点信赖。老乔里恩究竟听到些什么话呢,他又是怎样听来的呢,这些他也急于想知道;同时又想到,如果琼和波辛尼的关系完全断绝的话,他祖父决不会显得这样急于要帮助这个小子,想到这里,心里又引起一点希望。总之,他弄得迷迷惑惑;可是他既不愿意暴露出来,也不想表示任何态度,所以就说:

"他们告诉我,你把遗嘱改过,把遗产给你儿子了。"

其实并没有人告诉过他。他只是看见老乔里恩跟儿子和孙儿孙女在一起,看见他把遗嘱从福尔赛·勃斯达·福尔赛律师事务所里拿走,把两件事情一凑这样得到的。这一猜可猜中了。

"谁告诉你的?"老乔里恩问。

"我可不知道,"詹姆士说,"我不大记得人名字——总是哪一个告诉我的。索米斯在这房子上花了不少的钱,他没有好价钱,恐怕不大会让掉的。"

"哦,"老乔里恩说,"他如果以为我会出一笔很大的价钱来买,那他就想错了。他好像有这么多的钱乱花,我可没有那么多的钱乱花。让他去卖卖看,弄到公开拍卖时,看他能卖到多少。我听说,那房子并不是什么人都住得起的!"

詹姆士心里也是这样想的,就回答:"那是一个上流人士的住宅。索米斯现在这儿,你要跟他谈谈吗?"

"不要,"老乔里恩说,"现在还谈不到,而且可能根本不想谈,照这情形肯定也谈不起来!"

詹姆士有点被吓着了;碰到一件商业交易,谈实际数目,他是有把握的,因为那是对事,不是对人;可是像这类事前的谈判总使他紧张——他总弄不清掌握多少尺寸。

"好吧,"他说,"事情我一点不清楚。索米斯从来不跟我谈;我想他是愿意卖的——就是价钱上下一点。"

"哦!"老乔里恩说,"我可不要他卖什么面子!"他怒冲冲戴上帽子。

门开了,索米斯走进来。

"有个警察在外面,"他半笑不笑地说,"要见乔里恩大伯。"

老乔里恩怒望着他。詹姆士说:"警察?我可不知道什么警察的事情。可是我想你该知道一点,"又怀着鬼胎望着老乔里恩说,"我看你还是去见见他!"

在穿堂里,一位警长呆呆站在那里,一双疲乏无神的淡蓝眼睛,正在注视着那套古英国式家具,是詹姆士在那次保特门广场举行的有名的马甫罗加诺拍卖中拍来的。"请进,我的哥哥就在里面。"詹姆士说。

警长恭敬地抬起几个指头碰一下尖帽子,进了书房。

詹姆士带着莫名的激动望着他进去。

"好了,"他向索米斯说,"恐怕我们只好等待着看有什么事情。你大伯来谈你那个房子的!"

他和索米斯回到餐室里,可是静不下来。

"他来做什么?"他又自言自语起来。

"哪个?"索米斯回答,"警长吗?我只知道他们从斯坦厄普广场那边送他来的。总是乔里恩伯伯家那个'山基'扒了人家东西了,我想!"

可是虽则他这样泰然,心里也感到不宁。

十分钟过去,老乔里恩走进来。

他一直走到桌子面前,站在那里一声不响,扯着自己的白胡须。詹姆士张着嘴仰望着他;他从来没有看见自己老兄这样的神情。

老乔里恩抬起手,缓缓地说:

"小波辛尼在雾里被车子撞死了。"

然后低下头来,深陷的眼睛望着兄弟和侄儿:"有——人——说是——自杀。"他说。

詹姆士嘴张了开来:"自杀!自杀做什么?"

老乔里恩厉声说:"除掉你跟你的儿子,还有谁知道!"

可是詹姆士没有答话。

对于一切高龄的人,甚至一切的福尔赛,人生是有其苦痛的经历的。一个过路人看见他们紧紧裹在习俗、财富和舒适的大氅里,决不会疑心到这种黑暗的阴影也曾罩上他们人生的道路。对于每一个高龄的人——例如华尔特·边沁爵士本人——自杀的念头至少也曾光临过他的灵魂的接待室;就站在门口,等待着进来,只是被内房里一个什么偶然的现实,什么隐约的恐惧,什么痛苦的希望抗拒着。对于福尔赛之流来说,这种最后对财产的否定是残酷的,啊!真是残酷啊!他们很难——也许永远不能——做到;然而,某些时候,他们不也

377

是几乎做了吗!

连詹姆士也这样想!接着从纷乱的思绪中,他冲口而出:"对了,我昨天还在报上看见的:'大雾中马车撞毙行人!'死者连名字都不知道!"他精神恍惚地望望老乔里恩,又望望儿子;可是自始至终他本能地都在否定这个自杀的传说。他不敢接受这种想法,这对他自己,他的儿子,对于每一个福尔赛,都太不利了。他顽抗着;由于他的本性总是不自觉地拒绝一切他所不能放心大胆接受的东西,他逐渐地克服了这种恐惧。只是碰巧撞上的!一定是如此!

老乔里恩打断了他的梦想。

"是当时就毙命的。昨天整天停在医院里。他们找不到什么东西可以证明他的身份。我现在就上医院去;你和你儿子顶好也来。"

没有人反对这个命令,他领头出了餐室。

这一天风和日丽,老乔里恩从斯坦厄普广场坐马车上公园巷时,把车篷都敞开了。那时候,他坐在软垫上,向后靠起,抽着手里的雪茄,看见这样天高气清,街上马车和行人来来往往,觉得非常高兴——在伦敦经过一个时期的大雾或者阴雨之后,第一天放晴时,街道上往往出现这种异常活跃的、简直像是巴黎的风光。他的心情感觉非常舒畅;几个月来,都没有这样过。他对琼的那段自白早被他忘得干干净净;眼前他就要和儿子,尤其是他的孙儿孙女聚首了——(他事先已经约好小乔今天早上在什锦俱乐部再谈这件事);而且下面在房子问题上跟詹姆士和他的儿子还有一场交锋,一个胜仗等待着他。

现在他把马车篷撑了起来;无心去看外面的欢乐景象;而

且福尔赛家人携带着一位警长同车,也不雅观。

在马车里,警长又谈起死者的情况:

那儿的雾刚巧并不太大。车夫说那位先生一定来得及看见车子开来,他好像是看准了做的。他的经济情况好像很窘,我们在房间里找到几张当票,他的存款折子已经透支了,今天报上又登了这件案子的消息;他的冷静的蓝眼睛把车中三个福尔赛一一看了一下。

老乔里恩用眼角瞄了一下,看见兄弟脸上变了色,原来深思的、焦虑的神情变得更深刻了。的确,听了警长这番话之后,詹姆士所有的疑惧都重新引起来。窘——当票——透支!这些字眼过去在他一生中只是遥远的噩梦,现在好像使这个无论如何不能接受的自杀假设变得令人神魂不定地真实了。他望望儿子的眼睛;儿子虽则目光炯炯,神色不动,一声不响,却并不回顾他一下。老乔里恩冷眼旁观,看出这两个父子之间的攻守同盟,不由得想起自己的儿子来,就像没有儿子站在自己身边,他在这次看望死者的搏斗中就要双拳难敌四手似的。还有琼,这件事情决不能牵涉她,这件事一直在他脑子里转。詹姆士有儿子照顾他!为什么他不叫小乔来呢?

他把名片盒掏出来,用铅笔写了下面几个字。

"即来,派马车来接你。"

下车时,他把名片交给马夫,叫他飞快赶到什锦俱乐部去,如果乔里恩·福尔赛先生在俱乐部里的话,就把名片交给他,立刻把他接来。如果不在,就一直等到他来。

他跟着其余三个人慢慢走上石阶,用伞柄撑着身体,有时停一下歇歇气。警长说:"这儿就是太平间,先生。可是你不要急。"

在那间墙堵萧然的屋子里,除掉一线阳光照在洁无纤尘的地板上,什么都没有,一个人躺在那里,身上盖了一条被单。警长的一只坚定的大手拿起被单的边子掀了开来。一张失去视觉的脸望着他们,三个福尔赛从这张含有敌意的失去视觉的脸的两侧低头看去;他们里面每一个人私下的感情、恐惧和各人本性发出来的怜悯升起来,又落下去,就像生命浪潮的起伏一样,可是对于波辛尼,这种生命浪潮的冲击被四壁白墙给他永远隔断了。在他们每一个人的心里,各个人的性情,那种使他们各自在细微的地方和别人截然不同的奇特的生命源泉,决定了他们每一个人的思想状态。他们每一个人这样站着,离开别的人很远,然而又不可理喻地接近,孤独地和死亡站在一起,沉默地垂下眼睛。

警长轻声问:

"你认识吗,先生?"

老乔里恩抬起头来,点一下。他看看对面自己的兄弟,一个瘦长的身材望着死者发呆,一张红得发暗的脸,紧张的灰眼睛;又看看苍白而沉默的索米斯站在他父亲旁边,当着这长卧的苍白死神面前,他对这两个人的敌意一时变得烟消云散了。死——它从哪里来的,怎样来的呢?过去一切忽然倒转过来,盲目地向另一个征途出发,出发到——哪儿呢?生命的火焰忽然变得无声无息!所有的人都得挨过的一次重重的残酷的碾压,眼睛清晰而勇敢地一直保持到最后的终局!尽管他们是虫蚁一样的渺小,而且无足轻重啊!这时老乔里恩的脸色亮了一下,因为索米斯低声跟警长叽咕了一句,就轻脚溜了出去。

詹姆士忽然抬起头来。他脸上疑惧而苦恼的神情带有一种特殊的表情,那意思好像说,"我知道我是敌不过你的。"他找了一块手绢,揩揩额头;他伛着身子丧气而猥琐地望着死者一会儿,转过身来也赶快走了出去。

老乔里恩站在那儿像死一样地安静,眼睛注视着尸体。哪个能说出他心里想些什么呢?是想自己当年吗,当时他的头发就像这个先他而死的年轻人的头发一样黄?还是想到当年自己刚开始人生战斗的时候,那个一直为他所喜爱的长期战斗,而对于这个年轻人,它几乎还没有开始就结束了?还是想着他的孙女,现在一切希望都破灭了?还是另外那个女子?事情这样离奇,又这样可叹!而结局又是这样沉痛,令人啼笑皆非,百思不得其解。公道啊!对于人是没有公道的,因为他们永远是处在愚昧的黑暗里!

或者他也许又在那儿玄想:顶好把这些全摆脱掉!顶好一了百了,就像这个可怜的年轻人……

有人碰碰他的肩膀。

眼泪涌上来,他的睫毛湿了。"我这个事情办不了。还是走吧,小乔,你事情一完就赶快上我那儿来,"说完就低着头走了。

现在轮到小乔里恩守在死者的身边了;在这个倒下去的尸体四周,他好像看见所有的福尔赛匍匐在地上喘息着。这一击未免来得太快了。

那些潜藏在每一出悲剧里的各种动力——这些动力不顾任何的阻挠,通过错综复杂的变化推向那个讽刺性的结局——终于集合在一起,融汇在一起,一声霹雳,扔出那个受害者,而且将他周围所有的人全都打倒在地上。

至少小乔里恩是这样觉得,他好像看见他们躺在尸体的四周。

他请警长把出事的经过告诉他,警长就像是抓着这个千载一时的机会,重又把获悉的事实叙述了一遍。

"不过,先生,"他又说,"这是表面,事实远不止这一点。我自己并不认为是自杀,也不相信完全出于偶然。我觉得很可能由于心事重重,没有能注意后面来的车子。也许你可以说明一点真相呢。"

他从口袋里掏出一个小包,放在桌上。他小心把包打开,里面是一个女子用的手帕,折起来,再用一根褪色的镀金别针别上,别针上面原来镶的宝石已经落掉。一阵干紫罗兰的香气透进小乔里恩的鼻孔。

"在他贴胸的口袋里找到的,"警长说,"手帕上的名字已经剪掉了!"

小乔里恩很勉强地回答:"恐怕我没法帮助你!"可是在他的眼前,一张过去他看见过的脸又清晰地浮现出来;那时候她看见波辛尼到来,脸上一亮,多么的战栗而且高兴!他现在对她比对自己的女儿还要关切,比对任何福尔赛都要关切——想到她带着忧郁而温柔的眼光,一张娇弱柔顺的脸,等待着死者,也许便在这时候还在日光中静静地耐心地等待着。

他戚然离开医院,向自己父亲的房子走去,一面盘算着这次死亡将会在福尔赛族中造成分裂。这一击的确已经穿过他们的防线,钻进他们这棵大树的木头里面去了。他们也许会像从前一样繁荣着,在全伦敦的眼中保持着一个美好的外表,可是树干已经死了,被那击毙波辛尼的同一的一刹电光摧毁了。现在那些小树苗将要代替它,每一个小树苗成为新的财产意识保卫者。

好一片树林啊,这家福尔赛人！小乔里恩想着——我们国土上最优秀的木材！

关于致死的原因——他的族人无疑会力图否定自杀的揣测,这样太有碍家族名声了！他们会认为是一件偶然发生的事故,是命运的打击。在他们内心里,他们甚至会感到这是天意,天降的惩罚——波辛尼不是危害到他们两个最宝贵的财产,钱袋和家庭吗？于是他们将会谈论"小波辛尼那次不幸的事件",不过他们可能不愿意谈——还是沉默的好！

至于他自己,他认为那个车夫叙述的经过毫无价值。因为一个这样疯狂恋爱着的人,决不会因为没有钱而自杀的；而且波辛尼这样性格的人也不会把经济的困难放在心上。这样一想,他也否定了自杀的假设,因为在他的心目中,死者的一张脸他看得太清楚了。在青春的顶尖夭折掉,热情的狂潮被一个意外事件割断了——在小乔里恩看来,这样设想只有更使人为波辛尼慨叹。

接着他想象到索米斯家庭目前以及今后必然会有的那种情形。那一道闪光的阴森森光线已经照出了这个家的骨骼,骨骼中间的空隙像在狞笑,那些掩饰的血肉全落掉了。

在斯坦厄普广场的餐室里,老乔里恩正一个人坐着。当他的儿子进来时,他坐在大圈椅里,形容甚为憔悴。他一双眼睛把墙上挂的那些静物画和那张《落日中的荷兰渔船》的名画一一看过来,就像把自己的一生,以及一生中那些希望、收获、成就——凝视过来一样。

"啊！小乔！"他说，"是你吗？我已经告诉过可怜的琼了。可是事情还没有完。你上索米斯家去吗？她是自作自受，我要说；不过我总想起来不好受——关在家里——孤孤单单的一个人。"他举起一只瘦瘠的露出青筋的手，用力勒着。

第九章　伊琳返家

　　索米斯丢下詹姆士和老乔里恩在医院太平间里,漫无目的地匆匆沿着街道走去。

　　波辛尼死亡的悲剧把一切的面目都改变了。他现在已经不再感觉到浪费一分钟就会弄得不可收拾;在验尸手续完毕之前,他也不敢再把自己妻子逃走的事告诉任何人。

　　那天早上他起得很早,在邮差送信之前就起来,他亲手从信箱里把第一批信件取出来。虽则里面没有伊琳的来信,他却借这个机会告诉贝儿生,说主妇上海边去了;而且说他自己大约也要下去从星期六住到星期一。这就给了他喘息的时间,在这个时间里,他总来得及到处把她找遍。

　　可是现在波辛尼的死亡事件——真是一件稀奇的死亡事件,一想到这个就像把一块烙铁放在心口一样,就像从心上把一块重铁拿走一样——使他暂时没法采取任何步骤,他觉得这一天没有办法混过;所以他在街上东逛西逛,看看迎面来的每一张为千百种焦虑蚕食着的脸。

　　当他游荡时,他想起那个已经结束了自己的游荡和窥伺的人;他再不会骚扰他的家庭了。

　　时间已是下午,他看见报纸的海报上宣布死者姓名已经发现,就买下那些报纸看看报上怎样说的。如果能够的话,他真想把他们的嘴堵起来。他上商业区和布尔德商量了好久。

回家的途中,大约在四点半钟时经过乔布生行门口的台阶时,他碰见了乔治·福尔赛。乔治递了一份晚报给索米斯,说:

"你看!你看见那个倒霉的'海盗'的消息吗?"

索米斯冷酷地回答:"看到了。"

乔治盯了他一眼。他从来就不喜欢索米斯;现在认为波辛尼之死应当由他负责。是他把波辛尼逼死的——是他那一次行使对自己妻子的权力,逼得"海盗"在那天不幸的下午像没头苍蝇似的乱撞。

"那个倒霉鬼,"他在想,"心里对索米斯又是忌妒,又是恨,以至于在那个可恨的大雾里一点听不见后面公共马车冲过来。"

索米斯逼死了他!乔治的眼睛下了判决。

"报上说是自杀,"他终于说出来,"这话站不住脚。"

索米斯摇摇头。"车祸。"他说。

乔治的拳头紧勒着报纸,拿来塞在口袋里。临走之前,他忍不住再捣他一下。

"哼!家里都过得好吗?小索米斯有了没有?"

索米斯的脸色变得和乔布生行台阶一样白,嘴嘟得就像要咬人似的,匆匆掠过乔治走了。

索米斯到了家,用钥匙开了大门走进那个光线黯淡的穿堂,一眼就看见自己妻子的镶金阳伞放在地毯柜上。他扔下皮大衣,赶快走进客厅。

天晚了,窗帘已经拉上,炉架上一堆杉柴烧得很旺,他靠着火光看见伊琳坐在她平日坐的长沙发角上。他轻轻关上门,向她走去。她动也不动,而且好像没有看见他似的。

"你回来了?"他说,"为什么黑暗里这样坐着?"

接着他看见她的脸,脸上是那样苍白,那样毫无表情,仿佛是血液已经停止流动似的;眼睛睁得多大,就像猫头鹰受了惊吓时一双又大又圆的黄眼睛。

她裹着灰皮大衣靠着长沙发的软垫,非常像一只被捕获的猫头鹰,裹紧自己柔软的羽毛抵着笼子的铜丝;原来刚健婀娜的身条已经看不见了,就像经过残酷的劳动之后人垮了似的;就像自己再不需要美丽,再不需要刚健婀娜了。

"你回来了?"他又说了一句。

她永远不抬起头来,永远不开口,火光在她木然不动的身影上摇曳。

忽然她打算站起来,可是被他拦着;这时候他才明白过来。

她就像一头受了重伤的野兽一样,不知道上哪儿去,也不知道自己在做着什么,这样才回来的。只要看见她的外表,蜷缩在皮大衣里,就够了。

他这时才真正明白波辛尼是她的情人;明白她是看到他丧命的新闻——也许就像他自己一样,在一个有风的街角上买了一份报纸看了才知道的。

所以她是自动回来的,自动回到她一直要摆脱的笼子里来——他把这件事的重大含义盘算过之后,真想叫出来:"把你可恨的身体——我爱的身体——带出我的屋子!把你的可怜的苍白的脸庞,那样残忍又那样温柔的脸庞带走——不要等我把它打烂。滚出去,不要让我再看见你!"

这些话他虽则没有说出来,可是好像看见她起身走了,就像一个做着噩梦的女子似的,竭力挣扎着想清醒过来——起身走到外面的寒冷黑暗中去,一点不想到他,连他的存在都一点不觉得。

接着他叫出来,和他没有说出来的话恰巧是抵触的:"不要动,坐在那里!"他转过身去,在火炉另一头自己常坐的那把椅子上坐下来。

两个人默默地坐着。

索米斯心里想:"这一切算什么呢?为什么我要这样痛苦呢?我犯了什么罪呢?这不是我的过失啊!"

他又看看她,像中了枪的奄奄一息的鸟儿一样蜷缩着;你望着它可怜的胸口喘息着,只见出气不见入气;它的可怜的眼睛也看着你这击中她的人,神情缓滞、温和,就像没有瞧见你似的,同时向一切美好的东西——太阳、空气和它的伴侣告别。

两个人就这样靠着火坐着,一声不响,各自坐在火炉的两头。

燃烧着的杉柴冒出烟气,他本来很喜欢这香味,现在好像扼着他的喉咙,使他再也忍受不下去了。他走到穿堂里,把大门打开,尽量呼吸门外透进来的冷空气,然后帽子不戴,大衣也不穿,就跑到广场上去。

一只半饿着肚子的野猫沿着花园栏杆向他挨过来,索米斯心里想:"痛苦啊!我这痛苦几时才能停止呢?"

在对面街上一家门口,一个他熟识的名叫路德的人正在擦着皮靴,那神气俨然说:"我是这儿的主人。"索米斯向前走去。

远远从澄澈的空气里传来他和伊琳结婚的那个教堂的钟

声,为了迎接基督的降生操练着,那片声音把车轮的声音全淹没了。他觉得自己急需要喝一杯烈酒,或者使自己平息下去,什么事都无动于衷,或者把自己激怒起来。只要他能够挣脱自己——从他有生以来第一次感到缠绕着他的愁绪中挣脱出来。只要他能够接受这种想法:"跟她离婚——赶她出去!她已经忘记你了。忘掉她吧!"

只要他能够接受这种思想:"放她走吧——她也痛苦得够了!"

只要他能接受这样的欲望:"使她做你的奴隶——她是听你摆布的!"

甚至于只要他能接受这种突如其来的觉悟:"这一切算得了什么呢?"只要他能有这么一分钟忘掉自己,忘掉自己的行动有什么关系,忘掉不管他怎样做他都得有所牺牲。

只要他能凭着自己的冲动去做就好了!

可是他什么都忘记不了;什么思想、觉悟或者欲望他都不能接受;这事情太严重了;和他太密切了,就像一个冲不破的樊笼。

远在广场的那一边,卖报的童子正在叫卖着晚报,那声音和教堂的钟声合成一片,然而又是那么刺耳,听得人毛发悚然。

索米斯掩起耳朵;脑子里忽然掠过一种念头,觉得如果不是老天有眼,说不定现在轧死的不是波辛尼,而是他自己,而她,不但不会蜷缩在那里眼神呆滞像只中枪的鸟儿——

一个什么软绵绵的东西触到他的腿,原来是那只猫拿身子挨他。索米斯从胸臆间迸出一声呜咽,使他的人从头抖到脚。接着黑暗中一切又变得沉寂,那些房子好像在凝视着他,每一所房子里有它的主人和它的女主人,和它快乐的或者辛酸的秘密。

突然,他望见自己的大门开着,穿堂里的火光映出一个男子的黑暗身形,背立着。他心中一惊,蹑着脚走了过去。

他能望见自己的皮大衣扔在雕花的橡木椅上;望见挂在墙上的波斯地毯、银碗和一排排瓷盆,还有那个站在门口的生人。

他厉声问:"你有什么事,先生?"

那人转过身来。原来是小乔里恩。

"大门本来开着,"他说,"我能不能见你太太谈一分钟话,有个信要带给她?"

索米斯带着陌生的眼光斜看他一眼。

"我妻子什么人都不见。"他执拗地说。

小乔里恩温和地回答:"我不会耽搁她两分钟的。"

索米斯抢过他,拦着门。

"她什么人都不能见。"他又说。

小乔里恩的眼睛向他身后的穿堂里望去,索米斯转过身来。伊琳就站在客厅的门口,眼睛睁得很大,焦切的神情,嘴唇张开,两只手伸了出来。看见是这两个人时,她脸上的光彩消失了;手垂到腰间;站在那里就像石头一样。

索米斯掉转身子,恰巧和客人的眼光碰上;他看见客人眼睛里的那种神情,不由自主发出一声咆哮。嘴唇合拢时,隐隐带着微笑。

"这是我的房子,"他说,"我的事情不要别人管。我告诉过你——现在再告诉你;我们不见客。"

他迎着小乔里恩的脸砰的一声把大门关上。

插曲

残夏

夏天的淹留总未免太短太短。

——莎士比亚

一

是在九十年代的头几年中。那天是五月里的最后一天,下午六点钟光景;老乔里恩·福尔赛坐在罗宾山自己房子走廊前面那棵橡树下面。在蚊蚋来咬他之前,他决不肯放过这傍晚的风光。他一只瘦黄的、露出青筋的手捏着一截雪茄烟头,瘦削的手指,指甲留了多长的——有一只涂了油的尖指甲,是从早期维多利亚时代就被他留起来的;那时候的风气就是留指甲,什么都不碰,连指尖都不碰一碰,认为这样最神气。他戴一顶又旧又黄的巴拿马草帽,遮着西下的太阳——圆大的前额,大白上须,瘦削的双颊,长瘦的下巴。他架起大腿;神态极其悠闲,而且文雅——拿一个每天早上都要在自己的绸手绢上洒花露水的老人来说,正该是这样。在他脚下躺着一只毛茸茸的棕白二色的狗,充作波美拉尼亚种——这就是小狗伯沙撒,它和老乔里恩之间原始的敌意多年来已转为亲密了。靠近他的椅子,是一个秋千架,秋千板上坐着好丽的玩偶——名字叫傻瓜·爱丽丝——身子倒在大腿上,一只悲惨的鼻子埋在自己的黑裙子中间。反正它永远是被人欺负的,所以随便它怎样坐都没有关系。橡树下面的草地逐渐低成一个斜坡,一直连到那片凤尾草圃,再过去就是田野,地势更低了,直抵那座池塘和小树林,以及那片斯悦辛曾经说过"很不错,很难得"的景色——五年前,斯悦辛跟伊琳坐马车下来看房子时,也就是坐在这棵橡树下面凝望着这片景色的。老乔里恩也听说过他兄弟的这次壮举——在福尔赛交易所里,这次出城是出了名的。斯悦辛啊!想不到这家伙去年十一月就去世了,年纪不过七十九岁;自从安姑太去世之后,大家都有一个想法,究竟福尔赛家的人能不能永远不死呢?现在斯悦辛一死,这种疑虑又重新引了起来。又死了一个,只剩下老乔里恩、詹姆士、罗杰、尼古拉、悌摩西、裘丽、海丝特、苏珊!"我是八十五岁了!"老乔里恩想,"然而我并不觉得老——只是偶然这里有点儿痛罢了。"

他继续搜索着往事。三年前,自从买下自己侄儿索米斯这所不祥的房子,在罗宾山这儿安居下来之后,他始终没有觉得老过。跟着儿子和孙儿孙女——琼,和小乔后妻生的好丽和乔里——在乡下过着;远离伦敦的嘈杂和福尔赛交易所里那些七嘴八舌,不开董事会,成天优哉游哉,没有工作,尽是玩,不少的时间都是花来把这所房子和它的二十顷地,布置得更好、更完美,或者顺着好丽和乔里的小性子做些事情,这样把时间消磨掉。已往那一段长时间的悲剧——包括琼、索米斯、索米斯妻子伊琳和小波辛尼——在他心里积下的郁结早已烟消云散了。连琼也终于摆脱掉抑郁——你看她现在不是随父亲和继母上西班牙旅行去了。想不到他们走后,日子显得更加安静了;悠闲,然而冷清,因为他儿子不在身边。近来小乔在他眼中真是无所不好,和他在一起时总是使人觉得安慰、开心——一个顶温和的人;可是女子——包括顶好的女子在内——不知道为什么,总有点使你腻烦,当然只有令你倾倒的女子除外。

远远的一只布谷鸟叫了;一只斑鸠在田野那边第一棵榆树上唤晴,自从上次刈草之后,那些白菊花和黄毛茛长得多快啊!风也转为西南风——多鲜美的空气,就像甘露!他把帽子向后推推,让阳光照在自己的下巴和脸颊上。今天,不知道什么缘故,他很想有个伴——有张美丽的脸儿看看就好了。人都把老年人看作什么都不需要似的。"人的需要总是没有完的!"他想,那种不时侵入他灵魂的非福尔赛哲学又发作了。"一只脚已经踏进棺材的人还是有需要,这一点我丝毫不觉得奇怪!"在这儿乡下——那些尘俗事的催逼全达不到——他的孙儿孙女、花草、树木、他这个小王国里的鸟儿,更不用提照耀在这些上面的日月星辰,都日日夜夜对他说,"芝麻开门。"而且门的确打开来了——开了多大,也许他不知道。对于他们开始叫作的"自然",他过去一直就是能够感受的,真正地,几乎像宗教一样虔诚地感受到,不过这些东西不管多么使他感动,他在习惯上仍旧坚持那种现实的看法,夕阳就是夕阳,风景就是风景。可是这些日子里,自然的确使他感到回肠荡气,他很能领略到这种滋味。在这些安静明媚的日子里,白天逐渐来得长了,他每天都要和好丽手搀着手闲逛——小狗伯沙撒跑在他们前面,聚精会神在寻找他从来找不到的那些东西——看玫瑰开花,墙头的果子结实累累,阳光照耀着橡树叶子和小树林里的幼苗,看睡莲的叶子舒展开来,映着光,和那唯一的一片麦田里银色的新麦,倾听着椋鸟和云雀歌唱,看奥尔德尼乳牛吃草,缓缓甩动着它们蓬松的尾巴;在这些晴朗的日子里,他每天都感到那一点点回肠荡气,因为这一切他都爱,同时在他的心灵深处可能感觉到自己没有多久的时间能享受这些。想到有一天——也许十年不到,也许五年不到——眼前的这一切就会从他手里攫走,而他的精力还没有耗完,还能够爱这些;一想到这里,他觉得这简直是一件极不公平的事,就像乌云停留在他的人生天边上。就算今生之后还有来生,那也不是他喜欢的;总不是罗宾山和花儿鸟儿和美丽的脸儿——便是现在,眼前这些东西都太少了! 人一年老一年,他对于虚伪的事情却更加厌恶了;在六十年代里他还摆出的一副道学面孔,就像他过去为了炫耀而留蓄的边须一样,现在早已放弃了;现在使他肃然起敬的只有三件事——美、正直的行为和财产的意识;而在目前,这些里面最伟大的还是美。他的兴趣过去一直很广,而且现在的确还能够看《泰晤士报》,可是不论什么时候只要听见一声山鸟叫,他就会把报纸放下来。正直的行为——财产——这些,不知道为什么,都使人厌倦;山鸟和夕阳却从不使他厌倦,只给他一种不舒适之感,觉得永远听不够、看不够似的。他凝望着眼前黄昏时的静谧的光彩,和草地上金黄雪白的小花,心里有了一个想法;这种天气啊,就像《奥菲欧》①里的音乐一样,那是他最近在科文特加登广场听来的。是一出好歌剧,不像梅耶贝尔,甚至也不全然像莫扎特,可是有那么一点味儿,也许还要可爱些;有点古典音乐和黄金时代的色彩,质朴而醇厚,还有那个拉福吉里,"简直抵得上当年"——这是他所能给的最高的评价。奥菲欧那样思念他丧失的美人,苦念他沦入阴曹的爱人,就像人世的爱和美的结局一样——那种通过嘹亮的音乐歌唱着、动荡着的相思,也在今天傍晚这片迟迟不去的美

---

① 格鲁克(1714—1787)所作的歌剧,故事叙述希腊神话中善于唱歌的青年奥菲欧靠自己的歌唱把自己的亡妻从阴曹地府救返阳世。

丽景色里动荡着。他脚下穿着软木后跟、两边有松紧的长靴，这时不由自主地用靴尖踢踢小狗伯沙撒的肋骨，把小狗踢醒了，又找起狗蝇来；虽则它身上实在没有狗蝇，它却死不相信没有。找完之后，它把搔过的地方在主人的小腿上擦擦，重又把下巴靠在那只扰人的靴面上伏下来。老乔里恩的脑子里忽然回忆起一张脸来——是他三个星期前在歌剧院里见到的——伊琳，他那宝贝侄儿——有产业的人——索米斯的妻子——自从那一次茶会之后——那还是在斯坦厄普广场那所老房子里，为了庆祝他的孙女琼和小波辛尼不祥的订婚礼而举行的——他还没有见过她，虽说如此，他一看见就认识，因为他一直就欣赏她——真是个美人儿。她后来成为小波辛尼的情妇，招致了许多物议，小波辛尼死后，听说她立刻就离开了索米斯。此后是什么情形，谁也不知道。那一天看见她——不过是侧面——坐在前排，事实上是三年来唯一的消息，证明她还在人间。别人从来不提到她。不过小乔有一次告诉他一件事——使他听了非常不开心。大约小乔是从乔治·福尔赛那里听来的；原来乔治曾经在大雾里看见波辛尼，就在他被车子撞死的那一天下午；事情是索米斯对自己的妻子做了——骇人听闻的事情；从这件事情上可以想象得出波辛尼的痛苦来。小乔也看见过她——在死讯传出来的那天下午——只有片刻的时间，那样子"又疯狂又失神落魄"，小乔这句形容的话始终都印在他脑子里。第二天琼就去看她，硬抑着自己的悲痛去看她；女佣看见她来哭了，告诉她那天夜里女主人偷偷溜了出去，不见了。整个儿是一出悲剧——有一件事是肯定的——索米斯从此就没有能够染指。现在索米斯搬到布赖顿去住了，来往的奔波——活该，这个有产业的人！

老乔里恩只要厌恶起一个人来——像他厌恶这个侄儿那样——就永远不会消释。他还记得听到伊琳失踪的消息时,心中为之一慰;头一天小乔看见她时,她一定是在街上看见那条"建筑师惨死"的消息,糊里糊涂跑回家来,就像一头受伤的野兽暂时糊里糊涂回到自己的巢穴一样;可是一想到她像个囚犯住在那所房子里,真使人受不了。那天晚上在歌剧院里看见她的那张脸时使他一惊——比他记得的她还要美,可是漠无表情,就像个面具,什么感想都藏在面具后面。年纪还很轻——大约二十八岁吧。唉,唉!很可能她现在又有个情人了。但是一想到这有乖礼教——因为结了婚的女子本来不应该谈恋爱,便是一次已经太多了——他的脚面抬起来,伯沙撒的头也跟着抬起来。这只灵敏的小狗爬起来望着老乔里恩的脸。那意思好像说,"散步吗?"老乔里恩回答:"来吗,老东西!"

他们就像平时一样,缓步穿过那片星星点点开着白菊花和黄毛茛的草地,进了凤尾草圃。这儿的凤尾草还没有生出多少;这块地方选得颇见匠心:它先是从这边草地低下去,穿过凤尾草圃再升起来,和对面草地一样高;给人以一种参差不齐的印象;在园林的布置上最最讲究这个。伯沙撒最喜爱这儿一带的石头和泥土,有时候还被它找到一只田鼠。老乔里恩故意要从这里穿过,因为虽则现在还不好看,他却指望它总有一天会长得好看,他而且总是想:"我一定要把瓦尔找下来看看;他比毕基强。"因为花草也像房屋和疾病一样,需要请教最好的好手。这儿的螺蛳最多;如果有他的孙儿孙女陪着时,他就会指着一个螺蛳,把那个小男孩的故事讲给他们听:小男孩说,"妈妈,李子长脚吗?""不长,孩子。""那么,啊呀,我莫不是吞了一只螺蛳下去了。"这时候孩子踮着脚跳一下,紧紧抓着他的手,想着那只螺蛳沿着小男孩的"红食管"爬下去,他的眼睛就会眯眯笑了。从凤尾草圃出来,他拉开那扇柴门,恰好通往第一块田野;一片广阔得像公园的面积,划出一处菜园,用红砖墙砌起来。老乔里恩避开这里,因为情调不对头,下了小山向池子走去。伯沙撒知道这儿有只把水老鼠,跳跳蹦蹦在前面跑,从动作上看出已经是一只半老的狗,可是由于天天走,所以是熟路。到了池子边上,老乔里恩立了一会,看见又有一朵睡莲开了;明天他要指给好丽看,等他的"小心肝"胃病好了——她在午饭时吃了一只番茄,就发病了,小肠胃太娇嫩。现在乔里上学去——还是第一个学期——好丽几乎成天都跟他在一起,这两天没有她真是冷清。他还感觉到这里痛——现在时常找上他——一点点刺痛,就在左边胁下。他回头看看小山。的确,可怜的小波辛尼把这所房子造得异常之好;如果他还活着的话,一定会混得很得意呢!他现在哪里去了?也许阴魂不散,仍旧萦绕在这里,他最后建筑的地点,也是他恋爱悲剧发生的地点。再不然,会不会菲力普·波辛尼的精神渗透这一切呢?哪个说得了!那只狗把它的腿弄上烂泥了!老乔里恩向小树林走去。前些日子这儿的风信子开成一片,再好看没有了,他想在阳光照不到的地方,总还会留些下来,开在树木中间就像落下来的一块块蓝天。他走过在这里造的一排牛房和鸡房,由一条小径走进树苗的丛密处,向一片开着风信子的地方走去。伯沙撒重又跑在他的前面,呜呜叫了一声。老乔里恩用脚碰碰它,小狗仍旧不动,刚好拦着路,蓬松脊背上当中的一条茸毛慢慢耸了起来。究竟是听见狗叫和看见狗毛竖起来的样子,还是因为人在树林子里都有那种感觉,老乔里恩也觉得有点毛骨悚然。接着小径拐了个弯,一段长满苔藓的老断株横在那里,上面坐着一个女子。她的脸掉了过去;老乔里恩正在想:"她擅入人家园地——我得竖起一块木牌子!"那张脸已经转了过来。天哪!就是他在歌剧院看见的那张脸——就是他刚才想到的那个女子!在这迷惘的一刹那,他看见的东西全模糊起来,就像看见一个幽灵似的——怪事——也许是阳光斜射在她的淡紫灰长衣上的缘故!她随即站起来,立在那里微笑,头微微偏向一边。老乔里恩心里想:"真美啊!"她没有说话,他也没有;他这才明白是什么原因,不由得相当佩服。她无疑是来凭吊往事的,因此也不想拿什么庸俗的解释替自己开脱。

"不要让那只狗碰上你的衣服,"他说,"它的腿弄湿了。你过来!"

可是小狗伯沙撒仍旧向客人走去,她伸出手拍拍它的头。老乔里恩赶快说:

"那天晚上我在歌剧院看见你的;你没有看见我。"

"哦,我看见你的!"

他觉得这句话含有很微妙的奉承,好像下面还有一句:"你以为你一个人就会漏掉你吗?"

"他们都上西班牙去了,"他猛然说,"我一个人;所以进城去听听歌剧。那个拉福吉里唱得不错。你看见那些牛舍吗?"

就在这样充满着神秘和类似情感的场合下,他本能地向那片产业走去,伊琳和他并排走;腰肢微摆,就像最美丽的法国女子的腰肢一样;衣服也是那种淡紫灰。他注意到她的金黄色头发已经有几根银丝,跟她那双深褐色眼睛和乳黄色的脸配在一起真是特别。突然那双丝绒般的褐色眼睛斜瞥了他一眼,使他心里一动。这一瞥就好像是来自一个遥远的地方,几乎是来自另外一个世界,至少是一个不大住在这一个世界里的人。他木然说道:

"你现在住在哪儿?"

"我在切尔西区租了个小公寓。"

他不想知道她怎样生活,不想知道任何事情;可是那句说走嘴的话仍旧说出来:

"一个人?"

她点点头。这一来,他放心了。他忽然恍悟,如果不是那一点阴错阳差,很可能现在她是这片树林的女主人,引着他这位客人去看牛舍。

"全是奥尔德尼种,"他说,"出的牛奶最好。这一头是个美人儿。呜哇,雁来红!"

那只赭色的乳牛,眼睛和伊琳的眼睛一样地柔和,一样地褐黄,由于挤过奶不久,站着一动不动,它从两只发亮的、温和而嘲讽的眼睛梢里打量着面前的两个人,灰色的嘴唇流出一条口涎,淌到干草里。凉爽的牛舍里光线很暗,隐隐传来干草、香草和阿摩尼亚的气味;老乔里恩说:

"你一定要上去跟我吃晚饭。我派马车送你回去。"

他看出她内心在挣扎着;当然是感触的缘故,这也很自然。可是他希望她做伴;美丽的脸庞,苗条的身材,真是个美人儿!整整一下午他都是一个人。也许他的眼睛显出苦恼神情,所以她回答:"谢谢你,乔里恩大伯。我很高兴。"

他搓搓手,说:

"好极了!那就上去吧!"两个人从那片田野走上去,仍旧是伯沙撒领前。这时太阳已经差不多平照到他们脸上,老乔里恩不但能够看出少许的白发,而且看出几道不深不浅的皱纹,恰好在她美丽的容颜上添上一层孤洁——好像是空谷的幽兰。"我要带她从走廊上进去,"他想,"不把她当作普通的客人。"

"你整天做些什么呢?"他说。

"教音乐;我还有一样兴趣。"

"工作!"老乔里恩说,把玩偶从秋千上面拿起来,抹抹它的黑短裙,"什么都比不上,可不是?我现在什么都不做了。上了年纪。那是一个什么兴趣!"

"想法子帮助那些苦命的女人。"老乔里恩弄不大懂。"苦命?"他跟了一句;接着就明白过来,心里这么一撞,原来她的意思和他自己碰巧用这两个字时的意思完全一样。就是帮助伦敦的那些妓女啊!多么不可思议而且骇人的兴趣!可是好奇心克服了天然的畏缩,他问:

"为什么?你给她们什么帮助呢?"

"没有什么。我没有钱可花。只能是同情,有时候给一点食物。"

老乔里恩的手不由自主地去摸自己的钱袋。他匆促地说:"你怎样找到她们的?"

"我上救济医院去。"

"救济医院!嘘!"

"我看了最难受的是这些人过去差不多全有相当的姿色。"

老乔里恩把玩偶拉拉直。"姿色!"他猛然说,"哈!对了!真是可怜!"就向房子走去。他带领着她掀开还没有卷起的遮阳帘,从落地窗进去,到了他经常读《泰晤士报》的屋子里;在这间屋子里,他还看看《农业杂志》,杂志里面常有些放大的甜菜插画,刚好给好丽做图画的临本。

"晚饭还有半个钟点。你要不要洗手!我带你上琼的屋子去。"

他看见她急切地向周围顾盼;自从她上一次跟她丈夫,或者她情人,或者丈夫和情人,上这里来过,房子改变了多少——他不知道,也没法说得出——这一切都是秘密,他也不愿意知道。可是变化多大啊!在厅堂里,他说:

"我的孩子小乔是个画家,你知道。他很懂得布置。这些都不合我的口味,当然,可是我让他去。"

她站着一点不动,把厅堂和音乐室一齐看在眼里——厅堂和音乐室这时候在那扇大天窗下面,已经完全打成一片。老乔里恩看着她时有一种古怪的感觉。难道她打算从这两间珠灰和银色屋子的阴影里唤起什么幽灵吗?他自己很想采用金色;生动而实在。可是小乔却是法国人的眼光,因此把两间屋子装饰成这副虚无缥缈的模样,看上去就像这家伙成天抽香烟喷的烟雾一样,偶尔一处点缀一点蓝颜色或者红颜色。这不是他的梦想!在他的脑子里,他原想在这些地方挂上他那些金框的静物画和更安静的图画,这些都是他过去视为奇货的,那时候买画只讲究多。这些画现在哪里去了?三文不值二文全卖掉了!在所有福尔赛家人中间,他是唯一能够随着时代转移的,也因为这个缘故,使他硬抑制着自己不要把这些画留下来。可是他的书房里仍旧挂着那张《落日中的荷兰渔船》。

他开始和她一起走上楼梯,走得很慢,因为觉得左胁下有点痛。

"这些是浴室,"他说,"和盥洗室。我都铺上了瓷砖。孩子们的房间在那一边。这是小乔的卧室和他妻子的卧房,两间全通。不过,我想你记得——。"

伊琳点点头。两人又朝前走,上了回廊,进了一间大房间,房内一张小床,有几面窗子。

"这是我的房间。"他说。墙上到处挂着孩子的照片和水彩画,他接着迟疑地说:

"这些都是小乔画的。这里望出去的景致最好。天气晴朗的时候,可以望得见埃普索姆赛马场的大看台。"

这时屋子后面,太阳已经下去,那片野景上面起了一层明亮的暮霭,是这个长长的吉祥的日子残留下来的。很少什么房子望得见,可是田野和树木隐约闪映着,一直连接到一片隐现的高原。

"乡下也变了,"他突然说,"可是等我们全死掉,乡下还是乡下。你看那些画眉鸟——早上这里的鸟声真好听。我真高兴跟伦敦断绝了。"

她的脸紧挨着窗格,神色惨凄,使他看见心里一动。"我真希望能使她看上去快乐些!"他想,"这样美的脸,可是这样忧郁!"他拿起自己房里那罐热水走到回廊上。

"这是琼的房间,"他说,把隔壁房间打开,放下罐子,"我想什么都齐了。"他给她关上门,回到自己房里;用那柄大乌木刷子刷刷头发,额上搽点花露水,就沉思起来。她来得这样突兀——简直是一种天赐,很神秘,也可以说很浪漫,就好像他盼望有个伴,盼望看见美人的心愿被哪一个满足了似的,至于满足这类事情的究竟是谁且不去管他。他站在镜子面前,把仍旧笔挺的腰杆伸直,拿刷子把自己的大白胡子刷两下,眉毛上洒些花露水,就按铃叫女佣。

"我忘了关照他们有位女客跟我吃晚饭。让厨师添一点菜,并且告诉倍根在十点半钟的时候把两匹马和大马车驾好,送这位太太回城里去。好丽小姐睡了吗?"

女佣说大约没有睡。老乔里恩由回廊下楼,踮着脚向孩子房间走去,把门推开;他在房门的铰链上特别加了油,专门预备自己晚上偷偷溜进溜出,不至于把孩子惊醒。

可是好丽已经睡着,躺在那里就像个雏形的圣母马利亚,是那种老式的圣母,古代画家画成之后时常分不出究竟是圣母还是维纳斯。她的乌黑的长睫毛贴在颊上;脸上十分安静——小肠胃显然已经完全复原了。老乔里恩站在室内昏暗的灯光下欣赏她!一张小脸——这样地可爱,这样地神圣、惹人疼!他特别能够在年轻人身上重新感受到青春的活力——在他真是一种福气。孩子们在他的眼中是他未来的生命——整个的未来生命;以他这样一个基本上不信宗教的正常心灵来说,这种未来的生命也许是他还能够承认的。她将来是什么都不用愁,而他的血液——一部分的血液——就在她的小血管里流着。她是他的小伴,将来他要竭尽他的一切使她幸福,使她除了爱之外什么都不知道。他很开心,轻步走了出去,不让自己的漆皮鞋发出声响。在过道里面,他忽然有了一个怪想法:试想孩子们会有一天落到伊琳帮助的那些人的地步!女人过去全都一度是孩子,跟那边睡着的那个一样!"我一定要给她一张支票!"他设想着,"想起这些人来真不好受!"这些没有归宿的可怜人,他从来没有勇气想到她们;藏在他心里,在层层财产意识的束缚下面,有一种真正的高尚意识,一想到她们,就伤害到蕴藏在他心灵最深处的感情,伤害到他的爱美之心,便在目前,一想到今天晚上将有一个美丽女子和他做伴,还能够使他的心花开放。他下楼穿过弹簧门,到了房子后部。在酒窖里,他藏有一种霍克酒①,至少值两镑钱一瓶,是一种施泰因贝格秘制酒,比你吃过的任何约翰尼斯堡的霍克酒都要美;一种简直像花露的酒,像仙露桃一样香——的确就像仙露!他取出一瓶,拿在手里就像捧着婴儿一样,横擎在手里迎光看着。一层神圣的灰尘裹着它颜色深郁的细颈瓶,看了人心里十分快慰。自从城里搬下来,又存放了三年了——香味应当绝佳!这批酒是他在三十五年前买下来的——感谢老天,他还能欣赏一杯美酒,还有资格饮它。她一定会赏识这种酒;十瓶里面也尝不到一点酸味。他把瓶子揩揩,亲自把塞子拔出来,鼻子凑上去闻闻香气,就回到音乐室里。

伊琳正站在钢琴旁边;她把帽子和绕在颈上的围巾拿掉,露出一头金发和肤色惨白的头颈。她穿的一件淡紫灰衣服,衬上钢琴的花梨木,在老乔里恩眼中简直是一幅美丽图画。

他把胳膊给她挽着,两个人庄严地走进餐室。餐室原来的布置可以容二十四个人舒舒服服地进餐,现在却只放了一张小圆桌子。在目前孤寂的情形下,那张大餐桌子使老乔里恩坐了怪不舒服;他叫人把桌子撤去,等儿子回来再说。平时他总是一人进餐,只有两张拉斐尔的圣母像——真正的好临本——陪伴他。在这样的暮春天气,这是一天里面他最难挨过的时候。他从来吃得不多,不像那个斯悦辛大块头,也不像

----

① 一种白葡萄酒。

西尔凡勒斯·海少普,或者安东尼·桑握西,他往年的那些好友;现在一个人进餐,由两个圣母在旁边看着,简直毫无乐趣,所以他总是急急忙忙吃掉,好接上那种比较起来算是精神享受的咖啡和雪茄烟。可是,今天晚上不同了!他眼睛眯眯地望着小餐桌对面的她,谈着意大利和瑞士,跟她讲自己在这些地方的旅行见闻,以及其他一些已经没法再告诉儿子和琼的经历,因为他们早已知道了。这位新听客对于他很是难得;有些老头子只在回忆里兜圈子,他从来就不是这等人。对于这些不晓事的人,他自己先就感到厌倦,因此他本能地也避免使别人厌倦,而且他生来对美色的倾慕使他和女子交接时特别提防到这一点。他很想逗她谈话,可是她虽则谈了两句,笑笑,而且听他谈话好像觉得很开心似的,他始终觉得她还有那种神秘的落寞神情,而她引人的地方一半也就在这上面。有些女子对你非常亲热,叽里呱啦没有个完;有些女子强聒不舍,只有自己说话的分儿,比你懂得的还要多;这些人他都受不了。在女子身上,他只喜欢一个地方——就是娇媚;而且人越安静,他越喜欢。这个女子就是娇媚,就像他心爱的意大利岩谷上面的夕阳那样幽美。他而且觉得她有点遗世独立的味儿,这使她反而和自己更加接近,更成为他企求的伴侣。像他这样高龄,而且事事要不了强的时候,就喜欢做事不受到年轻人的威胁,因为这样他在美人的心里还是占第一位。他一面喝酒,一面留意她的嘴唇,简直觉得自己年轻了。可是小狗伯沙撒也躺在那儿望着她的嘴唇,而且在他们中止谈话时,暗地里在厌恶;而且厌恶那些淡绿色的酒杯举起来,杯子里满是那种它觉得难吃的黄汤。

两人回到音乐室里的时候,天刚好黑下来,老乔里恩衔着雪茄说：

"替我弹几支肖邦吧。"

看一个人抽的什么雪茄，喜欢的什么音乐家，你就可以知道这个人灵魂的组成。老乔里恩吃不消强烈的雪茄，吃不消瓦格纳的音乐。他喜欢贝多芬和莫扎特，亨德尔和格鲁克，还有舒曼，还喜欢梅耶贝尔的歌剧，究竟什么原因倒很难说；可是晚年他却迷上了肖邦，正如在油画上向波堤切利屈服一样。他自己也知道，这样降格以求，是违背黄金时代的标准的。这里面的诗意并不像弥尔顿和拜伦和丁尼生；也不像拉菲尔和提香；也不像莫扎特和贝多芬。这里的诗意就像是隔着一层纱；它不打上你的脸，而是把指头伸进你的肋骨，一阵揉搓，弄得你回肠荡气。这样是不是健康呢，他永远说不出来，可是只要能看到波堤切利的一张画，或者听到肖邦的一支曲子，他就一切不管了。

伊琳在钢琴前坐下，头上一盏电灯，四边垂着珠灰的璎珞；老乔里恩坐在一张圈椅上——因为从这里可以看见她——跷起大腿，徐徐抽着雪茄。有这么半晌她两只手放在键子上，显然是在盘算给他弹些什么；然后就开始弹起来，同时在老乔里恩脑子里涌起一阵哀愁似的快感，和世界上任何东西都不大像。他慢慢沉入一种迷醉状态，只有那一只手，每隔这么半天，从嘴里把雪茄拿出来，又放进去，偶尔给他打断一下。这里有她，还有腹中的霍克酒和烟草味；可是这里还有一个阳光的世界，阳光又淡成月光，还有池塘里立着许多鹳鸟，上面长些青青的丛树，一片片映眼的红蔷薇，葡萄酒的红；还有淡紫色的田野，上面乳白色的牛吃着草，还有一个缥缈的女子，深褐色眼睛，白颈项，微笑着，两臂伸出来；而且从浓郁得像音乐的空气里,一颗星儿落了下来,挂在牛角上。他睁开眼睛。多美的曲子;弹得也好——就像仙女的指头——他又把眼睛闭上。他觉得奇妙地哀愁而快乐,就像菩提树盛开时,人站在树下闻到那股甜香似的。并不是重返往日的生活,只是站在那里,消受一个女子眼睛里的笑意,欣赏着这束花朵!他的手挥动一下,原来是伯沙撒爬上来舐他的手。

"美啊!"他说,"弹下去——再弹些肖邦!"

她又弹起来。这一次他猛然发现她和肖邦之间多么相近。他注意到她走路时那种腰肢的摇摆在她的演奏里也有,而她选择的这支夜曲,和她眼睛里温柔的颜色,她头发的光彩,就像是一轮金黄月亮射出的月光似的。诱惑,诚然是的;可是一点不淫荡,不论是她,或者这支曲子。从他的雪茄上升起一缕青烟,又散失掉。"我们就这样消失掉!"他想,"再看不到美人!什么都没有,是吗?"

伊琳又停下来。

"你要不要听支格鲁克?他时常在一个充满阳光的花园里写他的乐曲,而且还放一瓶莱茵河酿制的葡萄酒在旁边。"

"啊!对了。来个'奥菲欧'吧。"这时在他的四周是开着金银花朵的田野,白衣仙人在日光中摇曳着,羽毛鲜明的鸟飞来飞去。满眼的夏日风光。一阵阵缠绵的甜蜜和悔恨,就像波浪,浸没了他的灵魂。一点雪茄烟灰落下来,他取出绸手绢把烟灰掸掉,同时闻到一股像是鼻烟又像是花露水的混合味儿。"啊!"他想,"残夏啊——就是这样!"他说:"你还没有弹'我失去攸丽狄琪'呢。"①

---

① 是《奥菲欧》最后一幕里的一支歌。

她没有回答；也没有动。他觉得有异——什么事使她突然感触。忽然他看见她站起来，背过身去，他登时懊悔起来。你真是个蠢家伙！她，当然跟奥菲欧一样，——她也是在这间充满回忆的大厅里寻找她丧失的人啊！他从椅子上站起来。这时她已经走到室内尽头那扇大窗子前面。他小心翼翼跟在后面。她两只手交叉放在胸口；他只能看见她的侧面，十分苍白。他情不自禁地说："不要，不要，乖乖！"这话在他是冲口而出，因为好丽弄痛了时，他总是说这样的话，然而这些话立刻收到很尴尬的效果。她抬起两只胳膊遮着脸，哭了。

老乔里恩站着，睁着深陷的老眼看着她。她好像对自己这样任性深深感到羞愧，和她那种端庄安静的举止太不像了，可是也看出她从来没有在人前这样不能自持过。

"不要，不要——不要，不要！"他喃喃地说；并且恭敬地伸出一只手来，碰碰她。她转过身来，把两只掩着脸的胳膊搭着他。老乔里恩站着一动不动，一只瘦手始终放在她肩上。让她哭个痛快——对她有好处！小狗伯沙撒弄得迷迷惑惑，坐起来望着他们打量。

窗子还开着，窗帘也没有拉起来，窗外最后剩下的一点天光和室内隐隐透出来的灯光混在一起；一阵新割过的青草香。老年人都懂得，所以老乔里恩没有说话。便是悲痛也有哭完的时候；只有时间治疗得了悲痛——喜怒哀乐，时间全看见过，而且挨次地看见它们消逝；时间是一切的埋葬者啊！他脑子里忽然想起"就像牡鹿喘息着奔向清凉的水流"那句赞美诗来——可是这句诗对他没有用。接着，他闻到一阵紫罗兰香味，知道她在擦眼泪。他伸出下巴，用大胡子亲一亲她的前额，觉得她整个身体战栗了一下，就像一棵树抖掉身上的雨点一样。她拿起他的手吻一下,意思像是说:"现在好了! 对不起!"

这一吻使他充满了莫名的安慰;他领她回到原来使她那样感触的座位上。小狗伯沙撒随着,把他们刚才吃剩下的一根肉骨头放在他们脚下。

为了使她忘掉适才那一阵情感的触动,他想再没有请她看瓷器更适合了;他和她挨次把一口一口橱柜慢慢看过来,拿起这一件德累斯顿,那一件洛斯托夫特,那一件切尔西,一双瘦瘠而露出青筋的手把瓷器转来转去,手上的皮肤隐隐有些雀斑,望上去真是老得厉害。

"这一件是我在乔布生行买的,"他说,"花了我三十镑。很旧。那只狗把骨头到处扔。这件旧'船形碗'是我在那次那个现世宝侯爵出事后的拍卖会上弄来的。可是你记不得了。这一件切尔西很不错。你看,这一件你说是什么瓷?"这样使她很好受,同时觉得她,这样一个雅人,也真正在对这些东西感兴趣;说实在话,再没有比一件可疑的瓷器更能使人心情安定下来了。

终于听见马车轮子的辘辘声来了,他说:

"你下次还要来;一定来吃午饭,那时候我可以在白天把这些拿给你看,还有我的可爱的小孙女儿——真是小宝贝。这狗好像看中你了。"

原来伯沙撒感觉到她就要走了,正在拿身子擦她的腿。和她一同走到门廊里时,他说:

"车夫大约一小时零一刻钟就可以送你到家。替你的那些苦人儿收下这个。"就塞了一张五十镑的支票在她手里。他看见她的眼睛一亮,听见她咕了一句:"啊呀,乔里恩伯伯!"他从心里感到一阵快乐的颤动。这话是说,有一两个可怜虫将稍济穷困,也等于说她还会再来。他把手伸到车窗口,再一次握一下她的手。马车开走了,他站着望望月亮,和树木的影子,心里想:"可爱的晚上啊!她——"

二

下了两天雨,夏天变得更加温暖明媚了。老乔里恩成天和好丽散步,谈天。起先他觉得人高了一点,而且充满新的活力;接着感到静不下来。几乎每天下午,他们都要上小树林去,而且一直要走到那棵断株的地方。"唉,她不在!"他会想,"当然不在啊!"这时他就会觉得人矮了一点,拖着脚步爬山回去,一只手永远按着左胁。有时候,他脑子里会有这样的念头:"是她真的来了——还是我做梦呢?"于是他瞪眼呆望着,同时小狗伯沙撒也瞪眼望着他。当然她不会再来了!他拆开西班牙来信时也不大兴奋了。他们要到七月里才回来;奇怪的是他并不觉得受不了。每天吃晚饭的时候,他都要眯起眼睛看看她坐过的地方。她不在,他只好不看。

到了第七天下午,他想:"我得进城去买双靴子。"他叫倍根驾上马车,就开出去。经过帕特尼镇到海德公园这一段时,他盘算着:"我何不上切尔西看看她去。"他喊:"你把车子赶往那天晚上你送那位太太的地方去。"马夫的一张大红脸回过来,湿漉漉的嘴唇回答:"那位穿浅灰衣服的太太吗?老爷。"

"对,穿浅灰衣服的太太。"还有哪位太太?这个蠢货!

马车在一幢三层小公寓前停下,公寓离河边没有多远。

老乔里恩一双熟谙的眼睛一望就看出是三流房子。"看上去大约六十镑一年吧。"他默然想着;进门时,他看看住户的牌号。上面没有"福尔赛"的字样,可是二楼丙室写着:"伊琳·海隆太太。"啊!她原来恢复她的娘家姓了!不知道什么缘故,这一来倒使他高兴。他缓缓走上楼梯,觉得左胁下有点痛。他在按铃之前,先站立一会儿,歇歇腿,使自己心跳得好些。她不会在家的!下面就是——买靴子了!想到这里真泄气。他这样大的年纪要靴子做什么?手边有的已经穿不完了。

"太太在家吗?"

"在家,先生。"

"你说乔里恩·福尔赛先生要见她。"

"好的,先生,请这边来,好吗?"

老乔里恩随着一个小女佣——敢说还不到十六岁——走进一间很小的客厅,客厅里的遮阳帘全拉下来。室内放了一架小钢琴,此外除掉一点香味和雅趣外,再没有什么了。他站在屋子中间,大礼帽拿在手里,心里想:"我看她过得很窘呢!"壁炉上挂一面镜子,从镜子里他看见自己的影子。一个老态龙钟的家伙!他听见一阵簌簌声;转过身来。她站得非常之近,他的大胡子几乎扫到她的额头,就在那几根银丝下面。

"我坐马车上城里来,"他说,"想起来看看你;那天晚上回来没有什么吧?"

看见她笑了,他立刻觉得心里一宽。也许,她真的愿意看见他呢。

"你要不要戴上帽子,跟我上公园里去兜一下?"

可是当她去戴帽子的时候,他眉头皱起来。公园!詹姆士和爱米丽!尼古拉的妻子,或者他这个宝贝族中其他的什么人,很可能在那儿,神气活现地跑来跑去。事后,他们就会搬弄是非,说看见他和伊琳在一起。还是不去为妙!他不想在福尔赛交易所里重新引起往日的那些流言。从扣紧的大礼服领边上他捻掉一根白头发,一只手摸摸自己的面颊、胡子和方腮;颧骨下面陷进去很厉害。他最近的胃口不很好——还是找那个替好丽看病的、乳臭未干的小医生开点补药吃吃吧。可是她回来了,两人坐上马车时,他说:

"我们还是上肯辛顿公园去坐坐怎么样?"接着眼睛眱了一下又说,"没有人神气活现地跑来跑去。"就像把自己心里的秘密告诉她似的。

下了马车,两人走进那些幽静的去处,漫步向水边走来。

"我看见你又恢复娘家姓了,"他说,"我倒赞成。"

她一只手伸到他胳膊下面,"琼原谅我没有,乔里恩伯伯?"

他温和地回答:"是啊——是啊;当然,为什么不原谅?"

"那么你呢?"

"我?我一看出事情没法挽回时,就原谅你了。"也许他当时是这样;他天生一直就是原谅美人的。

她深深透一口气。"我从来不懊悔——没法懊悔。你可曾爱得无法自拔过,乔里恩伯伯?"

这个怪问题使老乔里恩听了眼睛睁得老大。他有过没有呢?好像记不得曾经有过。可是当着这样一个年轻女子,她的手正搭着你的胳膊,而且她的一生,由于过去有这一段悲惨的爱情,就好像是停了摆的,他可不愿意说出来。他心里想:

"如果我年轻的时候碰见你,我——我也许很可能做一个荒唐鬼。"为了搪塞她,他不由自主又发挥起来。

"爱情是个古怪的东西,"他说,"常常是一种劫数。希腊人——可不是吗——就把爱情说成是个女神;敢说他们是对的,不过话又说回来,他们是处在黄金时代啊。"

"菲力就崇拜希腊人。"

菲力!这两个字使他听了很刺耳;他本来看事情很周到,这时猛然悟出为什么她这样子敷衍他。她是要跟他谈她的情人!好吧!只要能够使她快乐一点就行。所以他说:"啊!他是有点雕刻家的味儿,我觉得。"

"对了。他就爱平衡和匀称,他就爱希腊人那样把全部心血贡献在艺术上面。"

平衡!根据他的回忆,那个小子根本没有平衡——心理的平衡;至于匀称——当然,身材长得很匀称;可是他那双异样的眼睛,和高颧骨——匀称吗?

"你也是黄金时代的人,乔里恩伯伯。"

老乔里恩转过头来望她一下。她是开他玩笑吗?不,她的眼睛还是像丝绒一样温柔。她是奉承他吗?可是如果是奉承,又为了什么?像他这样一个老头子,奉承他有什么好处呢?

"菲力这样看。他常说:'可是我从来没法告诉他我那样佩服他。'"

啊!又来了。她死去的情人;仍旧是要谈他!他按一下她的胳膊,一半憎恨,一半也感激这些回忆,好像看出这些在她和自己之间是多么重要的牵线似的。

"他是个很有天才的青年,"他喃喃说着,"太热了;我近来受不了热。我们坐下吧。"

两人在一棵栗树下面找到两把椅子坐下,栗树的大叶子给他们遮着午后宁静的阳光。坐在这里,望着她,同时觉得她很喜欢和自己在一起,真是开心。索性让她更喜欢些,他于是又说下去:

"我想他在你面前暴露的一面是我从来没有看到的。他跟你在一起时一定顶有意思。他的艺术见解稍为新了一点——对于我来说"——他把"新式"几个字咽下去没有说。

"是啊!可是他常说你是真正懂得美的。"老乔里恩想,"这个家伙真这样说!"可是他眨了一下眼睛说:"是啊,否则我就不会跟你坐在这儿。"她笑起来眼睛里的神情真爱人!

"他觉得你有一颗永远不老的心。菲力的确有眼光。"

这一句从记忆里挖出来的奉承话,完全由于想要谈她死去的情人,并不使他动心——一点不动心;然而听听也很不错,因为她在他的眼睛里和心里——很对,一颗永远不老的心——是这样的可爱。这是不是因为他跟她和她死去的情人都不同——从来没有不顾一切地恋爱过呢?从没失去心理的平衡和匀称的感觉呢?也罢!总之,他到了八十五岁的高龄还能够欣赏美人。他想,"如果我是个画家或者雕刻家的话!可是我是个老古董了。还是只顾眼前吧。"

一对男女挽着胳膊在他们前面的草地上走过,就在那棵栗树影子的边上。阳光无情地照上两张苍白而年轻的脸,乱头粗服,颓丧的神情。"我们都是丑陋的一群!"老乔里恩忽然说,"奇怪的是,你看——爱情战胜了丑陋。"

"爱情战胜一切!"

"年轻人这样想。"他咕了一句。

"爱情没有年龄,没有止境,没有死亡。"

她苍白的脸上红了起来,胸口起伏,眼睛睁得又大又乌又温柔,那样子就像活的维纳斯!可是这句激动的话立刻引起了反应,他眼睛一眨,说:"是啊,如果有止境的话,我们就不会生出来;因为,天啊,爱情得忍受许多事情呢。"

他取下大礼帽,用袖口把帽子四周揩揩。这个累赘戴得他额头很热;这些日子里,他时常觉得血涌到头上来——他的血压不像过去那样好了。

她仍旧直着眼睛坐着,忽然喃喃地说:

"奇怪的是我还活着。"

他想起小乔那句"又疯狂又失神落魄"的话来。

"啊!"他说,"我儿子见到你一下——就在那一天。"

"是你儿子吗?我听见穿堂里有人;一时间我还以为是——菲力呢。"

老乔里恩看见她嘴唇战栗了一下。她一只手掩着嘴,又拿下来,静静地又说下去:"那天晚上我跑到河边:一个女人抓着我的衣服。她向我诉说了自己的身世。当一个人知道别人受苦的情形时,就感到汗颜。"

"就是那些——?"

她点点头;老乔里恩心里引起一阵战栗,那种从来不知道和绝望搏斗的人所感到的震栗。他几乎是违背自己的意思说:"跟我谈谈呢。"

"我生死都置之度外。当你变成这样时,命运也不想杀害你了。她服侍我三天——从不离开我身边。我没有钱。我现在竭力帮助她们一点就是这个缘故。"

可是老乔里恩心里想着:"没有钱!还有比这个更残酷

的命运吗?什么坏运都在里面了。"

"当时你来找我就好了,"他说,"为什么你没有找我呢?"伊琳不答。

"大约是因为我姓福尔赛吧,我想是?还是有琼不大方便?你现在过得怎样?"他的眼睛不由自主地在她身上扫了一下。也许现在她还是——然而她并不消瘦——并不真瘦!

"哦,加上我的五十镑一年,勉强够了。"这话他听了仍不放心;他不相信她。索米斯那个家伙!可是他觉得责备索米斯也不公平,所以没有骂出来。她宁死也不会再拿他一个铜子,不会。看她样子那样柔弱,一定有些地方非常之坚强,坚强而且忠贞。可是小波辛尼有什么理由把自己撞死了,丢下她这样无依无靠!

"啊,你现在一定要来找我才是,"他说,"不管你短缺什么,否则我就要生气了。"他戴上帽子,站起来,"我们喝杯茶去。我告诉那个懒货带着马去溜达一个钟点,回来到你的地方接我。我们等一下叫部马车去;我现在不像从前走得动了。"

他们缓步走去,一直走到公园近肯辛顿的一头出门;她讲话的声音,和眼睛里的神气,和在他身边走动着的苗条身材,都使他看了非常开心。在大街上那家鲁菲尔咖啡店的一顿茶也吃得很开心;出来的时候,他的小拇指上还吊着一大盒巧克力糖。坐在出租马车上抽着雪茄,驶回切尔西,也开心。她答应下星期天下乡来,再弹琴给他听;在他的脑子里,已经开始摘起石竹和早开的玫瑰花来,预备给她带进城。给她一点快乐真是快乐,如果像他这样一个老头子真能给人快乐的话。他们到达时,他的马车已经等在那里!就是这种不讨喜欢的家伙,要他的时候他总要迟到,不要他的时候——。老乔里恩进去片刻和她道别。公寓阴暗的小穿堂里隐隐闻到一股不好受的薄荷香水味,靠墙的长凳上——屋内唯一的陈设——看见有个女人坐着。他听见伊琳低声说:"等一等。"在小客厅里,门关上的时候,他郑重其事地问:"你那些苦人儿吗?"

"对了。现在,要谢谢你,我可以帮助她一点了。"

他瞠目站着,摸着自己的方腮;他这强有力的方腮,少壮时曾经吓倒过那么许多人。想到她确实这样子和这个无依无靠的人来往,使他感到难受,并且害怕。她能帮助她们什么呢?什么都不能。恐怕只会给她自己带来玷辱和麻烦。所以他说:"孩子,自己要当心!人家对什么事情都是向顶坏的方面着想。"

"我懂得。"

她安静地一笑,使他不觉恶然。"那么——星期天,"他咕噜一句,"再见。"

她把脸颊送上来给他吻一下。

"再见,"他又说一句,"自己当心。"他出了客厅,看也不看长凳上那个人。他绕道哈默史密斯大道回家,以便在一家熟识的酒行停一下,叫他们拿两打最好的柏根地酒给她送去。说不定她有时需要排遣一下!只有快到里士满公园时他才想起自己进城是去定做靴子的,而且弄不懂自己怎么会有这样无聊的念头。

三

　　老年人的岁月里总是挤满了旧日的小仙人,可是在星期天来到之前的七十小时中间,那些小仙人很少和他亲过脸,这是从来没有过的。相反,未来的仙人,带着莫名的妩媚,却把嘴唇送上来。老乔里恩现在一点不感觉到静不下来了,也不去看那棵断株,原因是她要来吃午饭。约人吃饭有一种奇妙的肯定性;任凭天大的疑虑都消散了,因为任何人,除掉掌握不住的理由外,决不肯错过饭局的。他和好丽在草地上打了好多次板球,现在是他扔球,她击球,这样到了暑假她就可以扔给乔里。要她扔给乔里是因为她不是个福尔赛家的人,可是乔里却是个福尔赛——而福尔赛家人永远是击球的,一直击到他们退休而且活到八十五岁为止。小狗伯沙撒从旁伺候着,尽量把球捉到;小厮接球,一张脸跑得就像大红缎子。由于时间越来越近,每一天比前一天显得更长,而且更加明媚了。在星期五晚上,他吞了一颗肝痛丸,因为胁下相当地痛,虽则不在肝这一边,可是再没有比肝痛丸更好了。这时候如果有人告诉他,说他找到一个生活上的新刺激,而这个刺激对他是不好的,一定会遭到他的白眼:那双深陷的铁灰色眼睛就会带着坚定而凶狠的神情望着他,意思好像说:"我自己的事情自己最理会。"的确,他一直就是如此,而且一直会如此。

421

星期天早晨,好丽随着她的家庭教师去做礼拜,他去看看草莓圃。到了草莓圃那边,由小狗伯沙撒陪伴着他,他把草莓一棵棵仔仔细细看过来,居然找到两打以上真正熟了的草莓。弯腰对他很不相宜,累得他头晕眼花,脸涨得通红。他把草莓放在一只盆子里,端上餐桌,就去洗手,并且用花露水擦擦前额。这时对着镜子,他发现自己瘦了一点。当他年轻的时候,他就是那样一根"竹竿子"!瘦总是好的——他最不喜欢胖子;然而他的两颊未免太瘦了一些!她要坐十二点半的火车到达,然后一路走过来,经过盖基农场,从小树林的尽头进来。他到琼的房内看看热水准备好没有,就动身去迎接她,走得不慌不忙,原因是他感到心跳。空气里有一股清香,云雀叫着,埃普索姆赛马场的大看台都望得见。天气太好了!无疑的,六年前索米斯在造房子之前,也是在这样的一天带着小波辛尼下来看地基的。是波辛尼选中了这所房子的理想地点——琼时常跟他讲起这件事。这些日子里,他时常想到那个小伙子,仿佛他的灵魂的确在萦绕着他最后手泽的左近,企图万一能看见——她。波辛尼——那个唯一占据她的心的人,而且是她狂热地把整个自己贡献给他的人!当然,到了他这样年纪,这种事情是无法体会的,可是在他的心里却引起一阵莫名其妙的模模糊糊的痛苦——仿佛是不带个人意气的妒忌阴影;另外还有一种比较忠厚的怜惜心情,想不到这段爱情这样早就完结。短短几个月的工夫全完了!唉,唉!在走进树林之前,他看看表——才十二点一刻,还要等二十五分钟!接着,小径转了个弯,他望见她了,完全和第一次见到她时一个样,坐在那棵断株上,这才明白她一定是坐上一班火车来的,一个人在这里坐着至少有两小时了。两小时和她亲近的时间——错过了！是什么旧情使得这棵断株对她这样亲密呢？她已经从他的脸色看出他在想些什么，因此脱口而出说：

"对不起，乔里恩伯伯；我是在这里初次知道的。"

"是啊，是啊；这儿你随时欢喜都可以来坐。你样子有点疲劳；教琴教得太多了。"

想到她逼得要教琴，使他很不开心。和一群小女孩子在一起，教她们用小肥指头去敲钢琴键子！

"你上哪儿去教琴呢？"他问。

"多数是犹太人家，幸好。"

老乔里恩眼睛睁得多大；在所有福尔赛家的人看来，犹太人好像都是陌生可疑的。

"他们喜欢音乐，而且心肠都很好。"

"哼，他们还是这样好些！"他挽着她的胳膊——上山时他的胁下总有点痛——说：

"你可曾见过这样盛开的黄毛茛？一夜的工夫就开成这样了。"

她的眼睛好像的确在田野上飞翔，就像蜜蜂追求鲜花和花蜜似的。"我要你看看这些花——所以到现在还不让他们把牛放出来。"随即想起她下来是为了谈波辛尼而来的，就指指马厩上的钟楼：

"我想他决不会让我加上这个——据我所能记得的，他就没有时间观念。"

可是她把他的胳膊拉紧一点，反而谈起花来，他知道这样做，是为了不让他觉得她是为了自己死去的情人才下来的。

"我有一朵顶美丽的花给你看，"他说，带着得意的神气，"就是我的小孙女儿。她去做礼拜就要回来了。我觉得她有

423

些地方就像你。"其实他应当说:"我觉得你有些地方像她。"可是他对自己这样说法并不觉得特别。啊,她来了!

好丽在前,后面紧紧跟着那位半老的法国女教师;二十二年前,斯特拉斯堡围城的时候,这位女教师就得了胃病。好丽在树下向他们这边赶来,可是离他们两三丈远时又停下来,拍拍伯沙撒,装作这是她脑子里唯一的一件事。老乔里恩懂得这是装的,就说:

"来,乖乖,这位就是我答应给你介绍的浅灰衣服的太太。"

好丽直起身子,抬头望着。老乔里恩眼睛睐睐从旁望着这两个人,伊琳微笑着,好丽一本正经地问候起来,也逐渐显出羞怯的笑容,然后又转为更深刻的表情。好丽也懂得美,这个孩子——眼力不错!看这两个人接吻真是开心。

"海隆太太,布斯小姐。讲道好吗,布斯小姐?"

现在他已经没有多少岁月好过,他对教会仅剩的一点兴趣就是做礼拜时那唯一和现实世界有关的布道部分了。布斯小姐伸出一只戴黑羊皮手套的手,就像鸡爪子——她过去在许多大户人家耽过——瘦黄脸上一双含愁含恨的眼睛仿佛在问:"你受过教养吗?"原来每次好丽或者乔里做了什么使她不快的事情时——这种情形时常发生——他总要跟他们说:"那些小泰洛从来不做这些事——他们是这样有教养的小孩子。"乔里顶恨这些小泰洛,好丽简直弄不懂,她怎么会总是赶不上他们。老乔里恩觉得她是个"浅薄无聊的怪人儿"——这就是布斯小姐。

一顿午饭吃得很快意,鲜蘑菇是他从蘑菇房里亲手摘来的,草莓也是他精挑细选来的,又是一瓶施泰因贝格秘制佳酿——这些给他装满了一种芳香的灵感,和肯定明天要发湿疹的信念。午饭后,大家坐在橡树下面喝土耳其咖啡。布斯小姐的告退一点不使他抱憾。她每逢星期天都要写信给她妹妹;这个妹妹过去吞过一根针,因此一直威胁着她的未来——这件事情被她每天用来警告儿童要慢慢地吃,不要吃得不消化。好丽和小狗伯沙撒坐在平坡下面一张车毯上,互相逗弄抚爱;老乔里恩坐在树荫里跷着大腿,闻着浓郁的雪茄烟味,一心看着坐在秋千架上的伊琳。一个轻盈的、微微摇摆的、浅灰衣服的人儿,身上零零落落映上些太阳斑点,嘴唇微启,眼皮稍稍垂下来遮着一双温柔的深褐色眼睛。她的神情很是自得;肯定说,下来看他对她有益处!老年人的自私自利总算没有真正传染上他,因为他还能从别人的快乐上面感到快乐,同时体会到自己的需要,虽则很多,可并不怎么了不起地重要。

"这儿很安静,"他说,"如果你觉得单调,就不要勉强下来。不过我看见你很开心。我的小宝贝是唯一使我开心的一张脸,除掉你的。"

从她的微笑中,他看出她对人家的爱慕并不以为忤,这就使他放心了。"这并不骗你,"他说,"我心里不喜欢一个女子,嘴上决不说喜欢她。老实说,我就记不起几时跟一个女子说过我喜欢她呢,除掉当年跟我的妻子;不过做妻子的都是古怪的。"他不响了,可是突然接着又说:

"她时常要我说我喜欢她,不喜欢的时候也要说,这就搞不好了。"她脸上的神情有种神秘的怅惘,他怕自己说了什么使她痛苦的话,赶快又说下去:

"等我的小宝贝结婚时,我希望她找个懂得女子心理的男子。我是来不及看见了,可是婚姻上面颠三倒四的事情太多了,我可不想看她吃这种苦头。"他觉得话越说越不对头。就接着说,"这只狗偏要搔痒。"

接着是一阵沉默。这个一生断送了的尤物,和爱情早已绝缘,然而天生是为爱情而设的,她心里想些什么呢?有一天他去世之后,也许她另外找到一个配偶——不像那个把自己撞死的小伙子那样胡来。啊!可是她的丈夫呢?

"索米斯从来不缠你吗?"他问。

她摇摇头。脸色突然沉下来。尽管她这样温柔和顺,在有些事情上决无妥协的余地。老乔里恩的脑子里——那个本来属于早期维多利亚文明的头脑,比他老年的这个世界还要古老得多——从来就没有想到这类原始的两性关系上去,现在才初步体会到两性之间的仇恨会到这样恩断义绝的地步。

"这总算运气,"他说,"今天你可以望得见大看台。我们要不要转一转去?"

他领着她穿过花果园——园内沿着一带和外面隔界的高墙,一行行的桃树和仙露桃树曝着太阳——穿过马厩、葡萄园、蘑菇房、芦笋田、玫瑰圃、凉轩,连菜园也带她瞧瞧,看那些小绿豆儿;平时好丽最爱用小指头从豆荚里把豆子挖出来,放在小黄手心里舐掉。他带她看了许多有趣的东西,好丽和小狗伯沙撒跳跳蹦蹦在前领路,有时候回到他们身边来要大人照应一下。这是他过得最最快乐的一个下午,可是走得他很累,很乐意回到音乐室里坐下来,让她给他弄一杯茶吃。好丽来了一个小密友——一个皮肤白皙的小女孩,头发短得就像男孩子。两个孩子离他们远远的一起玩耍,一会儿在楼梯下面,一会儿在楼梯上面,一会儿又上了回廊。老乔里恩请伊琳弹几支肖邦。她弹了些练习曲,波兰舞曲和华尔兹曲;后来两个孩子也蹑着脚挨近来,站在钢琴下面——一个深褐头发,一个金黄头发,都竖着耳朵在听,老乔里恩留心瞧着。

"给我们跳个舞吧,你们两个!"

两个孩子怯生生地跳起来,开头就错了步子。她们摆动着,旋转着,非常认真,但是不太熟练,随着华尔兹曲的起落一次又一次地掠过他的椅子。他瞧着她们,又望望那个弹琴的人掉头向着这两个小跳舞家微笑着,心里想:"多少年来没有看见这么美的图画了。"一个法国声音叫出来:

"好妮!这究竟算什么?星期天跳舞!你来。①"

可是两个孩子都挨到老乔里恩身边来,知道他会保护她们的,盯着他那张肯定"犯了法"的脸看。

"吉日无忌,布斯小姐。都是我叫她们跳的。玩去吧,孩子们,喝茶去。"

两个孩子走了,小狗伯沙撒也跟了去,它是从不错过一顿的;老乔里恩望着伊琳眨一下眼睛,说:

"你看,就是这样子!这两个孩子可爱吗?你的学生里面有没有这么大的?"

"有三个,里面两个非常可爱。"

"好看吗?"

"美得很!"

老乔里恩叹口气;他就是喜欢小的,好像永远没有满足似的。"我的小宝贝,"他说,"非常爱好音乐;有一天一定会成为音乐家。你来听听她弹得怎样,不过我想你未见得肯吧?"

"我当然肯。"

---

① 原文为法文。

"你未见得愿意——"可是他把"教她"两个字止着没有说出来。他很不爱听她教琴的事;可是如果她肯的话,他就可以经常和她见面。她离开钢琴走到他椅子面前。

"我很愿意教她;不过问题是——琼。他们几时回来呢?"

老乔里恩眉头一皱。"要到下月中旬以后。这有什么关系?"

"你说过琼已经原谅我;可是她永远忘记不了的,乔里恩伯伯。"

忘记!她非忘记不可,如果他要她忘记的话。

可是就像是回答他似的,伊琳摇摇头。"你知道她忘记不了;人是不会忘记的。"

永远是那个可恨的既往!他只好带着懊恼的结论说:

"我们再看吧。"

他和她又谈了一小时多一点,谈孩子,和各种小事情,终于马车开来送她回城里去。她走了以后,老乔里恩又回到自己椅子上坐下,摩挲着脸和下巴,遐想这一天的经过。

那天晚上用完晚餐之后,他走进书房,取出一张信纸。他坐了几分钟没有下笔,就起身站在那张《落日中的荷兰渔船》名画下面。他想的并不是那张画,而是自己的一生。他打算在遗嘱上面给她留点钱;再没有比这个念头更能搅乱他平静的思绪和记忆深渊了。他打算留给她一部分财富,也就是造成这财富的自己一部分理想、事业、品质、成就——总之,自己的一切;也就是留给她一部分自己循规蹈矩的一生中一切没有能享受到的。啊!他没有能享受到什么呢?"荷兰渔船"瞠然不答;他走到落地窗前面,拉开窗帘,打开窗子。一阵风刮过来,暮色中,一片被园丁扫剩下来的隔年橡树叶子,发出轻微的沙沙声,正沿着走廊卷走。除了这一点声响外,外面是一片寂静,他而且闻得出浇了水不久的向日葵香气。一只蝙蝠掠过去。一只鸟儿发出最后的啁啾。就在橡树顶上,第一颗星儿出现了。在那出歌剧里,浮士德为了重返几年的青春,把灵魂做了抵押品。荒唐的想法!这种交易是不可能的,真正的悲剧在此。一个人要重新爱过,重新活过,重新什么过,都不可能。什么都不可能,只有趁你还活在世上时可望而不可即地欣赏一下美人,并且在遗嘱上给美人留下一点来。可是留多少呢?夜色温和而轻快;就好像望着这片乡间夜景不能帮助他计算出来似的,他转身走到壁炉架前面。架上放着他心爱的小摆设——一座克娄巴特拉女皇的铜像,胸口钉着一条小毒蛇;一条猎犬玩弄着自己的幼犬;一个力士勒着几匹马。"他们不死!"他想着,不由得一阵心酸。他们还有一千年好活呢!

"多少呢?"至少要够她过的,不至于未老先衰,尽量使那些皱纹不侵上她的脸,使那些白发不玷污她的金丝。他也许还会活上五年。那时候她该是三十以外了。"多少呢?"她和他没有一点血统关系啊!从他结婚的时候起,从他开始建立了那个神秘的东西——家——之后,四十多年来他立身处世一直没有违背那条准则,现在它提出警告来了:不属于他的血统,没有任何权利!所以,这完全是非分之想;是一种浪费,一个老年人异想天开的放纵行为,是老得昏聩糊涂时才做出来的事。他真正的生命是寄托在那些含有他血液的人身上,他死后,他将要在他们身上活下去。他从那些铜像前转过身来,望着那把他坐过并且抽过无数支雪茄烟的旧皮圈椅。忽然

429

间,他好像看见她穿着浅灰衣服坐在椅子上,香泽微闻,温柔而文雅,深褐色的眼睛,脸向着他!为什么!她心里并没有他,说实在话,她一心想念的只是她那个死去的情人。然而不管她真假,她总是在那儿,以她的美色和风度使他感到快乐。你没有资格硬要她跟一个老头子做伴,没有资格要她下来给你弹琴,而且让你看她——没有资格这样做而不给酬劳!在这个世界上,快乐是有价钱的。"多少呢?"反正,他有的是钱;他儿子和他的三个孙儿孙女短少这一点点绝没有关系。这些钱都是他自己挣来的,几乎是每一便士;他喜欢给谁就可以给谁,这一点总可以容许自己称心一下。他回到书桌面前。"我要给,"他想着,"不管他们怎么想法。我要给!"就坐了下来。

"多少呢?"一万,两万——多少?只要他的钱能给自己买回一年,甚至于一个月的青春,就好了!他心里一动,就迅笔写道:

> 海林先生:请替我在遗嘱上追加这样一条:"我赠给我的侄媳伊琳·福尔赛,闺名伊琳·海隆,也即是她现在使用的名字,一万五千镑,遗产税除外。"
>
> 乔里恩·福尔赛

他在信封上盖上火漆,贴上邮票之后,又回到窗口,深深透一口气。天已经黑了,可是现在许多星星都亮了起来。

四

他在半夜里两点钟醒来;多年来的经验告诉他,在这种清夜,一切胡思乱想都会变得极端紧张起来。经验也告诉他,等到他再度在正规的八点钟醒来时,就会发现那种紧张完全是庸人自扰。今天夜里,使他越想越觉得严重的是,如果他病倒了——在他这种年纪并不是不可能——他就会见不到她。从这上面,他又进一步认识到,如果他儿子和琼从西班牙回来的话,他也会跟她断掉。这个人过去抢过——清夜里没法含糊其词——琼的情人,他怎么说得出口要和她来往呢?固然,那个情人已经死了;可是琼是个牛性子;热心,可是固执得要命,而且——的确——是不大会忘记的!到了下月中旬,他们就回来了。他只剩下短短五个星期的时光来追求他在残年引起的这点兴趣。在黑暗中,他是什么一种心情反而变得更加清晰了。对美人的倾倒——喜欢人家看在眼睛里好受。真是荒唐,在他这样年纪!然而——除了这一点外,还有什么理由要求琼忍受这种痛苦的刺激,又怎样使他的儿子和媳妇不把他看作犯神经呢?最后他弄得只好一个人偷偷进城去看她,可是进城一趟很累;而且碰到一点小病痛,就连这个也完了。他睁着眼睛躺着,咬紧牙关面对着这个未来局面,骂自己是个老糊涂蛋,同时觉得心跳得很厉害,一会儿又好像完全停止不动。他一直到看见天色在窗隙里亮了起来,听见小鸟啁啾,鸡声四起,才重又入睡;醒来时人很累,可是头脑却清醒了。还有五个星期不用他烦心;在他这样的年纪,等于一个世纪!可是夜来那种紧张多少还留下痕迹,对于一个一直是随心所欲的人,反而使他的心情更鼓舞了一点。他要尽量地和她多碰头!何不亲自进城,上他的律师那儿在遗嘱上加上一条,何必写信;她也许欢喜看一出歌剧呢!可是,坐火车去,不让那个胖子倍根在他背后暗笑。用人都是那种蠢货;很可能,伊琳和小波辛尼的过去一段经过,他们已经全部知道——用人是什么都懂的,而且不懂的也会疑心到那上面去。那天早上,他写了一封信给伊琳:

亲爱的伊琳:

我明天有事要进城。如果你想去看看歌剧的话,可以来和我一起吃一顿清静的晚饭……

可是上哪儿去呢?他几十年来都没有在外面吃过饭,平时不是在俱乐部里,便在人家家里。啊!靠近科文特加登广场的那家新式的大饭店……

晚上七点钟在皮德蒙特饭店等你。明天早上先在饭店里给我留个条子让我知道你来不来。

乔里恩·福尔赛

她会明白他不过是为了使她散散心;他不愿意想她会猜到他非常急切地要看见她,这种想法使他从心里感到厌恶;人老到这样子,还这样巴巴结结去看人家,尤其是个美丽女子,总不大像样。

第二天进城虽则路程很短,加上去他的律师事务所,跑得他很累。天气也热,换了衣服,他躺在卧室里长沙发上休息一会儿预备吃晚饭。他一定是人晕了过去,因为醒来时觉得很不对劲,勉强站起来按一下铃。怎么回事!已经七点钟了!他还在这里,她一定在楼下等了。突然他又头晕起来,只好重又在沙发上躺下。他听见女佣的声音说:

"你叫人吗,先生?"

"是啊,你来。"他看不清楚她的脸,眼睛有点花,"我人不大舒服,要一点嗅盐。"

"好的,先生。"她的声音有点慌张。

老乔里恩挣扎一下。

"不要走。你给我送个信给我的侄媳,一位穿浅灰衣服的太太——在楼下大厅里等着的。你说福尔赛先生不大舒服——受了暑。对不起她;如果他一时不下来,晚饭就不要等他了。"

女佣走后,他有气无力地想着:"为什么我说是穿浅灰衣服的太太呢?她也许穿别的颜色衣服。嗅盐!"他总算没有再晕过去,可是伊琳怎样上来站在他身边,拿嗅盐凑着他的鼻子,并且在他头下面塞了一个枕头,这些他全部都不觉得。他听见她焦急地说:"好乔里恩伯伯,怎么回事啊?"迷迷糊糊感觉到她的嘴唇在他手上的温暖压力;后来深深把嗅盐吸进一口,忽然力气来了,打了一个喷嚏。

"哈!"他说,"没有关系。你怎样上来的?下去吃晚饭去——戏票在梳妆台上。我一会儿就好了。"

他感到她一只清凉的手放在他额头上,闻到紫罗兰香,坐在那里一面感到快乐,一面又竭力挣扎起来。

"怎么!你是穿的浅灰衣服啊!"他说,"扶我起来。"站在

433

地上之后,他抖擞了一下。

"这样坍台真是岂有此理!"他非常之慢地走到镜子前面。脸色就像死人一样可怕!她的声音在他身后说着:

"你不能下楼,大伯;你非休息不可。"

"毫无道理!一杯香槟下去就会跟好人一样。不能叫你错掉歌剧。"

可是沿着过道走很吃力。这种新式的地方铺这么厚的地毯,叫你走一步都要绊一下!在电梯里面,他看出她的脸色非常关切,就微带笑意地说:

"我这个主人真像样子。"

电梯停下时,他得紧紧抓着座位,防止自己滑跤;可是喝完汤和一杯香槟酒之后,他觉得人好多了,对自己的病体引起她这样殷勤关切反而觉得开心起来。

"我很愿意有你这样一个女儿。"他忽然说;看见她眼睛里含着微笑,又说下去:

"在你这样年龄决不可以念念不忘过去;等到你像我这样老时,尽来得及做。这件衣服不错——我喜欢这个样子。"

"我自己做的。"

啊!一个女子能替自己做一件漂亮衣服,对于人生还是没有忘情啊。

"行乐须及时,"他说,"把这杯干掉。我要看见你脸上红一点。我们不能不爱惜流光;一定要这样。今天晚上演玛格丽特①的是个新人;希望她不要太胖。还有靡非斯特也是新的——照我想得到的,再没有比一个胖子扮魔鬼更叫人受不

---

① 那天晚上演的是《浮士德》歌剧,玛格丽特是剧中女主角。

了的事情了。"

可是他们结果并没有去看歌剧,因为吃完晚饭立起来,他又头晕了,伊琳坚持要他静养,而且早点上床睡觉。他和她在旅馆门口分手;叫车子送她到切尔西去,把车钱付掉之后,他暂时坐了下来,欣然回忆着她那句话:"你待我真好,乔里恩伯伯。"怎么!哪个不要待你好!他真巴望再住一天,带她上动物园去,可是接连两天找她一定把她缠死了!不,他只好等到下星期天;她答应下来看他。那时候就可以讲定教好丽钢琴的事,就是一个月也好。那个布斯小姐一定不赞成,可是只好由她不高兴去。他把大礼帽放在胸口压扁,向电梯走去。

第二天早上,他坐了马车上滑铁卢车站,心里一直想说:"赶我上切尔西去。"可是硬抑制着没有说出口;觉得这样未免太过分了。还有,他还觉得人有点撑不住,像昨天晚上那样失去常态再来一次可不是玩意儿,而且又不在家里。好丽也在盼望他回去,和他口袋里给她带的东西。并不是说他的小宝贝对他是一套虚情假意——她的小心里整个就是爱。接着,带着老年人那种相当刻薄的世故眼光,他盘算了一下像伊琳这样敷衍他,是不是虚情假意呢。不是,她也不是那样的人。要说,她只有太不懂得什么事对她有利了,根本没有财产的观念,可怜的人儿!而且,他一个字也没有透露他在遗嘱上加的那一条,也不必透露出来——眼前这样正好。

好丽坐着大马车上车站来接他,还带着小狗伯沙撒来;一路坐车子回家,看着好丽和小狗亲热玩着,真是开心。天气又晴又热,这一天余下的时间和第二天大部分时间里,他的心情都很平静,坐在树荫下面休养,看着镇日的阳光在草地上和鲜花上面落着金雨。可是到了星期四晚上一个人吃晚饭时,他又开始算起日子来;还要再等两天半的时间,六十五小时,才能到小树林去迎接她,并且陪着她沿着田野走上来。他本来打算请医生来看看他的头晕病,可是那个家伙准会坚持要他静养,不许劳神等等;他可不愿意弄得这样束手束脚的,要人家把他当作病人看待——就算真是病人的话;在他这样的年纪,正碰上这样新鲜事儿,他连听都不愿意听见。他在写信给自己儿子的时候,也小心避免提到头晕的事;只会吓得他们星夜赶回来!这样不提起,有多少是体贴他们,怕影响他们的快乐,有多少是为了自己,他也懒得去想它。

那天晚上坐在书房里,他抽完雪茄,打着瞌睡正要入睡时,忽然听见一阵衣服的簌簌声,鼻子里闻到一阵紫罗兰香。他睁开眼睛,看见她穿着浅灰衣服,站在壁炉旁边,两只胳膊伸了出来。奇怪的是,那两只胳膊虽则没有抱着什么,却弯得就像搂着一个人的脖子似的;她自己的脖子也仰向后面,嘴唇微启,眼睛闭上。一会儿工夫就看不见了,只看见壁炉架和架上的几只铜像。可是她在时,那些铜像和壁炉架全看不见,只有壁炉和墙壁!他心里又是骇异,又是着急,自己站了起来。"我得吃药了,"他想,"一定有病。"他的心跳得很快,觉得胸口压着,就像害气喘病那样。他走到窗口,打开窗子透透空气。远远一只狗叫着,当然是盖基农场养的那只狗,就在小树林过去。夜晚幽静,可是很黑。"我是睡着了,"他默想着,"就是这个缘故!可是我敢发誓眼睛是睁着的!"一声叹息传来就好像是回答:

"什么?"他厉声问,"外面是谁?"

他拿手按着胁下使自己心跳得好一些,一面跨到走廊上来。一个毛茸茸的东西在黑暗中窜了出去。"嘘!"原来是那只大灰猫。他心里说:"小波辛尼也就像只大猫啊!就是因为有他在这里,所以她——所以她——他还缠着她呢!"他走到走廊边上,朝下面黑地里望;隐隐约约能看见草地上没有割过的星星点点的白菊花!今天开着,明天谢掉!那边月亮升起来,把一切都看在眼里,年轻的,年老的,活着的,死去的,丝毫不动心!转眼就要轮到他了。只要能有一天的青春,他愿意把余年全部送掉!他转身重又向屋子走去,抬头望见孩子房间的窗口。他的小宝贝总该睡了。"希望那只狗不要惊醒她!"他想,"是什么驱使我们爱,又驱使我们死呢?我要睡了。"

穿过那片被月光照成淡白的走廊,他走进屋子里去。

五

　　一个老年人除掉梦想自己没有虚度的岁月外,又怎样过日子呢?在回忆中,至少没有那些激荡的热情,只有暗淡的冬阳。这只壳子只能经得起记忆机器的轻微的敲击啊。他对现在应当疑惧;对未来应当回避。在浓浓的绿荫下,他应该凝望着太阳在他脚趾边蠕动。如果眼前是一片夏意,他也不要跑到日光下面去,误认作十月里的小阳春!这样,他也许会轻轻地、缓缓地、不知不觉地衰弱下去,一直到造化等得不耐烦时,在某一个清晨、世界还没有晾出来时,一把扼住他的喉咙管,使他喘息地死去,于是别人在他的墓前竖起一块墓碑来:"寿终正寝!"是啊!如果他一丝不苟地遵行着自己这些原则,一个福尔赛也许可以死后还继续活下去。

　　老乔里恩这一切全都懂得,然而在他的性格里,却有一种远远超出福尔赛主义的地方。根据规定,一个福尔赛决不许爱美而忘掉理智;也不许随心所欲而不顾及自己的健康。在这些日子里,他心里产生了一种激荡,它的每一下振动都侵蚀到他这具愈来愈薄的壳子。他也警觉到这一点,可也同时警觉到自己没法制止这种激荡,而且就是自己要制止也没法制止。然而,如果你告诉他,说他是吃老本,他就会恶狠狠地望着你。不对,不对;一个人不能专靠吃老本;这是不行的!腐朽的陈规要比眼前的现实真实得多。而他,过去一直认为吃老本是最最可诅咒的事情的,决不能容忍把这种恶毒的语言用在自己身上。快乐是健康的;美人是值得看的;在年轻人的身上重又感受到青春——他做的除了这个还有什么其他呢?

跟他平生做事的派头一样,他现在把时间安排得井井有条。每星期二坐火车进城;伊琳来陪他吃晚饭,饭后去看歌剧。每星期四他坐马车进城,把那个胖马夫和马车遣开,和她在肯辛顿公园碰头,和她分手之后再找上马车,赶回家时刚好来得及吃晚饭。他随口透露一句,说他在这两天有事情要上伦敦。星期三和星期六是她下来教好丽的琴。跟她在一起越觉得开心时,他就变得越谨小慎微,不苟言笑,表面上只是一个本分而友善的伯父。的确,连感情也并不多露出来——因为,说到底,他已经到了这样的年纪了。然而,如果她姗姗来迟的话,他就会烦躁得要命。如果她没有来——这样的事情发生过两次——他的眼睛就变得像老狗一样凄惨,晚上连睡觉也睡不好。

就这样一个月过去了——一个月田野里的夏天,和他心里的夏天,包括这样招致来的夏日溽热和困顿。如果在几个星期前,说他一想到儿子和孙女儿回来,简直像祸事一样,哪个会相信得了!这几个星期的好天气,和这里新形成的友谊——对方是那样无求于他,而且始终有那一点不可捉摸的地方,使得她更显得神秘可亲——使他尝到自由的可爱,尝到自己成家之前过的那种逍遥自在的生活。他就像一个戒酒的人,很久的时间都在喝水,连酒对于他血液的作用,对他脑筋的刺激,都几乎忘掉了时,后来忽然又喝到一杯酒那样。花的颜色更艳了,花香和音乐和阳光全都有了生命价值——并不仅仅引起过去欢乐的回忆而已。现在生活变得有意义了,而且不断地促使他企盼着。他现在是生活在这上面,而不是生活在回忆里;对于他这样大年纪的人,这里悬殊是相当大的。他生来对饮食有节制,珍肴美馔在他本来无所谓,现在越发引不起他的兴趣。他吃得很少,吃了也不知味道;人一天天变得消瘦憔悴起来;又成了一根"竹竿子"了。由于身体越来越瘦,那颗大头,两个太阳穴陷了进去,使他显得比平时更加尊严。他心里完全知道应当请医生看看,可是自由太可爱了。他不过时常透不过气,还有胁下这一点痛,不能因为这样娇惯自己,就牺牲自由。再回到这个新的乐趣跑进他生活里来之前那种状态,过着恬淡的生活,翻翻《农业杂志》里面放大的甜菜画片——决不!他抽的雪茄也超出了。过去一直是每天两支。现在抽到三支,有时四支——一个人精力活跃时往往会如此。可是他时常想:"我一定要戒掉雪茄和咖啡;也不能再这样急急忙忙赶进城。"可是他并没有改;没有人有资格来监护他,这真是无上的福气。那些用人也许弄得莫名其妙,不过用人是天生不讲话的。布斯小姐一心只在自己的胃病上,而且很有"教养";决不肯涉及私人的事情。好丽还小,还看不出他的外貌有所改变;在她的眼中,他只是她的玩偶,她的天神。这样就只剩下伊琳关心他了;她总是劝他多吃些,白天热的时候多休息,吃点补药等等。可是她没有告诉他,他这样消瘦都是为的她——一个人总是看不见自己造成的损坏。一个八十五岁的人谈不上什么热情,可是由于美色引起热情,美色引起的破坏还是和过去一样,非要到死神闭上那双渴想看她的眼睛时,决不会停止。

  七月里第二个星期的头一天,他收到儿子从巴黎寄来的一封信，说他们在本星期五全都要回来了。这本来是比命运还要肯定的事；可是由于老年人往往只贪图眼前，抱有一种可怜的心理，以为自己总可以撑持到最后一刻，他始终不大肯承认有命运这回事。现在他承认了，而且得设法挽救。他现在已经不能设想自己生活里少掉这种新的快乐，可是没有想象到的东西有时是存在的，而且福尔赛家人经常就在这上面栽跟头。他坐在自己的旧皮椅子上，把信折起来，用嘴唇嚼着一段没有点燃的雪茄。明天以后，他每星期二进城之举就逼得只好放弃了。也许，他还可以每星期坐马车进城一次，托词去看他的经理人。可是便是这样也要看他的健康情况，因为现在他们将会开始为他的身体惊慌起来。还有教琴！教琴非继续下去不可！伊琳一定不能有所顾忌，琼必须把自己的感触收起来。她曾经收起过一次，就在波辛尼噩耗传来的那一天；那时候能做，现在当然也可以做。自从受到那次刺激之后，到现在为止已经有四年了——把旧恨一直保持到今天是不人道的，不论对己或者对人。琼的意志很强，可是他的意志还要强，因为他是快死的人。伊琳很柔顺，为了他的缘故一定肯做；当然会有点顾忌，但宁可委屈自己一点，决不忍心使他痛苦！琴一定要继续教下去；只要她肯继续教琴，他就把稳了。终于他把雪茄点起，开始盘算跟他们怎样一个说法，怎样解释这种古怪的亲密友谊；要研究怎样把赤裸裸的事实遮盖起来——决不能说自己要看美人，看不见美人就过不了。啊，好丽！好丽很喜欢她，也喜欢她教琴。她会帮他的——这个小宝贝！这样一想，心里就变得坦然，反而奇怪刚才为什么急成那个样子。他决不能着急，着急之后总使他感到身体非常衰弱，就像半个灵魂离开躯壳似的。

那天晚上吃过晚饭,他的头晕病又发作了,不过人没有晕过去。他不愿意按铃叫人,知道全家一定会因此惊慌起来,明天进城反而更加触目。人老了,整个世界好像都暗地里在限制他的自由;这算什么呢?——只不过使他多活上几口气。他可不愿意这样牺牲自己。只有小狗伯沙撒看见他一个人慢慢挣扎起来;焦急地望着它的主人打开橱柜,倒了一杯白兰地喝掉,而没有给它一块饼干吃。等到他觉得自己能走得了那级楼梯时,他就上楼去睡了。第二天早上,虽则人还觉得有点摇晃,一想到当天晚上时自己就硬挣起来。请她吃一顿好晚饭一直使他觉得非常快意——他总觉得她一个人过的时候,吃得一定很省俭;还有,坐在歌剧院里,看见她眼睛里显出欣喜的神情,嘴边挂着不自觉的微笑,也非常开心。她平时没有什么消遣,这一次又是他能够款待她的最后一次。可是,当他收拾皮包时,他想起晚饭前还得换衣服,真累人,而且告诉她琼要回来也是一件吃力的事;没有这些麻烦多好。

那天晚上的歌剧是《卡门》,他在最后一次幕间休息时才把消息告诉她,不自觉地一直挨到快要启幕时才说。她听了没有作声,真是蹊跷;事实上,他还没有来得及知道她是怎样的看法,那个捣乱的音乐就奏起来,于是大家都得保持沉默。她一张脸就像戴了面具;在面具后面,有无数的思潮起伏,可是他没法看得见。当然,她要慢慢想过!他也不逼她,明天下午她反正要下乡来教琴,那时候她已经把事情想过,看她怎样。在马车里,他只跟她谈谈《卡门》;从前他看过的比这个还要好,可是这个也很不错。当他握着她的手道别时,她迅速弯下腰,吻了一下他的前额。

"再会,好乔里恩伯伯,你待我太好了。"

"明天见吧,"他说,"晚安。睡好。"她温柔地回答一声:"睡好!"马车已经快起步时,他从车窗里望见她扭过身子向着他,一只手伸出来好像依依不舍似的。

他缓步回到旅馆的自己房间里。他们从来不给他开同样的房间,这些崭新的卧房,一套套新家具,灰绿色地毯,上面满是粉红花,他顶住得不习惯。他醒着,那支恶劣的哈巴涅拉咏叹调①一直在他头里跳动。他的法文本来懂得不多,可是这个字的意义,如果有什么意义可言的话,他却懂得;是指一个吉卜赛女人,既放荡又神秘。对了,人生的确有一种神秘的东西,使你所有的顾虑和计划都打翻掉——使男人和女人都随着它的指挥跳起舞来。他躺在床上,睁着一双深陷的眼睛凝望着那片被神秘统驭着的黑暗。你以为你已经控制着人生,可是人生却溜到你的身后,拧着你的后颈皮,逼你向东,逼你向西,然后,很可能,把你的生命轧掉!敢说,连执掌人类命运的星辰也被它这样作弄着,一会儿勒在手里,一会儿又撒开去;永远开不完的玩笑。五百万人挤在这个热锅似的大城市里,全都听任生命的主宰播弄着,就像木板上许多小豆子,一拳击下去,纷纷跳了起来。唉!他自己也不会有多久好跳了——安静的长眠对他只有好!

这儿楼上多热——多闹!他的前额觉得滚烫;她刚才就在他一直感到不适的前额上吻了一下;就在这儿——好像她早已知道在这个地方,想要替他吻掉似的。可是,不但没有,她的嘴唇反而留下一片异常不舒服的感觉。她说话从来没有用方才那样的声调,从来没有显出那种依依不舍的样子,或者

---

① 卡门向唐·霍赛唱的名曲。

临走时那样频频向他回顾。他从床上爬起来,拉开窗帘;窗子外面望出去是泰晤士河。空气非常沉闷,可是望见那片河水平静地、永无休止地流过时,却使他的心情为之一畅。"最要紧的事,"他想,"是不要使自己成为一个老厌物。我要想想我的小宝贝,使自己睡觉。"可是伦敦夜晚的热气和嘈杂很久很久才消逝掉。夏天清早的睡眠只有短短片刻。老乔里恩算来只闭了一下眼睛。

第二天到家之后,他跑到花圃里,由好丽帮助他——她的手很轻——采了一大束石竹花。这些花,他告诉好丽,是送给"浅灰衣服太太"的——这个名字在他们之间还使用着。他把石竹放在书房一只大瓶里,预备伊琳一到就送给她,以便谈到琼和继续教琴的问题时使她让步。这些花的香味和颜色有帮助。吃了午饭之后,他觉得人很累,就去躺了一会,因为马车要到四点钟才能从车站上把她接来。可是四点钟快到时,他变得心神不定起来,自己找到那间面临车道的教室里去。好丽和布斯小姐都在教室里,遮阳帘拉了下来,给她们挡着七月里的闷热。两个人都在照料蚕子。老乔里恩生来就不喜欢这些生活上轨道的东西,蚕头和蚕身的颜色常使他想起大象来;这些蚕子把好好的绿叶子啃了无数的小洞;而且那股气味也非常之难闻。他在靠窗的一条有印花布套的长凳上坐下,从这里可以望见车道,而且勉强呼吸到一点新鲜空气;小狗伯沙撒在热天里很看上印花布,也跳上来坐在他身边。小钢琴上铺了一块淡紫色的毯子,已经变成浅灰色;上面放了一瓶早开的紫薄荷,屋子里充满紫薄荷的香味。尽管室内还算风凉,也许就是因为风凉的缘故,生命的动荡强烈地印上他衰弱的神经。每一道从窗隙里透进来的日光都恼人地耀眼;狗身上的味道也强烈;紫薄荷的香味更是浓郁;那些蚕子弓起灰绿色的脊背,好像骇人地活跃;好丽低头望着蚕子时,深棕色的头发光亮得就像绸子一样。一个人年老力衰时,生命就是那样一个神奇、残酷而有力的东西;它的形形色色和它的跳荡的活力都像在讥讽你。他有生以来从没有像最近这几个星期来感觉这样古怪,自己的一半随着生命的河流漂去,另一半却站在岸上瞧着水流一去不返。只有和伊琳在一起时,他才没有这种双重的感觉。

好丽回过头来,用她的小黑拳头指指钢琴——用一个指头指东西是没有"教养"的——狡狯地说:

"你看'浅灰衣服太太',爷爷;她今天漂亮吧①?"

老乔里恩心里一动,顷刻间室内都变得迷糊起来;接着又清楚了,于是他眨一下眼睛说:

"哪个给它铺上的?"

"布斯小姐。"

"好丽!不要胡闹!"

这个拘谨的小法国女人!她对不让她教琴这件事到现在还没有释然。这也没有用。他的小宝贝是他们唯一的朋友。教琴是教他的小宝贝,不干别人的事。他不应当让步——无论怎样不能让步。他拍拍伯沙撒头上温暖的茸毛,听见好丽说:

"妈妈回来的时候,会不会有变动呢?你知道,她是不喜欢生人的。"

好丽这两句话好像把老乔里恩周围的反对空气带了来,

---

① 指钢琴上的褪色毯子。

并且揭露了所有对他这个新获得的自由的威胁。啊！他得甘心做一个全靠人家照应和爱惜的老头子,不然就得为这个新获得的珍贵友谊而奋斗;但奋斗却累得他要死。可是他的一张消瘦憔悴的脸板了下来,逐渐转为决心,使他整个的脸看上去都只剩下巴了。这是他的房子,他自己的事情;他决不能让步！他看看自己的表,跟他一样老,一样单薄;这只表已经买了有五十年了。四点钟已过！他顺便吻一下好丽的头顶,下楼到了厅堂里。他要在她上楼教琴之前先找到她。一听见车轮的声音,他就走到门廊外面,立刻看见马车里没有人。

"火车到了,老爷,可是太太没有来。"

老乔里恩向马夫摆出一副严厉神情,脸朝上一抬,眼睛像是推开胖子的好奇心,而且不许他看见自己感到的极端失望。

"好的。"他说,转身回到屋里。他走进书房坐下,抖得像片树叶。这是什么意思？她也许误了火车,可是他明知道不是这么一回事。"再会,乔里恩伯伯。"为什么说"再会"而不说"晚安"呢？还有那只依依不舍的手,悬在空中。还有那一吻。这是什么意思？他感到极端着急和气恼。他站起来在窗子和墙壁间的土耳其地毯上来回走着。她是打算扔掉他了！他有把握这样说——而他是一点招架没有。一个老头子要看美人！真是荒唐！年纪堵着他的嘴,使他的抵抗变得瘫痪无力。一切温暖的、有生气的东西他都没有资格去享受,什么都不能享受,只能享受回忆和愁苦。他也没法子去求她;便是一个老头子也有老头子的尊严。没有法子想！有这么一个钟点,他完全忘记身体的疲劳,来回地走着,经过那瓶石竹时,一阵阵的花香仿佛在嘲笑他。对于一个一直是随心所欲的人,在所有难堪的事情里面,最最难堪的就是自己意志受到挫折。

老天把他兜在一张渔网里,他就像一条愁苦的鱼,在网眼里转过来,游过去,东找西找,可是找不到一个洞,一处破缝。五点钟时,用人送茶进来,另外还送上一封信。他的心里一时又引起希望。他用牛油刀把信拆开,读道:

亲爱的乔里恩伯伯:

我真不忍心写这封会使你失望的信,可是昨天晚上我太懦弱了,不敢跟你讲。我觉得现在琼既然要回来,我可不能再下来教好丽的琴了。有些事情的创伤太深了,使人没法忘记。也许有时你进城来我还会和你见面,不过我肯定说这样于你并不相宜;我看得出你把自己累得过分了。我认为你整个热天应当多多地静养,现在你儿子和琼都要回来,你应当过得很开心了。谢谢你待我的好处,非常感谢。

伊琳

就是如此!寻乐,做他最喜欢做的事情,都于他不相宜;设法排遣那种垂死的心情,不使自己感到一切的必然结果,感到死神悄然的簌簌的脚步声愈走愈近!于他不相宜!连她都看不出她是他的一剂延年益寿汤,看不出她是一切他失去的美的化身!

他的茶冷了,雪茄始终没有点燃;他来回走着;又碍着面子,又舍不得放弃生命的据点,真是两难。真受不了!就这样慢慢把自己消耗掉;一句话不说就把自己交到别人手里,由他们照应备至地、爱惜备至地把你压得透不过气来;这样活下去,真受不了!他要跟她说老实话;告诉她自己是真正要看见她,并不仅仅是不舍得,这样说看行不行。他在自己的旧书桌前坐下,拿起一支笔。可是他下不了笔。要这样求人,求她以自己的美色来取悦他的眼睛,未免太不像话。等于承认自己已经老糊涂了。他决不能做。相反,他写道:

> 我本来指望旧日的创伤不应听其阻挡别人的——也就是我和我小孙女的快乐和利益,可是年纪大的人只好放弃妄想;他们只能如此,连活着的妄想迟早也得放弃,而且早放弃早好。
>
> 乔里恩·福尔赛

"一股怨气,"他想,"可是没办法。我是倦了。"他封好信,丢在邮筒里好趁晚班邮件送出;听见信落到筒底时,他想:"一切的希望都完了!"

那天的晚饭他简直没有吃什么,雪茄抽了一半就觉得头晕,只好丢下来,很慢地走上楼,蹑着脚走进孩子的卧室。他在靠窗的长凳上坐下。室内点着一盏过夜的油灯,刚好照出好丽的小脸,一只手压在面颊下面。一只提前出世的大甲虫在糊窗格的日本纸里呼呼地响,马厩里的一匹马烦躁地跺蹄子。睡得像这孩子一样熟多好!他把木条帘拉上两格向窗外望去。月亮正升起来,颜色红得像血。他从来没有看见过这样红的月亮。外面的树林和田野,在夏季白天最后的余晖里,也都带着睡意。美像一个幽灵在走着。"我活得很长,"他心里想,"几乎什么福都享过。我是一个不知足的家伙;年轻的时候看过了多少美人。小波辛尼说我懂得什么叫美。今天晚上的月亮真圆,就像里面有个人脸!"一只蛾子飞过,接着又是一个,又是一个。"浅灰的女子啊!"他闭上眼睛。他猛然有感,好像永远不会再睁开似的;他一任这种感觉扩大起来,一任自己沉下去;后来打了一个寒噤,硬撑开眼皮。他觉得人有点不对劲,无疑的,非常地不对劲;终究还得看医生才对。现在没有多大关系了!月光将会蹑进那片小树林里;林子里将会有许多影子,而这些影子将是唯一醒着的东西。没有鸟兽,没有花儿、虫儿;只有影子——蠕动着;"浅灰的女子!"影子会爬上那棵断株;会聚在一起喁喁谈话。是她和波辛尼吗?怪想法!而那些青蛙和小虫豸都会喁喁谈起来!这屋子里,这架钟嘀嘀嗒嗒多响!窗子外面完全罩在那个红月亮下面——阴森森的一片;室内也一样阴森;慢燃着的小守夜灯,钟声嘀嗒,保姆的外套挂在屏风边上,长得就像个女子的身体。"浅灰的女子!"他忽然来了一个怪念头:"她真的活着吗?她究竟来过没有?会不会只是他过去爱过而且就要离开的一切美的化身呢?会不会只是一个淡紫灰衣服、深棕眼睛、琥珀头发的精灵,在风信子开花季节,花晨月夕出来散步的呢?"他站起来,手抓着窗棂立了一会,使自己回到现实的世界里来,然后踮起脚向门口走去。走到床脚时停了下来;好丽,就像感到他的眼睛盯着自己在望,伸动了一下,叹口气,身子蜷得更紧了,像是畏缩。他又踮起脚走到外面黑暗的过道里;进了自己的卧房,立刻脱掉衣服,穿着睡衣在镜子面前站着。真是一把骨头——两个太阳穴凹了进去,腿多瘦!他的眼睛抗拒着自己的影子,脸上现出得意的神情。什么都联合起来要搞垮他,连镜子里自己的影子也要搞垮他,可是他还没有——垮掉!他上了床,久久不能入睡,竭力想摒除思虑,心里明知道烦恼和失望对自己的身体非常有害。

早上醒来时,他觉得非常疲惫,只好把医生请来。那个小子诊视之后,脸板得铁青,叫他睡着不能起来,而且要戒烟。

这也不算受罪；起来又有什么意思，而且只要他身体感到不适，烟草抽起来总是没有味道。他拉下遮阳帘，把《泰晤士报》翻来翻去，也不大看，小狗伯沙撒在床边陪他，一上午就这样懒洋洋地消磨掉。午饭时，用人送来一份电报，上面写着："信收到，下午下乡，四点半见。伊琳。"

下乡来！总算来了！那么她的确是活着——而他并没有被人扔掉。下乡来了！一股热气透进他的四肢；两颊和额头都有点发烫。他喝完汤，把食盘推开，极其安静地躺着，等用人把食盘收拾出去，剩下他一个人；可是他的眼睛不时要眨一下。下乡来了！他的心跳得飞快，后来又好像一点不动似的。三点钟时，他坚决从床上爬起来，穿上衣服，一点声音没有。想来好丽和布斯小姐这时都在教室里，用人吃完饭该在睡午觉。他小心地推开门，到了楼下。小狗伯沙撒孤独地躺在厅堂里；它随着老乔里恩进了书房，再由书房走到外面酷热的下午太阳里。他本想走下小山，到小树林里接她，可是立刻觉得天气太热了，自己决计去不了。他改变主意，在秋千旁边那棵橡树下面坐下来，小狗伯沙撒也觉得太热，在他旁边匍匐下来。他坐在那里微笑。多么令人陶醉的流光啊！虫吟！鸽鸣！简直是夏日的良辰。真美啊！而且他是多么快乐——快乐得像个卖沙童，不管这是怎样一种人。她要来了；并没有扔掉他！人生的一切他都有了——只差一点力气，和一点肉——就差这一点。他就要看见她了，看见她从凤尾草圃里走出来，淡紫灰的身材，腰肢微摆，走过草地上的白菊花和蒲公英和"兵士"——戴着花盔的兰花。他不要起身，可是她会走到他面前来，说"好乔里恩伯伯，对不起！"就坐在秋千架上，让他看她，并且告诉她自己生了一场小病，可是现在已经好了;伯沙撒将会舔她的手。伯沙撒知道自己主人喜欢她;是一条好狗。

树荫很浓;太阳晒不到他身上,只能把余下的世界照得非常明媚,连那边埃普索姆赛马场的大看台,和乳牛在田野里啃苜蓿,用尾巴扫苍蝇,他都远远望得见。他闻到菩提花和紫薄荷的香味。啊!怪不得这么一大堆的蜜蜂呢。这些蜜蜂都很兴奋——很忙,跟他的心一样忙,一样兴奋;也有点昏昏然,被花蜜和幸福弄得昏昏然和沉醉了,跟他的心一样沉醉和昏昏然。夏天——夏天——它们仍在哼着;大蜜蜂,小蜜蜂,还有苍蝇!

马厩上钟楼敲了四下;半小时之内她就到了。他要打这么一下盹,他最近睡得实在太少;打完了盹,他就可以神清气爽地迎接她——神清气爽地迎接青春和美,望着她穿过日光的草地向他走来——浅灰的美人!他向椅背靠起,闭上眼睛。一点蓟茸随着微风飘上他的白胡子,比胡子还要白。他不知道;可是呼吸吹动着蓟茸,粘着了。一丝阳光透了进来,照上他的靴子。一只大蜂歇下来,在他的巴拿马草帽顶上爬着。一阵甜蜜的睡潮侵袭到草帽下面的脑子,那颗头向前摇了摇,倒在胸前。夏天——夏天!蜜蜂儿哼着。

马厩的钟敲了四点半。小狗伯沙撒伸了一下懒腰,仰头望望主人。蓟茸已经不动了。小狗把下巴搁在太阳晒到的那只脚上。脚没有动。小狗迅速把下巴挪开,起来跳到老乔里恩身上,望一下他的脸,叫起来;随即跳下,屁股坐在地上,仰头望着;忽然间,发出一声长长的哀号。

可是蓟茸跟死一样地静止,还有它老主人的脸——

夏天——夏天——夏天!草地上传来无声的脚步!